GERD STIEFEL

Via Bologna

GERD STIEFEL

Via Bologna

Ein Toter in Hohenzollern

GMEINER SPANNUNG

Besuchen Sie uns im Internet:
www.gmeiner-verlag.de

Im Ehnried 5, 88605 Meßkirch
Telefon 07575/2095-0
info@gmeiner-verlag.de

1. Auflage 2018

Lektorat: Claudia Senghaas, Kirchardt
Herstellung: Mirjam Hecht
Umschlaggestaltung: U.O.R.G. Lutz Eberle, Stuttgart
unter Verwendung eines Fotos von: © https://commons.wikimedia.org/wiki/File:Louis_Duchanoy..jpg und
https://commons.wikimedia.org/wiki/File:Hohenzollern_Castle_photocromca._1895.jpg
Kartendesign: Simone Hölsch
unter Verwendung von © Fiodorov Alexey/Fotolia.com
Druck: CPI books GmbH, Leck
Printed in Germany
ISBN 978-3-8392-2205-8

Für meine Jungs Maximilian und Fabian
Für meine Eltern
Für Jasmina

»Mit feierlicher Trauer und tiefem Mitgefühl betreten wir diesen Friedhof, denn wir haben die entseelte Hülle eines Mitchristen hierhergebracht, welcher unter den frevelnden Händen eines ruchlosen Totschlägers sein Leben endete.«

Bitz, 4. Februar, im Jahre des Herrn 1843

VORWORT

In der Nacht auf den 6. September 1893 wurde Friedrich Stiefel auf dem Nachhauseweg von Burladingen zu seinem Hof auf der Kuche grausamst ermordet. Ein großer Stein, aufgestellt vom Schwäbischen Albverein, am Parkplatz bei der Ziegelhütte, erinnert daran. Seine Frau Karoline Stiefel und zwölf Kinder blieben ohne Ernährer zurück. Der eigene Hof wurde zwangsversteigert und Karoline und ihre Kinder vom Hof gejagt. Sie entgingen nur knapp dem Bettelstab. Karoline fand mit den Kindern Aufnahme in Bietenhausen. Die Familie Stiefel bildete den Grundstock für das heute noch sehr erfolgreiche und menschenfreundliche Diasporahaus in Bietenhausen. Die Geschichte von Karoline und Friedrich Stiefel ist erzählt. Der Roman »Stiefels Stein« befasst sich damit.

Aber auch der Großvater von Friedrich Johannes Stiefel wurde 50 Jahre zuvor auf dem Nachhauseweg zu seinem Hof auf die Kuche brutal getötet. Bisherige Recherchen gingen davon aus, dass es einen Tatverdacht gab und nach dem vermeintlichen Mörder erfolglos gesucht wurde. Man vermutete ihn in Amerika und wollte ihn sogar 50 Jahre später dort gesehen haben. Ein verwitterter Stein erinnert noch heute an diese Tat. Tatsächlich gelang dem Täter die Flucht. Aber entgegen der bisherigen Erkenntnisse landete er nicht in Amerika. Davon handelt der nachfolgende Roman.

PROLOG

Ein kleiner Junge saß gemütlich auf dem Schoß seines Patenonkels Walter und fragte: »Du, sag mal, der Onkel Hugo erzählt gern von unseren Vorfahren auf der Kuche. Er erzählt mir jedes Mal, dass der Urgroßvater Friedrich und dessen Großvater Johannes ermordet worden sind. Der Onkel Adolf lacht ihn jedes Mal aus und sagt zu mir, der Onkel Hugo habe keine Ahnung. Es sei nur der Urgroßvater ermordet worden, und die Familie sei dann ins Armenhaus oder so ähnlich gekommen. Kennst du die Geschichte und weißt du, welche Geschichte denn nun stimmt? Hat der Onkel Hugo oder der Onkel Adolf recht?«

»Die Geschichte kenne ich auch nicht so genau. Es gibt diese zwei Versionen und die der Großmutter, die mit ihren zwölf Kindern wohl im Armenhaus in Bietenhausen gelandet ist. Eines der Kinder war dein Großvater Albert. Der lebt aber auch nicht mehr. Den können wir leider auch nicht mehr fragen.«

»Aber von der Kuche sind wir?«, wollte der neugierige Junge von seinem Patenonkel noch wissen.

»Ja, dort sind wir her. Dort hatten wir einen Hof. Dein Opa hat hier später in Onstmettingen eine Familie gegründet und ein Haus gekauft, in dem wir heute noch leben. Wie wir von der Kuche hierhergekommen sind, das kann ich dir auch nicht genau sagen.«

»Aber die Steine, von denen Onkel Hugo erzählt. Gibt es die denn?«, fragte der Junge weiter.

»Ich weiß es nicht. Ich war schon lange nicht mehr in Hermannsdorf. Vielleicht fahren wir mal zusammen dorthin und suchen den oder die Steine. Einverstanden?«, versuchte der Patenonkel die bohrenden Fragen zu vertagen.

»Aber das ist versprochen«, rückversicherte sich der neugierige Junge noch bei seinem Onkel.

Es vergingen Jahre, und der kleine Junge hatte die Geschichten schon fast vergessen. Ein Besuch in Hermannsdorf mit seinem Onkel erlebte der kleine Junge nicht. Als der kleine Junge aber erwachsen war kamen die Fragen zurück. Wo sind wir her? Wer sind meine Vorfahren? Was ist mit meinem Urgroßvater passiert? Ist überhaupt etwas mit ihm passiert? Stimmte das mit dem oder den Steinen oder hat mir mein Patenonkel einen »Bären« aufgebunden? »Hast du denn alles vergessen? Bist du denn gar nicht mehr neugierig?«, fragte das kleine Kind den erwachsenen Mann.

Der Mann und der kleine Junge in ihm machten sich auf den Weg. Sie fanden die Steine. Einen für Johannes Stiefel am Edelberg bei Hermannsdorf und einen für Friedrich Stiefel in der Nähe der Ziegelhütte bei Burladingen. Beides Mahnmale grausiger Taten im 19. Jahrhundert.

Wieder vergingen Jahre. Die Steine hatten die Neugier des Mannes geweckt und er fand dazu viele Geschichten. Zwischen den Steinen, aber auch vor und vor allem hinter den Steinen.

HERMANNSDORF

Die kleine hohenzollerische Gemeinde war 1804 durch ein Urbarium des Fürsten Hermann Friedrich Otto von Hohenzollern-Hechingen entstanden. Der Fürst brauchte Geld und neues Blut aus Württemberg. Sein bisheriges Jagdgebiet um seine Domäne – dem Hermannshof – eignete sich dafür, meinte zumindest sein Hofrat Ziegler und schlug dem Fürsten vor, dort großzügige Lehen auszugeben. 20 evangelische Siedler aus dem Unterland rund um Kirchheim/Teck hatten sich damals gegen 70 Bewerber durchgesetzt, und 1843 lebten sie schon in der zweiten und dritten Generation. Einige der Siedler hatten schon wieder aufgegeben und Hermannsdorf den Rücken gekehrt. Die Alb trotzte dem ungeheuren bäuerlichen Einsatz und ließ sich nicht immer ausreichend Getreide, Kartoffeln und andere Lebensgüter abringen. 1804 waren die 20 Siedler aus dem evangelischen Württemberg voll Mut und Tatendrang nach Hermannsdorf gezogen, hatten sich beim Fürsten eingekauft, Häuser gebaut und es selbst mit Weinanbau versucht und scheiterten – nicht alle, aber viele. Johannes Stiefel war geblieben. Der 62-Jährige war mit seinem Vater Kaspar Stiefel mit den ersten Siedlern nach Hermannsdorf gekommen und hatte sich auf der Kuche, einem Weiler mit damals sechs Höfen, niedergelassen. Er hatte in den letzten Jahrzehnten viel erlebt und manche Not schon hinter sich gebracht. Sein Weib Maria hatte ihm drei Söhne geschenkt, den Johannes, den Christian und den Jonathan. Nach den ersten schweren Jahren der Ansiedlung aus dem Unterland auf die Rauhe Alb, den ersten Niederlagen im Anbau, kam 1816/17 noch die große Hungersnot dazu. Was Johannes Stiefel und alle auf der Kuche nicht wussten, war, dass im weit entfernten und damals für die meisten Siedler unbekannten Indonesien der Vulkan Tambora ausgebrochen war, was in den zwei nächsten Jahren zu Missernten und großer Hungersnot überall und ganz besonders auf der Schwäbischen Alb führte. Die meisten Siedler gaben auf und ersuchten den Fürsten um ihre Entlassung. Auch Johannes' Vater Kaspar Stiefel hatte überschuldet aufgegeben und die Kuche in Richtung Bessarabien verlassen und sich später dort in Teplitz niedergelassen. Aber das ist eine andere Geschichte.

Zurück zu Johannes. Er hatte das alles hinter sich und seinen Hof soweit geordnet. Er war 62 Jahre alt. Er hatte Vieh, genug Vorrat angelegt, um über den Winter zu kommen. Seine drei Söhne waren erwachsen, und er konnte sich langsam darauf vorbereiten, den Hof in jüngere Hände zu legen. Wie es Brauch war, sollte der Älteste den Hof bekommen. Insofern war Johannes mit sich und seinem Leben zufrieden.

»Halt dei Gosch – du Seckel, und zahl no einen«, brüllte der Jakob in die Runde hinein. Der Egle hatte den Johannes Stiefel gemeint, weil der doch Geld im Sack hatte.

Im »Waldhorn« in Hermannsdorf hatte sich die übliche Runde getroffen, um den Dienstagabend nach getaner Arbeit ausklingen zu lassen und ein paar Schoppen Most oder Bier zu heben. Es war ein kalter Winterabend, die Männer hatten Zeit, und der eine oder andere war auch etwas übermütig. Der Jakob war einer von ihnen und hieß nur der »Lange Rote«, war er doch mit seinen 188 cm Körperlänge den anderen mindestens um eine Kopflänge überlegen. Jakob war jung, frech und voll Tatendrang. Er stammte ursprünglich aus Burgfelden bei Balingen, war aber von dort schon in jungen Jahren aufgebrochen und verdingte sich als Knecht beim Strobel, der den Fürstlichen Domänenhof gepachtet hatte.

»Halt doch du dei Gosch und schaff amol was rechts und sei net so frech zu mir – du Seicher«, entgegnete der Stiefel dem Jakob, der mit seinen 26 Jahren voll im Saft stand und verschmitzt in sich hineingrinste.

»Was hoscht denn heut verdient bei deim Viehhandel, Stiefel. Hot sichs glohnt, bis nach Hechingen zum laufa, mit dera alte Kuah? Aber do hend ihr zwei jo zsammepasst. Du bischt ja au scho alt gnug zum Sterba«, setzte der »Lange Rote« noch einen drauf, um den Stiefel zu ärgern. Klar wollte der Junge den Alten einfach nur provozieren, aber natürlich war er auch neugierig, was der Stiefel so im Geldbeutel hatte. Schließlich könnte er noch den einen oder anderen Schoppen vertragen, also zupfte er am Geduldsfaden des alten Mannes.

Doch der konterte: »Wenn i so dumm wär wie du, no würd e mei Gosch halta. Du bischt an Knecht und i an freier Bauer und deshalb han i Geld und du nix als a große Gosch.«

Der Jakob zuckte, wollte gerade aufstehen, um seinen Unmut gegenüber dem Stiefel zum Ausdruck zu bringen, wurde aber von seinem Bauern, dem Strobel, zurückgepfiffen, der ebenfalls mit weiteren Gästen in der Runde saß.

»Hinsitzen und Maul halta. Mir trinket no eins und dann isch alles wieder guat«, beruhigte der Strobel seinen Knecht, der sich aber schon nicht mehr im Zaum halten ließ, wütend aufstand, seinen Mantel schnappte und wutschnaubend die Wirtschaft verließ.

»Hoscht zahlt, oder loscht wieder anschreiba, du Taugenichts«, schrie der Stiefel dem »Langen Roten« hinterher.

Der hatte aber schon die warme Stube hinter sich und stand wutschnaubend in der Winterkälte und überlegte sich, wie er dem Stiefel das heimzahlen konnte. »Schau mer mol, was heut no passiert, den krieg i scho, den alte Sack!«, grämte sich der Jakob Egle und dachte nach, was er mit dem heutigen Abend noch anfangen konnte.

»Fertig« – die letzte Kuh war gemolken und Eva-Maria, Dienstmagd beim Strobel, wollte noch kurz frische Luft schnappen. Sie war seit heute Morgen um 5.00 Uhr auf den Beinen und schlenderte noch ein wenig in Richtung der Kuche. Es war kalt und schneite ein wenig. Der Winter hatte die Schwäbische Alb fest im Griff. Es lag mehr als ein Meter Schnee, doch auf den Wegen zwischen den Häusern konnte man gehen. Es war notdürftig geräumt, sodass Mensch, Vieh und Schlitten bewegt werden konnten. Viel war eh nicht mehr zu sehen. Es war nach 7.00 Uhr abends, und die Dunkelheit wurde nur durch den gelegentlichen Mondschein durch die löcherige Wolkendecke unterbrochen. Eva-Maria zog ihren braunen Kittel etwas enger an sich, um die Kälte, die langsam einsickern wollte, auszusperren, als unvermittelt ein Riese vor ihr stand.

»Na, Maria, wo gehst du denn noch so alleine hin?«, fragte der »Lange Rote« mit einem sarkastischen Unterton.

»Ich brauche noch ein wenig frische Luft, ich war den ganzen Tag im Stall. Aber warum bist du hier? Normal bist du doch um diese Zeit gerne im Wirtshaus und säufst dich voll«, konterte Eva-Maria, die den »Langen Roten« nicht so gern mochte, weil er so grobschlächtig war und ihr immer wieder an die Wäsche wollte.

»Heute nicht, heute bist du dran – oder?«

»Johann, sei so gut und schreib mir die Rechnung, ich mach mich auf den Weg.«

Der Stiefel bezahlte beim Waldhornwirt sein Essen und seine zwei Schoppen Most und stand schon draußen bei seinem Schlitten. Das Vesper hatte er sich heute verdient. Er war mit dem Schlitten und einer Kuh nach Hechingen auf den Viehmarkt gefahren, hatte die Kuh verkauft und war dafür den ganzen Tag unterwegs. Er schnalzte seinem braunen Ackergaul, der brav vor der Wirtschaft gewartet hatte, und fuhr mit dem Schlitten langsam und gemächlich in Richtung Kuche.

Plötzlich hörte Johannes Schreie und bremste den Schlitten kurz ein. »Brr – Brauner, mach langsam, ich höre doch etwas.«

Johannes lauschte in die Nacht und konnte tatsächlich Schreie hören.

»Hilfe, Hilfe, lass mich, bitte lass mich!«

Genau zuordnen konnte Johannes den Inhalt zwar nicht, aber er war sich sicher, dass eine Frauenstimme um Hilfe schrie, und er war sich sicher, dass die Stimme aus dem Wald kam, und vermutete sie irgendwo beim Edelberg, so knapp 300 Meter von seinem jetzigen Standort entfernt. Johannes gab dem Braunen die Zügel frei. »Hüh, Brauner, hüh, lauf schneller, Brauner, lauf.«

Der Edelberg und die Schreie kamen rasch näher.

»Jetzt stell dich doch nicht so an, Eva-Maria, ich will doch nur ein wenig Spaß. Du magst das doch auch, den alten Strobel hast du doch auch schon dran gelassen.« Der »Lange Rote« hatte die Eva-Maria mit seiner rechten Hand im Genick gepackt und sie nach vorne gebeugt. Den Rock hatte er ihr schon zuvor nach vorne über den gebeugten Rücken aufgeschlagen, sodass Eva-Maria ihm ihr nacktes Gesäß entgegenstreckte. Der »Lange Rote« nestelte an seiner Hose, als plötzlich und unvermittelt der Stiefel neben ihm stand.

»Lass die Eva-Maria in Ruhe, wenn sie nichts von dir will, sonst kriegst du es mit mir zu tun, du Taugenichts.«

Der »Lange Rote« erschrak für einen kurzen Moment und ließ das Mädchen los.

Eva-Maria nutzte ihre Chance und rannte sofort so schnell sie konnte in Richtung Hermannsdorf los und ließ die unheimliche Szenerie hinter sich.

Übrig blieben Jakob Egle, der Braune, der den Stiefel nach Hause bringen sollte, und Johannes Stiefel.

Johannes war klar, dass er einem Riesen gegenüber stand, der mehr als zweimal so jung war wie er, und dass mit dem Egle nicht zu spaßen war. Außerdem war ja klar, dass der Egle noch sauer war. Schließlich hatten beide im »Waldhorn« ganz schön gestritten, und der Egle war voller Wut davongelaufen.

»Was bist du nur für ein schlechter Mensch?«, war der Einstieg in eine vorsichtige Standpauke, die der Stiefel dem »Langen Roten« jetzt machen wollte. Schließlich hatte er den Egle erwischt, wie er gerade die Eva-Maria mit Gewalt nehmen wollte, und das konnte er ja nicht so durchgehen lassen. »Du kannst doch mit den Menschen nicht machen, was du willst. Hast du denn gar keinen Anstand im Leib?«

Viel weiter kam Johannes Stiefel nicht mehr. Der »Lange Rote« holte aus und schlug dem Stiefel mit der rechten Faust mitten ins Gesicht. Johannes taumelte und fiel in Richtung Schlitten, rappelte sich auf und wollte sich wehren. Er hatte mit dem Schlag nicht gerechnet. Kaum stand er, war der Jakob Egle schon wieder über ihm und versetzte ihm einen zweiten Schlag. Johannes fiel rücklings ins Geschirr zwischen seinem Ross und dem Schlitten. Er drehte sich um, tastete nach etwas, womit er sich wehren konnte, und bekam den Deichselnagel in seine Finger. Er zog daran, bekam ihn zu fassen und schlug gegen den Angreifer.

Der war aber deutlich jünger, schneller und weitaus geübter im Schlägern als der alte Stiefel. Kaum sah er den Deichselnagel auf sich zukommen, wehrte er den ungenau geführten Schlag ab, entriss dem Stiefel den Nagel und rammte den Nagel mit voller Wucht dem Stiefel ins Gesicht, das ihn zuerst ungläubig und dann leblos anstarrte. Die Wucht des Schlages hatte die Schädeldecke platzen lassen. Johannes Stiefel war sofort tot. Der Schnee unter dem Kopf des Opfers färbte sich rasch dunkelrot. Jakob Egle blickte sich um. Die Eva-Maria war nicht mehr zu sehen. Der Braune stand ruhig da.

Egle band den Braunen am nächstbesten Baum an, schaute sich gründlich um und ging dann in Richtung Hermannsdorf davon. Den Deichselnagel, den Stiefel und alles, was sonst noch dort lag, ließ er unbeachtet zurück.

IM FÜRSTLICHEN DOMÄNENHOF

»WAS MACHST DU denn noch so spät draußen und wie siehst du denn aus?«, fragte der Strobel, der das »Waldhorn« auch verlassen hatte und gerade vor seiner Haustür stand, als die Eva-Maria, eine seiner Dienstmägde, angelaufen kam.

Eva-Maria stand zitternd und verschwitzt vor ihrem Herrn, der sie verwundert anschaute.

»Was ist denn los, Eva-Maria, hat es irgendetwas gegeben?«, setzte der Strobel fort.

Ihm war sofort klar, dass es mit den Knechten zu tun hatte. Strobel führte den größten Hof, die fürstliche Domäne, und war es gewohnt, dass es zwischen den Mägden und Knechten immer mal wieder Ärger gab. Schließlich begegneten sich hier Mann und Frau. Solange es die Arbeit nicht beeinflusste und niemand klagte, ließ der Strobel die Dinge meistens auf sich beruhen. Er selbst war ordentlich verheiratet und besuchte regelmäßig den sonntäglichen Gottesdienst in Bitz, hatte aber auch schon den einen oder anderen Ausrutscher hinter sich. Sein Weib war alt, und er war der Herr über viele, und was konnte es schon schaden, wenn das eine oder andere junge Ding ihm im Heu gelegentlich ein wenig Freude bereitete?

»Nichts, Herr, ich war ein wenig frische Luft schnappen und bin schnell nach Hause gelaufen, weil es mir kalt wurde«, log Eva-Maria den Strobel an, wohl wissend, dass es besser war, ihm nicht die Wahrheit zu sagen. Er würde sowieso nichts unternehmen. Der »Lange Rote« wollte sie von hinten nehmen, aber bevor es dazu kam, tauchte der Stiefel auf und sie konnte davonlaufen. Was sollte sie denn da noch sagen? Hätte der Strobel ihr geglaubt, hätte er ihr gesagt, dass doch nichts passiert sei, und damit hatte er ja auch recht. Dass sie sich in Zukunft vor dem »Langen Roten« aber noch mehr in Acht nehmen musste, war der Eva-Maria bewusst. »Nein, es war nichts. Außer, dass ich ein wenig draußen war.«

»Dann ist es ja gut«, setzte der Strobel die Unterhaltung fort, »gehe jetzt auf deine Kammer, sonst kommst du morgen zum Melken nicht rechtzeitig raus. Schlaf gut, Eva-Maria. Gute Nacht«, beendete der Strobel das Gespräch mit seiner Magd und trottete auch langsam in Richtung seines Schlafgemachs, wo seine Frau schon friedlich schlummerte.

»Scheiße, jetzt ist der Stiefel verreckt«, sprach der Egle zu sich selbst. »So ein Seckel, warum muss der auch überall seine Nase dazwischen halten. Selbst schuld, der alte Sack. Wäre er einfach mal nur nach Hause auf die Kuche gefahren und hätte sich zu seinem alten Weib gelegt, als mir mein Vergnügen mit der Eva-Maria kaputtzumachen.«

Jakob Egle hatte den Tatort verlassen und ging wutschnaubend auf dem Sträßle in Richtung Hermannsdorf zurück. Den Alten hatte er liegen lassen. Dem konnte er eh nicht mehr helfen. »Was wohl mit der Eva-Maria ist?«, fiel dem Mörder ein. Schließlich konnte sie ihn verraten. »Aber nein, den Mord hat sie ja nicht beobachtet«, sagte er beruhigend zu sich selbst, dabei fiel ihm gleich wieder ein, dass da draußen, wo er versucht hatte, die Eva-Maria zu nehmen, jetzt eine Leiche lag.

Sollte er noch mal zurückkehren und den Stiefel entsorgen? Aber wohin? Es wurde wahrscheinlich frühestens morgen früh nach ihm gesucht, und bis dahin musste er eine Lösung finden. Schließlich konnte er dem Strobel sagen, dass der Stiefel ihn angegriffen hatte. Der Stiefel war ja schon im »Waldhorn« entsprechend giftig gewesen. Aber warum war er, nachdem er die Wirtschaft verlassen hatte, zum Edelberg gegangen? Ein ganzes Stück von Hermannsdorf weg. Wie sollte er erklären, was ihn dazu brachte, dorthin zu gehen. Also, er musste in jedem Fall mit Eva-Maria sprechen. Sie war der Schlüssel für sein Alibi, dachte der junge Egle so bei sich.

Im Fürstlichen Domänenhof war Ruhe eingekehrt. Die Menschen in Hermannsdorf hatten sich schlafen gelegt. Das Dörflein auf der Schwäbischen Alb schlummerte im Winterkleid vor sich hin und wartete auf einen neuen Tag.

Eva-Maria zog sich gerade aus und legte ihre Kleider auf den alten Holzstuhl neben ihrem Bett. Es war kalt in ihrer Kammer, die sie mit der Lisbeth, einer jungen Frau aus dem Unterland, teilen musste. Aber da war sie schon nicht so allein, und wenn es mal wieder so richtig kalt war, konnten sie zusammen unter die Bettdecke schlüpfen und sich gegenseitig wärmen. Die Lisbeth schlief schon oder zumindest tat sie so.

»Lisbeth, schläfst du schon?«, flüsterte Eva-Maria in Richtung von Lisbeth, von wo sie nur ein »Hmh« vernahm. »Lisbeth, darf ich zu dir kommen, mir ist danach, und ich will jetzt nicht allein im Bett schlafen?«

Lisbeth antwortete nicht, drehte sich aber in Richtung der Eva-Maria, die jetzt nackt vor ihr stand und gerade ihr weißes Nachthemd überstreifen wollte.

Ja, die Eva-Maria war schon ganz gut gebaut, dachte die Lisbeth so bei sich. Die Eva-Maria war eine Rote, denn sie hatte langes rotes Haar, das meistens zu einem Zopf gebunden war, der frech über ihre Schultern wippte, und sie hatte zwei mächtige Brüste, die allen Mannsbildern rund um Hermannsdorf den Kopf verdrehten. Sie war ein richtiges Weib, ganz im Gegensatz zu ihr selbst. Sie hatte bei allen Gaben vom lieben Gott bei ihrer Menschwerdung vergessen »hier« zu schreien, aber sie mochte die Eva-Maria doch und machte ihr Platz in ihrem Bett.

»Komm, schlüpf rein, du gibst eh keine Ruhe, bis du hast, was du willst, also komm und lass mich schlafen«, antwortete Lisbeth und hatte die Bettdecke schon zurückgeschlagen, drehte der Eva-Maria den Rücken zu und wollte wieder schlafen.

»Lisbeth, hör mir zu. Ich muss dir was erzählen. Der »Lange Rote«, der Jakob, wollte mir an die Wäsche und ist vom Stiefel gestellt worden. Ich bin einfach weggelaufen. Der Egle ist so ein richtig ekelhaftes Schwein. Kein Kuss, keine Zärtlichkeiten, der wollte mich einfach nur von hinten nehmen. Hat er es bei dir auch schon probiert?« Eva-Maria war noch sichtlich angeschlagen von dem, was sie in der beginnenden Nacht am Edelberg erlebt hatte, und wollte mit jemandem reden.

»Nein«, antworte Lisbeth, »aber mit der Tochter vom Waldhornwirt hat er auch schon was gehabt, und die Sofie und die Katharina haben sich beim Strobel auch schon über den Egle beschwert. Aber gebracht hat's nichts. Du weißt ja, wie die Mannsbilder sind. Bei so was halten die zusammen und zum Schluss heißt es jedes Mal, ›jetzt stell dich nicht so an‹«, fasste Lisbeth ihre bisherigen Erfahrungen und Weisheiten, die sie da und dort aufgeschnappt hatte, zusammen.

Aber das war Eva-Maria egal, Hauptsache sie hatte jemanden zum Schwätzen, und die Lisbeth war dafür auf jeden Fall gut genug. So schlimm hätte sie den »Langen Roten« ja auch nicht empfunden, schließlich war er ein kräftiger Kerl, hätte er es anders wollen und vor allem nicht so. »Auf jeden Fall ist der Egle ein Schwein«, fasste Eva-Maria ihre Erfahrungen des Abends abschließend zusammen und schlief ein.

Lisbeth wunderte sich immer wieder, wie schnell die Eva-Maria einschlafen konnte, tat es ihr aber heute Nacht nach und entschwand in ihre Träume.

Der Egle war inzwischen beim Fürstlichen Domänenhof angekommen und überlegte, was er jetzt tun sollte. Er musste verschwinden, aber wohin und vor allem wohin heute Nacht. Sein ganzes Hab und Gut, das er leicht in einem Bündel zusammenschnüren konnte, und ein wenig Geld waren in seiner Kammer. Dort lagen aber außer ihm der Martin und der Georg, und wenn er jetzt abhauen würde, würden es doch alle mitbekommen. Außerdem war er müde. Er hatte im »Waldhorn« ein paar Schoppen getrunken, es war spät, und er wollte jetzt schlafen. Dass er den Stiefel getötet hatte, beschäftigte ihn schon nicht mehr so sehr, vielmehr der Umstand, ob man es ihm anlasten könnte. Aber auch das wollte er auf den nächsten Tag verschieben. Morgen würde er dann weiter sehen.

»Gib endlich Ruhe, ich will schlafen«, raunzte der Martin dem Jakob Egle entgegen, als er die gemeinsame Schlafkammer betrat.

Der Egle zog sich stillschweigend aus, legte sich hin und schlief ein.

DER TAG ERWACHT.

Am nächsten Morgen ging alles seinen gewohnten Gang. Im Fürstlichen Domänenhof war man schon recht früh aufgestanden, hatte ein karges Frühstück zu sich genommen und arbeitete jetzt miteinander im Stall. Bauer, Knecht, Mägde und der Rest des Gesindes.

Auf der Kuche, auf dem Hof von Johannes Stiefel, hatten sich schon Sorgen breitgemacht, da der Vater in der Nacht nicht nach Hause gekommen war.

»Mutter, wir gehen nach der Stallarbeit nach Hermannsdorf und schauen mal nach dem Vater. Bestimmt hat er beim Bechthold im ›Waldhorn‹ übernachtet, weil er so spät nicht mehr hier raus laufen wollte«, war sich der Älteste, der Johannes, sicher. Schließlich kam es nicht das erste Mal vor, dass der Vater in der Wirtschaft versumpfte und irgendwo im Heu seinen Rausch ausschlief.

Die Maria sah das genauso. Sie hatte in der Nacht zwar unruhig geschlafen, hatte sich aber schon gedacht, dass ihr Mann nach dem langen Weg nach Hechingen und zurück noch unterwegs einkehren würde. Also wird er schon heimkommen. »Ja, Johannes, vielleicht ist er bis dorthin auch schon wieder da. Wir werden sehen«, antwortete Maria ihrem Sohn und wandte sich wieder ihrer Hausarbeit zu.

Der Strobel war auch schon auf und wollte heute Morgen die Gelegenheit nutzen, um dem Egle mal wieder die Meinung zu geigen. Schließlich hatte er gestern mit ein paar Bauern im »Waldhorn« gesessen, und der Egle war gegenüber dem alten Stiefel doch deutlich zu frech gewesen. Jugend hin, Jugend her. Außerdem war die Eva-Maria gestern Nacht aufgelöst nach Hause gekommen, und das hatte sicher auch mit diesem Unruhestifter zu tun. Wenn er nicht spurte, würde er ihn rausschmeißen, andererseits war er ein starker, zäher Bursche, der, richtig geführt, auch ordentlich zupacken konnte.

Der Strobel war im Stall angekommen und sah den Egle, wie er gerade den langen Boden im Stall ausmistete und den

Mist in Richtung Ausgang beförderte. »He, Jakob, auf ein Wort, komm mal her!«, rief der Strobel dem Egle zu.

Der zuckte zusammen und drehte sich zum Strobel um, der zwischenzeitlich fast neben ihm stand. »Was gibt's, Herr, was kann ich für Sie tun?«, antwortete der Egle pflichtbewusst, wohl wissend, dass seinem Bauern der gestrige Auftritt im »Waldhorn« nicht gefallen hatte.

»So ein freches Maulwerk gegenüber einem alten Bauern hier im Dorf will ich von dir nicht mehr erleben, Jakob, was hast du dir denn dabei gedacht?«, fragte der Strobel den Egle.

»Nichts, und das war falsch von mir, entschuldigen Sie bitte. Ich werde mich auch noch bei dem Stiefel entschuldigen, wenn ich ihn wiedersehe«, antwortete der Egle, den offensichtlich das schlechte Gewissen plagte oder der bereits kalkulierte, wie er seine Tat verdecken konnte.

In jedem Fall war für Strobel das Gespräch beendet. Schließlich hatte der Junge sein Verhalten bereut, und das mit den Mägden, na ja, das wollte er dann wieder aufgreifen, wenn er noch einmal etwas vom »Langen Roten« und seinen Eskapaden oder Aufdringlichkeiten hören sollte. Schließlich sticht jeden einmal der Hafer. Das wusste der Strobel aus eigener Erfahrung nur zu gut.

»Vater, Vater, was ist mit dir, wach auf«, schrie Johannes seinen toten Vater an.

Johannes hatte sich, wie angekündigt, von der Kuche auf den Weg gemacht und schon, nachdem er am Edelberg angekommen war und abwärts in Richtung Hermannsdorf lief, den Braunen und den Schlitten entdeckt. Allerdings stand der Schlitten auf dem Weg, und der Braune war etwas weiter weg am Baum angebunden, was beim ersten Blick auf die Szenerie dem Johannes nicht schlüssig erschien. Kurze Zeit später stand er vor dem Leichnam seines Vaters. Es war ein grauenvoller Anblick. Sein Körper lag gekrümmt am Boden, der Schnee, auf dem sein Vater lag, war voller Blut, die Augen waren weit aufgerissen und ließen nur ansatzweise erahnen, wie schrecklich der Vater ums Leben gekommen war.

Was war hier passiert und was wollte, wer auch immer, von seinem alten Vater? Die Stiefels hatten gerade so viel, dass sie überlebten.

Johannes durchsuchte die Kleider seines Vaters, denn er wusste, dass der Vater ein Stück Vieh auf dem Hechinger Markt verkaufen wollte. Den Geldbeutel aber fand Johannes ordentlich verschnürt an seinem Platz. Er schaute nach und stellte fest, dass fast 20 Gulden drin waren, der Beutel also gut gefüllt war. Also aufs Geld hatte es der, der seinen Vater umgebracht hatte, nicht abgesehen, was war nur geschehen?, fragte sich Johannes, band den Braunen los und überlegte, wie er nun den toten Vater mit dem Fuhrwerk nach Hause bringen sollte. Denn der Deichselnagel, der Ross und Fuhrwerk miteinander verbindet, lag beim Vater und war offensichtlich das Mordwerkzeug. Sollte er den jetzt von dort entfernen und den Leichnam nach Hause bringen oder was sollte er nur tun?

DIE OBRIGKEIT KOMMT INS SPIEL

DER HAID SASS am Morgen in seinem Haus oberhalb vom »Waldhorn« und genoss nach getaner Stallarbeit ein Stück Brot, einen Bissen Schwarzwurst und einen Humpen Most. Er war gut gelaunt. Gestern Abend war er mit den anderen auch im »Waldhorn« gesessen und wahrscheinlich würde er auch heute Abend vorbeischauen. Was sollte man denn auch hier tun in Hermannsdorf, wo sich Fuchs und Hase gute Nacht sagen.

Friedrich Haids Vater, der Stephan Haid, war im zweiten Schwung Siedler um 1827 nach Hermannsdorf gekommen und hatte sich dort als Bauer niedergelassen. Friedrich Haid war, wie vor ihm sein Vater, von den hiesigen Bauern vor ein paar Jahren zum Vogt gewählt worden, ein Amt, das mehr Bürde als Würde war. War doch der Vogt dem fürstlichen Amt von Hechingen unterstellt und verpflichtet, jedes Schriftstück und jede Ein- oder Ausgabe in der Kasse der Gemeinde nach dort zu deklarieren. Dafür war das Gehalt des Vogtes in Hermannsdorf sehr dürftig, findet man doch in einer Aktennotiz an die fürstliche Regierung vom 16. Dezember 1844 von Friedrich Haid folgende Ausführung:

»*In Berücksichtigung, daß die Einwohnerzahl zu Hermannsdorf so gering ist, und die herrschende Mittellosigkeit einen angemessenen Vogtgehalt fast zur Unmöglichkeit macht, erscheint es allerdings angemessen, das Vogtamt Hermannsdorf mit jenem von Burladingen zu verbinden. Da aber Hermannsdorf von Burladingen ziemlich entlegen ist, so sollten doch vorerst Erfahrungen gesammelt werden, ob diese Vereinigung den gehegten Erwartungen entspricht, weshalb der Vogt in Burladingen einstweilen nur provisorisch als Ortsvorsteher von Hermannsdorf zu ernennen wäre.*«

Dazu war es aber noch nicht gekommen, denn dieser Schriftverkehr war fast zwei Jahre später entstanden.

»Friedrich, komm heraus, es ist etwas passiert«, hörte Haid den jungen Stiefel rufen, der offensichtlich vor seinem Haus stand.

»Komm herein, ich sitze gerade in der Küche. Du kannst

gerne einen Schluck Most mittrinken«, antwortete der Haid freundlich.

»Nein, komm heraus und ziehe dich an. Mein Vater liegt erschlagen am Edelberg. Wir müssen das melden.«

Haid zuckte, und sein amtliches Gehirn setzte unmittelbar zum Denken ein. »Was hast du da gerade gesagt?«, rief der Haid aus der Küche hinaus auf die Straße, »dein Vater wurde erschlagen? Hast du zu viel getrunken, willst du mir einen Bären aufbinden oder hast du einen Vogel? Stiefel, sag's mir, du weißt, wenn du den Vogt von Hermannsdorf zum Narren hältst, dann kann ich das auch melden«, reihte der Vogt einen Satz an den anderen und stand zwischenzeitlich beim jungen Stiefel vor seinem eigenen Haus.

»Nein, Vogt, ich spinne nicht. Mein Vater liegt am Edelberg in seinem eigenen Blut am Weg. Der Deichselnagel vom Fuhrwerk befindet sich neben ihm. Er ist tot, und irgendjemand muss ihn erschlagen haben. Ich habe nicht geträumt, leider. Komm, ich zeig dir, wo er liegt.«

»Herr, kann ich nach der Stallarbeit nach Burladingen? Ich müsste dort etwas auf dem Amt erledigen?«

»Was musst du denn auf dem Amt erledigen, Jakob?«, fragte der Strobel seinen Knecht.

»Ach, nicht so wichtig, wenn es aber ungeschickt ist, dann bleibe ich natürlich hier«, antwortete Jakob Egle seinem Bauer.

So wollte er es machen. Jakob Egle war klar, dass die Leiche des alten Stiefel entweder schon entdeckt oder auf jeden Fall heute noch gefunden würde. Er hatte während der Stallarbeit nachgedacht und war für sich zum Ergebnis gekommen, dass er fliehen musste. Die Eva-Maria hatte zwar nichts gesehen, wenn sie aber erzählen würde, dass der Stiefel sie beide am Edelberg überrascht hätte, könnte jeder eins und eins zusammenzählen. Zwar könnte er abstreiten, dass er von der Eva-Maria was wollte, aber den Toten konnte er nicht so leicht erklären. Das würde zunächst auf ihn zurückfallen, und wie er da herauskommen könnte, war ihm bislang noch nicht eingefallen.

»Nein, du kannst gehen, du bleibst mir aber nicht im ›Hirschen‹ hängen, sondern du bist am Nachmittag zur Stallarbeit wieder da. Sonst ziehe ich dir das vom Lohn ab«, antwortete Strobel, dem eigentlich egal war, warum der »Lange Rote« nach Burladingen wollte, und deshalb auch nicht nachhakte.

Jakob Egle hatte schon sein Reisebündel geschnürt, seine paar Gulden eingesteckt und seine wärmsten Kleider angezogen. Er war auf dem Weg. Dabei fiel ihm ein, dass der Stiefel doch Geld bei sich gehabt haben musste, und er gestern Abend, ohne es dem Stiefel wegzunehmen, abgehauen war. Also musste er noch einmal zum Tatort zurück.

»Hast du den ›Langen Roten‹ gesehen?« Eva-Maria war mit ihrer Arbeit auch fertig und wollte dem Jakob Egle ins Gesicht sehen. Sie war neugierig, was gestern Abend noch zwischen dem Stiefel und dem »Langen Roten« war, und heute Morgen waren sie sich bei der Arbeit noch nicht begegnet.

»Ja, der war vorher noch da und hat mir im Stall beim Ausmisten geholfen. Er hat aber den Alten gefragt, ob er bis zum Nachmittag nach Burladingen darf. Er müsse was auf dem Amt erledigen«, erklärte der Knecht Martin der Eva-Maria, die skeptisch schaute, aber mit der Antwort zufrieden war.

Zwischenzeitlich waren der Friedrich Haid und der Johannes Stiefel am Tatort angekommen. Friedrich hatte zwar schon viele tote Tiere, aber noch keinen Erschlagenen gesehen und musste sich erst einmal übergeben.

»Das muss ich umgehend nach Hechingen melden. Da muss sofort einer los. Du bleibst hier und veränderst nichts und passt auf, dass alles so bleibt, wie es jetzt ist. Hast du verstanden?«

Der Vogt hatte kaum ausgesprochen und den Stiefel zur Tatortabsicherung verpflichtet, war er selbst schon wieder nach Hermannsdorf unterwegs. Er musste den Mord sofort melden und das fürstliche Amt unterrichten. Auch die Polizeimannschaft aus Hechingen sollte kommen. Anders geht es jetzt nicht, dachte er so bei sich, als er schleunigst und auf schnellstem Weg nach Hermannsdorf zurückkehrte.

HECHINGENS POLIZEISOLDATEN

Hechingens Oberamt war informiert. Der Polizeidiener aus Burladingen war auf dem Weg nach Hermannsdorf, und das Oberamt hatte nach Eingang der Meldung sofort entschieden, mindestens fünf Mann nach Hermannsdorf abzukommandieren, weil klar war, dass, wenn es sich tatsächlich um einen Mord handeln sollte, der Vogt von Hermannsdorf und der Polizeidiener von Burladingen schnell an ihre Grenzen kommen würden.

»Sie reiten nach Hermannsdorf, übernehmen dort vor Ort die Tatortarbeit und berichten umgehend an mich«, gab der kommandierende Offizier, Sergeant Weber, seinen zwei Trupps mit auf den Weg.

Diese wurden von einem Brigadier angeführt, und die vier Polizeisoldaten waren jeweils im Rang eines Korporals.

Der kommandierende Truppführer wollte den Tatort so schnell wie möglich besichtigen, erste Vereinnahmungen durchführen und sofort und umfassend nach Hechingen berichten. Wenn es ein Mord war, so wie gemeldet, dann befasste sich nicht nur der Gendarmerie-Inspektor, Oberleutnant Otto von Ronchi, mit dem Fall, sondern der Fall ging postwendend über die Geheime Konferenz nach oben. Also schnell und sorgfältig arbeiten, keine Fehler machen und nichts übersehen. Vielleicht beschäftigte sich sogar seine Hoheit Fürst Friedrich Wilhelm Constantin mit dem Fall, zumindest würde er davon Notiz nehmen. Dem Brigadier war klar, der Fall hatte Brisanz, und er konnte seine Karriere so oder so beeinflussen.

»Habt ihr schon davon gehört, hallo Leute, habt ihr schon davon gehört? Sie haben den Stiefel am Edelberg erschlagen. Die Gendarmerie aus Hechingen rückt an, und der Polizeidiener aus Burladingen steht schon draußen und führt Protokoll«, rief der Strobel in die Stube hinein, wo sich sein Gesinde zum Mittagessen versammelt hatte.

Es gab Suppe aus dem großen Topf, der für alle in der Mitte des Tisches stand, und ein jeder und eine jede hatte einen hölzernen Löffel vor sich, einen Kanten Brot und langte zu. Verdutzt schauten sie ihren Bauern an.

Besonders die Eva-Maria bekam ganz große Augen und stammelte vor sich hin, »aber der Stiefel hat doch nichts getan, der wollte doch nur helfen«.

Die Lisbeth, die neben ihr saß, sagte: »Sei still, sonst nehmen sie dich nachher mit, und was dann passiert, das weißt du nicht. Vielleicht sperren sie dich ein!«

»Mich, warum, ich habe doch nichts getan. Ich bin doch nur weggelaufen, als der Stiefel auftauchte.«

Der Strobel hatte einen Teil der Konversation seiner zwei Mägde mitbekommen und fragte nach: »Was habt ihr zwei denn? Was ist mit dem Stiefel? Habt ihr irgendetwas gehört?«

»Nichts«, antwortete Eva-Maria und löffelte weiter.

Der Rest hatte sich vom Tisch erhoben und strömte mit dem Bauern hinaus. Sie wollten alle zum Edelberg. Schließlich sah man so etwas nicht alle Tage, und so schlimm diese Nachricht auch war, so war es doch unmöglich, sich eine solche Sensation in Hermannsdorf entgehen zu lassen. Der Stiefel erschlagen. Das wollte doch jeder mit eigenen Augen gesehen haben.

Jakob Egle war schon ein schönes Stück weit gekommen. Nachdem er sich noch einmal am Ort des Geschehens von seiner grausamen Tat verabschiedet und den Geldbeutel vom Stiefel nicht gefunden hatte, hatte er sich zügig und schnell davongemacht. Er war über den Neuweiler in Richtung Tailfingen unterwegs und wollte nach Möglichkeit noch heute über Pfeffingen bis Burgfelden marschieren. Das war für einen Tagesmarsch ein ordentlicher Weg. Er wollte aber auf jeden Fall zuerst nach Hause. Vielleicht fiel ihm dann ein, wie es weiterging.

»Scheiße, Scheiße«, sagte er auf seinem Weg immer wieder vor sich hin. Er hatte einen Menschen erschlagen. Nicht, dass es ihm um den Stiefel besonders leidtat, aber auf Mord stand die Todesstrafe oder bei mildernden Umständen und Totschlag lebenslänglich, und beides wollte der Egle nicht.

Am späten Nachmittag trafen die Gendarmen am Edelberg ein. Sie hatten den kürzeren Weg über die Ziegelhütte genommen und waren direkt über die Kuche zum Tatort geritten. Die Pferde waren nass vom Schweiß, die Gendarmen hatten einen langen und strammen Ritt hinter sich. Draußen am Edelberg fanden sie eine Ansammlung von mindestens 50 Menschen vor, darunter auch viele Kinder, die neugierig den toten Stiefel anschauten. So mussten die Gendarmen erst einmal für Ordnung sorgen und die Menge auseinandertreiben.

»Schickt die Kinder nach Hause, so einen Anblick solltet ihr denen ersparen«, ordnete der Brigadier an, während die vier Korporale um die Leiche kreisförmig die Menschenmenge nach außen abdrängten.

»Wer hat hier etwas zu sagen und wer hat hier was gesehen?«, fragte der Brigadier in die Menge hinein, die schweigend abwartete, was jetzt passierte.

Respekt hatten die Leute sofort. Der Auftritt der fünf, mit Doppelflinte und leichtem Säbel bewaffnet in der landesfürstlichen Uniform, sorgte sofort für Autorität. Schließlich sah man in Hermannsdorf die Gendarmen nur selten. Sie gehörten zur fürstlichen Polizeimannschaft der hochfürstlichen Regierung zu Hechingen, und jeder, aber auch jeder, der ihnen bislang noch nicht begegnet war, wusste, dass ihren Anordnungen unter Höchststrafe Folge geleistet werden musste. Also waren die Leute zunächst einmal ruhig. Schließlich war man neugierig und wollte jetzt bloß nichts verpassen, aber man wollte auch in nichts hineingezogen werden.

»Als Erstes geht ihr alle mal weiter zurück. Das hier ist ein Tatort, und wir wollen den Fall richtig untersuchen. Dafür sind wir da, und jetzt will ich wissen, ob jemand die Leiche kennt?«, ordnete der Brigadier vom Pferd herab an.

Die Leute gehorchten und wichen langsam zurück, sodass nach und nach ein größerer Kreis um die Leiche entstand.

Jetzt kam die Stunde des Vogts von Hermannsdorf, Friedrich Haid, der dem Brigadier antwortete: »Ich bin der Vogt von Hermannsdorf, und bei der Leiche handelt es sich um den Johannes Stiefel. Er ist Bauer auf der Kuche und lebte dort mit seiner Frau und seinen drei Söhnen auf seinem Hof. Er war gestern mit ein paar von uns zum Einkehren im ›Waldhorn‹ drüben in Hermannsdorf und hatte so gegen 8.00 Uhr am Abend die Wirtschaft verlassen. Er hatte einen Schlitten und ein Ross dabei und hatte erzählt, dass er in Hechingen auf dem Viehmarkt gewesen war.«

Der Vogt war zufrieden mit seiner ersten Ansprache und schaute den Brigadier erwartungsvoll an, der ihm antwortete:

»Sie sind hier unser Amtsverwalter. Danke für diese erste Information. Besorgen Sie uns für heute Nacht ein anständiges Quartier und ordentliche Verpflegung, einen Unterstand für die Pferde und rechnen Sie die Unkosten mit dem Oberamt in Hechingen ab. So und nun nochmals die Frage an die Runde: Kann jemand was dazu sagen, wie der Mann hier ums Leben kam. Hat irgendjemand etwas gesehen? Wenn das nicht der Fall ist, dann gehen Sie alle bitte sofort wieder nach Hause. Es verlässt keiner Hermannsdorf, bis die Untersuchungen abgeschlossen sind. Wir werden nach und nach auf Sie zukommen und Sie befragen, sofern nötig.«

Das war der letzte Versuch, sofort an umfassende Informationen zu kommen. Keiner meldete sich, und nachdem die schaulustigen Hermannsdorfer so nach und nach zurückwichen, wies der Brigadier seine Korporale an, den Tatort mit Seilen weiträumig abzusperren. Danach erteilte er dem besten Zeichner unter den Korporalen den Auftrag, eine Skizze mit der Lage der Leiche, dem offensichtlichen Tatwerkzeug und den sonstigen Besonderheiten, die im Laufe der Inspizierung des Tatortes auffielen, zu machen.

»Vermesst mir alles genau. Ich will, dass ihr den Tatort so gut wie möglich aufarbeitet«, hörte man den Brigadier noch sagen.

Der Brigadier hatte bei seiner eher militärischen Ausbildung zwar kein Fach Kriminaltechnik gehört, aber es war ihm klar, dass es bei der Aufnahme des Tatortes auf jedes Detail ankam. Schließlich brauchte das Gericht in Hechingen ein umfassendes Bild des Falles, und dies konnte nur er mit der Hilfe seiner Polizeisoldaten liefern. Er war für den Richter und die Schöffen das Auge vor Ort, und das versuchte der Brigadier mit seinen Möglichkeiten, so gut es ging, zu erledigen. Und die Mittel der damaligen Zeit waren natürlich sehr dürftig.

Aber jeder Polizeisoldat, egal welchen Ranges, konnte lesen, schreiben und rechnen und musste zuvor im Militärdienst oder als Jäger gedient haben. Zur Aufnahme des Tatortes war also Kreativität erforderlich. Die Polizisten verfügten über Schreibzeug, ihre Dienst- und Journalbücher, einen Zollstock und Verwahrbehältnisse aus den Materialien der damaligen Zeit.

AUF DEM OBEREN HOF

Johannes, der seinen erschlagenen Vater gefunden hatte, war nach dem Eintreffen der Gendarmen aus Hechingen wieder nach Hause zurückgekehrt. Zuvor hatte er sich bei einem der Polizisten gemeldet, seine Beziehung zu dem Toten deklariert und auch kurz erzählt, dass er den Erschlagenen gefunden hatte. Daraufhin war er entlassen worden, mit dem Hinweis, dass die Polizei wieder auf ihn zukommen werde und er auf keinen Fall den Hof verlassen solle.

Die Mutter saß in der Küche am Tisch, hatte ihren Kopf in die Arme gelegt und weinte. »Warum, warum bringt einer meinen Johannes um?«, stammelte die Maria in ihre Arme hinein.

Ihre drei Söhne standen um sie herum und streichelten der Mutter abwechselnd über Kopf und Arme, um sie zu trösten.

Es war ein trauriger Anblick. Keiner wusste so recht, was er sagen sollte, und zum Begreifen und Sinnieren war es noch viel zu früh. Den Stiefels war der Schock in die Glieder gefahren und dort saß er noch fest. Maria hatte ihren Mann verloren und die Söhne den Vater. Alle vier waren am Sortieren ihrer Trauer, Wut und Verzweiflung, als hoher Besuch eintrat.

»Guten Tag, Familie Stiefel. Mein Name ist Brigadier Fritz und ich stehe im Dienst des Fürsten von Hohenzollern-Hechingen, seiner Hoheit Friedrich Wilhelm Constantin von Gottes Gnaden, dessen ausdrückliches Beileid ich untertänigst überbringen will und auch von mir persönlich mein Beileid zum Tod Ihres Mannes und Vaters«, fasste der leitende Gendarm vor Ort seine erste Botschaft förmlich und höflich zusammen. Es war für ihn das erste Mal, dass er eine Todesnachricht in dieser Form überbringen musste. Er hatte aber bei seiner militärischen Ausbildung gelernt, korrekt und souverän aufzutreten, und irgendwie machte ihm, trotz des schrecklichen Hintergrundes, dieser Fall auch Spaß.

»Meine Männer und ich stellen Ihnen jetzt ein paar Fragen zum Fall, und ich würde gerne mit Ihnen, Frau Stiefel, beginnen.«

Zwischenzeitlich waren noch zwei Korporale in die bescheidene Küche eingetreten. Es wurde eng im Raum, und so verließen die Jüngeren, Christian und Jonathan, die Küche nach draußen. Sie waren die Uniformen und die förmliche Ansprache nicht gewohnt und insofern war die frische Luft draußen vor dem Hof genau das Richtige.

»Meinst du, die finden heraus, wer unseren Vater umgebracht hat?«, fragte der Jonathan seinen älteren Bruder Christian.

»Ich weiß es nicht, aber ich wünsche es mir. Das Schwein soll hängen«, antwortete Christian zornig.

»So, meine Herren, was können Sie mir denn zu dem Fall sagen, was ist passiert, und können Sie sich vorstellen, wer Ihrem Vater so etwas angetan hat?«, fragte ein zwischenzeitlich nach draußen getretener Korporal die Brüder.

Sie erzählten ihm, was sie wussten, aber da nicht sie den Vater gefunden hatten und den 31. Januar, den Tattag, auf dem Oberen Hof verbracht hatten, war ihre Einvernahme rasch beendet.

Der Korporal machte sich von dem Erzählten Notizen in sein Dienstbuch und ging nach der Einvernahme der beiden wieder zurück in die Küche. Zuvor wandte er sich noch dem Christian und dem Jonathan zu und sagte: »Halten Sie sich trotzdem zu unserer Verfügung. Es kann sein, dass wir noch Fragen an Sie haben«, und ergänzte zögerlich, »wir werden den Mörder Ihres Vaters finden und dingfest machen. Er soll seiner gerechten Strafe nicht entgehen.«

Der Brigadier Fritz beschäftigte sich zwischenzeitlich mit der Aussage von Frau Stiefel, die inhaltlich auch sehr dürftig war. Schließlich erfuhr Fritz, dass der Stiefel am Dienstag, dem 31. Januar, morgens um 4.00 Uhr nach Hechingen aufgebrochen war, um ein Stück Vieh zu verkaufen. Die Familie brauchte das Geld, um die Aussaat für das Frühjahr kaufen zu können. Keine große Sache, nichts Außergewöhnliches, keine Feinde, und trotzdem war ihr Mann nicht nach Hause gekommen.

»Ja, haben Sie sich denn gar keine Sorgen gemacht, als Ihr Mann am Abend oder in der Nacht nicht nach Hause kam?«, fasste Brigadier Fritz diensteifrig nach.

»Doch, Herr Brigadier, ich machte mir als Erstes Sorgen, dass der Johannes zu viel Geld in der Wirtschaft liegen lässt. Dass er nach einem solchen Handel manchmal erst am nächsten Morgen nach Hause kam, war nicht ungewöhnlich«, sagte Maria von einem schlechten Gewissen gepackt, weil sie das Gefühl hatte, jetzt schlecht über ihren Mann zu sprechen, was sie ja gar nicht wollte, aber die Wahrheit war es halt schon.

»Ja, wo glauben Sie, hätte dann Ihr Mann geschlafen?«, hakte Fritz nach.

»Ja, irgendwo im Heu beim Waldhornwirt oder bei einem anderen Bauern, bis er seinen Rausch ausgeschlafen hat«, antwortete die Maria, und ihr schlechtes Gewissen packte sie noch mehr. Hätte sie das mit dem Rausch nicht sagen sollen? Sie wusste es ja nicht und so wie sie es verstanden hatte, wollte ihr Johannes ja auch nach Hause kommen. Aber jetzt war es schon gesagt, und sie fühlte sich neben der Trauer immer unwohler in Gesellschaft der vornehmen Herren der fürstlichen Obrigkeit, mit denen sie in ihrem ganzen Leben noch nichts zu tun gehabt hatte.

Der in der Küche verbliebene Korporal hatte zwischenzeitlich den Johannes vernommen und dabei erfahren, dass der 36-jährige Johannes der älteste der drei Brüder war und nun den Hof übernehmen würde. Johannes hatte den Vater am Mittwochmorgen früh gegen 6.00 Uhr gefunden und war sofort zum Vogt Haid gerannt und hatte es ihm gemeldet. Auf Nachfrage erklärte Johannes, dass er seinen Vater so aufgefunden hatte, wie er dann später auch da lag. Den Deichselnagel hatte er aufgehoben, aber in etwa wieder dort hingelegt, wo er ihn aufgenommen hatte. Lediglich das Ross hatte er, nachdem er vom Vogt zurückkam, mit auf den Oberen Hof zurückgebracht. Den Schlitten konnte er ja nicht mitnehmen, sonst hätte er den Deichselnagel gebraucht, mit dem sein Vater erschlagen worden war. Außerdem hatte er den Geldbeutel vom Vater mitgenommen. Schließlich waren fast 20 Gulden im Beutel, und die galt es zu sichern.

»Raubmord war es demnach nicht«, schlussfolgerte der Korporal und hatte prinzipiell damit ja auch recht.

Brigadier Fritz und seine zwei Korporale verließen den Hof und ritten in Richtung Hermannsdorf davon. Dabei kamen sie zwangsläufig am Tatort vorbei, der noch von einem Korporal bewacht wurde. Sie ritten weiter und trafen rasch im »Waldhorn« ein, wo sie Quartier nahmen und zunächst in der Gaststube eine Lagebesprechung durchführen wollten. Aber die Gaststube war voll mit den Hermannsdorfern, die vom Tatort weggeschickt worden waren und das heute Erlebte intensiv und lauthals im »Waldhorn« nachbesprechen mussten. Dabei stemmten die Gäste von Johann Bechthold, dem Waldhornwirt, auch einige Schoppen, sodass der Wirt trotz des Unglücks, das über Hermannsdorf gekommen war, ein gutes Geschäft machte. Also musste die Lagebesprechung bis morgen warten. Die Gendarmen waren eh zu müde und hungrig von dem langen Ritt und dem langen Tag. Nachdem sie ordentlich gegessen und getrunken hatten, gingen sie zu Bett.

Jakob Egle war zu Hause in Burgfelden angekommen. Er betrat das Haus, in dem er mehr schlecht als recht aufgewachsen war. Er traf auf seine Mutter, die an der Feuerstelle stand und im eisernen Kessel rührte. Als Egle Freudenweiler Richtung Tailfingen passiert hatte, war er im Königreich Württemberg angekommen, sodass er hoffte, dass man ihn hier in Burgfelden, das ebenfalls zum Königreich Württemberg gehörte, nicht gleich suchen würde. Sicher war er sich zwar nicht, aber er hoffte es.

»Was machst du denn hier?«, fragte seine Mutter neugierig, wusste sie ihren Sohn doch bei fremder Herrschaft in Diensten, und nun stand er vor ihr.

Er war ordentlich angezogen mit einem blauen Tuchrock, grauen Manchesterhosen und Halbstiefeln, wie wenn er gerade auf eine Feier eingeladen wäre, und passte so ganz und gar nicht zu ihrer Umgebung.

Seine Mutter fragte weiter: »Hat es etwas mit der Herrschaft gegeben? Willst du etwa hierbleiben?« Die Mutter hatte außer dem Jakob noch weitere Mäuler zu stopfen. Die Zeiten waren hart und ein zusätzlicher Esser würde die an sich schon schwierige Lage nur verschärfen.

»Nein, Mutter, ich will nur ein paar Tage hierbleiben und ziehe dann weiter. Ich habe etwas Geld, das kann ich dir geben und ich suche mir einen anderen Bauern. Ich war jetzt lange genug im Hohenzollerischen. Ich will noch was anderes in meinem Leben sehen als das dumme Gesicht vom Strobel«, log Egle seine Mutter an. Ins Vertrauen ziehen wollte er sie nicht. Wer weiß, wer sie was und wo fragen würde. Also behielt er die Sache für sich.

Die Mutter fragte auch weiter nicht nach. Mit etwas Geld konnte sie ein wenig dazu kaufen, und wenn der Jakob bald wieder weiter zog, sollte es ihr recht sein.

»Hast du die Bertha schon gemolken?«, fragte die Lisbeth Eva-Maria, die auf ihrem einbeinigen Melkstuhl saß und sich gerade mit dem Euter einer Milchkuh beschäftigte.

»Nein, das kannst du gerne übernehmen«, antwortete Eva-Maria.

Lisbeth setzte sich neben die Eva-Maria und fing ebenfalls mit ihrer Arbeit an.

»Ich weiß nicht, Lisbeth, ich glaube, ich sollte den Gendarmen erzählen, was passiert ist«, begann Eva-Maria das Gespräch und wandte sich ihrer Kammergenossin zu.

DIE ERMITTLUNGEN

Die Gendarmen waren schon früh aufgestanden und hatten sich in der Gaststube zusammengesetzt.

Brigadier Fritz führte die bisherigen Ergebnisse zusammen und erteilte Order, wie der 2. Februar strukturiert werden sollte. »Was haben wir, Männer? Wir haben einen erschlagenen alten Bauern. Wir haben einen Deichselnagel, der aus dem Fuhrwerk stammt, wir haben Blut und wir haben ein paar Fußspuren im Wald und bei der Leiche festgestellt, die nicht von den schaulustigen Hermannsdorfern stammten. Demnach waren zwei Menschen dort an und um die Leiche. Einer mit großen und einer mit kleinen Füßen. Viel ist das nicht. Aber ein Anfang«, führte Fritz aus. »Wir müssen als Erstes die Gäste befragen, die den Stiefel zuletzt gesehen haben. Damit fangen wir an. Vielleicht finden wir etwas Ungewöhnliches oder ein Motiv. Ein Raubmord liegt nicht vor. Dem Stiefel wurde der Geldbeutel nicht entwendet.«

Der Waldhornwirt Bechthold konnte bei der Erstellung der Liste der Gäste, die am Dienstagabend bei ihm eingekehrt waren, helfen. Die Liste war schnell geschrieben und die rund 20 Namen rasch notiert.

Nachdem die Liste fertig war, wandte sich der Bechthold an den Korporal und wollte ihm seine Feststellungen nicht vorenthalten. »Also der Stiefel war so gegen 6.00 Uhr abends eingekehrt und setzte sich zu den anderen Bauern an den Stammtisch. Er bestellte Essen und Trinken und erzählte, dass er ein Stück Vieh auf dem Hechinger Markt verkauft hatte. Am Nebentisch saßen ein paar Knechte, und einer von ihnen hat immer wieder gegen den Stiefel gestichelt«, berichtete der

Wirt dem Korporal, was den Brigadier, der das Gespräch mitbekommen hatte, aufmerksam machte.

»Wie heißt denn der Knecht, von dem Sie gerade erzählt haben?«, fragte der Brigadier Fritz nach.

»Der Egle, der Jakob Egle, und der ist Knecht beim Strobel auf dem Fürstlichen Domänenhof«, antwortete der Bechthold und war sich sicher, dass er den Gendarmen das erzählen sollte. Der Jakob war ein Tunichtgut, und wer weiß, was er getrieben hatte, nachdem er die Wirtschaft verlassen hatte.

»Was meinen Sie denn mit sticheln, Herr Wirt?«, fragte Fritz nach. »Na ja, der Egle hieß den Stiefel einen Seckel, der Stiefel gab ganz schön zurück, und bevor es zu einer Schlägerei zwischen den beiden kam, war der Strobel dazwischen gegangen und hatte seinen Knecht zurückgepfiffen, und der ist dann wutschnaubend verschwunden und das, ohne zu bezahlen«, war dem Wirt auf jeden Fall auch noch wichtig.

»Gut, dann fangen wir mit dem Strobel an. Sie beide machen den Egle ausfindig und befragen ihn ausführlich zu dem Streit mit dem Stiefel, und Sie, Korporal«, und damit wandte sich der Brigadier dem noch ohne Auftrag verbliebenen Korporal in der Runde zu, »reiten zu den Stiefels raus und sagen ihnen, dass sie den Toten beerdigen können. Danach reiten Sie weiter nach Hechingen und informieren den Sergeanten Wiest, dass wir hier einen Mord untersuchen, und dass die Untersuchungen noch etwas Zeit in Anspruch nehmen.«

»Was glaubst du, passiert denn jetzt?«, fragte die Eva-Maria die Lisbeth, die immer noch neben ihr saß und molk.

»Ich denke, die Gendarmen werden Fragen stellen an unsere Herrschaft und vielleicht auch an einige von uns. Aber ich weiß es nicht. Auf jeden Fall schauen die Polizisten richtig gut aus, was meinst du?«, entgegnete Lisbeth.

»Stolz sehen sie aus und schön sind sie in ihren Uniformen.

So einen Mann sollte man haben. Das wäre schön«, sagte die Eva-Maria und träumte vor sich hin.

Es war endlich mal was los in Hermannsdorf, in dem ihr Tagesablauf sonst nur von der Arbeit bestimmt war. Die Männer, die hinter ihr her waren, waren sonst der Bauer und die Knechte, aber jetzt hatte sie zum ersten Mal so vornehme Herren getroffen und sie hatte sich verliebt. Es wäre ja so schön, wäre da nicht das schlechte Gewissen, das sie plagte. Eigentlich sollte sie sich an den jungen Gendarmen wenden, der alle befehligte. Der gefiel ihr am besten von allen, aber sie wusste nicht so recht, wie sie das anstellen sollte. Sollte sie dem, der ihr am besten gefiel, erzählen, dass der grobschlächtige »Lange Rote« sie von hinten nehmen wollte, einfach so, und wie sollte sie erklären, dass sie mit dem »Langen Roten« bis zum Edelberg spazieren gegangen war, ohne dass sie etwas von ihm wollte. Das würde ihr doch niemand glauben, und der junge Brigadier sowieso nicht. Also war sie zunächst einmal ruhig.

Der Strobel ging seiner Arbeit nach, hatte heute Morgen schon nach dem Gesinde geschaut und festgestellt, dass der Egle fehlte. Er hatte noch etwas Korrespondenz für das Rentamt zu erledigen und so saß er im Fürstlichen Domänenhof in seinem Schreibzimmer, als die Gendarmen ihn aufsuchten.

»Guten Morgen, Herr Brigadier. Was kann ich für Sie tun? Möchten Sie, dass ich Ihnen etwas zu essen richten lasse?«

»Nein, wir sind im Dienst«, antwortete Brigadier Fritz pflichtbewusst und kam recht rasch zur Sache. »Wo waren Sie, Herr Strobel, am 31. Januar am Abend, bevor der Bauer Stiefel erschlagen wurde?«, war die Eingangsfrage zur Einvernehmung des Strobels, der wahrheitsgemäß und pflichtbewusst die Ereignisse des Abends vortrug.

»Wir saßen im ›Waldhorn‹ am Stammtisch. Wir haben getrunken und geredet. Der Stiefel kam so gegen 6.00 Uhr dazu, hat auch etwas gegessen und ist so zwei Stunden später nach Hause aufgebrochen.«

Auf die Frage des Brigadiers, ob es etwas Besonderes am Abend gegeben habe, erzählte der Strobel, dass sein Knecht, der Egle, mit dem Stiefel Streit gehabt hatte, dass er den Egle diesbezüglich aber auch schon zur Rede gestellt hätte, und dass es nicht zu Handgreiflichkeiten gekommen war. Dafür hatte er gesorgt. Außerdem führte er noch aus, dass der Egle sich beim Stiefel noch entschuldigen wollte, und dass ihm der Streit leidtue.

Auf die Frage des Brigadiers: »Und wo finde ich den Egle jetzt?«, antwortete der Strobel wahrheitsgemäß:

»Der Egle hat mich gestern Morgen nach der Stallarbeit gefragt, ob er was auf dem Amt in Burladingen erledigen könne, was ich ihm erlaubte.«

»Ja, und wo ist er jetzt?«, fragte der Brigadier Fritz innerlich alarmiert noch mal nach.

»Das weiß ich nicht«, antwortete Strobel, »heute Morgen war er auf jeden Fall nicht da.«

Die Lisbeth und die Eva-Maria hatten den hohen Besuch bemerkt und waren mit ihrer Arbeit im Stall fertig.

Eva-Maria huschte in ihre Kammer, um sich ein wenig frisch zu machen, man wusste ja nie. Zuerst stellte sie ihre Waschschüssel auf die Kommode und fing an, den Stallgeruch von ihrem Körper zu waschen. Sie hatte noch ein kleines Stück Seife in der Kommode, was sonst nur am Sonntag zum Einsatz kam.

»Was machst du denn da?«, fragte die hinzukommende Lisbeth, die ihre Hände und Arme unten in der Viehtränke im Stall gewaschen hatte. »Heut ist doch nichts Besonderes«, wunderte sich die Lisbeth über den außergewöhnlichen Wascheinsatz der Eva-Maria.

Die hatte aber ganz andere Gedanken im Kopf, die sie mit der Lisbeth jetzt nicht teilen wollte. Schließlich könnte es ja sein, dass ihr der junge Brigadier über den Weg lief.

In Burgfelden hatte der Tag auch schon ein Gesicht.

Egle war früh aufgestanden und zum benachbarten Bauern aufgebrochen, um ein paar Vorräte einzukaufen. Seine jüngeren Geschwister saßen rund um den einfach gezimmerten Tisch und freuten sich über die Einkäufe ihres ältesten Bruders. Es gab Brot, Milch und Butter, und Jakob hatte sogar ein großes Stück Fleisch eingekauft, sodass alle so richtig zufrieden mit dem Jakob waren.

»Weißt du schon, wo du hinwillst?«, fragte die Mutter nach, um einerseits ein wenig ihre Neugier zu befriedigen, was denn ihr Ältester nun machen wolle, und andererseits aber auch noch mal klarzustellen, dass er nicht bleiben konnte.

»Ich weiß es noch nicht, aber morgen früh ziehe ich weiter. Heute ruhe ich mich ein wenig bei euch aus. Du kochst uns was Schönes zum Essen und dann bist du mich wieder los«, antwortete ihr Jakob.

»So war das doch nicht gemeint«, entgegnete die Mutter, war aber froh, dass die Sache damit geklärt war.

»Können Sie Ihr Gesinde zusammenrufen?«, fragte der Brigadier Fritz beim Strobel an. »Wir müssen wissen, ob von denen jemand etwas über den Verbleib von Egle weiß. Immerhin zeigt die Spur in seine Richtung. Er hatte Streit mit dem Stiefel und ist jetzt weg, und der Stiefel ist tot. Jetzt sollten wir auf jeden Fall erfragen, was in der Zeit zwischen dem Aufenthalt in der Wirtschaft und dem Tod des Stiefels passiert ist und ob jemand den Egle gesehen hat«, führte der Brigadier seine Gedanken zu der ersten konkreten Spur aus.

»Das kann ich tun. Alle auf einmal oder soll ich sie nach und nach hereinrufen lassen?«, fragte Strobel nach.

»Wo hat denn der Egle geschlafen, fangen wir vielleicht damit an«, antwortete der Brigadier.

»Gerne«, sagte Strobel und ergänzte, »in der Kammer vom Egle schlafen noch der Martin und der Georg. Die sind beide am Wolfsberg im Holz. Die muss ich holen lassen und dann noch die Eva-Maria. Da war was, aber was, weiß ich nicht so genau«, fasste Strobel seine Erkenntnisse zusammen. Schließlich hatte er ja nichts zu verbergen.

Eva-Maria saß im Schreibzimmer ihres Herrn, und ihr gegenüber saß Brigadier Fritz, der begonnen hatte, sie zu befragen.

Sein Dienstbuch lag vor ihm. Er hatte erste Notizen gemacht, nach dem Namen, den Eltern und der Herkunft gefragt, und er sah so unglaublich gut aus. Er war gut gewachsen, blond, war so knapp sechs Zoll groß, hatte schöne Zähne, fleischige Lippen und ein gepflegtes Äußeres. Normalerweise hatte sie mit Männern zu tun, die grobe Hände und verschmutzte Fingernägel hatten, aber ganz anders bei dem Herrn Brigadier, da war alles gepflegt, die Hände sahen weich und zart aus, und die Fingernägel waren ordentlich geschnitten und kein Drecklein war daran zu sehen. Das, was Eva-Maria aber am besten gefiel, waren sein vornehmes Auftreten und seine schöne Uniform. Der Brigadier trug den für die Gendarmen üblichen dunkelgrünen Dienstrock mit blauen Aufschlägen und Kragen, rotem Verstoß mit gelbmetallenen Knöpfen, dunkelgrüne Beinkleider mit rotem Verstoß, einen Tschako mit grünen Fangschnüren. Dazu Stiefel. Und er hatte im Gegensatz zu den anderen eine gelbwollene Borte um den Kragen. Was das bedeutete, wusste die Eva-Maria nicht, aber er gefiel ihr, und sie war total aufgeregt.

»Kannst du mir etwas über den Jakob Egle erzählen und kannst du mir etwas dazu sagen, warum dein Herr mir sagt, mit dir und dem Egle war was?«, begann der Fritz nicht ungeschickt seine Einvernahme.

Eva-Maria saß verdutzt da. Ihre Aufgeregtheit richtete sich plötzlich und unvermittelt in eine andere Richtung. Was wusste der Polizist, der ihr gegenübersaß, und hatte nicht die Lisbeth gesagt, sie könne eingesperrt werden? Trotzdem war sie noch schlagfertig und geordnet genug und fing an zu erzählen: »Der Egle ist seit einiger Zeit auf dem Hof. Der kam, glaube ich, fast zur selben Zeit vorletzten Herbst zur Herrschaft, und er ist ein Grober.«

»Was meinst du mit Grober und was weißt du noch über den Egle?«, fragte der Fritz nach.

»Er stellt allen Mägden nach, ist den anderen überlegen und hat oft Händel. Alle nennen ihn den ›Langen Roten‹, wegen seiner Haare und seinem Bart«, antwortete Eva-Maria, die ihre anfänglichen angenehmen Gedanken an ein Tête-à-Tête mit dem Brigadier völlig verdrängt hatte.

»Was weißt du noch?«, fragte der Fritz nach, der glaubte, schon fast am Ende der Einvernahme zu sein.

»Nichts mehr«, antwortete Eva-Maria, als der Brigadier noch ergänzte und der Form halber die klassische Frage stellte:

»Wo warst du am Abend des 31. Januar?«

Eva-Maria lief puterrot an und stammelte vor sich hin: »Ich war es nicht, der Stiefel wollte nur helfen, und ich bin schnell weggelaufen und das war's. Mehr weiß ich nicht und mehr kann ich auch nicht sagen.«

Das Eis war gebrochen. Der Brigadier Fritz setzte seine Einvernahme fort, und Eva-Maria blieb nichts anderes übrig, als dem jungen Brigadier alles zu erzählen. Sie schämte sich und wusste nicht, warum. Aber sie spürte, dass der Brigadier das alles hier elendig fand.

Nach der Einvernahme des Gesindes zogen die Gendarmen nach Hechingen ab und rapportierten ihrem Vorgesetzten, der die Ergebnisse rasch der Geheimen Konferenz berichtete. Am Samstag, dem 11. Februar 1843, finden wir im Verordnungs- und Intelligenzblatt für das Fürstenthum Hohenzollern-Hechingen folgenden Eintrag:

Hechingen. (Fahndung) Hinsichtlich des hiernach signalisierten Jakob Egle, von Burgfelden, Oberamts Balingen, Dienstknecht bei dem Pächter Georg Strobel von Hermannsdorf, welcher Jakob Egle sich wegen Ermordung des Johann Stiefel von Kuche, Gemarkung Hermannsdorf, flüchtig gemacht hat und deshalb unter dem 3. dieses zur Fahndung ausgeschrieben worden ist, wird anmit bekannt gemacht, daß die Fahndung noch zu keinem Resultat geführt hat, und die Vogtämter deshalb ihre Fahndungsversuche fortzusetzen und nach Möglichkeit die Erforschung und Einlieferung des gedachten Jakob Egle zu bewirken haben. Signalement des Jakob Egle, Alter 26 Jahre, Größe 6' 2" (188 cm), Statur mittlere, Angesicht oval, Haare röthlicht, Stirne bedeckt, Augenbrauen röthlicht, Augen grau, Nase klein, Mund proportioniert, Zähne gut, Kinn rund, Beine gerade. Bei seinem Entweichen war er bekleidet mit einer schwarzen baumwollenen Zipfelmütze, schwarzem Halstuch, weißer blaugeblümter Weste, weiß-blauem Tuchwams, graulichen Manchester Beinkleidern und Halbstiefeln. Möglicherweise könnte er gegenwärtig einen blauen Oberrock tragen. Den 8. Februar 1843, Fürstliches Oberamt. Werner

In Burgfelden, im Haus der Mutter des Egle, herrschte wieder Normalzustand. Der Jakob hatte, wie angekündigt, das

Haus am 3. Februar 1843 wieder verlassen und war unterwegs. Wohin, das wusste die Mutter nicht. Egle war auf der Flucht.

EINFACH WEG

Egle war früh am Morgen aufgestanden, um sich auf den Weg zu machen.

Er wusste noch nicht so ganz genau, wohin er sich wenden sollte. Er wusste nur, dass er verschwinden musste, wollte er dem sicheren Galgen entgehen. Geld und Vorrat hatte er für ein paar Tage, aber danach musste er sich wieder irgendwie verdingen, um seinen Kopf über Wasser zu halten. Er floh zunächst einmal nach Süden, ohne konkrete Pläne, aber in der Gewissheit, dass er die hohenzollerischen Lande meiden musste. Dort hatte er gemordet und er wusste, dort würde man ihn in jedem Fall sofort suchen lassen. Die Hohenzollern hatten ein ausgeklügeltes Rechts- und Fahndungssystem, das wusste der Egle, und man würde nach seiner Tat nicht einfach zur Tagesordnung übergehen. Vielleicht konnte er weit weg von hier, nach Amerika oder ganz woanders hin. In Hohenzollern oder in Württemberg konnte er in jedem Fall nicht dauerhaft bleiben. Egle versuchte, seine Gedanken und seine Fluchtpläne nach und nach zu ordnen.

»He, wo kommst du denn her?«, überraschte ein junger Kerl den Egle, der von Lautlingen in Richtung Meßstetten gestartet war.

Egle war von Burgfelden, über Pfeffingen, Margrethausen und Lautlingen schon gut vorangekommen und stieg jetzt in das Tal nach Meßstetten. Er wollte zunächst in Richtung Bodensee und dann vielleicht in die Schweiz. Aus den wenigen Schuljahren, die er unterrichtet worden war, hatte er noch in Erinnerung, dass der Bodensee an der Schweizer Grenze lag, und dort wollte er zunächst einmal hin, damit er den Häschern der Fürsten von Hohenzollern und des Königs von Württemberg entgehen konnte. So weit sein Plan. War er erst einmal in der Schweiz, lagen mehrere Grenzübergänge zwischen ihm und den hohenzollerischen Gendarmen, und das beruhigte ihn. Nicht, dass er ein schlechtes Gewissen mit sich herumtrug. Er wollte einfach weiterleben und sich von so einem alten Menschen nicht sein Leben verderben lassen.

Der junge Bursche, der Egle überraschend über den Weg gelaufen war, war wie ein Handwerker auf der Walz gekleidet und stellte sich auch als solcher heraus.

»Tag. Was machst du hier und wo willst du hin in deiner Zimmermannskluft?«, fragte Egle neugierig nach.

»Ich hab zuerst gefragt«, entgegnete der junge Kerl, den Egle so auf die zwanzig oder etwas darüber schätzte und der ihm gleich ein wenig übermütig erschien.

Aber der Egle wollte nicht schon wieder einen Streit vom Zaun brechen. Hatte er doch genug auf dem Kerbholz, und ein wenig Gesellschaft konnte ja auch nicht schaden. »Ich komme aus dem Hohenzollerischen und will mir ein wenig die Welt anschauen«, antwortete Egle wahrheitsgemäß und dennoch unverfänglich dem noch Unbekannten, während beide dem Weg nach Meßstetten folgten.

Der Weg war gut ausgebaut und beschottert. Er diente als Verbindung zwischen den beiden Dörfern Lautlingen und Meßstetten und war insbesondere für die Wasserversorgung oben auf der Rauhen Alb wichtig. In längeren Trockenperioden reichte die Kraft der Brunnen nicht aus. Die Hülen, in denen zusätzlich Regenwasser gesammelt wurde, waren dann auch von Mensch und Vieh geleert, und so mussten die Bauern, die über Fuhrwerk und Güllefässer verfügten, unten an der Eyach frisches Wasser fassen und nach oben schaffen. Das war im 19. Jahrhundert ein einträgliches Geschäft, schließlich musste das Wasser bezahlt werden.

Der junge Kerl war typisch für einen auf der Walz befindlichen Zimmermann gekleidet. Er trug einen schwarzen Hut mit breiter Krempe, seine Kluft bestand aus einer schwarzen Weste, Jacke, einem kragenlosen weißen Hemd mit schwarzer Krawatte und einer ebenfalls schwarzen weiten Schlaghose aus grobem Cord. Den Wanderstab, seinen Stenz, fest in der Hand, marschierten die beiden zügig voran.

»Wo willst du denn hin?«, fragte Egle den Burschen und bekam zur Antwort: »Ich will heute einfach noch ein Stück vorwärtskommen und dann irgendwo übernachten, und du?«

»Ich will an den Bodensee, besuche dort Verwandtschaft und dann mal sehen«, log Egle, die Verwandtschaft betreffend, »vielleicht gehe ich nach Amerika, aber auf jeden Fall will ich nicht mein ganzes Leben hier versauern. Also, marschieren wir ein Stück zusammen?«, fragte Egle, dem die Gesellschaft nicht unrecht war.

»Wie heißt du denn?«, setzte Egle die Unterhaltung fort.

»Ich bin der Florian Rädle aus Hechingen, bin Zimmermannsgeselle und auf der Walz.«

Soweit der Plan des Rädle, der natürlich keinen Schimmer hatte, mit wem er es auf dem Weg nach Meßstetten zu tun hatte und was ihn noch alles erwartete. »Und wer bist du?«, fragte der Rädle nach.

»Ich heiße Jakob«, war vom Egle zu vernehmen, der geflissentlich seinen Nachnamen wegließ.

»Ja und weiter?«

»Boss«, antwortete Egle bestimmt. »Ich heiße Jakob Boss und komme aus Pfeffingen.«

Das erschien dem Egle auf die Schnelle plausibel und weit genug weg von Hechingen. Der Name Boss war in der Gegend geläufig, und so könnte er ja schließlich auch heißen. Seinen wahren Geburtsort in Burgfelden wollte er dem jungen Kerl nicht sagen, schließlich war er auf der Flucht und konnte ja niemandem trauen.

»Ja, aber du sagtest doch, du kommst aus dem Hohenzollerischen«, fragte der Rädle nach.

Der Egle spürte, wie sein Herzschlag kurzfristig schneller wurde, hatte sich aber sofort wieder im Griff und antwortete schlagfertig: »Ja, das stimmt, das habe ich gesagt. Im Hohenzollerischen habe ich mich als Knecht verdingt und jetzt will ich etwas von der Welt sehen. Das willst du doch auch – oder?«, antwortete Egle und war froh, dass ihm dieser Schlenker so schnell eingefallen war und er sich nicht vor dem jungen Kerl verhaspelte. Aber er war sich auch sofort klar darüber, dass er in Zukunft vorsichtiger sein musste, mit all den Angaben über sich und seine Herkunft, und beschloss, ab sofort Jakob Boss aus Pfeffingen zu sein. Blöd war nur, dass seine Papiere natürlich von den hohenzollerischen Behörden auf Jakob Egle, geboren in Burgfelden und Knecht beim Strobel in Hermannsdorf, ausgestellt waren. Darum musste er sich kümmern, aber später.

Jetzt stiegen beide erst einmal nach Meßstetten auf und unterhielten sich fortan unverfänglich über die Reiseideen von Florian Rädle und die vielen schönen Mädchen, die er schon getroffen hatte und denen er auf seiner Reise noch begegnen wollte.

MESSSTETTEN

Meßstetten war zu dieser Zeit ein kleines Dorf am Rande der Schwäbischen Alb auf dem Heuberg mit rund 150 Häusern und der Sankt Lamprecht Kirche am Übergang vom Tal auf die Alb-Hochfläche. Im Tal, dem ältesten Teil von Meßstetten, wohnten die Tagelöhner mit ihren Webstühlen, die für die Ebinger Stricker und Textilfabrikanten um diese Zeit schon zu schändlichen Bedingungen Tücher webten. Es gab auch ein paar wenige Bauern, aber eigentlich keine großen Güter. Die Landwirtschaft war nicht auf Tausch und Handel ausgelegt, sondern diente dem eigenen Überleben. Die Menschen hatten eigene kleine Krautländer angelegt und lebten mehr schlecht als recht von dem, was sie im Laufe des Jahres ernten konnten. Dagegen gab es zu dieser Zeit eine andere Einkommensquelle, den Schmuggel von Tüchern und anderen Handelsgütern über die Grenzen hinweg. Meßstetten lag nicht weit von der badischen und ebenso wenig weit von der hohenzollerischen Grenze entfernt, und egal wohin die Reise ging, Güter mussten an den Grenzübergängen ordentlich verzollt werden. Ein einträgliches Geschäft für die, die es mit Recht und Gesetz nicht so ganz genau nahmen und die empfindlichen Strafen nicht fürchteten, sollte man beim illegalen Grenzübertritt erwischt werden.

Die ersten Vorboten von Meßstetten zeigten sich den beiden Wanderern. Sie waren an der unteren und oberen Mühle angekommen, die den Meßstettern zum Eigenbedarf ausreichten, die aber nicht ständig betrieben werden konnten, weil der Wasserlauf von oben so spärlich war, dass zum Mahlen das Wasser erst einmal aufgestaut werden musste.

»So, mein lieber Florian, hier trennen sich unsere Wege. Ich will mich hier noch ein wenig umschauen«, log Egle. Er musste den Rädle wieder loswerden, sonst würde seine Geschichte und seine falsche Identität gleich auffliegen, bevor er sie überhaupt richtig eingesetzt hatte. Irgendwie musste er an andere Papiere rankommen. Die, die er in der Tasche hatte, würden ihn ja postwendend verraten und dem Galgen zuführen. Wie, das wusste er noch nicht, aber mit dem Rädle konnte er jetzt nicht weiterwandern. Würde man sie in Meßstetten oder irgendwo an den Grenzen kontrollieren, war seine Flucht vorbei. Er musste sich also etwas anderes überlegen.

»Komm doch noch ein Stück mit. In Meßstetten trennen sich unsere Wege sowieso. Ich will weiter ins Donautal und du an den Bodensee, also wandere ich weiter nach Hartheim ins Badische und du in Richtung Oberdigisheim und Nusplingen nach Bärenthal, wo du dann wieder bei deinen hohenzollerischen Freunden bist.«

Egle zuckte kurz zusammen. Stimmte das, was der junge Kerl da erzählte? Er dachte, er sei eigentlich aus dem Hohenzollerischen heraus und könnte auf dem nächsten Weg an den Bodensee wandern. »Und gleich danach kommt Baden – oder?«, frotzelte der Egle.

Doch der auf der Walz befindliche Florian Rädle zeigte sich äußerst gut orientiert. »Na ja, vielleicht bist du auf deiner Reise noch nicht so weit gekommen, aber ich war schon dort, und bei Ensisheim fangen die hohenzollerischen Lande an, was sich zieht bis Beuron und darum herum. Dazwischen liegt Württemberg, und wenn du willst, kannst du auch schnell in Baden landen. Also wenn du auf hohenzollerische Gendarmen und württembergische Landjäger treffen willst, dann los«, antwortete Rädle, ohne auch nur einen Hauch des Eindrucks zu hinterlassen, dass das, was er dem Egle gerade erzählte, nicht wahr sei.

»Scheiße«, dachte Egle, »das gefällt mir gar nicht.«

»Aber hier sind wir doch in Württemberg?«, fragte Egle scheinheilig nach.

»Ja, da hast du recht. Aber die Grenzen sind hier nicht immer so ganz klar. Ganz genau weiß ich es auch nicht, aber wenn du von Meßstetten ins Donautal willst, bist du gleich nach Meßstetten im Großherzogtum Baden, und in Thiergarten bist du auch wieder bei den Hohenzollern, aber ich glaube bei den Sigmaringern. Aber ich weiß sicher, dass Bärenthal zu den Hohenzollern nach Sigmaringen gehört. Die haben mich, als ich letztes Mal dort durchgekommen bin, kontrolliert und ganz schön verseckelt.«

Egle schluckte. Mehr wollte er den Jungen jetzt nicht mehr fragen, sonst könnte der Verdacht schöpfen. Und wem konnte er denn schon trauen. Dem Rädle auf jeden Fall nicht. Aber das war eine verdammt wichtige Information für ihn. Er musste Grenzübertritte vermeiden, um so weit wie möglich wegzukommen. Dass er schon so bald an neue Grenzen stoßen könnte, war dem ungebildeten Egle nicht klar, aber jetzt war er vorgewarnt und musste seine Strategie ändern.

»Also, mach's gut. Hat mich gefreut, dich zu treffen und ein Stück Weg mit dir zu machen, aber hier trennen sich unsere Wege wieder«, meinte Egle und ging an der unteren Mühle nach links hoch in den Wald.

»Was willst du denn dort oben? Nach Meßstetten geht es geradeaus weiter das Tal hoch. Ein oder zwei Kilometer, dann haben wir es geschafft.« Rädle konnte dem Vorhaben von Egle nicht ganz folgen.

Er kannte ja aber auch nicht die Motivation und die Angst, die Egle plötzlich und unvermittelt überkamen, nachdem dem Egle klar geworden war, dass er sich schon wieder in unmittelbarem Grenzgebiet zu Hohenzollern oder Baden oder Württemberg befand. Er wollte sich erst neu orientieren und gab der Begleitung von Rädle nach Meßstetten den Laufpass.

SCHMUGGLERHÖHLE

Egle drehte sich nicht einmal mehr um und ging von der unteren Mühle zielstrebig nach links den Wald hoch. Dort hatte er von Lautlingen aus schon einen Halbhöhenweg gesichtet, der vom Torfelsen weiter, wahrscheinlich auch in Richtung Meßstetten, führte.

Egle war nach den Ausführungen von Florian Rädle schlagartig bewusst geworden, dass er unglaublich vorsichtig sein musste. Zur Not wollte er heute Nacht im Wald schlafen. Proviant hatte er noch etwas dabei. Die Wasserflaschen hatte er in Lautlingen gefüllt, und auch wenn es kalt war, einfach mit dem Rädle weiterlaufen, war ihm zu gefährlich. Er konnte ja im Wald vielleicht Feuer machen. So nah würde die Grenze nicht sein, und die Häscher, egal ob aus Württemberg, Baden oder Hohenzollern, würden ja hier mitten im Wald nicht gerade nach ihm suchen.

Schließlich war er auf einem Nebenweg nach Meßstetten unterwegs, außer Fußspuren konnte er im Schnee nichts entdecken. Also ging er weiter.

Rädle war verdutzt und ungläubig, machte aber erst einmal bei der Mühle Pause. Vielleicht gab es dort ein kleines Vesper und ein nettes Mädchen. Im Kopf verdrehen war er jedenfalls schon geübt und auch manches Mal erfolgreich. Schließlich war er auf der Walz und konnte den Leuten, bei denen er vorbeikam, Neuigkeiten aus den anderen Orten und von seinen etwas übertriebenen Abenteuern auf seiner Reise erzählen, und dafür gab es das oder auch mehr. Nachdem der Egle im Wald verschwunden und nicht mehr zu sehen war, hatte der Rädle ihn schon abgehakt.

Egle stieg einen relativ steilen Weg an, bis er schließlich auf einer Höhe an einen Waldweg kam, der nach seiner Orientierung auch nach Meßstetten führte.

Egles Gedanken kreisten um die eine Frage, wie er auf seiner Flucht unentdeckt bleiben konnte. Er hatte gültige Papiere, die ihn sofort verraten würden, er war größer als alle anderen, fiel also auf wie ein Ross Bollen, und sie würden nach ihm suchen.

Als er von seinem Standort auf die ersten kleinen Häuser von Meßstetten sehen konnte, fiel ihm ein Felsen auf, der etwas oberhalb des Weges lag und wo die Sonne den Schnee etwas weggeschmolzen hatte. Egle hatte den Schreifelsen gefunden. Er setzte seinen Weg nach oben fort, und als er über eine niedrige Erdwallung unterhalb des Felsens gestiegen war, entdeckte er eine kleine Höhle. Das kam ihm natürlich zupass. Hier konnte er ungestört die Nacht verbringen und sich erst einmal neu sortieren.

»Hast du genügend Stoff dabei, damit es sich auch lohnt?«, fragte einer der beiden Männer, die auf dem Weg nach Meßstetten waren.

»Ja, Richard, und wir bekommen in Meßstetten noch ein paar dazu. Die vom Tal haben auch ein paar Tücher unter den Webstuhl fallen lassen, die können wir auch noch mitnehmen. Die anderen warten auf dem Heuberg vor Stetten am kalten Markt, dort können wir heute Nacht die Ware übergeben«, antwortete der Ebinger Taglöhner Friedrich Rominger seinem Begleiter. »Wir sind gleich da und können den Rest der Tücher aufnehmen und dann schnell weiter, bevor es Tag wird«, setzte der Rominger seine Ausführungen fort.

»Was machst du denn hier? Hast du unsere Sachen geklaut?«, fragte Richard Teufel den ihnen Unbekannten, der von den Zweien unhöflich geweckt worden war und nicht so schnell reagieren konnte, wie ihm der Teufel sein Jagdmesser an die Kehle setzte.

Teufel und Rominger waren von Ebingen über Lautlingen nach Meßstetten aufgestiegen und befanden sich auf dem alten Schmugglerpfad, um Ware nach Baden und Hohenzollern zu liefern. Von Ebingen hatten sie schon einiges an guten Tüchern mitgenommen, und ausgemacht war, dass in der Schmugglerhöhle unterhalb des Schreifelsens der Rest von den Meßstettern Tüchern auf sie wartete. Rominger hatte die Ware schon beim letzten Besuch in Meßstetten bezahlt und war sichtlich erregt über die Anwesenheit von Egle, der die Nacht in der Höhle verbracht hatte.

»Raus mit der Sprache, was machst du hier oder du kannst gleich Bekanntschaft mit dem lieben Gott machen«, drohte Teufel unmissverständlich und presste die grob geschliffene Klinge tiefer in die empfindliche Haut an Egles Hals.

Egle war dem Teufel körperlich deutlich überlegen, aber jetzt auf jeden Fall in einer ungünstigen Ausgangssituation.

»Was für Sachen? Was sollte ich denn hier schon klauen«, antwortete Egle wahrheitsgemäß und verspürte den unangenehmen Druck an seiner Halsschlagader.

»Ich haue dir gleich ein paar in die Gosch, wenn du uns anlügst. Vergiss nicht, wir sind zu zweit, und du hast gerade ein Messer an deinem Hals.«

»Mach langsam, Teufel, mach langsam, die Tücher liegen da hinten. Auf die hat er es wahrscheinlich nicht abgesehen, weil die sind noch ordentlich eingeschlagen für den Transport.« Der Rominger hatte zwischenzeitlich eine Fackel entzündet, die die Schmugglerhöhle gelb ausleuchtete.

»Dann erzähl mal«, kommandierte der Rominger und wandte seinen Blick dem Egle zu. »Was hast du denn ausgefressen, raus mit der Sprache, ohne Not schläft hier doch kein Mensch«, setzte der Rominger seine Befragung fort.

Teufel hatte sein Messer vom Hals des Egle weggenommen und schaute interessiert auf den vor ihm kauernden Mann, der seine Chance in der Situation gekommen sah und blitzschnell nach oben fuhr, mit der rechten Faust Teufel mitten ins Gesicht schlug und zeitgleich mit seinem Fuß in Richtung von Rominger trat. Teufel ging mit gebrochener Nase zu Boden. Nur der Rominger war noch nicht so hart getroffen, dass er sich nicht mehr wehren konnte. Aber Egle war zwei Köpfe größer, mit einer doppelt so großen Reichweite wie Rominger, und nach zwei gezielten Schlägen gegen den Kopf von Rominger war auch der schachmatt gesetzt und lag zunächst am Boden.

»So, Freunde, und jetzt sagt ihr mir mal, was hier los ist, ansonsten seid ihr heute früh die ersten Toten in Meßstetten«, raunzte Egle in Richtung der beiden.

Teufel und Rominger hatten sich von den Schlägen noch nicht erholt, konnten aber sprechen. »Was willst du von uns?«, fragte Rominger, verärgert über den Leichtsinn, den Riesen vor ihnen aus ihrer eigentlichen Überlegenheit entlassen zu haben.

»Ich will von euch gar nichts. Ich wollte hier nur schlafen und dann meines Weges ziehen. Aber das mit dem Schlafen war ja jetzt nichts. Was habt ihr denn hier deponiert und was wollt ihr damit machen?«, fragte Egle beherzt und neugierig nach.

»Das geht dich gar nichts an«, antwortete Teufel, der sich mit dem Rücken an die Felswand gesetzt hatte und seine gebrochene Nase betastete.

»Du Arschloch hast mir die Nase gebrochen und jetzt willst du uns wohl noch beklauen? Wir haben nichts, was dich interessieren könnte. Damit kannst du eh nichts anfangen«, setzte Rominger noch eins drauf und hatte ruck zuck das Messer von Egle an der Kehle.

»So, Freunde, und jetzt raus mit der Sprache. Sagt mir, was ihr hier macht, oder ihr könnt danach gar nicht mehr sprechen, weil ich euch umgebracht habe. Ihr wärt nicht die Ersten.«

Egle war verärgert. Zum einen hatten die zwei ihn ohne Not aus dem Schlaf gerissen, und zum anderen hatte der, der weniger von den beiden zu sagen hatte, ihn mit dem Messer bedroht. Aber vielleicht konnte er etwas in Erfahrung bringen, was ihn interessierte.

Rominger lenkte ein. »Wir haben Stoff aus Ebingen dabei und nehmen den hier von den Meßstetter Webern noch mit und verkaufen das Zeug.«

»Und das mitten in der Nacht und dann hier in einer Höhle im Wald, willst du mich veräppeln?« Egle drückte das Messer fester an den Hals von Rominger und zog leicht durch.

Rominger fing an zu bluten. »Hör auf, bitte hör auf, ich erzähle dir, was du wissen willst, und dann lässt du mich bitte leben – ja?«, bettelte Rominger, der um sein Leben fürchtete und dessen Halsschlagader pochte, als ob sie gleich herausspringen wollte.

»Gut, dann los«, lenkte Egle ein, der gespannt war, was die beiden ihm erzählen konnten.

Rominger und Teufel hatten eingesehen, dass sie gegen den Hünen nichts ausrichten konnten, und erzählten ihm von ihren kriminellen Geschäften an den Grenzen zu Baden und Hohenzollern. »Du musst eben bei Nacht gehen, damit die Grenzer dich nicht erwischen, das ist das Wesentliche«, endete Rominger mit seinem kleinen Einmaleins für Schmuggler.

Egle hatte aufmerksam zugehört und einiges über die Grenzen hier um Meßstetten und seinen Weg an den Bodensee gelernt. »Habt ihr eure Papiere dabei, oder was macht ihr, wenn ihr erwischt werdet?«, fragte Egle nach.

»Na klar haben wir die Papiere dabei und rennen zu den Schlagbäumen zum Zoll und sagen, wir haben Schmuggelware dabei. Bist du blöd?«, antwortete Teufel, der bis dahin wenig gesagt hatte, ungehalten. »Natürlich gehen wir im Schutz der Nacht über die Grenze und übergeben die Ware an unsere Partner auf der anderen Seite. Wenn wir erwischt werden, sind wir am Arsch, egal ob wir Papiere dabei haben oder nicht. Dann geht's ab ins Loch«, ergänzte Teufel seine Ausführungen.

»Ja, wie geht ihr denn dann über die Grenzen?«, wollte der unerfahrene Egle noch wissen.

»Wir marschieren bei Nacht, schauen, dass keine Grenzer da sind, und gehen auf Nebenwegen an den Schlagbäumen vorbei«, antwortete ungläubig der Rominger, dem so viel Naivität selten begegnet war. Schließlich hielt er den Egle für einen Ganoven so wie er selbst. Warum würde der denn auch sonst im Winter in einer Höhle schlafen, wenn er nicht auch ein Ganove wäre. Aber dann müsste er doch die Spielregeln kennen.

Egle hatte genug erfahren. Die Schmuggler hatten ihm einen großen Gefallen getan und ihm die Möglichkeiten, über die Grenze zu kommen, erklärt, ohne dass er was von sich preisgeben musste, und selbst wenn, die waren selber Verbrecher, sodass er sie auch getrost ausrauben konnte.

»Was habt ihr dabei außer euren Stoffballen, raus mit der Sprache, dann lass ich euch leben.«

Teufel zuckte, und Egle drückte das Messer noch härter in das Fleisch von Rominger.

»Ruhig, Richard, der bringt mich um. Wir haben ein paar Gulden, Proviant und den Stoff. Das musst du uns glauben und das kannst du haben«, antwortete Rominger ängstlich.

Egle ging mit Rominger, den er mit dem Messer in Schach hielt, auf Teufel zu, verpasste ihm mit dem Fuß einen Schienbeintritt, dem Rominger einen Faustschlag, den er, nachdem der Rominger am Boden lag, bei Teufel wiederholte. Beide waren fertig.

Egle nahm ein Tuch aus den Stoffballen, zerriss es und benutzte es zum Fesseln der beiden. Danach schaute Egle in ihren Taschen nach Geld und nahm die paar Gulden, die sie bei sich hatten, an sich. Auch die Brotbeutel nahm er mit und vom Stoff, so viel er tragen konnte. Vielleicht konnte er davon etwas unterwegs verkaufen. Wegschmeißen konnte er ihn immer noch.

Egle brach auf, mitten in der Nacht, und ging in Richtung Meßstetten. Das Dorf wollte er, so gut es ging, rechts liegen lassen, um unentdeckt zu bleiben. Sein nächstes Ziel war Bärenthal, und über Unterdigisheim und Nusplingen kam er dem näher. Die Ortschaften mied er. Der Proviant, den er den beiden abgenommen hatte, reichte für die nächsten Tage, sodass er auf Menschen zunächst nicht angewiesen war.

AUF DER KUCHE

Auf dem oberen Hof auf der Kuche bei Hermannsdorf herrschte emsiges Treiben. Es war Samstag, der 4. Februar 1843, und Johannes Stiefel sollte beerdigt werden. Die Leiche war bis jetzt in der Kammer aufgebahrt und später von den Söhnen Johannes, Christian und Jonathan mit dem Pferdekarren nach Bitz verbracht worden. Die Hermannsdorfer beerdigten ihre Toten in Bitz oder in Burladingen. Ihr vom Fürsten verbrieftes Recht, einen eigenen Friedhof zu gründen und zu unterhalten, war zwar immer mal wieder Thema in der Gesprächsrunde mit dem Vogt, wurde aber bis heute nicht umgesetzt.

Der Mord am Stiefel hatte für Aufsehen gesorgt. Die grausame Tat machte die Runde und hatte sich schnell über Hermannsdorf hinaus herumgesprochen. Es wurde viel spekuliert, vieles übertrieben, hinzugedichtet und erfunden.

Auch die Gerüchte um Jakob Egle machten die Runde. Dass er verschwunden war, hatte sich weit über Hermannsdorf hinaus herumgesprochen, und spätestens morgen würden die grausame Tat und der vermeintliche Übeltäter Teil der sonntäglichen Predigt sein.

Eva-Maria hatte sich mit Lisbeth auch auf den Weg nach Bitz gemacht und traf dort zum ersten Mal auf die Bäuerin und Witwe Stiefel. »Mein aufrichtiges Beileid, Bäuerin. Ich wollte Ihnen noch herzlich danken. Ihr Ehemann war ein guter Mensch und hat mich davor bewahrt, dass mir Schlimmeres widerfahren ist«, trat die Eva-Maria schüchtern an die Witwe Stiefel heran.

Maria hatte sich mit ihren drei Söhnen eingefunden, und eine lange Schlange stand hinter Eva-Maria und Lisbeth, um den Stiefels zu kondolieren. Es war weder Ort noch Zeit, um mit Eva-Maria darüber zu sprechen, was passiert war. Von den Gendarmen hatte Maria einiges gehört, aber warum ihr Johannes umgebracht worden war und was der Egle, den man wohl verdächtigte, für ein Motiv gehabt haben könnte, darüber hatte sie in ihrer Trauer noch nicht groß nachgedacht. »Danke, Eva-Maria, du bist auch eingeladen nachher zum Leichenschmaus auf dem Hof«, antwortete Maria mechanisch.

Die Kirche in Bitz war bis auf den letzten Platz voll. Auch vor der Kirche drängten sich die Menschen, um noch einen Platz zu ergattern, wo sie dem Pfarrer zuhören konnten. Der Pfarrer trat aus der Sakristei in die Kirche und stieg auf die Kanzel. Seine Predigt hatte er gut vorbereitet und trug sie leidenschaftlich und mit bebender Stimme vor:

»Mit feierlicher Trauer und tiefem Mitgefühl betreten wir diesmal diesen Friedhof, denn wir haben die entseelte Hülle eines Mitchristen hierher gebracht, welcher unter den frevelnden Händen eines ruchlosen Totschlägers sein Leben endete. Wenn schon jeder gewöhnliche Todesfall uns in Trauer versetzt und unser Mitleid erregt, wie viel mehr ein solcher, gegen den sich jedes menschliche und religiöse Gefühl empört? Ja, mit Trauer und tiefem Mitleid erfüllt ist jeder, dem dieser schauerliche Todesfall bekannt wurde, davon zeugt diese zahlreiche Leichenbegleitung; aber ebenso wie von Trauer und Mitleid fühlen wir uns auch von dieser Abscheu ergriffen gegen solch schauerliches und schwarzes Verbrechen, wie es an dem Unglücklichen verübt wurde.

Wer sollte von Menschen, die vom Schöpfer und Vernunft begabt sind, in denen die heilige Flamme der Liebe angezündet ist, wer sollte von den Erstlingen der sichtbaren Schöpfung solche satanische und fällische Handlung erwarten? Ist es nicht, als haben solche Menschen die Vernunft verleugnet und ihre Menschlichkeit in Tierheit verwandelt. Haben nicht die Ungeheuer, welche sich so tief erniedrigen, das Leben ihrer Mitmenschen gefährden, die Reste, die beim Ebenbild Gottes übriggeblieben in das Ebenbild des Satans verwandelt. Aber eben solche schreckliche Ausbrüche menschlicher Verdorbenheit lassen uns auf den Zustand menschlicher Natur im Allgemeinen schließen. Verhehlen wir es uns nicht, dass jeder Mensch von Natur aus ein geborener Sünder ist, dass er nur durch die heiligenden Lehren der Religion, durch den Einfluss des Geistes Gottes ein Mensch und Christ werde, der diesen schönen Namen in Wahrheit verdient. Frage sich jeder selbst, wie oft schon in seinem Herzen Gedanken aufgestiegen seien, deren er sich, wenn er sie im Lichte der Religion betrachtete, schämte? Wie viele Ausbrüche in Worten er sich schon erlaubt habe, die voll Groll, voll bitteren Hasses gegen Mitmenschen waren und vollends Handlungen, Misshandlungen an Nebenmenschen verübt, die, wenn sie auch nicht den Tod herbeiführten, wie bei dem unglücklichen Mitbruder Stiefel, doch Ausbrüche einer rohen, tierischen Natur sind, und den Menschen, vielmehr den Christen schänden; sind das nicht Beweise, dass der Mensch von Natur aus bös und verdorben sei?

Wir müssen es erkennen und im Innersten davon überzeugt sein, dass wir die heilige Religion, und die Übungen derselben, dass wir namentlich den Beistand des guten Geistes bedürfen, um vor wilden Ausbrüchen unserer verdorbenen Natur gesichert zu sein. Wenden wir unseren Blick weg von dieser Trauerversammlung, und dahin, wo wir Trost und Beruhigung auch bei den härtesten Schlägen des Schicksals finden. Wenden wir unsern betränten Blick aufwärts, wenn es hienieden so schauerlich dunkel aussieht aufwärts zu dem, der durch Christum unser Vater ist, zu Gott, der alle unsere Schicksale mit Weisheit und Vatergüte leitet und regiert.

Zwar erschüttert uns das Schicksal das den unglücklichen Mitchristen Stiefel getroffen, und unser ganzes Wesen bebt zurück vor demselben; aber der, in dessen Buche auch die Lebenstage und die Schicksale des Unglücklichen geschrieben sind, dessen sorgende und beschirmende Hand so oft über ihm war, er sah auch dies traurige Schicksal voraus, und ließ es herniederbrechen über ihn und wendete es nicht ab, was seiner Macht ein leichtes gewesen wäre. Ja, der Allgegenwärtige und Allwissende dem nichts verborgen ist, bei dem Finsternis ist wie das Licht, er sah den Unglücklichen auf der Straße wandeln, sah den Ruchlosen sich ihm nahen und verhinderte das Verbrechen nicht. Warum, können wir nicht wissen, denn seine Gedanken sind nicht unsere Gedanken und seine Tage, sind nicht unsere Tage. Aber der Glaube, dass Gott durch Christum unser Vater ist, dass er nur Friedensgedanken über uns habe, so wenig wir dies einzusehen vermögen, dieser Glaube gewährt Trost, er richtet das niedergebeugte Herz und Gemüt wieder auf, er lindert den Schmerz und heilt die geschlagenen Wunden, und so möge das Vaterherz Gottes über dem Unglücklichen, Erbarmen, Huld und Gnade in seiner letzten Stunde ausgegossen haben.

Und ihr Hinterbliebenen richtet euch auf an den starken Gott, der auch dann die Liebe ist, wenn er seine Kinder züchtigt, trauet es ihm zu und glaubt es fest, dass ihr auch nicht verlassen werdet, wenn ihr an ihm bleibet, dass er euer Vater sein werde, wenn ihr seine gehorsamen Kinder seid und die Wunden heilen werde, die euch durch den schauerlichen Hintritt unseres Gottes und Vaters geschlagen worden sind.

Oh treuer Vater unseres Lebens die Warnung: wachet, seid bereit! An unseren Seelen nicht vergebens verloren die Gnadenzeit; dann führt uns selbst ein schneller Tod zu deiner Seligkeit oh Gott!« endete der Pfarrer seine Trauerpredigt anlässlich der Ermordung und Beisetzung von Johannes Stiefel. In der Kirche zu Bitz war es mucksmäuschenstill. Jeder und Jede hing den eigenen Gedanken nach.

Der von Anna-Maria und ihren Söhnen angeführte Trauerzug ging von der Kirche zum Grab von Johannes Stiefel. Wer noch Zeit hatte fuhr noch hinaus auf die Kuche. Dort hatte Anna-Maria mithilfe der Nachbarn und den Hermannsdorfern zu Hause aufgetischt. Schließlich waren sie keine Hungerleider, und ihr Mann Johannes sollte ordentlich und mit Anstand beerdigt werden. Da ließ Anna-Maria erst gar nichts aufkommen.

DIE FLUCHT GEHT WEITER

Jakob Egle musste weiter. Er war wieder auf seinem Weg. Fort von Hermannsdorf und zwischenzeitlich auch von Meßstetten. In Hermannsdorf hatte er getötet und in Meßstetten hatte er sich mit den zwei Schmugglern keine neuen Freunde geschaffen. Aber er war zuversichtlich. Er wusste über die Grenzen zum Hohenzollerischen besser Bescheid, als zu Beginn seiner unfreiwilligen Reise, und die zwei Schmuggler hatten ihm Geld, Proviant und Tücher verschafft. Damit konnte er sich ein Stückweit durchschlagen. Außerdem hatte er von den Schmugglern nichts zu befürchten. Schließlich hatten sie selbst Dreck am Stecken. Also anzeigen konnten sie ihn nicht. Sollte er sie je wiedertreffen, lag der Fall zwar anders. Aber sollten sie wieder nur zu zweit sein, hatte er die Lage wahrscheinlich im Griff.

Egle hatte Meßstetten hinter sich gelassen. Der Tag begrüßte ihn freundlich. Der Heuberg oder das Haardt, wie die Landschaft eigentlich heißt, war dick in sein winterliches Kleid gehüllt, und die Sonne glitzerte im weißen Schnee. Egle war unterwegs übers Appental nach Unterdigisheim.

»He Boss, du bist aber früh auf den Beinen«, hörte der Egle plötzlich und unvermittelt eine ihm bekannte junge Stimme hinter sich.

Offensichtlich war der Florian Rädle, den er bei der unteren Mühle im Tal verlassen hatte, auch in Meßstetten aufgebrochen.

»He, was machst du denn schon so früh unterwegs? Ich dachte, du wolltest in Meßstetten ein hübsches Mädchen besuchen und ihr von deinen Abenteuern erzählen, oder wie war das gestern«, antwortete der gut gelaunte Egle, der sich zwischenzeitlich in Richtung Rädle umgedreht hatte.

»Was hast du denn alles bei dir?«, fragte der Rädle, der nun neben Egle stand und dem aufgefallen war, dass er deutlich mehr Gepäck bei sich hatte als zu dem Zeitpunkt, als er ihn gestern verlassen hatte.

»Das war der Grund, weshalb ich meine eigene Route gewählt habe. Ich hatte noch ein paar Geschäfte zu erledigen«, entgegnete Egle wahrheitsgemäß, wohl wissend, dass er die Geschäfte nicht geplant, sondern die Ware zwei Schmugglern abgenommen hatte. »Du wolltest doch ins Donautal, oder nicht? So habe ich dich auf jeden Fall gestern verstanden«, setzte Egle die Unterhaltung fort, auch um von dem ihm unangenehmen Thema seiner unverhofften Beute abzulenken.

»Du hast recht, Boss, aber in Meßstetten haben sie mir gesagt, dass es in der Unterdigisheimer Mühle Arbeit für einen Zimmermann gibt, und eine schöne Tochter soll der Müller auch haben. Also gehe ich jetzt erst dorthin. Schließlich muss ich auch von etwas leben, und entweder verdiene ich ein paar Kreuzer bei der Arbeit oder vergesse meinen Hunger in den Armen einer hübschen Braut«, setzte der Rädle schmunzelnd die Konversation fort, um das Thema von gestern postwendend wieder aufzugreifen.

Dem Egle, alias Boss, war das recht, so hatte er wenigstens bis Unterdigisheim Gesellschaft.

»Sag mal, seit wann bist du denn auf der Walz?«, fragte Egle den Rädle, um das Gespräch wieder aufzunehmen und vielleicht noch das eine oder andere Nützliche zu erfahren.

»Noch nicht so lange, vielleicht ein halbes Jahr«, antwortete Rädle, ohne groß über sich selbst reden zu wollen.

»Und du, willst du immer noch nach Amerika? Was willst du dort? Gold schürfen oder musst du einfach nur abhauen?«

Rädle hatte das für ihn völlig harmlose Gespräch in eine für den Egle unangenehme Richtung gewendet. Warum fragte der blöde Sack, ob er abhauen wolle. Wusste er etwas und ließ ihn vielleicht in eine Falle laufen? Egle schaute sich um. Es war weit und breit niemand zu sehen. Sie waren zwar schon fast am Ende des Appentals angekommen. Der Kirchturm von Unterdigisheim war noch nicht zu sehen, zumal Egle sich hier sowieso nicht auskannte. Außer ihm und dem jungen Rädle war hier niemand. Egle zog plötzlich sein Messer und setzte es dem überraschten und völlig übertölpelten Rädle an die Kehle.

»Was weißt du über mich? Sag es und sag es sofort oder stirb«, forderte Egle den jungen Rädle auf, der stammelte:

»Ich weiß über dich, was du mir erzählt hast. Ich kenne dich doch gar nicht und ich glaube, ich will unsere Bekanntschaft auch nicht weiter vertiefen«, stotterte Rädle, dem die Angst in die Beine gefahren war und der nicht so recht wusste, wie ihm geschah.

»Warum sagst du, dass ich abhauen muss?«, wollte Egle nun wissen und lockerte den Druck der Messerklinge an Rädles Hals.

»Das weiß ich nicht. Das war nur eine allgemeine Frage, wie ja auch sonst zwischen uns beiden nichts von Bedeutung gesprochen wurde. Ich kenne dich nicht und weiß nichts über dich«, unterstrich Rädle noch einmal, um klar und deutlich zu machen, dass er harmlos war.

Egle ließ den Rädle los und fing an zu lachen. »Na, jetzt hast du aber ganz schön die Hosen voll gehabt. Ich habe doch nur Spaß gemacht und wollte mal sehen, was so ein junger Kerl wie du aushält. Viel scheint es ja nicht zu sein!«

Rädle schaute den Egle missmutig an, dachte aber keine Sekunde daran, sich in irgendeiner Form zur Wehr zu setzen. Die Nummer mit dem Messer hatte ihm gereicht. Er wollte jetzt nur noch nach Unterdigisheim zur Mühle und vor allem den Egle loswerden. Mit so einem Verrückten wollte er den Weg nicht weiter teilen. »Gehen wir weiter«, sagte Rädle und zog Richtung Unterdigisheim von dannen.

Egle blieb stehen, ließ den jungen Kerl ziehen und setzte dann seinen Weg über Unterdigisheim nach Nusplingen fort. Unterdigisheim ließ er links liegen. In den Ort wollte er schon wegen dem Rädle nicht. Egle war klar, dass sein Verhalten blöd war und er damit tatsächlich Verdacht auf sich gezogen hatte. Aber seine Nerven lagen blank. Er war noch nicht weit genug weg von seinen Häschern, die ihn schnappen und bestimmt hängen wollten.

Und Rädle drehte sich nicht einmal mehr um. Er war heilfroh, dass er den Egle los hatte. Fürs Erste zumindest.

Jakob Egle wollte an den Bodensee. Sein Wissen in Landeskunde war nicht sonderlich ausgeprägt, schließlich hatte er die Schulbank nur sporadisch gedrückt, und eigentlich wollte er auf direktem Weg an den Bodensee und einfach so schnell wie möglich weit weg von seinen Verfolgern. Von Rädle hatte er aber gelernt, dass er auf dem geraden Weg von Nusplingen nach Bärenthal wieder nach Hohenzollern zurückkehren würde, und das musste er meiden wie der Teufel das Weihwasser. Einerseits, dachte er, vielleicht wissen die in Bärenthal ja noch nicht Bescheid, aber das Risiko wollte er letztendlich nicht eingehen.

Egle wanderte von Nusplingen über den Großen Heuberg, Bubsheim, Böttingen nach Fridingen an der Donau, Neuhausen ob Eck und erreichte die Hegau Alb. Bis hierher hatte er die Ortschaften als Orientierung genommen, gelegentlich nach dem Weg gefragt, aber ansonsten Gesellschaft vermieden. Seine Vorräte, die er mitgenommen hatte, und seine Beute, die er bei den Ebinger Schmugglern gemacht hatte, hatten für den mehrtägigen Marsch bis zur Hegau Alb ausgereicht, aber jetzt musste er wieder in die Zivilisation zurück. Die Vorräte waren aufgebraucht, und Egle hatte Hunger.

ZIZENHAUSEN

EGLE WAR NUN schon einige Tage unterwegs und hatte sich nach seinem Empfinden schon weit von Hermannsdorf entfernt. In den Wäldern und auf den Trampelpfaden waren ihm nur wenige Menschen begegnet. Um die wenigen hatte er sich aber auch nicht sonderlich gekümmert. Er wollte weiter. Trotzdem reichten diese Begegnungen aus, damit er nicht vom Weg abkam und die Orientierung nicht verlor. Wurde er gefragt, wohin er wollte, nannte er den Bodensee. Vor allem war es ihm aber gelungen, an den Hohenzollern vorbei zu marschieren. Auf seinem Weg verschoben sich die Grenzen der Hohenzollern-Sigmaringen immer wieder nach Westen, was er aber durch seinen Umweg über den Großen Heuberg im Griff hatte. Als er nun durch Windegg marschiert war, war ihm ein blauer Zettel aufgefallen. Der blaue Zettel war an einer Buche, die am Wegesrand stand, so angenagelt worden, dass jeder Durchreisende ihn sehen musste. Also auch Egle. Darauf stand: »Suchst du Arbeit? Wir brauchen dich. Hier gibt es Arbeit genug. Komm ins Hüttenwerk nach Zizenhausen.«

In Windegg angekommen, war es auch nicht mehr schwer, den Weg nach Zizenhausen zu finden, liegt es doch nur unweit von Windegg entfernt, und nun war er da.

»Der hat kein Goore. Aber ein schönes Kwant. Der kriegt Makes, wenn er Ärger macht«, befand einer der zwei Männer, die am Ortsrand von Zizenhausen auf der Straße standen und den Egle schon eine ganze Zeit beobachteten, wie er sich dem Ort auf der Hauptstraße näherte. Sie sprachen untereinander Jenisch. Eine Sprache, die seinerzeit in Zizenhausen die Kaufleute und Händler als Geheimsprache nutzten.

Egle hatte die zwei auch schon eine ganze Zeit im Visier, schließlich war er auf der Flucht, und gegenüber Fremden war er erst einmal skeptisch.

Als er an ihnen vorbeigehen wollte, stellten sich beide Egle in den Weg, aber in einer Art und Weise, die ihn nicht provozieren sollte. Sie hatten schon von Weitem wahrgenommen, dass hier ein Riese des Weges kam, der zu seiner Größe auch noch eine stattliche Figur zu bieten hatte.

»He, junger Freund, wohin geht die Reise«, begann der jüngere von beiden.

Egle war stehen geblieben und musterte den Jungen, von dem offensichtlich keine Gefahr ausging. Der Ältere stand lässig daneben und hatte dem Egle aufmunternd zugenickt.

»Ich bin auf der Suche nach Arbeit. Unterwegs habe ich auf einem Zettel gelesen, dass es hier Arbeit geben soll. Stimmt das?«, antwortete Egle entspannt.

Er hatte zwischenzeitlich einen ersten Blick in Richtung des Dorfes werfen können, aber außer einfachsten Holzhütten hatte er noch nichts entdeckt.

»Das kommt darauf an«, antwortete der Jüngere verschmitzt. »Wenn du Geld damit verdienen willst, ist es etwas schwerer, wenn du nur zum Arbeiten nach Zizenhausen kommst und mit einem Essen und einem Platz zum Schlafen zufrieden bist, ist es einfacher.«

Egle schaute dem Jüngeren in die Augen. Sein Gesichtsausdruck hatte sich verfinstert. »Willst du mich hier veräppeln oder glaubst du, ich habe Lust auf irgendwelche blöden Sprüche? Ich habe dich höflich gefragt, ob es hier Arbeit gibt, und mehr will ich von dir nicht wissen. Ich bin hungrig und müde und suche einen Platz, wo ich mich ausruhen kann. Hast du mich verstanden?«, fasste Egle ungeduldig seine ersten Bedürfnisse zusammen.

Die beiden schauten sich verdutzt an. Mit der lässigen Konversation kamen sie bei Egle nicht ans Ziel. Natürlich waren sie neugierig, was der Fremde hier wollte. Aber sie waren auch erfahren genug, dass mit dem Fremden nicht zu spaßen war, und außerdem sah er ziemlich kampferfahren aus.

Egle selbst war ungeduldig. Er hatte einen langen Tagesmarsch von Neuhausen ob Eck über Windegg hinter sich und wollte sich endlich ausruhen.

»Wir veräppeln dich nicht. Du kannst heute Nacht in einer freien Hütte übernachten, und morgen sehen wir weiter. Auf dem Sennhof gibt es Arbeit genug. Essen bekommst du gleich, aber Geld erst, wenn du länger bleibst und der Bauer Martin dich einstellt«, antwortete der Jüngere jetzt mit ernster Miene, wandte sich seinem Begleiter zu und sagte ihm auf Jenisch: »Der kriegt Makes, wenn er schwecht.«

Egle hatte die Bemerkung geflissentlich überhört. Er wollte hier nicht mit Ärger anfangen. Außerdem hatte er auch nicht verstanden, was der Jüngere zu dem Älteren gesagt hatte. Schließlich hoffte er auf Arbeit und wollte eine Weile durchschnaufen.

»Ich habe auf dem Zettel gelesen, dass es Arbeit in einem Hüttenwerk geben soll. Stimmt das nicht?«, fragte Egle nach.

»Doch, das Hüttenwerk gibt es auch. Aber ob die dich einstellen, weiß ich nicht. Auf dem Sennhof suchen sie einen Knecht und ständig Leute zum Helfen im Stall. Dort kriegst du auf jeden Fall was Ordentliches zum Essen, wenn du anständig schaffst, und den Bauer Martin kenne ich«, war die Antwort von Albert Kaufmann, der in Zizenhausen beste Beziehungen pflegte.

»Gut. Das machen wir so. Wo hast du gesagt, kann ich schlafen?«, entgegnete Egle, hoffend darauf, dass das Angebot mit der leeren Hütte kein leeres Geschwätz war.

»Die dritte Hütte da unten ist seit ein paar Wochen frei. Die kannst du mal ein paar Tage nutzen, bis du entweder selbst was Besseres gefunden hast oder weiterziehst.«

Albert kannte sich im Dorf aus. Schließlich war er hier geboren. Er kannte alle, die in Zizenhausen etwas zu sagen hatten und er war mit Theodor Sohn, einem wichtigen Mann in Zizenhausen, bestens befreundet. Die Familie Sohn stellte Terrakotten her, die auf dem europäischen Kunstmarkt vertrieben wurden. Theodor Sohn leitete das Familienunternehmen und war zudem der Ratsschreiber von Zizenhausen.

Egle war also gleich auf den Richtigen gestoßen. Keiner der Tagelöhner und Zigeuner machte ihm am Ortsrand von Zizenhausen die Aufwartung, sondern einer der ihm in Zizenhausen helfen konnte und der Beziehungen zu allen möglichen Leuten pflegte. Vor allem zu solchen, die auch über etwas Vermögen verfügten und Einfluss nehmen konnten. Aber das wusste Egle ja nicht.

Für Albert Kaufmann war Egle erst einmal ein Fremder. Allerdings war er deutlich besser gekleidet als das sonstige Gesindel, das hier durchzog oder nach Arbeit verlangte. Zuerst musste man wissen, was das für einer war, und so weit waren sie ja noch nicht. Aber zu dieser Zeit war es immer höchst interessant, Fremden zu begegnen. Sie wussten über die Orte, aus denen sie kamen, Bescheid und hatten regelmäßig interessante Geschichten auf Lager. Und auf die waren Albert und sein Kompagnon Fritz gespannt.

»Wenn du Lust hast, können wir uns morgen Mittag in der Dorfmitte treffen«, gab Albert abschließend dem Egle zu verstehen.

Egle nickte und so war der Treff für den nächsten Tag schon abgemacht.

DER TAG ERWACHT.

Egle hatte gut geschlafen und war dabei, seine Hütte zu verlassen. Er hatte Hunger. Seine Barschaft war weitestgehend aufgebraucht. Das wenige, was ihm geblieben war, nahm er mit, und seine Tücher, die er den Schmugglern in Meßstetten abgenommen hatte, ließ er mit einem etwas unguten Gefühl in der Hütte zurück. Er schlenderte die Hauptstraße entlang und konnte den Ort so zum ersten Mal richtig wahrnehmen. Die Hauptstraße war einfach aufgeschottert, aber in keinem guten Zustand. Überall, wo der Schnee den Boden nicht bedeckte, waren Löcher zu sehen, so wie es Egle aus Hermannsdorf kannte. Für Fuhrwerke und Kutschen war der Weg zwar befahrbar, aber man musste vorsichtig sein, um keinen Achsbruch zu riskieren.

Egle hatte keine Uhr, aber es war schon hell, und er schätzte die Zeit auf 9.00 Uhr morgens. Er wollte sich mit den zwei Männern von gestern in der Dorfmitte treffen. Wenn er sie richtig verstanden hatte, war dort auch das Eisenwerk. Rechts und links der Straße standen einfache Holzhäuser, und viele Kinder spielten davor. Die Menschen, denen Egle begegnete, machten auf ihn einen eher verwahrlosten Eindruck. Viel haben die hier wohl nicht, dachte er so bei sich, als er beim Hüttenwerk angekommen war. Dieses lag rechts neben der Straße, und vor dem Eingang hatte sich eine Traube von Männern gebildet, die offensichtlich auf etwas warteten.

Egle gesellte sich dazu und fragte in die Runde hinein: »Was macht ihr hier? Ihr sucht doch nicht etwa Arbeit? Denn genau deswegen bin ich hier.«

»Natürlich suchen wir Arbeit. Aber davon gibt es hier nicht so viel. Die Herrschaft sagt von Tag zu Tag, dass es besser wird, aber darauf warten wir nun schon viele Jahre. Fremde brauchen wir hier also nicht auch noch«, tönte es aus der Menge von circa zehn Männern heraus.

Der Wortführer trat hervor. Es handelte sich um einen Mann mittleren Alters, kräftig gebaut und etwa einen halben Kopf kleiner als Egle. »Du kannst also gleich wieder gehen. Denn die wenige Arbeit, die es gibt, teilen wir unter uns selber auf«, ergänzte er seine Ausführungen.

Egle verhielt sich für seine Verhältnisse erstaunlich ruhig. Er hatte gut geschlafen, war zwar hungrig, aber er war ja mit den zweien von gestern verabredet, und eine Schlägerei konnte er hier nicht gleich riskieren. Zum einen waren die zehn ihm sicher überlegen, und zu viel Ärger könnte ihn verraten. Schließlich war er immer noch ein gesuchter Mörder. »Hoho, wie heißt du denn, der Fremde so freundlich empfängt«, stieg Egle in die Unterhaltung ein.

»Ich habe hier das Sagen. Du darfst mich Giacomo nennen. So rufen mich alle hier«, antwortete der offensichtliche Sprecher der Gruppe.

»Wo finde ich hier etwas zu essen?«, fragte Egle seinem ersten und wichtigsten Bedürfnis entsprechend.

»Du kannst mit uns zu Maria gehen. Die lebt dort drüben in einer der heruntergekommenen Hütten so wie wir alle. Bei ihr kannst du etwas zu essen und zu trinken bekommen, aber eine richtige Wirtschaft ist es nicht«, antwortete Giacomo, »und nur, wenn du auch Geld hast. Für Liebe kriegst du nichts, auch wenn die Maria schon so alt und hässlich ist, dass sie über jeden froh ist, der bei ihr unter die Decke kriecht«, setzte Giacomo noch grinsend eins drauf.

Die anderen lachten lauthals über den vermeintlichen Witz ihres Wortführers.

Egle wartete ab.

»Gehst du mit und gibst einen aus, oder willst du hier warten bis zum Sankt Nimmerleinstag«, meinte Giacomo zu Egle, und der Tross setzte sich schon langsam in Bewegung in Richtung der von Giacomo genannten Hütte.

Egle überlegte kurz. Er hatte nicht mehr viel Geld übrig, aber für einen Humpen für die Gruppe würde es sicher reichen, und ein Frühstück für ihn müsste auch noch drin sein. Also ließ er sich darauf ein.

Zizenhausen war zu dieser Zeit ein Dorf mit etwa tausendeinhundert Seelen. Die meisten von ihnen waren durch die Anwerbung des Freiherrn von Krafft hier gelandet in der Hoffnung, im Hüttenwerk oder in der Weberei Arbeit zu finden. Freiherr von Krafft stand als Amtmann im Dienste des Hauses Habsburg und hatte bis zwei Jahre zuvor das kleine Schloss im Ort bewohnt. Zwischenzeitlich war die Herrschaft auf die Freiherren von Buol-Berenberg übergegangen, die genauso wenig in der Lage waren, die Armut im Dorf zu beheben. Das Eisenwerk war von Freiherr von Krafft aufgebaut worden, und im Eisenwerk verarbeiteten sie Bohnerze aus dem Liptinger Raum zu Eisen. Das Hüttenwerk hatten die Herren von Buol-Berenberg an das Haus Fürstenberg abgetreten. Für die vielen Einwohner reichte das Angebot an Arbeit nicht aus. Sie hatten aber nicht mehr die Kraft und vor allem nicht das Geld, diesen Ort wieder zu verlassen. Ihnen blieb eine einfache Hütte an der Straße zwischen hier und nirgendwo und die Hoffnung auf Arbeit – irgendwann. Viele der Frauen lebten in den Hütten allein – zumindest während der Zeit, wo ihre Männer auf Betteltour in Süddeutschland oder als Kesselflicker unterwegs waren, um für den Winter Vorräte und ein wenig Geld zu beschaffen. Viele kamen von ihren Touren erst gar nicht mehr zurück. Die Männer entzogen sich so ihrer Verantwortung für ihre Familien. Eine solche Zurückgelassene war die Maria, und dort saß der Egle jetzt beim Frühstück.

BEI DER MARIA

Bei der Maria ging es gleich hoch her. Egle hatte sein Versprechen eingelöst und den neuen Freunden einen großen Humpen Bier bestellt, den die Runde schnell geleert hatte und sich nach und nach wieder davon trollte. Egle hatte nach einem Frühstück gefragt und hatte von der Maria einen Kanten Brot, Gerstensuppe, Schwarzwurst, Käse und einen Humpen Bier serviert bekommen, über das sich Egle mit Genuss hermachte. Schon lange hatte er nicht mehr so gut gegessen oder zumindest kam es ihm so vor.

Marias Hütte war mitten im Dorf, in der dritten Reihe von der Durchgangsstraße oder der Hauptstraße und eigentlich der einzigen Straße in Richtung der Heidenhöhlen, und sie war karg eingerichtet. Es gab ein paar wenige einfach gezimmerte Tische mit Holzhockern darum. In der Mitte des Raumes befand sich eine einfach gemauerte Feuerstelle. Der Rauch konnte direkt darüber über ein Loch im Dach abziehen. Maria hatte über dem Feuer einen großen Topf hängen, in dem die Tagessuppe zubereitet wurde. Heute gab es Gerstensuppe wie fast jeden Tag. Es war das Essen der Armen. Es wärmte, war gut gegen Hunger und billig. Nicht alle konnten sich dazu auch noch Schwarzwurst und Käse leisten. Aber Egle wollte auch Eindruck schinden, und außerdem hatte er so richtig Kohldampf.

Er beobachtete die Szenerie. Außer ihm waren keine Gäste mehr da. Die Arbeitssuchenden vor dem Hüttenwerk, die er auf einen Humpen eingeladen hatte, waren alle schon wieder weg, und er beobachtete Maria, die am Feuer stand und in der Suppe rührte. Maria hatte ihre besten Tage schon hinter sich. Sie war wohl so um die vierzig Jahre alt. Sie war gekleidet mit einem Arbeitskittel oder Arbeitsschurz, wie es die meisten einfachen Frauen zu dieser Zeit und weit bis ins 20. Jahrhundert trugen. Aber die Figur machte auf Egle nun doch nicht den schlechtesten Eindruck, und wann er zuletzt bei einer Frau gelegen hatte, daran konnte sich Egle schon nicht mehr erinnern. Die Eva-Maria hatte ihn am Edelberg nicht rangelassen und außerdem hatte der Stiefel gestört. Also, es wär schon mal wieder Zeit, sich auf eine Frau einzulassen, dachte der Egle so bei sich und der Gedanke an eine Frau ließ ihn in den nächsten Momenten einfach nicht mehr los.

»Maria, ich darf dich doch so nennen, wo ist denn der Rest deiner Familie, beim Arbeiten oder draußen beim Spielen?«, fragte der Egle scheinheilig, um herauszubekommen, wie die Chancen für ein kleines Tête-à-Tête standen.

»Du darfst mich gerne Maria nennen, aber das andere geht dich nichts an. Schließlich kenne ich dich ja nicht«, antwortete Maria mit der Gelassenheit einer Gastwirtin, die sich laufend Sprüche und blöde Anmache anhören musste, insofern war das für sie nicht sehr überraschend.

Allerdings hatte der Egle auf sie nicht den schlechtesten Eindruck gemacht. Er war sehr groß, größer als alle Männer, die sie hier in Zizenhausen kannte. Er war jung, vielleicht so knapp dreißig Jahre alt, hatte rote Haare und einen roten Bart und sah mit seiner kräftigen Gestalt ganz passabel aus. Aber was sollte ein so junger Kerl von einer älteren Frau, wie sie es war, denn auch wollen, aber ein wenig neugierig war sie dann doch.

»Wo kommst du denn her und was willst du hier in Zizenhausen? Arme leben hier genug und du scheinst ja nun auch nicht von reichen Eltern zu sein«, entschied sich Maria, ein wenig mit dem Neuankömmling zu konversieren.

»Da hast du recht, Maria, reich an Geld bin ich nicht, aber reich an Erfahrung im Umgang mit Frauen. Ich bin unterwegs und halte an, wo ich will, und mal sehen, ob es mir in Zizenhausen gefällt. Auf dem Weg hierher, ich glaube im letzten kleinen Ort, habe ich einen Zettel entdeckt, auf dem stand, dass es hier in Zizenhausen Arbeit und hübsche Frauen gäbe, und hier bin ich. Arbeiten kann ich wie ein Pferd«, antwortete Egle im ersten Teil gerne zweideutig, weil er die Weiblichkeit von Maria noch nicht vom Tisch hatte und ihm danach zumute war.

»Du meinst die Arbeit im Hüttenwerk. Ja, dafür wirbt die Herrschaft schon ein paar Jahre. Viele sind auch deswegen gekommen, aber die wenigsten von ihnen haben Arbeit bekommen. Ich glaube, das Hüttenwerk läuft nicht so, wie es sollte, und die Herrschaft hat schon seit Jahren nichts mehr in den Ort oder das Hüttenwerk gesteckt. Du siehst ja, wie es hier aussieht«, antwortete Maria, die nun so nach und nach ins Erzählen kam.

»Ja und dein Mann, arbeitet der im Hüttenwerk?«, wollte Egle jetzt unbedingt doch wissen.

Maria hatte ihre anfängliche Zurückhaltung, über sich selbst zu erzählen, aufgegeben und antwortete wahrheitsgemäß: »Der ist vor ein paar Jahren auf Betteltour gegangen und seither nicht mehr zurückgekommen und kommt auch nicht mehr. Vielleicht hat er irgendwo eine Reiche kennengelernt und lebt nun wie die Made im Speck. Wer weiß?«, kicherte Maria und schaute dem Egle in die Augen.

Er hatte graue Augen, die ein wenig gefährlich und verwegen aussahen, aber dafür umso anziehender.

Egle, der sich, nachdem er seinen Teller und Humpen geleert hatte, erhoben hatte, stand nun vor der Maria. Maria war immer noch mit Rühren der Suppe beschäftigt, hatte sich zwischenzeitlich aber dem Egle halb zugewandt.

Egle fragte sie: »Was bin ich schuldig?«, und legte seine Hand auf die ihm zugewandte Hand von Maria, die mit der anderen Hand weiter mit dem großen Kochlöffel in der Suppe rührte.

Maria zog die Hand nicht zurück, und das war das Signal, auf das Egle gewartet hatte.

»Ich mag dich«, flüsterte der Egle der Maria ins Ohr, die keinen Widerstand leistete, als er sie zu sich herzog.

Egle umschlang die Maria von hinten, fasste in ihre vollen Brüste und wartete zunächst ab, ob es doch noch Widerstand gab. Maria stöhnte laut auf und ließ es geschehen. Egle stand hinter der Maria, massierte mit der rechten Hand weiter ihre Brüste und zog ihr langsam den Arbeitsschurz nach oben. Maria bückte sich nach vorn, und Egle konnte sich vor Erregung fast nicht mehr zurückhalten, bis er seine Hose auf hatte. Er schob sein steil aufragendes Glied in das, was ihm Maria entgegenstreckte, und fing an zu stoßen.

Maria kam gleich zweimal. Auch sie hatte schon seit einiger Zeit keinen Mann mehr gehabt, und dieser Fremde hatte es ihr angetan. Nicht oft ließ sie solche Dinge geschehen, aber heute war es ihr egal, und der Egle war schon wieder weg, kaum hatte er seine Befriedigung erfahren.

Er suchte Arbeit, und nachdem er sich jetzt so richtig gut fühlte, konnte es losgehen. Egle war unterwegs zum Hüttenwerk, um seine zwei Kumpels zu treffen.

DAS HÜTTENWERK VON ZIZENHAUSEN

Wie wir bereits erfahren haben wurde das Hüttenwerk von Zizenhausen um die Jahrhundertwende von Freiherr von Krafft gegründet, um seinen Untertanen und vor allem sich selbst etwas mehr Wohlstand zu verschaffen. Das Hüttenwerk wurde zwischenzeitlich nicht mehr von der eigentlichen Herrschaft bewirtschaftet, sondern war als Ausgleich von Verbindlichkeiten auf das Haus Fürstenberg übergegangen. Diese waren an Zizenhausen nicht sonderlich interessiert und der wenige Gewinn wurde dem Hauptsitz des Hauses Fürstenberg in Donaueschingen zugewiesen. In Zizenhausen hatten sich viele Habenichtse, Bettler und Landfahrer zusammengefunden, um – wie vom Hause von Krafft beworben – Arbeit zu finden.

So war nun auch Egle in Zizenhausen gelandet und ging zunächst ohne große Erwartungen in einem zweiten Anlauf auf das Hüttenwerk zu.

»He, was ist mit dir, Fremder? Hast du gut geschlafen und schon neue Freunde gefunden?«, rief der Albert Kaufmann dem Egle zu, der zwischenzeitlich am Hüttenwerk angekommen war. Albert stand an der Treppe zum Werk und winkte dem Egle zu. »Suchst du immer noch Arbeit oder willst du weiter ziehen?«, fragte Albert Kaufmann den Egle, der ihm sogleich antwortete:

»Hast du was für mich oder machst du nur Sprüche.«

»Der Martin vom Sennhof braucht einen für den Stall, wenn du dich gut anstellst, kannst du auch Knecht werden, und im Hüttenwerk kannst du an der Schmelze stehen und beim Eisen Gießen helfen, dort kann ich dir aber nur für ein paar Tage Arbeit verschaffen, beim Sennhof hättest du die besseren Aussichten«, antwortete der Albert, der aus einem nicht erfindlichen Grund dem Fremden helfen wollte und die Beziehungen zur Familie Sohn insbesondere beim Hüttenwerk ins Spiel gebracht hatte.

»Das hört sich ja gut an. Vielen Dank. Dann würde ich mal die Arbeit im Hüttenwerk probieren. Die andere Arbeit kenne ich, seit ich denken kann, und was Neues probieren, ist sicher auch nicht schlecht«, antwortete Egle und fragte den Albert: »Was kriegst du für deine Hilfe, oder darf ich dich heute Abend auf eine Runde Bier zur Maria einladen?«

»Ah, die kennst du auch schon. Ja, warum nicht. Du bist mir zwar nichts schuldig, aber heute Abend einen Humpen Bier könnte ich schon vertragen«, entgegnete Albert Kaufmann in der Hoffnung, dass er dann doch ein paar neue Geschichten erfahren könnte.

»Also komm, wir gehen zum Vorarbeiter, der stellt dich für ein paar Tage ein, und dann werden wir sehen«, endete Albert Kaufmann und war mächtig stolz, dass er in Zizenhausen so mir nichts, dir nichts einen Fremden an all den Wartenden vorbeischleusen konnte. Durch seine Beziehungen hatte er schon etwas zu sagen, und das wurde dem Albert wieder einmal sehr bewusst.

Maria hatte sich, nachdem der Egle ihre Hütte verlassen hatte, wieder auf ihre Arbeit konzentriert. Schließlich kamen zu Mittag ein paar Männer aus dem Hüttenwerk zum Essen, und außerdem, was war denn schon passiert. Sie wischte die Ereignisse des Morgens zur Seite und wandte sich wieder ihrem Tagesgeschäft zu. Die Suppe war dick angerührt, Brot und Bier hatte sie noch ausreichend, und mehr konnten ihre Gäste in der Regel auch nicht bezahlen.

Apropos bezahlen, fiel ihr ein, hatte doch der Fremde sein Frühstück und den Humpen für die anderen Gäste bezahlt. Und dann fiel ihr noch ein, dass sie mit einem Mann geschlafen hatte, dessen Namen sie nicht einmal kannte. Das war ihr bislang doch noch nicht passiert, und dann dachte sie weiter, sollte sie ihn noch einmal treffen, wäre es das Erste, wonach sie ihn fragen würde. Nach seinem Namen.

»Wie heißt du und hast du deine Papiere dabei, damit wir dich registrieren können?«, war die Eingangsfrage des Vorarbeiters an Egle gerichtet, der in einem einfachen Raum vor ihm stand.

Albert Kaufmann hatte sich nach einem kurzen Grüß Gott wieder davon gemacht und Egle und den Vorarbeiter alleine gelassen.

»Meine Papiere habe ich nicht dabei, aber ich kann Sie Ihnen in den nächsten Tagen vorlegen, wenn Sie einverstanden sind«, log Egle, der natürlich um alles in der Welt seine wahre Identität nicht preisgeben wollte.

»Einverstanden, aber du denkst daran. Ich muss dich der Herrschaft melden, sonst krieg ich Ärger, auch wenn der Herr Sohn für dich ein gutes Wort eingelegt hat«, antwortete der Vorarbeiter mit einem süffisanten Unterton.

Er konnte die Familie Sohn nicht leiden. Sie meinten, dass sie etwas Besseres seien. Wollte er aber keinen Ärger, war es besser, dem Theodor Sohn einen Gefallen zu tun. Also was soll's. Die Hungerleider, die noch draußen auf Arbeit warteten, konnte er eh nicht alle unterbringen.

»Jawohl, und was verdiene ich hier?«, fragte Egle nach, der das Privileg, das ihm widerfahren war, noch gar nicht so richtig verstanden hatte.

»Du kriegst fünf Kreuzer am Tag für den Anfang, und wenn du dich geschickt anstellst, erhöhe ich auf sieben Kreuzer am Tag. Aber das werden wir erst einmal sehen«, antwortete der Vorarbeiter dem Egle auf seine Frage. »Gut, du kannst gleich anfangen. Alwin, komm mal her.«

Der Vorarbeiter hatte einen vorbeischlendernden jungen Mann gerufen.

»Was gibt es, Herr?«, fragte der junge Mann nach.

»Alwin, das ist der Neue. Zeig ihm an der Schmelze, was er wissen muss, und berichte mir heute Abend, ob wir ihn brauchen können. Und du, wie heißt du noch mal?«, fragte der Vorarbeiter nach, um den Handel mit Egle abzuschließen.

»Ich heiße Jakob Boss«, log Egle und ging davon aus, sobald man Papiere von ihm verlangte, würde er weiterziehen. Aber jetzt konnte er erst einmal durchschnaufen, ein wenig Kraft tanken und überlegen, wie es weiterging. Er war zufrieden und ging voller Tatendrang an seine neue Arbeit.

UND WIEDER MARIA

EGLE HATTE SEINEN ERSTEN ARBEITSTAG hinter sich und konnte es kaum erwarten, die Neuigkeit Maria zu erzählen. Warum, wusste er gar nicht so genau. Er war unterwegs zu seiner Hütte, an die er den ganzen Tag nicht mehr gedacht hatte, aber plötzlich fiel ihm siedend heiß ein, dass er dort seine wenigen Habseligkeiten, vor allem die Tücher und seine Papiere, zurückgelassen hatte. Gott sei Dank, es ist noch alles da, dachte Egle so bei sich, als er die Hütte betrat, in der er seine erste Nacht verbracht hatte. Die Papiere wollte er in jedem Fall gut verstecken, schließlich sollte ja niemand erfahren, wer er wirklich war. Nicht einmal die Maria. Schon wieder ging sie ihm durch den Kopf. Er zog aus seinem Bündel Tücher ein rotes fein gewobenes Tuch heraus und nahm es mit sich. Er wollte der Maria ein Geschenk machen. Es war heute schön mit ihr.

»Guten Abend, beieinander«, begrüßte Egle die Runde bei der Maria.

Es hatten sich Albert und Fritz eingefunden, die Egle als Erste am Ortsrand von Zizenhausen begrüßt hatten, und es waren Giacomo und seine Kumpels von heute Vormittag vom

Hüttenwerk da. Es herrschte eine laute und derbe Wirtshausatmosphäre, die dem Egle aus seinen bisherigen Wirtschaftsbesuchen nicht fremd war. Aber er hatte Arbeit und wollte vorsichtig sein.

»Guten Abend, Maria. Ich habe hier etwas für dich«, sagte Egle, der unmittelbar nach dem Betreten der Hütte auf Maria zuging. Egle legte das rote Tuch um die Schultern von Maria, die ihn freundlich, vielleicht sogar ein wenig verliebt, anschaute.

»Danke, womit habe ich das verdient?«

»Entweder hat er seine Zeche nicht bezahlt, oder du hast ihn rangelassen«, mischte sich Giacomo unwirsch und äußerst unpassend in die Unterhaltung ein.

Der Raum brüllte.

Egle drehte sich zu Giacomo um, der am übernächsten Tisch, von ihm aus gesehen, saß, spannte seine Muskeln an und wollte reflexartig auf Giacomo zugehen. Halt, signalisierte das Gehirn von Egle, du musst vorsichtig sein.

»Langsam«, sagte Maria zu Egle, »ich will hier keinen Streit, und das Tuch nehme ich gerne als Vorschuss für einen Humpen für Giacomo und deine Freunde.«

Maria hatte schlagartig die Situation entspannt.

Egle setzte sich zu Albert und Fritz und genoss sein Bier.

»Wieso hast du heute Arbeit bekommen und wir nicht?«, setzte Giacomo zum zweiten Mal in aggressiver Art und Weise die von Maria entschärfte Diskussion fort.

»Ich bin nur auf Probe und für ein paar Kreuzer eingestellt, und nur deshalb, weil mir der Albert geholfen hat. Hat es bei euch heute nicht geklappt? Als ich kam, wart ihr gar nicht mehr da«, antwortete Egle etwas unbeholfen.

»Ja, so vornehme Freunde haben wir halt nicht«, murmelte Giacomo vor sich hin, dem die Lust zu streiten vergangen war. Ärger mit der Familie Sohn war schlecht, und der Rothaarige war ihm doch eigentlich egal, zumal er größer war als er, und sollte er einen Zweikampf verlieren, wäre er als Rädelsführer bei seiner, nun doch über Jahre hinweg eingefleischten, Truppe durch. Und diesen Einfluss wollte er nun doch nicht verlieren.

»Die letzte Runde, wer noch was will!«, rief Maria.

Fast alle hatten einer nach dem anderen die Hütte verlassen. Nur einer war noch sitzen geblieben: Jakob Egle.

Er hatte zwei Humpen Bier getrunken, von der Gerstensuppe gegessen und wollte sich noch von Maria verabschieden. »Schlaf recht gut, Maria, war schön bei dir«, begann Egle unbeholfen das Gespräch.

Solche Situationen waren ihm nicht so geläufig. Die Mädchen, mit denen er es bisher zu tun hatte, waren jünger, unerfahrener, und da wurde auch nicht so viel geredet.

Maria lächelte ihn an und sagte: »Du kannst hierbleiben.«

Egle ließ sich das nicht zweimal sagen, und Maria versank an diesem Tag zum zweiten Mal in den Armen dieses fremden Mannes. Bevor es aber so weit war, fragte sie ihn: »Wie heißt du denn, Fremder?«

Egle lächelte sie an und antwortete: »Ich bin der Jakob, Jakob Boss aus Pfeffingen.«

Egle blieb drei Wochen in Zizenhausen, und das Spiel mit Maria vollzog sich jeden Tag. In seiner ihm zugewiesenen Hütte war Egle so gut wie nie anzutreffen. Er verbrachte nach der Arbeit seine Zeit mit Maria. Marias Hütte war gut besucht, und Egle half jeden Abend mit. In der Nacht liebten sie sich, und Egle nutzte seine Zeit mit Maria auch, um zu erfahren, wie er am einfachsten in die Schweiz reisen konnte und welche Ortschaften um Zizenhausen herum wichtig für ihn sein konnten. Seine Fragestellung wählte er stets so, dass er sich für die Umgebung und die hiesigen Besonderheiten interessierte. Schließlich wollte er der Maria ja nicht vermitteln, dass er sie alsbald wieder verlassen wollte.

So hatte er von Stockach erfahren, der nächsten größeren Stadt, aber Maria kannte auch Ludwigshafen, einen damals wichtigen Handelsort am Bodensee. Sie war von dort mit dem Schiff bis nach Überlingen gereist. Das war in der Zeit, als ihr Mann, der Karl, noch bei ihr lebte und sie hofften, in Zizenhausen zu Geld zu kommen.

Egle hatte in den zurückliegenden drei Wochen den einen oder anderen Kreuzer verdient und auf die Seite gelegt. Maria musste er nichts abgeben. Essen und Trinken hatte er bei ihr kostenlos. Nicht, dass er es darauf angelegt hatte, aber so hatte es sich nach ihrer ersten intensiven Begegnung ergeben.

So hatte Egle auch in Erfahrung bringen können, dass der Landweg zum Bodensee von Stockach in Ludwigshafen endete, und Stockach ein, für die damaligen Zeiten wichtiger, Verkehrsknotenpunkt war. Die Postkutsche fuhr durch Stockach. Sie bediente die Routen nach Tuttlingen, Sigmaringen, Salem und natürlich auch Ludwigshafen, wo die Straße aber quasi am Zollhaus endete. Nach Überlingen konnte man von Ludwigshafen aus noch nicht fahren, es sei denn, man wählte den Weg von Stockach über Salem oder über den See. Weiter war er in seinen Recherchen nicht gekommen.

Die Fragen, seine Person betreffend, überspielte er, oder wenn es gar nicht anders ging, blieb er bei seiner anfänglichen Geschichte. Er stellte sich als Jakob Boss aus Pfeffingen vor, der sich bei Hechingen auf einem Hof als Knecht verdingt hatte und jetzt die Welt ein wenig genauer kennenlernen wollte.

Am liebsten wäre Egle noch eine Zeit in Zizenhausen geblieben. Das Arrangement mit Maria gefiel ihm gut. Er hatte, was er brauchte, und konnte gleichzeitig Geld für die Reise auf die Seite legen. Aber es kam der Tag, an dem der Vorarbeiter seine Papiere sehen wollte, und am Tag danach war Egle verschwunden. Ohne Abschied, ohne Gruß. Egle war wieder auf der Flucht.

IN STOCKACH TANZEN DIE HERRSCHAFTEN.

Egle war am Morgen des 26. Februar 1843 in Zizenhausen aufgebrochen. Sein Ziel war etwas vage, aber er wollte sicherheitshalber doch lieber noch ein Stück weiter und dachte, in der Schweiz könnte es vermutlich sicherer für ihn sein. Wie er dorthin kam, war ihm noch nicht ganz klar, entweder mit einem Boot über den See oder auf dem Landweg über Radolfzell. Geld hatte er ja. Sein Problem war immer nur das leidige Thema mit seinen Papieren. Jetzt war er aber erst einmal über die Heidenhöhlen nach Stockach unterwegs und dann würde er sehen. Egle hatte die Heidenhöhlen, die er eigentlich nur von den Wirtshausgeschichten bei der Maria her kannte, links liegen gelassen und marschierte am Waldrand entlang in Richtung Stockach. Weiter rechts gelegen sah er ein paar Häuser, die zum damaligen Hindelwangen gehörten, und etwas halb links versetzt konnte er von der Anhöhe eine größere Ansammlung von Häusern wahrnehmen. Das muss Stockach sein, dachte er bei sich und ging auf seinem Weg Richtung Stockach weiter.

Zwischen Zizenhausen, den Heidenhöhlen und Stockach ging Egle auf einem Trampelpfad, der schon seit vielen Jahren von Menschenfüßen angelegt war, mit einem Fuhrwerk aber nicht befahren werden konnte. Schließlich stieß er auf eine gut aufgeschotterte Straße, die von Meßkirch nach Stockach und auch umgekehrt führte, was Egle aber nicht wusste.

Egle orientierte sich an dem weit ins Land hinaus wahrnehmbaren Wahrzeichen des Städtchens Stockach, dem Zwiebelturm, der zur Barockkirche Sankt Oswald gehörte, und ging auf der Meßkircher Straße weiter in Richtung Stockach. Nach etwa zwei Stunden ordentlichem Fußmarsch war Egle am Viehmarktplatz von Stockach angekommen, der außerhalb der Stadtmauern und noch vor der sogenannten Wiener Vorstadt lag.

Aber statt Vieh hatten sich dort viele bunt gewandete Menschen versammelt, johlten, schrien, sangen und liefen wild durcheinander. Außerdem sah er etliche Fuhrwerke, die mit bunten Lumpen ausstaffiert waren und sich dort oben aufstellten. Ganz Stockach war wohl auf den Füßen oder zumindest die, die es sich leisten konnten.

»Was ist denn hier los«, murmelte Egle vor sich hin, der für die Reise wieder seine guten Kleider angezogen hatte. So etwas hatte er noch nie gesehen. Da waren Menschen mit weißen Perücken und edlen Gewändern auf der Straße und tanzten.

»Hejo, tanz mit mir«, rief ein wildes Wesen ihm zu, packte ihn an den Armen und zog ihn ein, zwei Schritte mit und war schon wieder weg.

Und schon war die nächste Figur bei ihm, die mit ihren Kleidern und ihrer Perücke aussah wie eine, die zur Herrschaft gehörte. »Komm und sing und schau nicht so dämlich vor dich hin.«

Egle war sich nicht ganz im Klaren, was hier vor sich ging. Bei einem Blick nach rechts konnte er eine kleine Wirtschaft entdecken, das »Dörfle«. Kaum gesehen, hatte ihn eine andere Figur an den Armen gepackt und Richtung »Dörfle« gezogen und schon wieder losgelassen.

»Komm, trinken wir einen. Gibst Du einen aus, Fremder?«, vernahm Egle von dem Mädchen, das ihn in Richtung des Gasthauses gezogen hatte, und er antwortete noch völlig perplex:

»Ja.«

Das Mädchen, das aussah wie Marie-Antoinette, die vor vielen Jahren auch einmal durch Stockach gereist war, fasste den Egle wieder an seinem Ärmel und zog ihn mit in die Wirtschaft, die brechend voll war von weiteren verkleideten Figuren. Napoleon Bonaparte, von dem Egle in der Schule schon einmal ein Bild gesehen hatte, war ebenso vertreten, wie seine Hoheit Großherzog Karl Leopold von Baden, den Egle aber nicht kannte und damit die Figur auch nicht zuordnen konnte. Auch entdeckte er mehrere Figuren, die aussahen wie Amtsträger, aber am Tresen standen, lachten und teilweise einen betrunkenen Eindruck auf Egle machten.

»Was ist denn nur hier los?«, fragte Egle verdattert das Mädchen, das wie Marie-Antoinette aussah und ihn in die Wirtschaft gezogen hatte.

Sie lachte und war schon wieder auf dem Sprung. »Wir feiern Fasnacht und da sind wir heute anders als sonst«, rief sie, hüpfte weiter und ließ den Egle, der glaubte, einen ausgeben zu müssen, stehen.

Egle drängte sich erst einmal durchs Gasthaus durch, bis er an einen Tisch im hinteren Bereich kam, wo zwei normal gekleidete Männer saßen, zumindest war das der Eindruck von Egle. Die übrigen Gäste hatten sich weitestgehend am Ausschank versammelt, wo ein großes Tohuwabohu war und gut getrunken wurde.

»Darf ich mich zu euch setzen?«, fragte Egle die zwei Männer, die wie Kaufleute gekleidet waren.

»Setz dich her und erzähle uns, was dich heute hierher führt. Du scheinst wohl kein großer Fasneter zu sein. Wir sind aus Meßkirch und bringen eine Fuhre Stoff von Ludwigshafen nach

Meßkirch. Hier sind wir eingekehrt in der Hoffnung, ein frühes Mittagessen zu bekommen, aber es ist ja Fasnachtsdienstag, und die Stockacher sind beim Fasnacht feiern ganz groß«, führte der ältere der beiden Kaufleute aus und schaute interessiert und freundlich auf Egle, der immer noch seinen Stoffballen mit gutem Stoff aus Meßstetten mit sich herumschleppte.

»Wo willst du mit deiner Ware hin?«, fragte der Ältere den Egle.

»Ich will es in Ludwigshafen am Zollhaus umschlagen und sehen, was ich dafür bekomme«, log Egle, dem auf die Schnelle nichts Besseres einfiel.

»Dann lass mal sehen, was du hast, vielleicht kann ich es dir abkaufen«, antwortete der Tuchhändler dem Egle postwendend und ergänzte lachend: »Da haben wir vielleicht beide was davon. Du kannst heute in Stockach Fasnacht feiern, und ich muss nicht gleich wieder nach Ludwigshafen fahren, um noch mehr Stoff einzukaufen.«

Die Reise von Meßkirch nach Ludwigshafen und zurück war damals mit dem Fuhrwerk nicht ohne Weiteres in einem Tag zu meistern, sodass in der Regel auch noch übernachtet wurde. Insofern war das aus Sicht des Tuchhändlers ein durchaus ernst gemeinter Vorschlag, und für Egle konnte es nicht besser kommen, um seinen Geldbeutel ein wenig mehr zu füllen und zusätzlichen Ballast loszuwerden. Die Fasnacht war ihm egal, aber der Handel hörte sich gut an. Egle hatte noch einige Tücher anzubieten, und beide waren sich schnell einig. Egle hatte die Tücher los und mit dem Geld aus Zizenhausen und dem Verkaufserlös von heute einen schön gefüllten Geldbeutel.

Egle, der seine Kindheit im protestantischen Burgfelden und die letzten Jahre im pietistisch-evangelischen Teil des Hohenzollernreiches in Hermannsdorf verbracht hatte, konnte mit der Fasnacht in Stockach nichts anfangen, hatte sich aber schnell wieder gefasst.

»Was feiern die denn hier in Stockach für eine Fasnacht«, fragte er unbekümmert die zwei Kaufleute, die mit den Achseln zuckten und der Ältere dann aber doch sagte:

»Die haben irgendein Motto. Üblicherweise gibt es um die Mittagszeit einen Umzug mit Wagen, den stellen sie am Viehmarktplatz ja gerade zusammen. Und sie spielen den ganzen Tag verrückte Musik.«

Plötzlich und unvermittelt stand das Mädchen, das wie Marie-Antoinette aussah, wieder vor Egle, packte ihn am Arm und sagte lachend: »Jetzt habe ich dich erwischt. Du siehst aus wie Rübezahl. Komm, darauf trinken wir einen.«

Egle, der seinen Handel mit den Kaufleuten abgeschlossen hatte und außer einem kleinen Bündel mit seinen Arbeitskleidern praktisch kein Gepäck mehr mit sich herumschleppen musste, sprang auf, hüpfte dem Mädchen hinterher und fand sich auf der Straße wieder. »Du wolltest doch etwas trinken?«, fragte Egle, der jetzt doch ein wenig neugierig geworden war.

»Nachher, komm, wir springen mit dem Zug durch die Stadt und dann trinken wir was«, antwortete das Mädchen, das wie der Blitz schon wieder am Viehmarkt stand, wo sich zwischenzeitlich die traditionellen Figuren der Stockacher Fasnacht eingefunden hatten.

Der Narrenrichter, Küfermeister Johann Baptist Küchle, stand dem ganzen Prozedere vor, die Laufnarren, eine stattliche Zahl von über fünfzig Figuren mit ihrem Laufnarrenvater Josef Anton Ströhle, standen bereit, und eine Vielzahl der bereits beschriebenen vornehmen Persönlichkeiten, die für Egle alle gleich aussahen, warteten darauf, Stockach und seinen Einwohnern, zu denen sie selbst ja auch zählten, ihre Aufwartung zu machen. Vorneweg marschierten zwei ganz vornehm gekleidete Herrschaften, die das Regentenpaar Großherzog Karl Leopold Friedrich und seine Gattin Sophie Wilhelmine darstellen sollten, gefolgt vom Narrenrichter, dem Laufnarrenvater und dem wie ein Landvogt verkleideten Bürgermeister Salomon Schmidlin.

Das Motto der Fasnacht 1843 in Stockach lautete »Wachsfigurenkabinett«. Neben den bekannten Laufnarren mit ihren traditionellen Narrenkappen wollten die Menschen bekannte Persönlichkeiten der damaligen Zeit darstellen, um so den Ernst der herrschenden politischen Diskussion im beginnenden Vormärz zu persiflieren. In der Mitte des Zuges war ein Karren mit einem langen zurechtgezimmerten und mit vielen bunten Bändeln geschmückten Baum. Der Zug setzte sich in Bewegung, und mit lautem Gejohle, Narrengesang und Schreien ging es durch die Wiener Vorstadt über den oberen Zugang zur Stadt, an der Oberamtei oder dem früheren »Weißen Kreuz« vorbei bis hinunter an die Kirchhalde.

Egle sprang mit seiner »Marie-Antoinette« mit. Eine unglaubliche Freude und Lebensenergie hatte die Menschen, die er beobachtete erfasst, und sie sprangen tanzend und lachend die Oberstadt hinunter bis hin zur Post. Ein stattliches Gebäude mit einem großen Tor zur Hauptstraße hin, wo die Postkutschen und der Fahrbetrieb organisiert wurden. Stockach war zu dieser Zeit ein überregional bedeutender Verkehrsknotenpunkt mit täglich bis zu neunzig Eil- und Packwagen. Aber heute zur Fasnacht gehörte die Stadt ausschließlich den Narren, die von der Post bis hinunter zum Dandlerhaus zogen, wo der Narrenbaum gesetzt und in Folge auch das Narrengericht abgehalten werden sollte.

Als der Egle mit seiner neuen Begleitung bis hinunter zum Dandler gesprungen, getanzt und gelacht hatte, wurde ihm langsam, aber sicher ein wenig mulmig zumute. Es war schon gut über Mittag, und Egle wollte die Nacht eigentlich nicht in Stockach verbringen. Er fürchtete die Nähe zu Zizenhausen, vielleicht war die Maria hinter ihm her oder waren Zizenhausener zur Fasnacht nach Stockach unterwegs. Er wusste es letztendlich nicht. Ganz entspannt war Egle jedenfalls nicht, wenngleich ihm das Narrentreiben und die lockeren Sprüche der Mädchen Spaß machten und es für Egle eine schöne und vor allem in dieser Form ganz neue Erfahrung war. Beim Springen durch die Stadt hatte er aber auch auf Höhe der Oberamtei am Straßenrand mehrere Gendarmen wahrgenommen, die einen eher dienstlichen Eindruck auf ihn gemacht hatten.

»Was macht denn der mit den Leuten?«, fragte Egle seine weibliche Begleitung.

»Das ist der Narrenbüttel, und der führt die Verbrecher zum Narrengericht«, antwortete die »Marie-Antoinette« postwendend und lachte dabei lauthals. »Soll ich dir den Narrenbüttel vorstellen?«, fragte sie den Egle mit einem verschmitzten und zweideutigen Lachen im Gesicht.

Wer damals rund um das Narrengericht vom Narrenbüttel auserkoren und erwischt wurde, wurde vor Gericht geschleppt und musste sich ins Narrenbuch eintragen. Ein Risiko, das der Egle nicht eingehen konnte.

Egle zuckte innerlich zusammen und sagte zu ihr: »Bin gleich wieder da. Warte auf mich. Dann essen und trinken wir was.«

Kaum ausgesprochen, war Egle in der Menge in Richtung der Kirchhalde untergetaucht und zügig weitermarschiert.

So sehr es Egle in Stockach gefiel, so schnell setzte er sich dann doch wieder ab. Er verließ Stockach über die Aachener Vorstadt und war wieder unterwegs. Er wollte nach Konstanz, um von dort in die Schweiz zu gelangen. Stockach war für ihn zu heiß, und das wahrscheinlich in jeder Beziehung.

VIA COSTANCA

Egle hätte von Stockach her kommend verschiedene Möglichkeiten gehabt, nach Konstanz zu gehen. Zum einen konnte er per Schiff über den Bodensee, entweder von Ludwigshafen oder von Überlingen aus. Er hätte aber auch über den Bodanrück oder über die Orte Radolfzell, Markelfingen und Allensbach wandern können. Da aber bei den Beschreibungen der Maria aus Zizenhausen nur der Weg von Stockach über Salem nach Überlingen und dann mit Schiff oder von Ludwigshafen mit dem Schiff nach Konstanz vorgekommen war, entschloss sich Egle, nach Ludwigshafen zu gehen.

Der Weg von Stockach nach Ludwigshafen war für damalige Verhältnisse bestens ausgebaut. Schließlich hatte der zwischenzeitlich verstorbene Großherzog Ludwig von Baden in Sernatingen 1826 einen Hafen und ein stattliches Zollamt zur Warenabwicklung und Verschiffung errichten lassen. Ludwigshafen, ehemals Sernatingen, war deshalb zu damaliger Zeit ein bedeutender Umschlagplatz für die Handelsrouten von Süd nach Nord und umgekehrt. Alles, was nach Überlingen, Lindau, Bregenz, Konstanz oder Romanshorn und damit nach Süden, Italien, den Brenner, den Gotthard oder auch über die Balkanroute gehandelt wurde oder von dort kam, wurde zumindest teilweise auf dem Bodensee transportiert. Ludwigshafen war für das Großherzogtum Baden am nördlichsten Punkt des Bodensees eine wichtige Station für den Handel und die Erhebung von Zöllen nach Nord und Süd und optimaler Ausgangspunkt für den Verkehrsweg Wasser. Bereits im Mittelalter hatte sich der Transportweg auf dem Bodensee mit den Lastenschiffen entwickelt und eine entsprechende wirtschaftliche Bedeutung erfahren, aus der ein ganzer Berufsstand hervorgegangen war. Es ging auf dem See einfach schneller voran als über die nicht überall erschlossenen beziehungsweise schlecht ausgebauten Verbindungen an Land.

Dieser Vorteil veränderte sich im Laufe des 19. Jahrhunderts mehr und mehr zu Ungunsten des Sees. Andere Verkehrs- und Handelsrouten auf dem Landweg kamen dazu. Waren es am Ende des 18. Jahrhunderts noch um die 1.000 Frachtsegler, waren es zur Zeit von Egle noch um die 500, und davon waren 60 bis 70 Lädinen.

Die Lädinen waren die größten auf dem Bodensee eingesetzten Lastensegler. Sie waren bis zu 32 Meter lang, vier Meter breit und hatten für ihre Größe und ihre Aufnahmekapazitäten einen geringen Tiefgang. Die Größten von ihnen konnten bis zu 150 Tonnen Ladung aufnehmen und transportieren. Die Einmaster verfügten über ein riesiges Rahsegel, mit dem allerdings nur vor dem Wind gesegelt werden konnte. Bei Windflaute musste man rudern oder am Ufer staken, um vorwärtszukommen. Am Bodensee und auch in Ludwigshafen lagen zum Transport von Waren im Hafen entsprechende Lastkähne bereit. Gehandelt wurde mit allem. Besonders begehrt und häufig auf den Schiffen anzutreffen war Salz aus Bayern, aber auch Baumaterialien, Stoffe, Vieh, Getreide und auch gerne Wein.

Egle wanderte den Holder hinab. Es war schon weit über Mittag, als Egle auf etwa halber Höhe zum ersten Mal den Bodensee sah. Er blieb stehen und schaute auf das ihm gebotene Schauspiel und den herrlichen Blick auf den See. Vor ihm lagen die Häuser Ludwigshafens, auf dem See waren zwei Schiffe zu sehen, halb rechts stieg ein bewaldeter Bergrücken steil vom See nach oben. Egle war stehen geblieben, ließ seinen Blick umherwandern und befand, dass es ihm hier gefallen könnte und dass es keinen vernünftigen Grund gäbe, wieder auf die karge Alb zurückzukehren.

Dass es hierfür aber auch einen anderen Grund gab, dessen war sich Egle nur allzu bewusst: Er war auf der Flucht und auch der schönste Ort der Welt konnte ohne vernünftige Papiere für einen, der wegen Mordes gesucht wird, keinen angenehmen Aufenthalt bieten.

Er musste sich auch beeilen. Um diese Jahreszeit wurde es rasch dunkel, und bevor die Nacht hereinbrach, wollte er in Ludwigshafen angekommen sein.

»He, aus dem Weg, du Schlafmütze«, vernahm Egle in seinem Rücken, was ihn veranlasste, schnell zur Seite zu hüpfen.

Von hinten näherte sich rasch ein Fuhrwerk, von zwei Rössern gezogen und einem kräftigen Kerl gelenkt, der offensichtlich den Egle angesprochen hatte.

»Brrr ihr zwei Schindmähren, langsam, sonst fahren wir den Kerl da noch zu Tode«, wies der Mann seine zwei Rösser an und zog kräftig an den Zügeln, um sie zum Halten zu bringen.

Egle, der zwischenzeitlich neben dem Weg im Schnee stand, blickte zu dem Kutscher auf.

»Was machst du denn hier? Am helllichten Tag zu Fuß unterwegs, willst ein Stück mitfahren oder gefällt dir das Laufen, Fremder?«, grinste der junge Kerl von seinem Fuhrwerk, das Holzstämme geladen hatte, herunter.

Egle war das zum einen egal, und wählerisch war er eh nicht. Besser schlecht gefahren, als noch weiter laufen, dachte Egle so bei sich und antwortete: »Ich fahre gerne ein Stück mit. Fährst du nach Ludwigshafen? Dort will ich hin. Ich muss dort ein paar Geschäfte erledigen«, setzte Egle noch eins drauf, um unnötige Fragen des anderen nach Möglichkeit gleich im Keim zu ersticken.

»Dann spring auf«, antwortete der junge Kutscher dem Egle, dem er zwischenzeitlich auf dem Bock ein wenig Platz gemacht hatte, indem er nach links zur Seite gerutscht war.

Der Kutscher hatte sein Fuhrwerk gar nicht recht zum

Stillstand gebracht, und schon ging es weiter nach Ludwigshafen hinunter.

»Was machst du mit deinem Holz in Ludwigshafen, verkaufst du es?«, begann Egle ein Gespräch.

»Ha, du bist mir einer. Bevor du mir sagst, wie du heißt, willst du wissen, welchen Geschäften ich nachgehe. Willst du mich etwa ausrauben?«, antwortete der junge Kutscher mit verschmitztem Gesichtsausdruck dem Egle.

»Natürlich, und dann werfe ich dich in den Bodensee«, konterte Egle lachend. Dabei musterte er den jungen Kerl von oben bis unten. Er war eher etwas jünger als er selbst, also so etwas über zwanzig und er machte einen körperlich guten Eindruck.

»Ich bin der Karl«, führte der junge Kerl die Kommunikation fort und reichte Egle die rechte Hand.

»Ich bin der Jakob und will nach Konstanz«, entgegnete Egle und schüttelte kräftig die dargebotene Hand.

Egle hatte sich vorgenommen, so freundlich, wie es ihm nur irgendwie möglich war, zu sein. Er wollte durch Ärger und Händel seine wahre Identität nicht auffliegen lassen.

Nachdem sie mit dem Karren voll Holz ein Stück weitergefahren waren, sagte Karl dem Egle: »Wenn du mir morgen beim Abladen hilfst, dann lade ich dich in die ›Krone‹ ein. Hast du so viel Zeit?«

Egle hatte alle Zeit der Welt, und besser hätte es für ihn nicht kommen können. Der Karl schien sich in Ludwigshafen auszukennen. Hunger verspürte Egle auch schon wieder, und die Arbeit mit dem Holz war für Egle nichts Ungewohntes.

Karl und Egle erreichten Ludwigshafen und fuhren direkt zur »Krone«. Vor dem Gasthof standen mehrere Fuhrwerke, die teilweise leer und teilweise noch beladen waren. Egle konnte aber nichts erkennen. Die beladenen Fuhrwerke waren mit schweren Decken verhüllt.

»So, hier sind wir«, sagte Karl und sprang schon vom Bock auf die Straße. »Komm, wir wärmen uns in der guten Stube in der Wirtschaft auf, und pass auf, wenn du durch die Tür gehst, dass du dir deinen Schädel nicht anschlägst.« Karl hatte beim ersten Blick gesehen, dass der Egle ein großer und kräftiger Mann war und nicht so aussah, als würde er dem Ärger aus dem Weg gehen.

Beide betraten die gut gefüllte Wirtsstube. Die Luft in der Wirtsstube roch verbraucht, aber es war warm, duftete nach Essen und nach Bier, und beides konnte Egle in jedem Fall vertragen.

»Wisst ihr zwei schon, was ihr wollt?«, fragte die Kronenwirtin, die neuen Gäste, die sich im hinteren Bereich der Gaststätte ein Plätzchen gesucht hatten.

»Ja, zwei große Bier, und was hast du zu essen?«, antwortete Karl der Wirtin.

»Es gibt noch etwas Hackbraten und Brot und auch Gerstensuppe, wenn ihr mögt«, antwortete die Wirtin.

»Dann bring uns beides«, beendete Karl die Bestellung.

Beide langten kräftig zu und waren nach dem zweiten Bier schon mehr als zufrieden.

»Wo kommst du denn her?«, war die obligatorische Frage von Karl an Egle, der nun schon geübt antwortete:

»Ich komme von der Alb und will die Welt ein wenig kennenlernen.«

Karl ließ es dabei bewenden. Er war müde und er hoffte, dass er morgen zum Abladen die versprochene und bereits im Voraus bezahlte Hilfe von dem Fremden einlösen konnte, und empfahl sich.

Egle zog sich auch zurück und verbrachte die Nacht in der »Krone«. Das Zimmer kostete nicht viel, und Geld hatte er zumindest dafür noch genug.

AM SEE

Karl war früh aufgewacht und in die Wirtsstube hinuntergegangen, um nach einem Frühstück zu fragen. Als er in die Stube eintrat, staunte er nicht schlecht.

Der Egle saß schon in der Stube und frotzelte mit der Wirtin herum, die ihm etwas Brot, Most und Gerstensuppe hingestellt hatte.

»Bringst du mir das auch, Wirtin?«, fragte Karl.

»Wenn du so freundlich und witzig wie dein Kollege bist, gerne.«

Karl setzte sich zu dem, in Arbeitsklamotten verändert wirkenden, Egle.

Nach dem Frühstück machten sie sich an die Arbeit. Draußen vor der »Krone« sah man schon geschäftiges Treiben. Rund um die am Abend abgestellten Fuhrwerke wurde fleißig gearbeitet. Es schneite ein wenig und war ordentlich kalt. Karl hatte zwischenzeitlich die Rösser aus dem Stall geholt, sie angeschirrt und nahm auf dem Bock Platz.

»Wohin?«, fragte Egle.

»Wir fahren zum Hafen und laden das Holz auf ein Schiff. Aber keine Angst, dort sind noch ein paar, die helfen, und einen großen Kran gibt es auch.«

Sie waren die Hauptstraße Richtung Hafen gefahren, und Egle nahm zum ersten Mal das stattliche Gebäude der badischen Herrschaft wahr. Im Vergleich zu den anderen Häusern war das großherzogliche Badische Hauptzollamt groß, mächtig und beeindruckend und für Egle sofort furchteinflößend.

Mist, dachte er, jetzt war alles umsonst. Dort fliege ich doch gleich auf. Egle sprang instinktiv vom Karren und lief nebenher. Er blickte hektisch um sich. Bewundernd und zugleich voller Sorge nahm er die Kulisse wahr. Das mächtige Gebäude, der Hafen, in dem drei Schiffe lagen, und Arbeiter, die auf den Schiffen und an der Hafenmauer schufteten, um die Boote ent- beziehungsweise zu beladen. Dazwischen stand ein badischer Zollbeamter in Uniform, der sich angeregt mit einem elegant gekleideten Herrn unterhielt.

Egles Herz klopfte. Was sollte er jetzt nur tun? Davonlaufen? Nein, das konnte er nicht. Er würde sofort jede Aufmerksamkeit auf sich ziehen. Nein, er würde nicht davonlaufen. Entweder schaffte er es hier und jetzt, oder die Reise war so und so zu Ende.

Karl hatte neben dem zweiten Schiff angehalten und war vom Bock gesprungen. »Herr Delisle, guten Morgen, schön, dass Sie schon da sind. Kann ich Ihnen Ihr bestelltes Holz gleich auf Ihr Schiff laden lassen?«

»Nur zu«, antwortete Delisle, der sich kurz zu Karl umgedreht hatte, sich aber schon wieder angeregt mit dem Zollbeamten unterhielt.

»Komm, hilf mir, die Hölzer einseilen«, befahl Karl Egle.

Egle sprang auf den Karren und wandte sich eilfertig und ohne zu zögern der Arbeit zu und schuftete mit, bis der Karren leer war.

Delisle, der immer mal wieder der Arbeit zuschaute, war Egle aufgefallen. Delisle sah einen Arbeiter vor sich, der gut und gern einen Kopf größer war als der Rest seiner Mannschaft und der dazu auch noch kräftig gebaut war. Einen guten Arbeiter konnte er immer gebrauchen. »He du, wo hast du das Arbeiten gelernt?«, fragte Delisle den Egle.

»Seid Ihr nicht zufrieden, Herr?«, antwortete Egle, der die Angst noch immer in den Knochen spürte.

»Doch, und ich könnte auf meinem Schiff einen guten Mann gebrauchen. Überlege es dir. Am Mittag legen wir ab und fahren mit der Ladung nach Überlingen. Dort löschen wir die Ladung, nehmen neue auf und fahren dann nach Konstanz. Deine Arbeit wäre, beim Verladen mit anzupacken, und wenn kein Wind ist, mit den anderen zu rudern. Ich bezahle gut.«

Delisle drehte sich wieder um und ging Richtung Zollhaus. Für ihn war das Gespräch beendet.

Egle dachte, nur fort von hier, so schnell er nur konnte.

»Fährst du wieder mit mir den Holder hoch?«, fragte Karl den Egle, nachdem sie das Holz auf das Schiff verladen hatten.

»Der Herr will mich mitnehmen bis nach Überlingen und von dort nach Konstanz. Ich glaube, das mache ich«, antwortete Egle noch etwas zögernd, als sich völlig unvermittelt der Zollbeamte, der sich vorhin mit Delisle angeregt unterhalten hatte, vor den beiden aufbaute.

»Dich kenne ich nicht. Wer bist du und woher kommst du?«, fragte der Zollbeamte diensteifrig und amtlich selbstbewusst den Egle.

»Ich … ich heiße Jakob Boss«, stammelte Egle.

Damit war für Egle die Reise beendet. Alle Hoffnungen auf eine Fortsetzung seines Lebens, seiner Flucht und allem, was ihm blitzschnell durch den Kopf fuhr, schwanden dahin, und er war nur noch ein in die Enge getriebener Mann, der die Autorität des Gegenübers in sich aufsog und innerlich schon aufgab.

»Der gehört zu mir, Friedrich, der gehört zur Mannschaft und fährt mit nach Konstanz. Den hast du aber ganz schön erschreckt. Du bist natürlich auch der oberste Herr hier und eine ganz schöne Autorität«, mischte sich der hinzugekommene Delisle in die Kontrolle des Zollbeamten ein.

»Du kennst den, Delisle?«, fragte der Zollbeamte nach.

»Jaja den kenne ich, und der ist ein anständiger Arbeiter, den ich auf dem Schiff brauche«, log Delisle, der den Egle als Arbeiter einstellen wollte und der amtlichen Überprüfung keine besondere Bedeutung beimaß. Schließlich hatte

Delisle auch keine Ahnung, was mit Egle war und was für eine Geschichte er mit sich herumschleppte. Er hatte lediglich einen kräftigen Mann bei der Arbeit beobachtet, den er auf seinem Schiff brauchen konnte.

»Ich habe den eingestellt und nehme ihn auf dem Schiff mit«, fuhr Delisle fort.

Damit war die Angelegenheit für den Zollbeamten erledigt. Den Delisle kannte er schon mehrere Jahre. Seine Zollgebühren zahlte der immer, war auch ansonsten großzügig, und mit wem und was er alles handelte, war dem Zollbeamten egal. »Dann wünsche ich den Herren eine gute Fahrt und einen Guten Tag auch«, beendete der Zollbeamte seine Überprüfung, drehte sich um und verließ den Platz in Richtung Zollhaus.

Das war knapp. Das wusste auch Egle, und er musste dringend seine Identität wieder auf legale Füße stellen. Das Schiff von Delisle hatte in Ludwigshafen abgelegt, und Egle war an Bord.

ÜBERLINGEN

Delisle hatte ihm den Kopf gerettet und er war mit weiteren sechs Männern auf einem Schiff auf dem See. Eine völlig neue Perspektive stellte sich ein. Egle hatte zum ersten Mal in seinem Leben Planken unter den Füßen. Delisle hatte das Setzen des Rahsegels befohlen. Das hatte sich sofort aufgebläht und dem Vorwind Widerstand entgegengesetzt. Es waren günstige Bedingungen, trotz des sich langsam ausschleichenden

Winters, war es noch kalt auf dem Schiff, aber es ging rasch voran. Delisle steuerte sein Schiff zügig in die Seemitte, und die Männer und auch Egle hatten zunächst einmal keine Arbeit.

Das Schiff glitt ruhig und mit der Kraft des Windes durch die leichten Wellen des Sees, und es war einfach überwältigend. Egle sah nach rechts und links, nach vorne die Perspektive, die Landschaft, die Häuser, und das von der Seeseite aus wahrzunehmen, war fantastisch. Gerade noch in den Fängen der badischen Beamtenschaft fühlte er sich mit einem Mal so unglaublich frei, wie er es in seinem ganzen Leben noch nicht gespürt hatte, und nichts drückte ihn.

»He du, wir sind hier nicht zum Träumen, sondern zum Arbeiten«, sprach ihn einer der anderen Arbeiter auf dem Schiff an.

Egles Muskulatur spannte sich, ohne auch nur eine Sekunde zu zögern, an. Er befand sich sofort wieder in Verteidigungsstellung. Eine Eigenschaft, die ihm das Leben und insbesondere seine letzten Wochen auf der Flucht beigebracht hatten. »Was gibt es zu tun?«, fragte Egle für seine Verhältnisse freundlich den anderen.

»Haha, noch nichts. Wir haben Gott sei Dank guten Wind und müssen nicht rudern. Ich bin der Jonathan«, ergänzte der andere und hielt Egle die ausgestreckte Hand hin.

Egle schlug ein und sagte: »Ich bin der Jakob, freut mich.«

Egle und Jonathan gesellten sich zu den anderen vier Arbeitern, um über Gott und die Welt und vor allem über Mädchen zu sprechen. Egle verhielt sich ausgesprochen still, aber er war dabei, und keiner fragte warum und weshalb er hier war. Das gefiel ihm.

»Alle auf Position, wir erreichen bald Überlingen, und dann will ich, dass es flott geht, habt ihr mich verstanden«, meldete sich Delisle vom Ruder an seine Mannschaft, die sich im vorderen Bereich der Lädine niedergelassen hatte.

Alle außer Egle sprangen auf. Jeder wusste, was zu tun war. Zwei hatten sich beim Segel positioniert, um es auf Kommando einzuholen, und der Rest verteilte sich auf dem Schiff, um weitere Befehle des Kapitäns abzuwarten.

Vom Schiff aus konnte Egle so nach und nach die Ausläufer von Überlingen sehen. Er war tief beeindruckt. Die alte Reichsstadt und das schon von weitem wahrnehmbare Wahrzeichen, der Turm des ehrwürdigen Münster Sankt Nikolaus. Ein erster Blick vom Ufer in die Stadt war durch die alten Wehranlagen und eine Mauer, die sich um die Stadt zog, verwehrt. Neben der Greth, dem großen Kauf- und Handelshaus der Stadt, etwas weiter nach vorne zum See versetzt, standen das Spital und die Spitalskirche.

Delisle legte am Steg an. Gehandelt und geliefert wurde in der Regel über und in die Greth. Der Steg und zwei steinerne Rampen waren auch in diese Richtung angelegt. Egle konnte sich nicht sattsehen. Alles schien für Egle aus einer neuen Welt, die er bis dahin nicht kannte, auf die er sich aber gerne einlassen wollte. Seine Angst war seit Ludwigshafen der Neugier gewichen, der Neugier auf Neues und vor allem auf ein neues Leben.

»Auf geht's, Männer. Wir haben nicht allzu viel Zeit. Ich will die Ladung schnell löschen, um mit neuer Ladung nach Konstanz aufzubrechen. Spätestens morgen früh geht's weiter. Wenn wir guten Wind haben, sind wir mittags zu Hause.« Delisle sah zufrieden auf seine Männer. Er hatte die Lädine seitlich an dem hölzernen Steg im Hafen angelegt, und seine Männer waren schon mit dem Löschen der Ladung beschäftigt.

Sie wurden unterstützt von Männern mit Sackkarren, die aus der Wahrnehmung Egles von dem großen Haus – der Greth – gekommen waren. Egle lernte schnell. Er schaute den anderen auf die Finger, die Arbeit war zwar schwer, aber in der Handhabung einfach.

Nachdem die Ladung gelöscht war, wurde die Lädine wieder vollgepackt. Von der Greth wurden unzählige Säcke mit Getreide und mehrere Fässer Wein auf dem Schiff verstaut, und auch hier ging alles Hand in Hand.

»Feierabend, meine Herren«, war das letzte Kommando des Tages von Delisle an seine Leute.

Es war inzwischen dunkel geworden, es musste so um 6.00 Uhr abends sein.

»Morgen bei Sonnenaufgang legen wir ab. Die, die nicht auf dem Schiff schlafen wollen, sollten pünktlich sein, sonst können sie nach Konstanz schwimmen«, war die klare und ernstgemeinte Ansage von Delisle, der, nachdem er die Vertäuung des Schiffs überprüft hatte, in Richtung Greth davonging.

»Was machst du?«, fragte Jonathan den Egle.

»Was zu essen wäre nicht schlecht und vielleicht ein Schoppen Bier, was meinst du, Jonathan.«

»Also auf geht's.«

Egle wollte los, besann sich aber einen kurzen Moment und überlegte, was denn passieren würde, wenn er ohne Papiere unterwegs war. »Du Jonathan, was ist, wenn wir in der Stadt kontrolliert werden? Wir haben doch gar nichts dabei.«

»Wer soll uns denn kontrollieren?«, war die Antwort von Jonathan, »und wenn, dann stehen wir auf der Karte von Delisle. Solange du gute Arbeit ablieferst und keinen Mist baust, kümmert sich Delisle um solche allfälligen Geschichten. Komm los, sonst verpassen wir die hübschesten Frauen und den besten Wein.«

Kaum hatte Jonathan geendet, waren beide unterwegs in die Stadt. Die Bedenken von Egle waren wie weggewischt, schließlich konnte er sich nicht ewig verstecken, und weit genug weg von Hermannsdorf war er schließlich auch. Wer kannte ihn hier in Überlingen? Niemand, und Überlingen war badisch.

Egle hatte die Nacht, wie die anderen der Mannschaft, auf

dem Schiff verbracht. Zum Schlafen war ausreichend Platz. Die Männer hatten sich in mehrere Schichten Decken gehüllt. Jonathan und Egle hatten sich nicht lange in Überlingen aufgehalten, wenngleich es Egle im Wirtshaus »Zum Hafen« sehr gut gefallen hatte. Dort trieben sich Gestalten seiner Art umher, einfache Arbeiter, Tagelöhner, und auch die eine oder andere leichte Dame war dem Egle aufgefallen. Aber Egle hatte ein Ziel. Das hieß Konstanz, und er hatte eine Person, die ihm die Brücke dazu bot, und das war Delisle. Den wollte Egle partout nicht verärgern. Also hielt er sich beim Ausflug mit Jonathan ins nächtliche Überlingen zurück.

WEITER GEHT'S

»Aufstehen, meine Herren, wollt ihr denn den ganzen Tag vor euch hin faulenzen? Wir wollen heute noch nach Konstanz und mal wieder gescheite Leute um uns haben«, befehligte Delisle in freundlichem Ton seiner zwischenzeitlich aus dem Schlaf erwachten Mannschaft. »Ach, frühstücken wollt ihr auch noch. Aber dann zack. In einer halben Stunde legen wir ab.« Delisle hatte die Nacht im »Anker« direkt hinter dem Spital verbracht und dort auch schon etwas gegessen.

Er war aber in der Regel gut zu seinen Leuten und wusste, dass sie umso besser arbeiten würden, wenn er sie zwar an der Leine, aber nicht an der kurzen Leine führte. »Auf, verschwindet. In der Greth kriegt ihr was, und dann geht's los, los nach Konstanz.«

Das Frühstück in der Greth war schnell erledigt, und Delisle und seine Mannschaft waren unterwegs nach Konstanz. Der Wind blies günstig vom Land, das Wetter war nicht zu kalt, und die frühe Märzsonne wärmte ein wenig. Delisle war bestens gelaunt. Gestern Abend hatte er noch einen Handel mit Sandsteinen aus Rorschach abgeschlossen. Die Geschäfte liefen gut, und der Wind sorgte für eine kurzweilige Überfahrt nach Konstanz.

Auf der linken Seite stand stolz die Klosterkirche Birnau, und rechts, noch weit vor dem Bug der Lädine, versprach die verwilderte Insel Mainau den Schiffern das baldige Ankommen in Konstanz.

Delisle war froh, selbst einmal wieder am Ruder zu stehen, kam er doch, seit er expandiert hatte, nur noch selten auf den See.

Als die Lädine die Insel Mainau passierte, staunte Egle nicht schlecht. Der Überlinger See ging sukzessive in den Obersee über, und der See wurde größer und größer. Auf der rechten Uferseite waren erste Häuser und mehrere Schiffe zu sehen. Größere, kleinere so ähnlich wie das, auf dem Egle fuhr.

»Ist das Konstanz?«, fragte Egle den Jonathan, der sich gerade auf Geheiß des Delisle am Segel zu schaffen machte.

»Nein, mein Junge, das ist Staad. Hier legen wir an. Das Schiff löschen wir später«, antwortete Delisle, der die Unterhaltung zwischen den beiden aufgeschnappt hatte.

Delisle hatte Gefallen an Egle gefunden. Ein Kerl wie ein Baum, dachte Delisle und lenkte sein Boot in Richtung eines der Stege, die bei den Häusern ins Wasser gebaut waren.

»Segel fallen lassen!«, kommandierte Delisle.

Jonathan, der zuvor das Segel nochmals gespannt hatte, zog am Seil und holte das Segel zusammen mit Egle ein. Die anderen vier hatten sich aufgeteilt, zwei waren an den Rudern und warteten auf ein Signal von Delisle, sobald das Boot zu wenig

Fahrt hatte, um einzulaufen, aber Delisle hatte sein Signal zum Einholen vom Segel gut berechnet. Die Lädine lief den Steg an. Die anderen zwei Arbeiter warfen die Leinen herbeieilenden Männern zu, die beim Vertäuen des Schiffs behilflich waren.

»Jetzt ist erst einmal Feierabend. Geht nach Hause. Ich brauche euch erst wieder morgen früh für die Fahrt nach Konstanz und zum Löschen der Ladung«, wies Delisle seine Männer an, nachdem das Schiff sicher vertäut war.

Es musste so um die Mittagszeit sein. Eigentlich hätte die Zeit noch gut gereicht, um am Tag in Konstanz anzukommen. Aber Delisles Anordnung wurde von seiner Mannschaft nicht hinterfragt, und Egle hatte ja noch keine Ahnung. So kehrten die Männer zu ihren Familien heim, und Egle stand auf dem Steg, nicht so recht wissend, was er jetzt tun sollte.

»Na, wie hat dir die Fahrt mit dem Schiff gefallen?« Delisle hatte als Letzter die Lädine verlassen und sich neben Egle gestellt. »Wo willst du jetzt hin?«, setzte Delisle die Unterhaltung fort.

»Ich habe keine rechte Ahnung, wo ich bin, und ich hatte eigentlich gehofft, mit euch nach Konstanz zu kommen«, antwortete Egle, der nicht so recht wusste, was jetzt geschah. War hier die Fahrt für ihn zu Ende und musste er zu Fuß weiter nach Konstanz und von dort über die Grenze in die Schweiz, und wo war er hier überhaupt. Von Staad hatte er noch nie gehört. Dass Konstanz zum Greifen nahe war, konnte Egle nicht wissen. Er war in seinem ganzen Leben noch nie so weit gereist.

»Na, dann komm mal mit mir in die Schreibstube, und dann sprechen wir über Arbeit und was das mit dir zu tun haben könnte«, antwortete Delisle freundlich.

Die beiden waren am Ende des Stegs angekommen, und Delisle steuerte zielgerichtet auf eines der Holzhäuser, die am Uferweg standen, zu.

»Guten Tag, Herr Delisle, hatten Sie eine gute Überfahrt?«

»Es war bestens. Wir hatten zweimal guten Wind und sind schneller da, als geplant. Die Ladung lösche ich morgen in Konstanz. Sind die anderen Schiffe noch unterwegs?«, antwortete Delisle seinem Schreiber.

»Ja, die Schiffe sind, wie befohlen, in Meersburg, um den Wein für den Stadtrat zu laden, und das andere Schiff ist in Rorschach, um Sandsteine für Überlingen aufzunehmen«, berichtete der Schreiber seinem Herrn.

»Gut, wir gehen nach hinten. Schicke nach meiner Frau, sie soll was zum Mittagessen richten. Ich komm dann. Danke.«

Delisle war hier eine Autorität. Das konnte Egle sofort spüren. Das war ihm aber schon auf der Herfahrt mit dem Schiff klar geworden. In der Mannschaft sprach niemand schlecht über ihn. Die Arbeit war ohne Murren abgelaufen, und auch Jonathan hatte in Überlingen nichts Negatives von sich gegeben.

»So, mein Lieber, was hast du auf der Reise hierher gelernt?« Delisle schaute Egle in die Augen.

Die beiden hatten ins hintere Zimmer gewechselt. Delisle saß hinter seinem Schreibtisch und Egle auf einem Stuhl davor.

Egle hielt dem Blick von Delisle stand und sagte: »Vieles, Herr. Die Arbeit auf dem Schiff und das Be- und Entladen habe ich so bisher noch nicht gekannt und ich hoffe, ich habe für Sie nicht zu vieles falsch gemacht.« Egle wusste, hier ging es um die Wurst. Delisle konnte ihn jetzt sich selbst überlassen oder er gab ihm Arbeit, und Egle wollte arbeiten. Er war sich noch nicht so recht im Klaren darüber, wo genau er war, aber er hatte von Delisle einen guten Eindruck. Warum, wusste er nicht so genau. Er hatte es einfach nur im Gefühl.

»Du hast deine Sache recht ordentlich gemacht«, gab Delisle zu verstehen, »und ich kann dich hier ganz gut gebrauchen. Was wir aber vorher klären müssen ist, wer du bist und wo du herkommst«, setzte Delisle die Unterhaltung fort und traf mitten ins Schwarze.

Egle zuckte zusammen, was Delisle nicht entging.

»Was ist? Kannst du mir nicht sagen, wer du bist und wo du herkommst oder bist du etwa auf der Flucht?«, hakte Delisle nach.

Egle hatte sich gefasst und antwortete erstaunlich ruhig: »Ich heiße Boss, Jakob Boss, und komme aus dem Württembergischen, aus Pfeffingen, falls Sie das kennen, Herr.«

»Gut, dann wäre das geklärt. Ich gehe davon aus, dass dir deine frühere Herrschaft oder deine Gemeinde, wo du her bist, keine Papiere für die Reise ausgestellt hat, sonst hättest du in Ludwigshafen auf den Zöllner anders reagiert.«

Egle fühlte sich in die Enge getrieben. Was wollte der bisher freundliche Delisle von ihm? »Ich habe meine Reisepapiere verloren und deshalb war ich in Ludwigshafen etwas nervös«, log Egle und bekam prompt die Antwort darauf:

»Wir wissen beide, dass das nicht stimmt. Warum du unterwegs bist, weiß ich nicht. Ich will es eigentlich auch gar nicht wissen. Aber du kannst dich nicht legitimieren, und ich kann dir helfen oder ich kann dich auch melden. Was willst du von beidem?« Delisle nutzte die Situation, in die sich Egle unbewusst manövriert hatte, erbarmungslos aus.

Mit dem hatte Egle überhaupt nicht gerechnet, aber trotz allem reagierte er für seine Verhältnisse gelassen auf die suggestive Frage von Delisle. »Ich bin in Ihrer Schuld, Herr, und ich bin Ihnen schon jetzt sehr dankbar. Ich stehe weiter in Ihren Diensten, wenn Sie das mögen«, entgegnete Egle, der einerseits die Situation als unangenehm empfand, aber andererseits bei dem Delisle immer noch ein gutes Gefühl hatte.

Delisle selbst war ein angesehener Mann in Konstanz. Er hatte drei größere Lastensegler, er entstammte einer angesehenen, alteingesessenen Konstanzer Familie, und seine Geschäfte liefen so gut, dass seine Schiffe ständig ausgebucht und unterwegs waren. Das Einzige, was ihm in den letzten Jahren zunehmend Sorgen bereitete, waren die neuen Dampfschiffe, die mehr und mehr das bisher florierende Geschäft der Lastensegler gefährdeten. Aber man sagte ihm auch nach, dass er in verschiedene Geschäfte involviert sei, manche behaupteten sogar ganz kühn, dass er auch Gesellschafter bei der Dampfschifffahrt wäre. Geld war jedenfalls nicht sein dringendstes Problem. Delisle war einerseits ein angesehener Geschäftsmann. Er war aber auch ein wenig Abenteurer. Schon lange müsste er selbst mit keinem seiner Schiffe mehr hinausfahren. Dafür hatte er seine Leute, aber er war, wie er war, und wollte immer noch die Nase selbst ein wenig in den Wind halten und das Leben in seinen Wurzeln spüren. Was ihm an Egle gefiel, war seine schiere unglaubliche Größe und sein in ihm schlummernder Jähzorn. Dass er davon einiges zurückhielt, war ihm auf der Fahrt von Ludwigshafen über Überlingen hierher durchaus aufgefallen. Beides konnte ihm von Nutzen sein.

»Ich kann dir Arbeit geben und kann dich erst einmal auf meine Schifferkarte schreiben, sodass du in fremden Häfen auf mein Geheiß unterwegs sein kannst. Wie hört sich das für dich an?«

Egle musste sich sammeln. Er hatte sein gutes Gefühl für den Delisle nicht verloren. Bei dem, was der Mann ihm aber gerade sagte, musste er eigentlich so schnell als möglich abhauen. Gott sei Dank bohrte der Delisle nicht weiter. Was aber, wenn er alles nur vorspielte und ihn hinterher verraten würde? Was würde dann passieren? Er, Egle, hatte gar nichts in den Händen. Sein Schicksal lag aber ab sofort bei Delisle. Eine ungleiche Ausgangslage zu deutlichen Ungunsten von Egle. Seine erste gefühlte Freiheit, die er seit Ludwigshafen bis gerade hierher verspürt hatte, hatte ein jähes Ende gefunden.

»Das hört sich gut an«, hörte Egle sich selbst sagen, ohne

genau zu wissen, warum er dies tat. »Ja, das hört sich wirklich sehr gut an. Ich tue, was Ihr mich anweist und ich tue es für Sie sehr gerne«, schmeichelte Egle seinem neuen Herrn, der sich damit zufrieden gab.

Delisle hatte einen besonderen Arbeiter gefunden und wollte ihn heute Nacht zum ersten Mal einsetzen. Mal sehen, ob es funktionierte. »Komm heute Nacht wieder hierher. Dann bekommst du deinen ersten Auftrag. Um 10.00 Uhr geht's los. Bis dann also.«

Für Delisle war das Gespräch beendet, und Egle verließ den Raum und das Haus. Mal sehen, was der von mir will, dachte Egle und trollte sich davon.

DIE SCHMUGGLERBUCHT

Egle hatte sich um 10.00 Uhr, wie geheißen, beim Haus, in dem er Delisle am Mittag verlassen hatte, eingefunden und klopfte zunächst vorsichtig und, nachdem sich nichts tat, fester an die Tür.

»Bist du der Boss, der Jakob Boss?«

Hinter Egle stand ein Mann, den Egle nicht kannte und der aber auch, wie er, von nicht ganz durchschnittlicher Statur war.

»Ja, der bin ich, und wer bist du?«, antwortete Egle, dessen Blutdruck rasch angestiegen war und der, wenn's galt, sofort in den Angriffmodus wechseln konnte.

»He, dann komm mal mit. Man hat mir Arbeit für dich aufgetragen. Du sollst mir helfen.«

Egle verstand nicht ganz, ließ sich aber darauf ein. Schließlich konnte der andere ja nur einer von Delisles Leuten sein. Woher sollte er denn sonst wissen, dass er heute Abend hier zur Schreibstube wollte, und außerdem kannte er seinen Namen, zumindest den, den er zurzeit benutzte.

»Also gut. Ich komme mit, und wer bist du?«, wollte Egle wissen.

»Ich heiße Franz. Komm jetzt.« Egle tapste dem Franz hinterher auf den Steg, wo die Lädine von Delisle festgemacht war.

Franz schwang sich auf die Lädine und entfernte einen Teil der auf der Ladung festgezurrten schweren Decken. »Komm jetzt und hilf mir.«

Egle verstand nicht so recht. »Sollen wir die Ladung löschen, oder was hast du hier vor? Der Patron wollte doch morgen in Konstanz anlegen und die Ladung dort löschen. Oder habe ich etwas falsch verstanden?«, fragte Egle nach, obwohl er immer noch davon überzeugt war, dass er im Auftrag von Delisle arbeitete.

»Frag nicht so viel. Es ist alles in Ordnung. Wir löschen einen Teil der Ladung hier«, antwortete Franz missmutig, und schon sprang er vom Schiff auf ein kleineres, seitlich an der Außenwand der Lädine festgemachtes Boot und drehte sich sofort wieder zu Egle um. »Auf geht's. Gib mir die Säcke herunter und mach nicht so viel Lärm. Wir brauchen nicht ganz Staad zu wecken, bis du endlich in die Gänge kommst.«

Egle dachte schnell und konzentriert. Wenn der Typ nun kein Beauftragter von Delisle war, dann würde er jetzt helfen, seinen neuen Herrn zu bestehlen. Wenn er aber von Delisle geschickt worden war, dann macht Delisle etwas, was nicht ganz legal war, sonst wäre er selbst hier, und außerdem, was sollte die Nummer mit 10.00 Uhr abends?

Egle packte an und ruckzuck waren zehn Säcke Getreide und zwei Fässer Wein auf dem kleineren Boot, das der Franz ordentlich belud und mit Seilen gegen das Herausfallen sicherte.

Nachdem alles fertig war, zog er dicke Schutzdecken über die Ladung und sagte: »Komm, Neuer, an die Riemen, wir rudern ein Stück.«

Egle war nun schon so weit gegangen. Was sollte er tun. Er ergab sich seinem Schicksal, sprang in das Boot und setzte sich neben Franz.

»Hast du auf dem Schiff wieder alles ordentlich verschlossen? Die Decken gut über die Ladung gezogen?«, fragte Franz den Jakob.

»Wie du es mir aufgetragen hast. Aber sag mir, beklauen wir gerade meinen Herrn, oder was führst du im Schilde?«, fragte Egle, nachdem er das linke Ruder in die Hand gedrückt bekommen hatte.

»Jetzt leg dich in die Riemen und frag nicht so viel. Glaubst du denn, ich würde dich zum vereinbarten Termin am vereinbarten Ort abholen, weiß, wie du heißt, und mache das auf eigene Rechnung? Für wie blöd hältst du mich denn?« Franz schaute seinem neuen Helfer lachend in die Augen und genoss dessen Unsicherheit. Klar konnte der nicht ahnen, um was es hier ging. Aber sollte er ruhig noch ein wenig zappeln.

Egle brauchte ein wenig, bis er den Rhythmus des anderen gefunden hatte, aber nach wenigen Minuten klappte das Rudern ganz gut, und das Boot fuhr am Ufer entlang in Richtung Hörnle. Es war dunkel, der Mond und die Sterne schauten gelegentlich durch die Wolkendecke, aber außer dem Boot, dem Wasser und schemenhaft dem Ufer konnte Egle nicht viel erkennen. Als die beiden das Konstanzer Horn erreicht hatten, verlor Egle das Ufer kurzfristig aus den Augen.

»Wir halten uns links, lass mal mit dem Rudern etwas nach, bis wir wieder auf Kurs sind«, befehligte Franz den Egle, der aus seiner Rolle, die ihm im Verlauf der Bootsfahrt immer unheimlicher wurde, nicht mehr heraus konnte.

»Was ist denn das für ein Scheiß?«, konnte sich Egle jetzt nicht mehr beherrschen. »Wo rudern wir denn mitten in der Nacht hin?«

»Wir bringen die Ladung zu einem anderen Schiff und kehren danach gleich wieder um. Keine Sorge, es ist alles geregelt. Außerdem hat man mir gesagt, du wüsstest Bescheid«, antwortete Franz, dem neben dem Riesen jetzt auch nicht mehr so wohl war.

»Natürlich weiß ich Bescheid. Ich wollte dich doch nur foppen«, antwortete Egle selbstbewusst. Schließlich brauchte der andere ja nicht mitkriegen, dass der Delisle ihn nicht eingeweiht hatte.

Um was es hier ging, war ihm immer noch nicht ganz klar. Offensichtlich war aber für Egle, dass der Delisle irgendetwas Faules hier laufen hatte und dass er ihn dafür benutzte. Nach gut zwei Stunden hatten Egle und sein neuer Partner eine kleine Bucht erreicht, in der ein Schiff lag. Nach den Umrissen zu urteilen, war das Schiff nicht so groß wie das, das er zum ersten Mal in Ludwigshafen bestiegen hatte, aber doch deutlich größer als das Boot, in dem er hierher gerudert war.

»Wer da?«, rief es vom Schiff.

»Die Staader Lieferung ist da.«

»Guat, donn leget sitlich an und werft dis Züg rüber«, tönte es in Schweizerdeutsch zurück.

Egle und sein Kompagnon erledigten die Arbeit, wie ihnen geheißen, und wurden dabei von vier Männern vom Schiff aus unterstützt. Alles ging ruhig und lautlos über die Bühne und war schnell erledigt.

»Guat, an Schöna und a guate Ruckfahrt.«

Egle und Franz legten von dem Schiff wieder ab. Für Egle war alles wie ein schlechter Traum, aus dem er immer noch nicht aufwachte. Ihr Boot war jetzt deutlich leichter und schneller zu rudern. Ruck, zuck ließen die beiden die Schmugglerbucht hinter sich und ruderten zurück nach Staad.

Egles Gedanken kreisten um das, was er soeben erlebt hatte. Mit Franz redete er so gut wie nichts mehr.

»Bring mich wieder zum Schiff von Delisle«, forderte Egle den Franz auf, nachdem sie schon weit nach Mitternacht wieder in Staad angekommen waren. Wo hätte er denn sonst schlafen sollen, und außerdem war der Delisle ihm eine Erklärung schuldig. Egle hüllte sich, wie schon in der Nacht davor, in die schweren Decken und schlief sofort ein. Die Fahrt in die Schmugglerbucht hatte Kraft gekostet, und bis zum Morgen war nicht mehr viel Zeit.

VOR DEN TOREN VON KONSTANZ

»GUTEN MORGEN, was machst denn du hier?«

Egle blinzelte nach oben und versuchte, schneller als sonst aufzuwachen.

»Gib Antwort, sonst werfe ich dich ins Wasser«, setzte die unbekannte Stimme nach.

Egle drehte sich blitzschnell auf den Bauch und stand im Bruchteil einer Sekunde auf den Beinen. Sein Gegenüber hatte nicht damit gerechnet und Egle zu wenig Zeit zum Denken. Egle schlug zu und verpasste dem Gegenüber einen Faustschlag mitten ins Gesicht. Der ging sofort zu Boden und gab keinen Laut mehr von sich.

»Was ist denn hier los?«, rief nun eine dem Egle sehr bekannte Stimme. Delisle war an Bord gekommen und betrachtete die Szenerie. »Was war hier los, und warum schlägst du einen meiner Leute nieder?«, fragte Delisle ungeduldig.

»Er wollte mich ins Wasser werfen, und ich kann nicht schwimmen«, antwortete Egle geistesgegenwärtig.

»Stimmt das?«, fragte Delisle in die Runde der an der Lädine stehenden Männer.

»Ja, das stimmt«, antwortete Jonathan, der ebenfalls mit den anderen beim Schiff stand und das Ganze beobachtet hatte. »Ich weiß zwar nicht, ob der Jakob schwimmen kann oder nicht, aber der Karl hat ihm angedroht, ihn ins Wasser zu werfen, und der Jakob hatte noch unter den Decken gelegen und geschlafen.«

»Also gut, wie geht es dir?«, wandte sich Delisle an den zwischenzeitlich wieder zu sich kommenden Karl.

»Dem haue ich eine ins Maul, der kann was erleben«, war die aufgebrachte Antwort von Karl, der eine aufgeplatzte Oberlippe hatte und etwas blutete.

»Das lässt du schön bleiben, Karl. Und du, Jakob, so etwas will ich hier nicht mehr sehen, sonst war's das mit der Arbeit bei mir, klar?« Delisle hatte sich Egle zugewandt und seinen letzten Satz sehr scharf gesprochen.

Egle hatte genau verstanden, was Delisle ihm gesagt hatte. Sein ganzer Plan, Delisle heute Morgen zur Rede zu stellen, hatte sich erledigt. Er konnte Delisle jetzt vor den Männern nicht bloßstellen, also musste er die Zähne zusammenbeißen, und das fiel ihm äußerst schwer.

»Was ist jetzt mit dem, Herr Delisle?«, wandte sich Karl unzufrieden an seinen Patron.

»Den habe ich eingestellt, und du nimmst ihn gleich mit nach Konstanz. Bei der Arbeit kann er in jedem Fall auch hinlangen«, antwortete Delisle verschmitzt.

»Ich nehme den Seckel nicht mit«, antwortete Karl.

»Doch, und der fährt bei dir auf dem Schiff, bis ich ihn woanders brauche, ist das klar?«, war die Antwort von Delisle, der sich umdrehte, vom Schiff stieg und sich in Richtung seines Schreibbüros davonmachte.

Karl biss die Zähne ebenfalls zusammen, aber dem würde er es schon noch zeigen. Schließlich war er auf dem Schiff der Kapitän, und das würde er so ohne weiteres nicht durchgehen lassen.

»Also los, Männer, auf nach Konstanz. Wir haben nicht den ganzen Tag Zeit«, brüllte Karl in deutlich schärferem Ton, als Egle es bisher gewohnt war, und wandte sich dem Steuer zu. »Auf geht's, Männer, in die Riemen. Das Segel brauchen wir jetzt zuerst einmal nicht«, befehligte Karl weiter.

Egle setzte sich hinter Jonathan und die beiden anderen. Ernst und Friedrich, die Egle von der Überfahrt von Ludwigshafen her kannte, saßen auf der anderen Seite an den Rudern. Die Lädine setzte sich langsam in Bewegung und wurde nicht sehr viel schneller. Das Rudern war mühsam, und Egle spürte noch von der Nacht her seine Arme, die sich noch nicht erholt hatten, und hätte am liebsten alles hingeschmissen.

»Was ist mir dir? Schlägern kannst du wohl, aber sonst hast du nichts drauf«, hörte Egle den Karl rufen.

Er hatte sich natürlich durch seine Aktion in eine richtig schwierige Situation manövriert. Er hatte den geschlagen, der hier auf dem Schiff jetzt das Sagen hatte. Delisle war nicht mitgekommen. Den konnte er nicht fragen, was die nächtliche Aktion bedeutete, und so blieb ihm nicht viel mehr übrig, als gute Miene zum bösen Spiel zu machen. Egle biss sich auf die Lippen und sagte nichts.

»Hast du dazu nichts zu sagen, du Nichtsnutz?«, setzte Karl immer noch wütend eins drauf.

»Du bist der Kapitän«, zischte Egle durch seine zusammengepressten Lippen.

Karl ließ es dabei bewenden, denn er hatte jetzt die Hosen an, und insgeheim war ihm klar, dass er den Kerl aus dem Schlaf gerissen hatte. Wie er selbst darauf reagiert hätte? Wahrscheinlich ähnlich.

»Los, Männer, das Segel setzen. Wir wollen heute noch nach Konstanz kommen!«

Die Lädine hatte das Konstanzer Horn erreicht, und der Wind blies vom Obersee her in die Konstanzer Bucht. Das Raffsegel war gleich gesetzt, die Riemen eingezogen, und die Lädine nahm ordentlich Fahrt auf in Richtung Konstanz. Egles Stimmung wechselte rasch von trüb auf sehr viel besser. Er beobachtete das Ufer, und er erkannte, dass er hier heute Nacht vorbeigekommen war. Nur, jetzt war alles schön zu sehen.

»Wo sind wir hier und wie heißt das hier?«, wollte Egle von Jonathan wissen.

»Das hier ist die Konstanzer Bucht, und wir halten direkt auf Konstanz zu«, antwortete Karl, jetzt deutlich versöhnlicher, der die Frage von Egle an Jonathan aufgeschnappt hatte. »Wenn der Wind so anhält, legen wir in einer guten halben Stunde an, löschen die Ladung, und dann gehen wir noch einen lupfen, und der Jakob gibt einen aus«, war die klare Ansage vom Kapitän an die Mannschaft und keiner widersprach.

Egle hatte sich wieder im Griff und stand mit Jonathan an der Bordwand. Der Ausblick war fantastisch. Für März war es verhältnismäßig mild, es waren keine Wolken am Himmel zu sehen, und Egle war unterwegs nach Konstanz. Er beobachtete die Lädine, wie sie leicht über den See glitt, in einem ruhigen und angenehmen Rhythmus sich kaum merklich hob und senkte und wie das Ufer an ihnen vorbeizog. Vor dem Bug konnte man die Silhouette von Konstanz erkennen.

Allem voran und von weither sichtbar das noch unvollständige Konstanzer Münster. In Umrissen war schon der neue Hafen mit seiner weit in den See gebauten Hafenmauer, der Leuchtturm und dahinter die Häuserkulisse von Konstanz zu erkennen. Rechts versetzt war eine Insel mit dem mächtigen Kirchenschiff eines ehemaligen Dominikanerklosters zu erkennen, und je näher die Lädine sich dem Hafen von Konstanz näherte, desto größer wurden die Augen von Egle, der eine so große Stadt in seinem Leben noch nicht gesehen hatte. Schon Überlingen hatte ihn mächtig beeindruckt, aber Konstanz war im Vergleich dazu zum See hin offener und einsehbar, wenngleich auch in Konstanz die mächtigen Wehrtürme und die Stadtmauer noch in großen Teilen erhalten waren. Aber nicht bei dem ersten Draufblick vom See. Rechts tauchten die ersten einfachen Häuser auf. Auch auf der linken Uferseite konnte Egle einfache Bebauung erkennen. So wie die, die er aus Hermannsdorf kannte, und davon hob sich Konstanz mächtig und beeindruckend ab.

»So eine schöne Stadt«, raunte Egle Jonathan zu.

Je näher die Lädine sich dem Hafen näherte, desto mehr Einzelheiten konnte Egle aufnehmen, und er konnte sich vor Staunen nicht sattsehen. Die Lädine passierte den Leuchtturm und steuerte auf die schräg ins Wasser gebaute Mauer zu, die vor dem Konstanzer Kaufhausgebäude das Anlanden der Frachtschiffe ermöglichte. Schon von Weitem war dem Egle ein großes, anders wirkendes Schiff aufgefallen, das im Hafen an der Mauer lag. »Was ist denn das für ein Schiff, Jonathan? Das sieht ja völlig anders aus als das unsere.«

Bevor Jonathan antworten konnte, mischte sich Karl erneut in die Unterhaltung der beiden ein. »Das ist die Constanz und die macht uns mächtig Ärger. Seit diese Dampfschiffe auf dem See eingesetzt werden, geht unser Geschäft immer mehr zurück. Gott sei Dank hat der Delisle gute Handelsbeziehungen rund um den See. Diese stinkenden Ungeheuer brauchen keinen Wind, um sich fortzubewegen.«

»Aha«, antwortete Egle, dessen Aufmerksamkeit schon vom nächsten großen Komplex, der mitten im See stand, in Anspruch genommen wurde.

»Das ist ein Bad für die vornehmen Herrschaften. Damit hast du nichts zu schaffen, mit vielem hier sowieso nicht. Los Männer, das Rahsegel fallen lassen und zwei Männer an die Riemen, damit wir den Steg beim Kaufhaus sauber anlaufen können«, kommandierte Karl seine Mannschaft.

Der Karl war hier als Sohn eines Taglöhners aufgewachsen und hatte sich bei Delisle bis zum Bootsführer hochgearbeitet. Er kannte den See und Konstanz wie seine Westentasche. Darauf und auch auf seine Heimatstadt war er stolz, und ihm war die Aufmerksamkeit von Egle nicht entgangen. Eigentlich wollte er ihn ein wenig triezen, schließlich hatte er ihm heute Morgen einen ganz schönen Schlag ins Gesicht versetzt. Aber unter einfachen Männern waren Händel nichts so Ungewöhnliches, und der Jakob Boss machte sich auf dem Schiff ganz gut.

»So was hast du noch nicht gesehen. Wart erst mal ab, wenn du zum ersten Mal auf der Marktstätte stehst. Jetzt los Männer, wir sind gleich da. Die Leinen rüber.« Auch der Karl hatte das Einholen des Segels und die Fahrt seines Schiffes so berechnet, dass die Lädine sanft an der schrägen Kaimauer anlandete und von den dort wartenden Arbeitern aufgefangen und vertäut werden konnte. »So, meine Herren, jetzt wird erst einmal die Ladung gelöscht. Ich kümmere mich um den Papierkram, und ihr schafft die Ladung rüber ins Kaufhaus. Wenn wir fertig sind, genehmigen wir uns einen.«

Das war mit eines der großen Privilegien, die Karl als Bootsführer hatte. Zum einen hatte er die Verantwortung für die Männer und das Schiff, und zum anderen musste er selbst nicht mehr beim Löschen der Ladung oder beim Beladen des Schiffes mitarbeiten. Er schritt stolz mit seiner Ledermappe und den Ladepapieren in Richtung des Kaufhauses, um in der angebauten »Patronentasche«, dem Zollamt, die Ladung anzumelden. Die Papiere hatte er wie immer aus der Schreibstube von Delisles Schreiber bekommen.

Die Ladung war, wie auch schon in Überlingen, rasch gelöscht und verschwand im Konstanzer Kaufhaus. »Auf geht's, Männer. Alles in Ordnung. Wir haben zwei Stunden Luft, dann können wir neu laden.«

Das ließen sich die Männer nicht zweimal sagen.

Egle sprang ebenfalls vom Schiff und lief der Mannschaft hinterher.

HISTORISCHE ZÄSUR

Konstanz stand in der Zeit, in der Jakob Egle, alias Jakob Boss, 1843 in der Stadt auftauchte, im Vormärz und war geprägt von einer liberalen Aufbruchsstimmung. Insgesamt hatte Konstanz zu dieser Zeit 6.379 Einwohner. Beflügelt von der Julirevolution in Paris 1830, die zusammenfiel mit dem Thronwechsel im badischen Haus von Großherzog Ludwig auf seinen Sohn Leopold, setzte sich 1832 der junge Karl Hüetlin bei der Wahl zum Bürgermeister durch. Unter ihm erfuhr die Stadt in mehreren Schritten eine Modernisierung. Insbesondere der Bau des neuen Hafens 1839 schaffte die Grundlage für die moderne Schifffahrt.

Die neuen und modernen Dampfschiffe brauchten andere Anlegemöglichkeiten als die Lastensegler und konnten natürlich nicht auf Grund gezogen werden. Deshalb bedurfte es eines Hafens mit einer schützenden Mauer, was die Konstanzer nach dem Bau, aber noch längst nicht alle anderen Städte am See, zu dieser Zeit bieten konnten.

Das »Hambacher Fest« 1832, das auch die zunächst großzügigen Reformen von Großherzog Leopold mehr und mehr beschränkte, verhinderte nicht, dass Konstanz auf dem Weg in eine liberalere Zeit war, geprägt von verschiedenen bürgerlichen Gruppen. Dabei waren nicht nur die großen politischen Weichenstellungen relevant, sondern auch der Kampf um sauberere Straßen und Plätze. Trinkwasser, Körperhygiene, die ärztliche Versorgung und der Neubau des Schlachthauses waren genauso Themen wie das Schwimmen im See, das zu dieser Zeit den meisten schon deshalb verwehrt blieb, weil sie gar nicht schwimmen konnten. Wichtigste Themen dieser Zeit waren die Dampfschifffahrt, der Hafenbau, ein wenig Fremdenverkehr in ersten, vorsichtigen Zügen. Aber auch große Projekte, wie das Rauenegg-Projekt, beschäftigten die politische und wirtschaftlich interessierte, engagierte bürgerliche Gesellschaft.

Auch wirtschaftlich ging es aufwärts. In den 1830er-Jahren entstanden mehrere Textilfabriken, Zuckersiedereien und eine Seidenfabrik. Es war eine kurzlebige Gründerzeit, die Konstanz erfasst hatte. Man plante eine neue Ära, wollte Konstanz auch städteplanerisch zumindest in Teilen neu gestalten, die mittelalterlichen Wehranlagen und Mauern schleifen und in bessere Projekte ummünzen wie den Hafen oder das an der Marktstätte neu errichtete Postamt.

Viele neue Ideen brachten viel Bewegung und Temperament in die politische Diskussion, oft scheiterten die Innovationen aber an einer in der Stadt immer wieder festzustellenden konservativen Grundeinstellung, bewährtes Altes nicht dem Neuen zu opfern und trotz guter Ideen alles so zu lassen, wie es war. Diskutiert wurde neben der Modernisierung der Schifffahrt, die schnell voranschritt und Konstanz mehrere Dampfschiffe bescherte, auch der Anschluss an die Eisenbahn, die natürlich noch lange nicht flächendeckend in Deutschland angekommen war. Ein Vordenker in seiner Zeit, Ignaz Vanotti, kämpfte für eine Linienführung über den Schwarzwald nach Konstanz, was kurzfristig nicht gelang.

Das 1841–1843 forcierte Rauenegg-Projekt – ein exklusives Wohnbauprojekt am See westlich des neuen Hafens, das finanzkräftige Investoren und Neubürger nach Konstanz locken sollte, scheiterte an den unüberbrückbaren Gegensätzen, die sich in der Bürgergesellschaft herausgebildet hatten. Vertreten waren Traditionalisten durch Familien wie die Hüetlins, die Leiners, die Delisles und andere Kaufleute, die auch im Wesentlichen den Gemeinderat dominierten. Deshalb dachte Konstanz zu dieser Zeit liberal, agierte aber konservativ, wenn es um die Interessen der Stadt ging. Es gab aber auch die Modernisten, die frischen Wind in die Stadt brachten und den Unternehmergeist beflügeln wollten. Dazu zählten beispielsweise der Buchdrucker Stadler, die Katzenmaiers, der Kaufmann Zogelmann, Bierbrauer und Wirt August Schmid und ganz besonders der Redakteur des »Wochenblattes«, später der »Seeblätter«, der aus Tirol stammende Joseph Fickler, der sich streitlustig in alle politischen Fragen und Entwicklungen von Konstanz einmischte.

Der Anschluss der Stadt 1835 an den Deutschen Zollverein bescherte Konstanz eine intensive Diskussion und die Besonderheit, dass die Zolllinien nicht deckungsgleich mit den tatsächlichen Grenzgegebenheiten verliefen. In der Diskussion setzte sich unter den führenden Köpfen der Stadtverwaltung die Position vom damaligen Gemeinderat Karl

Delisle durch, dem Zollverein beizutreten, bei gleichzeitiger Beibehaltung eines Freihafens und einer Freihandelszone in der Vorstadt Stadelhofen und dem Paradies. Diesem Vorschlag folgte die badische Landesregierung, sodass das deutsche Zollgebiet an der Mauer zur Laube, zur Bodanstraße und zum Rauenegg, endete. Damit erhielten die alten und nutzlos gewordenen Stadtmauern wieder einen pragmatischen Sinn. Sie grenzten im Wesentlichen das Zollgebiet des Deutschen Zollvereins zu den handelsfreien Zonen, zu denen die komplette Vorstadt Stadelhofen zählte, ab. Eine Frühjahrs- und Handelsmesse wurde in Konstanz ins Leben gerufen, in der Hoffnung, auf internationalem Terrain wirtschaftlich wieder etwas Boden gutzumachen und an die ehemals große Zeit, die Konstanz 1414–1418 mit dem Konstanzer Konzil erlebt hatte, anzuknüpfen.

ERSTE SCHRITTE IN KONSTANZ

»Auf geht's, Männer. Wir haben nicht den ganzen Tag Zeit«, trieb der Bootsführer Karl seine Männer an, wohl wissend, dass sie nur zwei Stunden Zeit hatten, um sich eine Stärkung zu genehmigen, und danach die nächste Ladung aufs Schiff zu bringen.

Die Truppe passierte das Kaufhaus an der Nordseite Richtung Fischmarkt. Rund um die Konradbrücke waren etliche Boote im Wasser und Frauen auf den Booten, die Wäsche wuschen.

Egle wäre jetzt lieber alleine gewesen. Wie lange war es schon her, seit er eine Frau gehabt hatte?

»Jakob, was ist los? Hast du dich in eines der Weiber verguckt, oder warum läufst du so träumend durch die Gegend«, foppte ihn Karl, dem nicht entgangen war, dass Egle ganz interessiert das Treiben der Waschfrauen beobachtet hatte.

»Hast wohl schon lange keine mehr gehabt, was Jakob?«, setzte der Jonathan noch einen drauf.

»Haltet eure Gosch, das geht euch gar nichts an«, antwortete Egle ein wenig beleidigt. Schließlich konnte er mit solchem Geschwätz nichts anfangen.

Aber die Frauen wirkten hier ganz anders als die, die er von der Schwäbischen Alb in Erinnerung hatte. Die Kleider hatten bunte Farben, und es war ein unüberhörbares Geschnatter wahrnehmbar, während sie aus ihren Booten heraus die Wäsche im See wuschen.

»Sei nicht so empfindlich, Jakob. Es ist doch normal, dass wir Mannsbilder uns immer in die Weiber vergucken. Was würden wir denn ohne sie machen. Du müsstest ja deine Wäsche selber waschen, und zum Beichten beim Pfarrer gäbe es auch nichts, wenn die Weiber uns nicht immer zur Sünde anstiften würden«, gab der Karl lachend einen Kommentar von sich.

Die Truppe um Karl, den Bootsführer, hatte ihr Ziel erreicht. Die erste und beste Kaschemme am Fischmarkt bot alles, was Karl und seine Männer auf die Schnelle brauchten. Etwas zum Essen und einen ordentlichen Schoppen. Nach gut zwei Stunden waren Karl und seine Mannschaft an den Steg beim Kaufhaus zurückgekehrt und nahmen die Arbeit mit dem Beladen der Lädine wieder auf. Die Ladung bestand aus Säcken und Fässern. Was darin war, wusste Egle nicht. Das war ihm letztendlich auch egal.

Das Schiff war nach gut einer Stunde beladen, und die Männer, inklusive Egle, konnten das Schiff an den Seilen vor die Kaimauer ziehen. Der Wind hatte gedreht und kam leicht von West.

»Segel setzen, Männer, den Abendwind nehmen wir bis ans Hörnle mit und dann fahren wir erst einmal nach Hause«, kommandierte Karl.

Egle überlegte, was hier wohl seine künftige Perspektive sein könnte. Er hatte kein Haus, kein Dach über dem Kopf, und dauerhaft auf dem Schiff zu schlafen, erschien ihm nicht als erstrebenswert. »Karl, weißt du einen Platz, wo ich heute Nacht schlafen kann außer auf dem Schiff?«, fragte Egle nach.

»Ich überlege mir was, bis wir wieder anlegen«, sagte Karl zufrieden, dem gefallen hatte, wie der Egle beim Beladen zugelangt hatte. Aber der Schlag von heute Morgen saß immer noch ungesühnt mitten in seinem Gesicht. Dazu musste er sich noch etwas einfallen lassen.

Die Lädine glitt langsam in die Abenddämmerung hinein, vorbei an der Schmugglerbucht bis hin zum Konstanzer Horn. Da der Wind von West blies, konnte das Rahsegel mit ein wenig anderer Trimmung stehen bleiben. Für die Männer ging es heimwärts, für Egle ging es einfach nur nach Staad.

»Also komm mit, Jakob. Ich weiß dir eine alte Hütte.« Karl war mit Egle unterwegs zwischen den einfachen Häusern von Staad und ging leicht bergwärts Richtung Wollmatingen. Auf halber Höhe steuerte Karl auf ein Holzhäuschen zu, dessen Läden verschlossen waren. Karl zog einen Schlüssel aus seiner Tasche und schloss die einfach gezimmerte Tür des Häuschens auf.

»Komm herein«, forderte Karl den Egle auf.

Egle folgte dem Karl, der sich im Inneren neben der Tür aufgebaut hatte, ausholte und dem Egle einen Faustschlag mitten ins Gesicht versetzte. Egle war nur kurz verdutzt und hatte sofort seine Hände und Arme oben, setzte aber nicht zum Gegenangriff an.

»Das war für heute Morgen. Jetzt sind wir quitt.« Karl wollte den Vorfall nicht einfach so auf sich sitzen lassen und hoffte, dass das bei Jakob das auch richtig ankam.

Egle hatte verstanden, nahm seine Arme wieder herunter und lachte. »Tut mir leid, Karl. Aber heute Morgen hast du mich aus meinen schönsten Träumen gerissen. Hätte ich gewusst, dass du das warst, hätte ich gleich zweimal zugeschlagen«, setzte Egle scherzend noch eins drauf.

»Also, Jakob. Du kannst hier erst einmal schlafen. Das Häuschen gehört mir. Ich benutze es eigentlich nicht mehr. Das war mal für meinen Sohn gedacht, der leider gestorben ist. Du kannst also hierbleiben.«

Egle schaute sich um. Im Vergleich zu seiner ersten Hütte in Zizenhausen war es hier doch recht wohnlich. Die Hütte bestand zwar nur aus einem Raum, aber er nahm im hinteren Eck ein ordentliches Bett wahr, es gab einen kleinen Holzofen und es hatte nach allen Seiten Fenster und nach vorne eine kleine Holzterrasse mit Blick auf den See.

»Ich danke dir, Karl, und nichts für ungut wegen heute Morgen noch mal. Was zahle ich für dein Angebot?«, wollte Egle nun von Karl wissen und schaute ihn ganz zufrieden und zuversichtlich an.

»Darüber sprechen wir morgen. Delisle lässt dir ausrichten, dass du morgen in der Schreibstube bei ihm vorsprichst. Wir legen morgen nach Meersburg ab und löschen die Ladung. Soweit ich weiß, haben wir dann einen Auftrag, in Rorschach Sandsteine für Überlingen zu laden und von Meersburg Wein nach Rorschach zu bringen. Aber ob du mit an Bord bist, hat mir der Patron nicht gesagt. Das wissen wir morgen und dann sprechen wir darüber, was du mir gibst, bis du was Eigenes gefunden hast oder länger hier wohnst. Darüber werden wir uns schon einig.«

Egle war zunächst einmal zufrieden und freute sich darauf, endlich mal wieder in einem Bett zu schlafen.

AM NÄCHSTEN MORGEN

EGLE HATTE BESTENS GESCHLAFEN und war gut gelaunt unterwegs zur Schreibstube zu seinem Patron Delisle. Es war früh am Morgen, die Luft kalt und klar, und die Sonne hatte sich gerade leicht am Horizont erhoben. Egle hatte Hunger. In seiner Hütte war natürlich kein Vorrat hinterlegt, was er dringend ändern musste, wollte er länger hier bleiben. Aber erst einmal abwarten, was Delisle von ihm wollte, und dann würde er sehen. Den Schlüssel der Hütte hatte er jedenfalls dabei, die Hütte selbst aber nicht abgeschlossen. Alles, was Egle besaß, inklusive seines Geldes, hatte er bei sich.

»Komm herein, Jakob«, rief Delisle von seinem Schreibtisch im vorderen Raum dem Egle freundlich zu. Delisle war im Gespräch mit seinem Schreiber und diktierte verschiedene Zahlen, mit denen Egle nichts anzufangen wusste. »Geh schon mal nach hinten. Ich komme gleich.« Delisle dirigierte mit dem Zeigefinger Egle in den Raum, den er von seinem letzten Besuch her schon kannte, und war unmittelbar, nachdem Egle den Raum betreten hatte, schon bei ihm. Die Tür zum vorderen Raum hatte er schnell verschlossen. »Komm, nimm Platz. Wie geht es dir? Ich habe von Karl gehört, dass er dir seine alte Hütte überlassen und er dir vorher auch einen ordentlichen Schlag verpasst hat?«

Delisle lachte dabei, und Egle ließ es dabei bewenden. Schließlich waren ihm der Delisle und der Karl egal. Er wollte überleben, und momentan sah es damit gar nicht so schlecht aus. »Alles gut, Herr. Und es tut mir leid, wenn ich gestern zu schnell zugeschlagen habe«, antwortete Egle.

»Ist schon gut, lass uns über etwas Wichtigeres sprechen, Jakob. Ich will dich etwas fragen. Franz war vorgestern Nacht mit deiner Arbeit zufrieden. Er sagte mir, dass du dich beim Rudern gut angestellt und wenig gefragt hast. Franz meint, er könnte dich ganz gut gebrauchen. Was hältst du davon? Du bekommst freie Kost und Logis. Eines der Mädchen am Ort kümmert sich um deine Haushaltung, und ich zahl dir obendrauf noch einen guten Lohn. Einverstanden?« Delisle schaute freundlich in das ernste Gesicht von Egle, der zögernd die von Delisle ausgestreckte Hand ergriff und drückte.

»Ist dann meine Arbeit, jede Nacht in die Konstanzer Bucht zu fahren, oder was wären meine Aufgaben, Herr?«, fragte Egle verunsichert nach.

»Nein, wenn du mit Franz unterwegs bist, arbeitest du für ihn. Ansonsten arbeitest du mit den anderen auf den Schiffen und machst kleine Fahrten über den See und zurück. Einverstanden? Ja, und was ich dir noch ans Herz legen möchte, ist, dass du mit keinem über unser Arrangement reden darfst. Ich zahle dich für deine Arbeiten auf meinen Schiffen, alles andere geht mich nichts an, zumindest nicht, wenn ich darüber gefragt würde«, gab Delisle dem etwas verdutzt lauschenden Egle zu verstehen.

»Das gefällt mir nicht so recht, Herr Delisle. Das, was Franz und ich auf seinem Boot gemacht haben, erschien mir nicht ganz korrekt zu sein, und ich will keine Schwierigkeiten bekommen«, antwortete Egle.

»Du meinst, dass ihr nachts Waren auf Schweizer Boote verkauft, die vorher von euch gestohlen wurden. Ja, da hast du sicher recht. Das ist Diebstahl und ein Zollvergehen dazu. Aber ich wünsche dennoch, dass du Franz bei seiner Arbeit unterstützt.«

»Ja, aber wem diene ich denn dann?«, fasste Egle nach, der immer noch nicht verstanden hatte, wozu Delisle das Dreiecksspiel aufgezogen hatte.

»Du arbeitest bei mir, Jakob Egle. Ich zahle dir deinen Lohn und wache über deine Freiheit, verstehst du«, antwortete Delisle und wartete die Reaktion von Egle ab.

Egle saß wie versteinert da. Wenn der Delisle seinen Namen wusste, wusste er auch, warum er auf der Flucht war. »Mist, woher nehmen Sie diesen Namen, Herr? Ich heiße Jakob Boss und nicht Egle«, stammelte der Egle verzweifelt.

»Das stimmt, Jakob. So steht es auf meiner Schiffskarte. Aber ich habe gehört, dass sie im Hohenzollerischen einen suchen, der so aussehen soll wie du, und der soll Jakob Egle heißen. Einen alten Bauern soll er erschlagen haben. Wahrscheinlich täusche ich mich, tut mir leid. War ja nur so ein Gedanke. Jetzt geh und tu, was ich dir geheißen hab. Heute Nacht bist du um 10.00 Uhr am Landungssteg. Franz hat eine Ladung zu löschen, und du hilfst ihm, und morgen bist du um 11.00 Uhr vormittags wieder hier. Dann fährt eines der Schiffe nach Überlingen. Dort kennst du dich doch schon ein wenig aus, oder?« Delisle wusste, dass er den Egle im Sack hatte. Das Einzige, was ihm passieren konnte, war, dass Egle floh, aber er wusste auch, dass der dann Gefahr lief, dass man die Fahndung sofort wieder intensivierte.

Egle war sprachlos. Er musste das, was Delisle ihm eben um die Ohren gehauen hatte, erst einmal verdauen.

»Also, Jakob Boss, so heißt du doch. Dann sind wir uns einig, und ich kann mich auf dich verlassen. Solltest du gehen wollen, sage es mir besser vorher. Die Gendarmerie will immer wieder wissen, wen ich so beschäftigt habe, und ich finde, du bist ein guter Arbeiter«, drohte Delisle in seiner freundlichen Manier abschließend dem Egle, damit dieser wusste, was passieren könnte, sollte er sich zur Flucht entscheiden.

Egle war dem Spiel, das Delisle mit ihm spielte, nicht gewachsen. Aber er hatte so viel verstanden, dass er ihm ausgeliefert war. Würde er abhauen, könnte der Delisle sofort die Polizei alarmieren. Also musste er sich jetzt erst einmal darauf einlassen. Er musste nachdenken und würde er für Delisle erst einmal eine Weile arbeiten, würde ihm vielleicht wieder was einfallen. So war der erste noch unvollständige Schlachtplan von Egle. Für Egle war aber auch klar, dass der Delisle ihn ausnutzen würde, solange er konnte. Das ihm offerierte Spiel musste er mitspielen. Delisle hatte alles schön eingefädelt, und Egle blieb nichts anderes übrig, als zunächst einmal mitzumachen. Das hatte er verstanden. Auch verstanden hatte er, dass der Delisle sich seine Finger nicht schmutzig machte. Woher er zum Teufel aber wusste, wer er war und woher er die Informationen hatte, das interessierte den Egle brennend. Seine Fragen behielt er aber zunächst einmal für sich. Er war in der Falle, und so war er, wie ihm geheißen, um 10.00 Uhr abends zur Stelle.

Der Franz wartete schon auf ihn.

UND WIEDER IN DIE SCHMUGGLERBUCHT

DAS SPIEL BEGANN AUFS NEUE. Franz hatte sein Boot neben einem der Schiffe am Landungssteg festgemacht. Franz und Egle machten sich an der Ladung zu schaffen und schlugen die schweren Öldecken zurück, um daran zu kommen.

»Was nehmen wir heute mit?«, fragte Egle und schaute dem neben ihm agierenden Franz in die Augen.

»Gib mir die Säcke da unten. Ich sage dir, wann Schluss ist.«

Egle packte die Säcke hoch und gab sie dem zwischenzeitlich auf dem kleineren Boot stehenden Franz.

Nachdem er zwanzig Säcke verladen hatte, sagte Franz: »Das reicht, zwanzig Säcke Salz nach Bottighofen, mehr haben die Schweizer nicht bestellt. Also komm. Mach die Decken wieder fest über die Ladung, und dann lass uns rudern. Die Schweizer warten nicht so gerne. Wir sollten deshalb pünktlich sein.«

Egle setzte sich, wie schon bei seinem ersten Einsatz, neben Franz und nahm das Ruder auf. Die beiden hatten ihren Rhythmus schnell gefunden, und los ging es: zunächst zum Konstanzer Horn und dann Backbord am Ufer entlang in Richtung Schmugglerbucht. Die Nacht war klar. Der Mond und die Sterne verhalfen den beiden Schmugglern zu einer ganz vernünftigen Orientierung. Trotzdem blieb Franz so weit vom Ufer weg, dass es nur schemenhaft wahrzunehmen war und sie nicht unbedingt aufflogen, sollte sich aus Versehen zu dieser späten Stunde ein Gendarm bis hierher verirren, was allerdings als unwahrscheinlich galt. Nach gut zwei Stunden waren sie in der Schmugglerbucht angekommen. Das Schiff der Schweizer lag, wie beim ersten Mal, in der Mitte der Bucht vor Anker. Allerdings waren sie nicht allein. Ein weiteres Boot näherte sich von Konstanz aus. Franz legte an der linken Seite des Schweizer Schiffes an. Das zweite von Konstanz sich nähernde Boot war noch ein Stück weg.

»Hier ist die Ladung von Staad«, gab Franz dem Mann, der an der Reling stand, zu verstehen.

»Gib's uffe. Häsch zwanzg Säck?«

»Alles da«, gab Franz zu verstehen und warf mit Egle die Säcke aufs Schweizer Boot. Ihre Ladung war innerhalb einer Viertelstunde gelöscht und auf dem Schweizer Schiff verstaut. Zwischenzeitlich hatte auf der anderen Seite des Schiffes das zweite Boot ebenfalls angelegt. Von dort wurden Fässer verladen, und Egle hörte einen der Schweizer fragen:

»Häsch vom Rota aus der Spitalkellerei wii g'orderet.«

Egle wurde nun mehr und mehr klar, was hier passierte. Die Schweizer nahmen hier in der Schmugglerbucht unverzollte Ware von Konstanzer Händlern entgegen, die, ohne den Zoll zu entrichten, sich ein wenig dazu verdienten. Und er war das Werkzeug, um die dreckige Arbeit zu erledigen, und die feinen Herren machten sich nicht einmal die Hände schmutzig, verdienten aber bestimmt ordentlich bei dem Geschäft. Wenn's einen erwischte, dann war er es, und mit seinem Leumund würde man ihm nichts glauben.

»Komm, wir haben noch ein ganz schönes Stück vor uns«, holte Franz den Egle aus seinen Gedanken zurück. »Wir müssen zurück nach Staad. Du legst morgen um 11.00 Uhr wieder nach Überlingen ab.«

Der wusste also auch Bescheid. Das passte Egle natürlich nicht, zumal er nicht wusste, was Delisle dem Franz sonst noch alles gesteckt hatte.

»Was machen wir hier eigentlich?«, fragte Egle unvermittelt, während sie gerade ums Konstanzer Horn ruderten.

»Das weißt du doch. Wir entnehmen den Ladungen einen kleinen Teil und geben es an die Schweizer ab. Wer dabei kassiert und wer die Fäden zieht, das weiß ich nicht. Geld fließt zumindest über uns keines«, antwortete Franz, der in einer ähnlichen Abhängigkeitsrolle war wie Egle, wovon er diesem aber nicht erzählen wollte.

»Ja und du, von wem kriegst du dein Geld?«, fragte nun Egle nach, der bislang davon ausgegangen war, dass Franz selbst mit involviert sei.

»Ich arbeite, wenn der Delisle mich braucht. Von ihm kriege ich meinen Lohn und dafür muss ich im Hafen jeden Tag im Lager arbeiten. Die Touren sind dabei inklusive. Aber außer mir und Delisle und jetzt dir weiß niemand was davon. Klar?« Franz war die Unterhaltung weniger angenehm als Egle. Er konnte die Macht von Delisle und vor allem seine Verbindungen zur Gendarmerie und den Ämtern nicht vollumfänglich, aber doch so weit einschätzen, dass er sich nicht mit ihm anlegen wollte. Deshalb machte er, was ihm aufgetragen wurde, und kümmerte sich weniger um die möglichen Konsequenzen. Er hatte in Romanshorn ein junges Mädchen missbraucht, und Delisle hatte ihn dort rausgehauen. Das brauchte der Egle nicht zu wissen, aber der Delisle hatte ihn, so wie auch den Egle, in der Hand. »Ich mache meine Arbeit und darüber hinaus frage ich nichts. Delisle sagt mir, wann und wo ich etwas erledigen soll. Er hat mir auch gesagt, dass du nicht im Lager arbeitest, sondern auf den Schiffen eingesetzt wirst. War's das nun?«, beendete Franz seine Erläuterungen, seine Person und seinen Einsatz betreffend.

Egle war fürs Erste beruhigt und zufrieden. »Ich bin der Jakob Boss, und du bist Franz Irgendwer. Lass uns nach Staad rudern. Ich will mir noch eine Mütze voll Schlaf gönnen«, antwortete Egle.

Das Boot fuhr weiter in die Nacht und kam nach gut fünfstündigem Einsatz mit seiner Zweierbesatzung wieder wohlbehalten in Staad an. Der zweite Schmugglerauftrag war damit erledigt.

EINE NEUE PERSPEKTIVE

Egle hatte gut geschlafen und war von seiner Hütte früh morgens schon wieder unterwegs zum Hafen. Er wollte noch etwas essen und sich auch umschauen, ob er in Staad Kleider und andere Sachen für den täglichen Gebrauch finden konnte.

»He, Jakob, was machst du denn schon so früh im Hafen? Wir legen doch erst um 11.00 Uhr ab, und bis dahin sind's noch gut zwei Stunden«, fragte ihn der Bootsführer Karl, der den Egle zwischenzeitlich ganz gut leiden konnte, obwohl er ihm einen mächtigen Faustschlag verpasst hatte.

»Ich will noch was Gescheites essen, bevor wir ablegen, und ich bräuchte noch eine neue Hose, Hemd und eine gute Jacke zum Arbeiten«, war die Antwort von Egle.

»Ein gutes Frühstück kriegst du bei mir. Für Kleidung ist Staad auf die Schnelle etwas schwierig, zumindest für deine Größe. Aber wir können noch kurz bei der Anna vorbeischauen. Die kann deine Maße aufnehmen, und bis wir aus Überlingen zurück sind, hat sie vielleicht eine Hose und ein Hemd fertig. Du musst ihr halt etwas Geld dalassen. Vielleicht muss sie in Konstanz noch Stoff kaufen, und ihre Familie hat's auch nötig.«

»Lass uns gehen«, war die kurze Antwort von Egle, der sich schon auf ein gutes Frühstück freute.

Das Maßnehmen war schnell erledigt, und der Besuch in Karls Haus lief erwartungsgemäß ab. Der Anna hatte er einen Gulden dagelassen. Als Anzahlung sollte es reichen. Danach waren Karl und Jakob Egle wieder zum Hafen unterwegs. Nach dem guten Essen freute sich Egle auf die Überfahrt nach Überlingen.

Als die beiden schon fast am Steg angekommen waren, lief

ihnen der Franz über den Weg. »Guten Morgen ihr Zwei, Jakob, du sollst noch bei Herrn Delisle vorbeischauen. Der will dich kurz sprechen, bevor du nach Überlingen übersetzt.«

»Weißt du, was er von mir will?«, fragte Egle nach.

»Keine Ahnung. Er hat mir nur gesagt, sollte ich dich sehen, dass ich dir sagen soll, dass du noch vorbeischauen sollst«, antwortete Franz und ging weiter in Richtung der Lagerhallen.

Egle fuhr es unvermittelt in den Magen. Was wollte der Delisle schon wieder von ihm? Das gestrige Gespräch hatte er noch nicht verdaut. Das Problem hatte er über Nacht einfach zur Seite geschoben. Jetzt war ihm richtig mulmig zumute. Der Delisle hatte gestern seine wahre Identität entlarvt, und er war in dessen Hand. Sollte er ihn vielleicht umbringen? Eine mögliche Option.

»Herr Delisle, guten Morgen, Sie haben nach mir geschickt«, formulierte Egle, scheinheilig seine wahren Gefühle versteckend.

»Guten Morgen, Jakob. Ja, das habe ich. Ich habe etwas für dich. Die Anna, die auch die Kleider für meine Seeleute näht, kümmert sich um deinen Haushalt und kocht einmal am Tag was für dich, wenn du da bist. Geld brauchst du ihr keines zu geben. Das ziehe ich gleich von deinem Lohn ab. Und hier ist dein Fremdenschein – für drei Monate, sodass du dich in Konstanz und vor allem in den Häfen rund um den See frei bewegen kannst.«

Egle antwortete zögerlich, weil er nicht so richtig einschätzen konnte, was vor allem das mit dem Fremdenschein bedeutete. Wenn er doch einen Fremdenschein hatte, könnte er dann nicht auch abhauen und den Delisle hinter sich lassen?

»Ich weiß, was du gerade überlegst, Jakob. Natürlich kannst du dich aus dem Staub machen, aber du wirst vorsichtig sein müssen. Ich will, dass du eine Zeit für mich arbeitest, und du kannst gerne dann weiterziehen, wenn ich es dir erlaube.

Dein Fremdenzettel legitimiert dich als Jakob Boss aus Württemberg, und du hast jetzt für drei Monate die Erlaubnis, hier in Staad, in Konstanz und in den anderen Städten, die wir am Bodensee anlaufen, aufhältig zu sein. Klingt doch nicht schlecht, oder?« Delisle hatte seit gestern wieder zu seiner ursprünglichen Freundlichkeit zurückgefunden, aber Egle wusste nur zu gut, dass er trotzdem ein Teil des Plans von Delisle war.

Er musste schmuggeln, und Delisle verdiente. Doch was war seine Alternative? Würde er abhauen, musste er damit rechnen, dass der Delisle ihn bei der Polizei verpfiff. Ihm war zwar nicht ganz klar, wie er das unbeschadet konnte, schließlich hatte Delisle ihm ja die Papiere besorgt, aber er wusste letztendlich ja nicht, wo der Delisle überall seine Finger im Spiel hatte, denn so ohne Weiteres kam man ja nicht für einen anderen an Papiere heran. Also gute Miene zum bösen Spiel. Zeit gewinnen, und dann wieder neu entscheiden.

»Vielen Dank, Herr. Vor allem vielen Dank für den Fremdenzettel. Da ist es mir in Überlingen oder rund um den See dann doch wohler. Man weiß ja nie, wann einen die Gendarmen oder die Zöllner überprüfen«, war die bescheidene Antwort von Egle.

»In Ordnung, du kannst jetzt gehen, und passt auf, dass ihr die Ladung ordentlich in Überlingen abliefert. Ich verlasse mich auf dich.«

Egle drehte sich auf dem Absatz um und wünschte Delisle einen guten Tag.

AUF NACH ÜBERLINGEN

FÜR DIE ÜBERFAHRT NACH ÜBERLINGEN lag das größte Schiff von Delisle am Landungssteg bereit. Die Lädine hatte einen knapp zwanzig Meter hohen Mast und war mindestens fünfundzwanzig Meter lang und vier Meter breit. Karl war offensichtlich wieder als Bootsführer eingeteilt, auch den Jonathan konnte der Egle entdecken, als er pünktlich zur geplanten Abfahrt auf dem Landungssteg zum Schiff eilte.

»Komm an Bord, Jakob, wir sind voll beladen und prüfen jetzt mal, ob das Schiff untergeht, wenn du mit deinem Mordsgewicht auch noch deinen Platz hier eingenommen hast.« Karl lachte, als er den Egle auf diese Art auf dem Schiff begrüßte.

»Salü, Jakob, auf geht's nach Überlingen. Wir haben besten Sandstein aus Rorschach für die feinen Pinkel geladen. Wenn wir in einen Sturm kommen, dann gehen wir wenigstens schnell unter«, fügte Jonathan seinen Willkommensgruß an.

Die anderen Seeleute hatte Egle zum Teil schon beim Steg gesehen, aber es waren außer Jonathan und Karl andere als die, die mit ihm nach Konstanz gesegelt waren.

»Los, Jakob, nimm mit dem Jonathan die Leinen auf und zieht die Lädine über den Steg hinaus.«

Jonathan und Egle taten, wie ihnen geheißen wurde, und zogen an den Seilen. Die Lädine bewegte sich nur sehr zögerlich.

»Auf, Richard und Leopold, ihr zieht mit, und der Rest geht in die Riemen. Der Wind ist heute Morgen noch nicht unser Freund«, befehligte Karl seine Leute.

Der Wind wehte sehr schwach vom Land her Richtung Osten, was aber zum Setzen des Rahsegels noch nicht ausreichte. Zumindest beurteilte das Karl so. Die Lädine hatte zwischenzeitlich ein wenig Fahrt aufgenommen, und Jonathan, Jakob und der Rest der Mannschaft ruderten vom Land weg in Richtung Osten. Aber es war sehr mühsam. An Backbord tauchte die malerische Insel Mainau mit dem dreiflügeligen Barockschloss auf, und am gegenüberliegenden Ufer konnte man schon ganz gut die Klosterkirche Birnau erkennen. Zwischenzeitlich schon fast vertraute Bilder für Egle. Zumindest wusste er so in etwa, wo Karl das Schiff hinsteuern musste, damit sie Überlingen erreichen konnten.

Nach gut einer Stunde war die Lädine in der Mitte des Sees auf Höhe der Insel Mainau und bewegte sich langsam und stetig mithilfe der Ruderschläge nordöstlich in den Überlinger See hinein.

»Karl, können wir mal kurz eine Pause machen?«, reklamierte einer, der hinter Egle saß.

»Na gut, fahrt die Ruder ein und ruht euch kurz aus. Aber allzu viel Zeit können wir uns nicht lassen. Wir sollten noch vor Einbruch der Dunkelheit in Überlingen anlanden. Ihr wisst, um diese Jahreszeit kann es auch Nebel geben«, war Karls Antwort, der mit seinen Leuten ein wenig Mitleid hatte. Das Schiff an sich war schon relativ schwer und sie hatten weit über hundert Tonnen Stein geladen. Der Wind wehte sehr schwach, sodass an ein Setzen des Segels noch nicht zu denken war.

»Wie lange brauchen wir denn, wenn wir die ganze Strecke rudern müssen?«, fragte Egle nach, dessen Armmuskulatur zwischenzeitlich, bedingt durch seinen nächtlichen Schmuggeleinsatz, brannte.

»Das schaffen wir ohne Wind dann heute nicht mehr. Wir können nur hoffen und beten, ansonsten verbringen wir, wie schon so oft, die Nacht auf dem See.«

Nach einer fünfzehnminütigen Pause gab Karl das Kommando zum Weiterrudern, aber er sah rasch ein, dass sie auf diese Weise Überlingen heute nicht mehr erreichen würden.

»Männer, rudert weiter. Ich steuere ostseitig Land an, bis wir Grund sehen, dann ankern wir. Vielleicht haben wir morgen mehr Glück mit dem Wind. Die Steine haben es in sich«, war die abschließende Regelung vom Bootsführer, der erkannt hatte, dass mit dem schweren Gewicht die Lädine ohne Windunterstützung nur sehr langsam vorankam. »Wenn es morgen nicht besser ist, dann ankern wir am Ostufer und warten, bis Wind aufkommt.«

Die Männer waren geschafft. Nachdem die Sonne untergegangen war und alle noch einen guten Schluck roten Wein, etwas Käse, Speck und Brot zu sich genommen hatten, verkrochen sich alle unter die schweren Öldecken und versuchten zu schlafen. Egle hatte die erste Wache zu übernehmen. Zum einen musste er auf die Schiffslampe aufpassen, damit diese nicht ausging, und zum Zweiten hatte er Befehl, sobald Wind aufkam, den Karl zu wecken, damit er die Lage peilen und entscheiden konnte, ob sie weitersegeln sollten oder nicht.

»Ablösung, du kannst jetzt auch etwas schlafen.« Nach gut einer Stunde stand Jonathan bei Egle und übernahm die nächste Schicht.

Egle war froh, endlich seine Augen schließen zu können und zu schlafen. Die Nacht davor steckte ihm noch in den Gliedern.

»He, wacht auf, ihr Schlafmützen. Wir haben starken Wind, aber leider auch Regen. Ich hoffe, es kommt kein zu heftiger Sturm auf. Aber auf jeden Fall das Rahsegel setzen – Jonathan und Jakob, kümmert euch darum. Wir wollen schauen, dass wir so schnell wie möglich nach Überlingen kommen, oder wollt ihr unbedingt weiterrudern«, kommandierte Karl seine Mannschaft.

Die Morgendämmerung hatte schon eingesetzt, sodass die Männer nicht im Dunkeln agieren mussten, aber das Wetter hatte sich gedreht. Karl war sich im Klaren darüber, dass er ein Risiko einging, aber sie hatten mit den Rorschacher Steinen die Lädine so schwer beladen, dass alles andere, das Schiff vorwärts zu bewegen, ein anstrengender Akt würde, und das wollte er den Männern ersparen. Es war kalt, der Wind wehte, und der See hatte sein freundliches Gesicht verloren. Am Schiff schlugen die Wellen hoch, und das Schiff bewegte sich auf und ab, geradeso wie die Wellen es vorgaben.

»Schaffen wir das?«, fragte Egle den Jonathan, der sich am Schiffsmast zu schaffen machte, um ein dort vertäutes Seil aufzuknoten. Egle hatte keine Wind- und Sturmerfahrung, und die Planken unter ihm vermittelten ihm nicht mehr die Sicherheit, die er bisher auf dem See empfunden hatte. Außerdem konnte er nicht schwimmen, was ihn noch mehr verunsicherte.

»Anker lichten und das Segel setzen. Wir versuchen bei dem Sauwetter, mit dem Wind nach Überlingen zu kommen«, rief Karl dazwischen, der bereits am Ruder stand und die Lädine fest in der Hand hatte.

Das Rahsegel blähte sich sofort auf. Der Mast ächzte, und die Lädine nahm zuerst gemächlich und dann immer schneller Fahrt auf. Der Wind hatte zwischenzeitlich mächtig zugenommen. Auf dem See herrschte Sturm. Karl war sich nicht so ganz sicher, ob er die richtige Entscheidung getroffen hatte. Das Segel und der Mast mussten einen ganz schönen Druck aushalten, und die Wellen taten ihr Übriges dazu. Das schwer beladene Schiff ächzte, wie es durch die hohen Wellen brach, und es blieb nicht aus, dass Wasser in das Schiffsinnere einbrach.

»Männer, schöpft, was das Zeug hält. Wir haben genug geladen. Da braucht es nicht auch noch Seewasser im Schiff«, rief Karl, der das Ruder weiter fest in der Hand hatte und das Schiff in Richtung Nord manövrierte.

Die Männer nahmen jeder einen Ledereimer in die Hand und schöpften, was sie konnten. Doch soviel sie auch schöpften, der Sturm peitschte immer wieder Wasser in das Schiff. Gott sei Dank hatten sie nur Steine geladen, die konnten wenigstens nicht verderben.

Karl war ein guter Bootsführer, und es war nicht sein erster Sturm, den er auf dem Bodensee erlebte. »Jonathan, trimm das Segel nicht zu stark, gib ihm etwas Luft, sonst reißt uns das Tuch noch!«, schrie Karl Jonathan zu, der sich an der Vertäuung des Segels zu schaffen machte.

Egle war elendig zumute. Er hatte Angst und verstand überhaupt nicht, warum sie bei diesem Wetter losgesegelt waren. Der Sturm nahm zu und blies heftig in das Tuch und ließ den See noch unruhiger werden.

»Gebt alles, Männer, wenn wir jetzt aufgeben, ziehen uns die Steine in die Tiefe«, rief Karl, der erkannt hatte, dass es eng werden könnte. Das Schiff war voll beladen und lag tief im Wasser. Der Wind hatte noch mehr an Stärke zugelegt, und die Wellen waren bis zu zwei Meter hoch. Es drang Wasser ein, und wenn seine Männer nicht genug ausschöpfen konnten, würde die Lädine sinken.

»Schmeißt ein paar Steine über Bord«, befahl Karl, der das Schiff weiterhin ruhig führte, sich aber etwas Luft verschaffen wollte. »Auf, Jakob, pack mit an«, setzte Karl seine Kommandos fort.

Egle hatte sich mit einem kleinen Seil am Schiffsmast festgebunden und glaubte, der Jüngste Tag sei gekommen. Gott wollte ihm nun all seine Sünden heimzahlen, und das waren viele. »Ich kann nicht schwimmen«, rief Egle zurück und hoffte auf Gnade.

»Das können die meisten hier nicht, also steh auf und hilf, damit du es heute auch nicht ausprobieren musst. Schafft mir ein paar Steine von Bord, damit das Schiff weniger Tiefgang hat!«, schrie Karl.

Die Männer hatten sich im vorderen Bereich des Schiffes

versammelt und stemmten mit vereinten Kräften die schweren Sandsteine auf die Bordwand.

»Ab mit denen, bis ich halt sage«, fuhr Karl fort.

Egle, Jonathan, Leopold und Richard hatten einen schweren Sandstein auf der Bordwand sitzen, als plötzlich und unvermittelt das Schiff nach Backbord schlug. Der schwere Stein, aber auch Richard, der den Stein hinten links gestemmt hatte, gingen über Bord.

»Mann über Bord, Mann über Bord!«, rief zunächst Jonathan und dann alle gemeinsam im Chor.

»Lasst das Segel fallen«, befehligte Karl, währenddessen Jonathan aufgestanden und zum Heck geeilt war, um nach Richard Ausschau zu halten.

Karl drehte sich um, aber auch er konnte den Richard nicht sehen. Der Sturm tobte weiter. Nun war guter Rat teuer. Sollte Karl jetzt das Ruder herumreißen und die Lädine vom Kurs abbringen, würden sie mit Sicherheit sinken. »Kommando zurück. Lasst das Segel stehen. Leute, der Richard ist verloren, aber wir noch nicht. Weiter nach Überlingen. Bis dass der Tod uns scheidet, und werft noch ein paar Steine von Bord«, war der Kommentar von Karl, der weiter in Richtung Norden steuerte.

Nach gut zwei Stunden Kampf erreichten die Männer den Mantelhafen von Überlingen. Sie hatten dem See die Hälfte ihrer Ladung und einen Mann überlassen. Karl musste dafür die Verantwortung tragen, und als sie wieder festen Boden unter den Füßen hatten, war Karl zunächst einmal weg. Er eilte in das Münster Sankt Nikolaus, um zu beten. Er sagte sich immer wieder, dass er richtig entschieden hatte. Wären sie bei dem aufkommenden Sturm vor Ort liegen geblieben und hätte er die Ladung nicht teilweise über Bord gehen lassen, wären sie gesunken und alle ertrunken. Aber insgeheim wusste er auch, hätte er am Morgen entschieden, Land anzusteuern, und versucht, das Schiff anzulanden, wären sie mit der schweren Ladung vielleicht auf Grund gelaufen, aber Richard wäre noch am Leben.

Nachdem Karl wieder zum Schiff zurückgekehrt war, traf er auf einen Haufen verunsicherter Männer. Er wusste, dass er die Fäden nun wieder aufnehmen und seine Mannschaft einfangen musste. Am besten gelang dies mit Alkohol. »Kommt, Männer, ins Wirtshaus. Wir essen, trinken und verabschieden unseren Kameraden auf unsere Weise.«

Egle und der Rest des Haufens schauten auf ihren Bootsführer und schwiegen.

»Los geht's, Männer, vom Heulen wird der Richard auch nicht mehr lebendig. Den Verlust der Ladung kläre ich mit Herrn Delisle. Euer Lohn wird nicht gestrichen. Dafür sorge ich. Kommt jetzt. Wir besaufen uns heute.«

Nach und nach setzten die Männer sich in Bewegung, stiegen vom Schiff und folgten ihrem Bootsführer in die Hafenstraße. Sie marschierten langsam zum nächstgelegenen Wirtshaus, das der Egle schon von seinem letzten Besuch in Überlingen her kannte. In der Wirtschaft »Zum Hafen« fanden sie ihresgleichen. Einfache Arbeiter und Tagelöhner, die ihren geringen Lohn anstatt nach Hause zu tragen, gleich wieder unter die Leute brachten. Aber heute war es ein Trauerzug, der aus Konstanz angekommen war. Karl spendierte seinen Leuten, was sie trinken konnten, die Stimmung aber war gedrückt. Selbst als die leichten Mädchen ihr Glück bei den Männern versuchten, kam keine Freude auf, und die Mädchen zogen schnell ein paar Tische weiter. Es war nicht nur der Verlust des Kameraden, der die Männer beschäftigte und still sein ließ, sondern es war auch das auf dem See Erlebte. Der Tod hatte sie heimgesucht, und jeder von ihnen hatte das Gefühl, ihn ganz persönlich gespürt zu haben. Als Richard über Bord gegangen war, war der Tod geblieben. Er hatte auf dem Schiff in den

Wind gelacht, und sie hatten um jeden Meter bis Überlingen gekämpft. Gekämpft mit dem Sturm, um das Schiff dorthin zu bringen, aber vor allem auch mit ihm, um zu überleben.

NACH HAUSE

Am nächsten Morgen löschten Karl und seine Männer zusammen mit Arbeitern im Überlinger Mantelhafen die schwere Ladung. Um die Rorschacher Steine vom Schiff zu heben, wurde ein Kran eingesetzt. Die Männer waren auffallend ruhig. Selbst Egle war nach dieser Nacht und der Erfahrung, die er auf dem See gemacht hatte, noch nicht wieder bei sich. Richards Tod machte ihm nicht viel aus, aber das Erlebte und das Gefühl, über eine so lange Zeit um sein Leben zu kämpfen, schmeckten seltsam und waren ganz anders als das, was er bisher in seinem Leben an Erfahrungen gemacht hatte.

»Männer, wir verlegen in Richtung Greth, um dort das Schiff neu zu laden. Wir fahren danach zunächst zurück in unseren Heimathafen und nicht direkt nach Lindau. Ich muss Herrn Delisle den Tod von Richard und den Verlust der halben Ladung melden. Mal sehen, ob wir dann gleich wieder in See stechen oder zunächst in Staad bleiben«, teilte Karl seinen Leuten mit, nachdem die Rorschacher Steine geordnet und aufgeschichtet am Kai des Mantelhafens lagen.

Die Männer nahmen schweigend ihre Arbeit auf. Zunächst wurden die Taue gelöst, vier Männer zogen die Lädine langsam aus dem Mantelhafen heraus und dann nach rechts in

Richtung der Greth. Die Ladung war rasch auf das Schiff gebracht. Das Wetter hatte sich wieder beruhigt, und es gab ausreichend Wind, um nach Staad zu segeln.

Egle hatte dazugelernt. Er wusste zwischenzeitlich, das Rahsegel zu setzen, und wurde mehr und mehr mit den Arbeiten und den Gepflogenheiten auf dem Schiff vertraut. Aber eigentlich wollte er nicht weiter auf den Schiffen fahren. Die Erfahrung der letzten Nacht hatte ihm gereicht und er überlegte sich, ob er den Delisle ansprechen konnte, ob der ihm vielleicht eine andere Arbeit zuweisen könnte.

»Jakob, was ist denn los mit dir?«, fragte Karl den Kerl, der ihm beim ersten Treffen erst einmal einen Schlag verpasst hatte.

»Nichts, Karl. Nichts ist los. Was soll denn schon los sein. Wir haben einen Mann und die halbe Ladung verloren. Mehr nicht«, antwortete Egle missmutig, dem die Vorstellung, bald weiter nach Lindau zu fahren, so gar nicht schmeckte.

Nachdem sie nach Staad zurückgekehrt waren, wurde rasch die Lädine vertäut, und die Männer machten sich schweigend davon. Karl hatte noch einen schweren Gang vor sich. Er musste zum einen den Delisle über seinen Verlust informieren und zum anderen musste er noch zu Richards Frau.

»Was hast du, die halbe Ladung in den See geschmissen? Weißt du wenigstens noch, wo das war und wie tief der See dort ist? Können wir die Steine noch bergen?« Delisle hatte sich regelrecht in Rage gesprochen. Schließlich verlor er beim Verlust der halben Ladung eine ganze Menge Geld.

»Nein. Ich kann Ihnen zwar sagen, wo in etwa die Steine von Bord gingen, aber das Ganze zog sich ja eine Weile hin und wir waren auch nicht mehr im Flachwasserbereich, als ich befahl, die Steine über Bord zu werfen«, antwortete Karl trotzig, den störte, dass Delisle sich nur wegen der Steine, nicht aber wegen dem Verlust des Kameraden echauffierte.

»Das ziehe ich euch vom Lohn ab. Warum, in aller Welt, bist du denn nicht vor Anker geblieben oder hast das Schiff an Land ziehen lassen? Besser wäre es in jedem Fall gewesen, als die halbe Ladung zu verlieren.« Delisle hatte sich noch nicht beruhigt.

»Ja, Herr Delisle, wahrscheinlich habe ich eine falsche Entscheidung getroffen und habe nun einen Menschen auf dem Gewissen. Aber bitte, zieht den Männern nichts vom Lohn ab, sondern wenn, dann mir. Ich weiß ja auch noch gar nicht, ob ich noch weiter für euch arbeiten darf.«

Delisle beruhigte sich wieder. Auf den Karl wollte er natürlich nicht verzichten. Schließlich war er ein tüchtiger Bootsführer, und Fehler konnte jeder einmal machen. »Beruhige dich, Karl. Du hast recht. Vielleicht hast du einen Fehler gemacht. Vielleicht aber auch wir, indem wir das Boot zu schwer beladen hatten. Es ist nun mal passiert. Ich ziehe keinem was vom Lohn ab. Geh zur Frau von Richard und sage ihr, dass sie dem Jakob zur Hand gehen soll. Sie kann gern, wenn sie will, die Anna ablösen. Dann kann sie sich etwas dazuverdienen. Und sag ihr – ach nein, das mache ich selbst. Später«, fasste Delisle den Vorfall zusammen.

Karl verließ die Schreibstube in Richtung der Hütte von Richard, um zu tun, was getan werden musste.

»Hier sind deine Arbeitskleider«, begrüßte die Anna den Egle, der zwischenzeitlich bei seiner Hütte eingetroffen war. »Ich habe dir Eintopf gekocht. Ich hoffe, das ist so in Ordnung«, führte Anna weiter aus und war im Begriff zu gehen.

Egle hielt sie an der Hand fest und schaute sie an. »Hast du noch Zeit?«

Anna war sich nicht ganz im Klaren, was der Kerl von ihr wollte. Herr Delisle hatte ihr auftragen lassen, dass sie sich um die Hütte und ein wenig Essen kümmern sollte, und mehr nicht. Außerdem war ihr der Rothaarige unheimlich. Er war viel größer als die anderen Männer hier und irgendetwas in seinen Augen störte sie. Sie wusste nur noch nicht genau was. »Nein, ich bin fertig. Die Hütte ist sauber. Ich habe auch dein Bettzeug gewaschen, und das Essen ist auf dem Feuer. Brot ist auf dem Tisch. Ich geh jetzt nach Hause.«

Egle ließ die Anna enttäuscht los. Eigentlich wollte er gar nichts von ihr. Er hätte heute Abend einfach gern nur ein wenig Gesellschaft gehabt.

DER NÄCHSTE ARBEITSEINSATZ

Egle war schon früh am Morgen unterwegs. Er orientierte sich Richtung Landungssteg, um zu klären, was sein nächster Auftrag war. Karl hatte gestern Abend zwar nichts mehr gesagt, aber klar war, dass das Schiff, mit dem sie aus Überlingen zurückgekehrt waren, Fracht für Lindau geladen hatte. Am Landungssteg herrschte schon emsiges Treiben. Das Schiff wurde gerade nochmals beladen.

»He, Jakob, du kannst gleich mithelfen. Wir laden das Schiff noch mit leeren Weinfässern für Meersburg und legen heute Mittag mit Wind oder vielleicht erst morgen früh ab«, empfing ihn Karl, der bereits auf der Lädine auf seinem angestammten Platz stand und das Beladen des Schiffes überwachte.

Die Männer waren alle da. Egle gesellte sich dazu und half mit, das Schiff zu beladen.

»Guten Morgen, Männer.«

Egle zuckte zusammen, als er die ihm nur allzu vertraute Stimme hörte.

Delisle hatte sich auf den Landungssteg begeben und stand neben der Lädine. »Männer, es tut mir leid, dass ihr gestern einen guten Kameraden verloren habt, und ich weiß, dass ihr hart um das Schiff gekämpft habt. Euer Bootsführer, der Karl, hat es mir ausführlich berichtet. Dass der See den Richard geholt hat, ist schwer für uns alle. Den Verlust der Ladung können wir wieder ausgleichen. Aber Richard eben nicht. Für die nächste Route geht es über Meersburg nach Lindau, um die Ladung nacheinander zu löschen, und im Anschluss fahrt ihr nach Rorschach, um die Lieferung nach Überlingen zu komplettieren. Ihr werdet also ein paar Tage unterwegs sein. Geht heute noch einmal nach Hause zu euren Familien. Ruht euch aus und morgen früh stecht ihr wieder in See.«

Delisle ließ gar keine Zweifel aufkommen, dass er das nicht so meinte, wie er es sagte, und war im Begriff, den Steg wieder in Richtung seiner Schreibstube zu verlassen, als er sich noch einmal kurz umdrehte. »Jakob Boss, du kommst nachher bitte zu mir, und du, Karl, guckst nach Ersatz für Richard.«

Nachdem die schweren Öldecken festgezurrt waren, konnten die Männer, wie geheißen, noch mal nach Hause gehen, um sich auf die nächsten Tage oder vielleicht sogar Wochen einzustellen. Die Tour nach Meersburg, Lindau, Rorschach, Überlingen und zurück nach Staad war prinzipiell nicht so schwer zu machen. Wenn der Wind aber nicht blies, war es zäh, und jeder der Männer wusste, dass es so viel Glück gar nicht gab, dass bei der von Delisle verordneten Tour der Wind immer passte.

Egle hatte zwischenzeitlich das Haus und die Schreibstube von Delisle erreicht und klopfte an.

»Komm rein. Ich habe schon auf dich gewartet«, begrüßte Delisle den Egle, alias Jakob Boss, freundlich. »Nimm Platz,

Jakob. Ich will gleich zur Sache kommen. Du fährst mit dem nächsten Schiff nicht mit. Du hast morgen Abend eine Tour mit Franz zu erledigen. Sei also pünktlich um 10.00 Uhr abends da, und dann alles wie gehabt«, war die klare Ansage von Delisle.

»Herr Delisle, selbstverständlich. Soll ich morgen früh noch Franz im Lager helfen?«, fragte Egle nach.

»Nein, sonst bist du für den nächtlichen Einsatz zu müde, und außerdem gehst du in den nächsten Tagen dann wieder aufs Schiff, oder ist etwas mit dir?«, fragte Delisle nach, dem nicht entgangen war, dass der Egle ein wenig von seinem Schneid und seinem bisherigen kecken Auftritt verloren hatte.

»Nein, nein, es ist alles in Ordnung. Ich dachte nur, so könnte ich Ihnen mehr helfen«, log Egle, der eigentlich nicht mehr mit dem Schiff, aber auch nicht mehr mit dem Ruderboot los wollte. Das Erlebte hatte ihn so stark beeindruckt, dass er mit dem Bodensee abgeschlossen hatte. Aber was half es. Delisle hatte ihn nach wie vor in der Hand, und eine Chance, so einfach davon zu kommen, sah Egle noch nicht. Also kam er, wie geheißen, um 10.00 Uhr abends zum Schiff und half Franz, die Tour in die Schmugglerbucht zu absolvieren.

JAHRMARKT IN KONSTANZ

Egle war nur noch selten zu Schiffseinsätzen über den See verpflichtet worden und half dafür, wenn keine Tour in die Schmugglerbucht zu erledigen war, dem Franz in der Lagerhalle. Dem Herrn Delisle war das insoweit recht, zumal er sich bei seinen Geschäften normalerweise nicht um die Einteilung der Arbeiter kümmerte.

Der Winter hatte sich in der Zwischenzeit verabschiedet, und Egle arbeitete schon mehrere Wochen für seinen neuen Herrn.

»Was meinst du, Jakob, gehen wir morgen nach Konstanz und hauen mal wieder auf den Putz?«, fragte Franz den Egle am Sonntagabend vor dem 1. Mai. »Morgen ist im Lager nichts zu tun, und Herr Delisle ist nicht da. Wir könnten uns also mal einen freien Tag gönnen. Was hältst du davon, Jakob?«, fügte der gut gelaunte Franz dazu. Franz hatte sich in den letzten Wochen mit Egle ganz gut verstanden, und es gefiel ihm auch, dass der Egle die meiste Zeit im Lager mithelfen konnte. So war er nicht die ganze Zeit allein.

»Ich war schon lange nicht mehr unter Leuten und bei so feinen Herrschaften sowieso nicht«, antwortete Egle, der aber eigentlich gerne mal wieder etwas anderes sehen würde. Es ging ihm in Staad nicht schlecht, aber außer arbeiten und schlafen war hier nicht viel.

»Morgen ist in Konstanz Jahrmarkt. Da gibt es allerlei zu sehen, und Trinken und Essen gibt es auch. Komm doch mit. Wir laufen über Wollmatingen oder fahren mit dem Boot«, führte Franz weiter aus und hatte schon längst die Neugier in Egle geweckt.

»Der Landweg wäre mir lieber. Den Seeweg nutzen wir ja meistens in der Nacht, und so soll es auch bleiben«, meinte Egle, dem seit Überlingen das Boot nicht mehr geheuer war und die Fahrten damit, so gut es ging, vermied.

Am nächsten Morgen machten die zwei sich auf den Weg. Von Staad führte der Weg über Wollmatingen und Petershausen nach Konstanz, und Egle konnte so zum ersten Mal Konstanz aus einer ganz anderen Perspektive als von der Seeseite aus wahrnehmen. Egle und Franz hatten nach einer guten

Stunde und schnellem Marsch Petershausen erreicht und standen, nachdem sie über die Rheinbrücke gegangen waren und dafür einen Kreuzer entrichten mussten, vor den Toren der Stadt Konstanz.

»Was wollt ihr hier?«, fragte ein am Rheintor auf seinem Posten befindlicher Polizeidiener.

»Wir wollen auf den Jahrmarkt und hoffen, das ist kein Problem«, antwortete Franz höflich der Amtsperson.

»Das darf man, aber wer seid ihr und woher kommt ihr? Könnt ihr euch irgendwie ausweisen?«, führte der Polizeidiener in wichtigem Amtsdeutsch aus und baute sich vor den beiden auf.

Egle zog seinen Fremdenzettel heraus und übergab ihn dem Polizeidiener, während Franz die Fragen beantwortete.

»Wir sind aus Staad und arbeiten für den Herrn Delisle.«

Der Polizeidiener, der den Fremdenzettel von Egle, alias Jakob Boss, studiert hatte, zuckte beim Namen Delisle kaum merklich zusammen. »Ihr könnt passieren. Aber dass ihr keinen Blödsinn macht. Das haben wir hier in Konstanz nicht so gerne.« Der Polizeidiener war zwischenzeitlich zur Seite getreten, hatte Egle seinen Fremdenzettel zurückgegeben und wandte sich bereits anderen Reisenden zu.

Egle und Franz gingen weiter und orientierten sich am See. Sie passierten die ehemalige Dominikanerinsel und zogen weiter Richtung Fischmarkt. Der Jahrmarkt zog sich vom Kaufhaus an der Wache und dem Kornhaus vorbei, über die Marktstätte bis hin zum Oberen Markt. Ein Stand reihte sich an den anderen. Egle hielt Mund und Augen offen. So etwas hatte er bislang noch nicht gesehen.

»Da ist ja ganz Konstanz unterwegs«, bemerkte Egle zu Franz.

»Ja, hier ist ganz schön was los. Komm, wir nehmen erst einmal einen Schoppen und essen was nach dem langen Marsch«, antwortete Franz.

Neben dem Kaufhaus hatte der Wirt zum »Weißen Kreuz« einen Stand aufgebaut, wo er Bier und Fleisch mit Zwiebeln im Brot verkaufte. Das war genau das Richtige nach dem Geschmack der beiden. Schnell waren ein Humpen Bier und eine Portion von dem herrlich riechenden Fleisch bestellt, und sie ließen es sich erst einmal gut gehen. Von ihrem Standort aus konnten Egle und Franz das Treiben in der Marktstätte ganz gut einsehen, wenngleich das Kornhaus den Blick in Richtung Kanzleistraße etwas einschränkte.

An Egle und Franz zogen die Menschen vorbei. Alle waren aufgeregt und freuten sich über die Abwechslung vom geschäftigen und anstrengenden Alltag. Der Jahrmarkt bot vielfältige Unterhaltung. Nicht nur die vielen Waren und Leckereien, die im Angebot waren, die Gaukler, die die Menschen mit ihren Vorführungen unterhielten, sondern vor allem auch als Nachrichtenbörse war der Jahrmarkt von jeher eine wichtige Anlaufstelle für die Menschen.

Elegante Damen und Herren schoben sich an Egle und Franz vorbei, aber auch die einfachen Leute nutzten den Jahrmarkt. Die Marktstätte war voll von Menschen.

»He, was machst du denn hier in Konstanz?«

Egle glaubte, seinen Augen und Ohren nicht zu trauen. Stand doch der Florian Rädle in seiner Zimmermannstracht vor ihm. Den Rädle hatte er ja schon zweimal getroffen, vor und nach Meßstetten.

»Aller guten Dinge sind drei, was machst du hier, du wolltest doch in Richtung Beuron oder Sigmaringen, auf jeden Fall wieder ins Hohenzollerische. Da bist du in jedem Fall nicht gelandet«, erwiderte Egle und lachte. Irgendwie freute sich Egle über die unverhoffte Begegnung. »Das ist der Florian aus Hechingen und er ist auf der Walz«, meinte Egle, zu Franz gewandt.

»In Beuron und Sigmaringen war ich nur kurz. Gab zu

wenig Arbeit. Dann bin ich eben auch wie du Richtung Bodensee marschiert und voilà, hier bin ich. Der Meister hier hat mir Arbeit gegeben. Gestern war ich im neuen Hafen beschäftigt. Wenn du willst, kann ich ihn fragen, ob er noch einen Arbeiter braucht. Gleich in der Nachbarschaft, am Rauhen Eck, soll bald gebaut werden. Aber es gäbe auch sonst genug zu tun«, erzählte der Florian seinen beiden Zuhörern, »wenn ich heute mit meiner Arbeit in Konstanz fertig werde, will ich weiter nach Sankt Gallen.«

»Ich habe Arbeit drüben in Staad. Bin bei den Schiffern gelandet und habe heute einen freien Tag«, berichtete Egle. »Aber ewig werde ich das auch nicht machen. Wie du weißt, will ich weiter und die Welt sehen, vielleicht auch nach Amerika«, bemerkte Egle.

Franz hörte aufmerksam zu. Dass der Egle jetzt jemanden in Konstanz getroffen hatte, passte ihm nicht so recht.

Egle hingegen war froh, den Florian getroffen zu haben. Wenngleich er ihn bei den letzten Begegnungen nicht besonders freundlich behandelt hatte, freute er sich, einen Menschen aus der alten Heimat hier in Konstanz zu sehen.

»Also Männer, dann macht's gut. War schön, dich zu sehen, Jakob, aber ich muss wieder zur Arbeit. Wir können uns ja heute Abend treffen«, schlug Florian Rädle vor und war schon im Begriff zu gehen.

»Mal sehen. Wir haben noch einen ganz schön langen Weg vor uns, und morgen in aller Herrgottsfrüh müssen wir in Staad wieder an den Start. Vielleicht treffen wir uns noch mal. Wäre schön.« Egle hatte an diesem Tag tatsächlich vor, wieder rechtzeitig nach Staad aufzubrechen. Delisle war morgen früh wieder zurück, und Egle wollte nicht in Ungnade fallen.

Der Jahrmarkt bot alles, was das Herz begehrte, und kaum waren die beiden vom »Weißen Kreuz« aufgebrochen, fanden sie sich hinter dem Kornhaus wieder, wo sich an einem

Stand allerlei Volk zusammengefunden hatte. Ein Gaukler spielte den »dummen August« und es gab allerhand zu lachen.

»Na, gibst du einen aus? Ja komm, die zwei sehen aus, als wenn sie das auch könnten«, frotzelten zwei Frauen, die den Witzen des Gauklers zuhörten und beste Jahrmarktslaune versprühten.

»Habt ihr Wäsche, dann können wir ins Geschäft kommen. Hemd und Hose gegen ein Glas Wein«, scherzte eine der beiden.

»Hoho, jetzt mal langsam, Wäsche hätte ich schon, aber nicht dabei«, ließ sich Franz auf das nicht ganz ernst gemeinte Angebot ein.

»Dann gib uns das, was du anhast«, lachten sie.

Egle hatte zwischenzeitlich die zwei Frauen gemustert. Beide waren ganz passabel, mit Rock und Bluse gekleidet und, soweit er das mit einem ersten Blick beurteilen konnte, war auch alles dran. »Ihr seid ganz schön keck. Sind die Frauen in Konstanz alle so?«, begann Egle das Gespräch.

»Das wissen wir nicht, wir sind nicht von hier«, prustete die Jüngere heraus.

»Das trifft sich ja gut. Wir auch nicht«, antwortete Franz, der beim »Weißen Kreuz« schon zwei Gläser Wein geordert hatte. »Zum Wohl, ihr fremden Schönheiten«, nahm Franz den Faden für ein erstes Gespräch auf.

»Schönheiten nennt er uns, das gefällt mir, da schmeckt der Wein ja umso besser. Wo kommt ihr zwei denn her? Euch habe ich in Konstanz bislang noch nicht gesehen«, stellte die Jüngere fest.

Die Frauen waren gut gelaunt, übermütig, und ihre freche Art gefiel dem Egle. Seit seiner Liaison mit Maria in Zizenhausen hatte er keine Frau mehr gehabt, und das wollte er rasch wieder ändern. »Ich bin auf Wanderschaft, bleib aber bei so schönen Frauen gern eine Weile hier«, konterte Egle, der seinen ganzen Charme ausspielte. Eigentlich war es nicht so seine Art, Frauen mit Höflichkeiten und Komplimenten zu umgarnen, aber was soll's, schaden konnte das schließlich auch nicht.

Schnell war geklärt, dass die beiden Frauen doch Konstanzerinnen waren.

»Und wie heißt du?« fragte Jakob die Jüngere, die es ihm angetan hatte.

»Ich bin die Theresa und das ist meine Schwester Klara.«

»Können wir das jetzt glauben oder ist das ein Schwindel wie vorher?«, fragte Franz grinsend dazwischen.

»Alles geschwindelt«, gab die Klara lachend zurück. »Aber Klara könnte stimmen«, fügte sie hinzu.

»Und Theresa auch.«

Das Glas Wein war rasch geleert.

»Möchtet ihr noch einen Schoppen oder sollen wir etwas essen?«, fragte Franz in die Runde hinein.

»Essen wäre schön, aber später«, war die prompte Antwort von Theresa, »lasst uns ein wenig über den Markt gehen und später etwas essen. Der Wein steigt mir ein wenig in den Kopf.«

Das gefiel dem Egle. Hunger hätte er zwar schon wieder gehabt, aber es passte ihm, dass die zwei nicht gleich wieder verloren gingen. Vielleicht ergab es sich noch im Laufe des Tages, bei einer der Frauen zu landen. Wenn ihm die Theresa auch besser gefiel, erschien ihm die Klara auch nicht so schlecht. Allzu wählerisch wollte er nicht sein.

Die nächsten Stunden vergingen wie im Flug. Theresa und Klara kannten sich in Konstanz aus und begrüßten eine Menge Leute. Beinahe an jedem Stand, den sie passierten, gab es daher irgendetwas zu ratschen, ein kurzes Hallo oder auch mehr. Und beide Frauen blieben den ganzen Nachmittag übermütig. Der Jahrmarkt hatte die beiden, aber auch die Konstanzer insgesamt, mit Fröhlichkeit angesteckt.

Egle fühlte sich plötzlich mittendrin in einer Gesellschaft, zu der er nicht gehörte und die ihm auch fremd und gefährlich werden konnte. Aber er spielte mit.

Franz kannte Konstanz besser als Egle. Er war schon ein paarmal da gewesen. Aber auch er hatte hier noch nichts angefangen. Die Geschichte in Romanshorn hatte ihm mächtig zugesetzt, und er konnte sich in dieser Hinsicht nichts mehr leisten.

»Was ist denn los mit euch? Habt ihr noch Geld fürs Essen übrig?«, fragte Theresa und blickte dem Egle auffordernd in die Augen.

»Ja klar«, war die Antwort von Egle.

Die vier hatten nun mehrfach den Markt durchschlendert und landeten am Schluss wieder am Stand vom »Weißen Kreuz«. Franz orderte Essen und Trinken, und die fröhliche Runde ging weiter. Zwischenzeitlich war es spät geworden. Die Stände am Jahrmarkt waren schon zum großen Teil abgebaut oder es wurde zumindest damit begonnen. Im Vergleich zum Vor- und Nachmittag war es nun fast menschenleer.

»Na, dann lasst mal heute eure Wäsche da, dass wir uns irgendwie für eure Ausgaben revanchieren können«, spielte die Theresa das Bild vom Vormittag ein und lachte den Egle an. Sie hatte natürlich gemerkt, dass der Egle einen Blick auf sie geworfen hatte und mehr wollte, als nur mit ihr herumlaufen, und sie kokettierte gerne damit.

»Na, wollt ihr noch unseren Arbeitsplatz sehen, bevor ihr wieder nach Hause geht?«, fragte Theresa.

»Gerne«, antwortete Egle, der auf eine Fortsetzung in irgendeiner Form hoffte.

Theresa hatte sich zwischenzeitlich beim Egle eingehängt, was dieser für den weiteren Fortgang des Abends als äußerst positives Signal interpretierte.

Der Weg ging durch Gassen über den Fischmarktplatz vor bis zum Jesuitengraben und der Bleicherstad, dem Arbeitsplatz der Wäscherinnen.

»Hier arbeiten wir fast jeden Tag, und wenn ihr uns mal wieder besuchen wollt, dann findet ihr uns bestimmt hier«, sagte Theresa zu Egle. »Danke für den schönen Tag. Wir müssen jetzt nach Hause«, sprach Theresa weiter, die jetzt den entschlossenen Eindruck vermittelte, den Tag hier zu beenden.

»Wie, ich dachte, wir feiern noch eine Weile und trinken noch einen«, antwortete Egle, der damit nun gar nicht gerechnet hatte. Er hatte sich die Fortsetzung des Abends ganz anders vorgestellt und nun das.

»Jakob, lass uns gehen. Wir haben noch ein Stück Weg vor uns«, mischte sich Franz ein, dem es in jeder Hinsicht reichte. Er hatte genug gegessen und noch mehr getrunken und wollte jetzt lieber den Nachhauseweg antreten.

»Ich bringe die Theresa in jedem Fall noch nach Hause. Was du machst, ist deine Sache«, antwortete Egle unwirsch.

»Und wenn ich das heute noch nicht will?«, fuhr die Theresa dazwischen.

»Das ist dann deine Sache.« Egles Laune hatte sich deutlich verschlechtert. Die Theresa hatte ihm den ganzen Tag schöne Augen gemacht, er hatte sie den ganzen Tag ausgehalten, und jetzt wollte sie nichts von ihm.

»Lass uns gehen«, forderte Franz den Egle auf.

»Geh nach Hause. Ich komme nach«, antwortete Egle entschieden.

»Bis zum nächsten Mal!«, rief Klara dazwischen.

»Wo wollt ihr denn hin?«, rief Egle nun deutlich beleidigt den beiden nach.

»Nach Hause. Das haben wir doch gesagt«, war die konsequente Antwort von Theresa, die Klara schon hinter sich hergezogen hatte und auf dem Weg war.

Egle wollte den beiden hinterher, doch Franz packte den Egle am Arm und zog ihn zurück. »Komm, wir gehen. Die beiden wollen heute nichts von uns. Lass sie laufen. War doch ein schöner Tag. Los, wir gehen nach Hause.«

Klara und Theresa waren schon über die Konradsbrücke in Richtung Kaufhaus verschwunden.

Egle und Franz standen da.

»Du hast recht, Franz. Geh nach Hause. Die beiden wollen heute nichts von dir. Ich habe noch was zu erledigen und komme nach«, antwortete Egle, der für sich entschieden hatte, die Theresa so schnell noch nicht aufzugeben.

Franz seufzte und ließ den Egle stehen. »Mach aber keinen Mist«, waren seine letzten Worte, bevor er sich ohne den Egle auf den Nachhauseweg nach Staad machte.

THERESA

Egle war zum Fischmarktplatz zurückgeeilt und nahm die nächste Querstraße zurück zur Marktstätte. Vielleicht traf er die beiden dort noch einmal. Egle hielt sich rechts und bog nach links in die Augustiner Straße ab. Es waren noch hie und da Menschen unterwegs, aber im Vergleich zu tagsüber war nichts mehr los. Am Ende der Straße sah er die Frauen, die vor dem Schlachttor standen und sich, soweit er das aus der Entfernung und der zwischenzeitlich einsetzenden Dämmerung beurteilen konnte, noch recht angeregt unterhielten. Egle wollte unentdeckt bleiben und versteckte sich in einem

Hauseingang und beobachtete die beiden zunächst aus sicherer Entfernung. Sobald er ein nächstes Versteck ausmachen konnte, huschte er ein Stückchen näher heran, bis er sich auf Hörweite genähert hatte. Jetzt musste er sehr vorsichtig sein, das wusste er. Sonst würden die zwei ihn sofort entdecken, und alles wäre umsonst gewesen.

»War doch ein schöner Tag, Theresa, oder hat es dir nicht gefallen?«, schnappte Egle Wortfetzen des Gesprächs der beiden auf.

»Ja schon. Du hast recht. Aber zum Schluss, das mit dem Jakob, na ja. Sein Tonfall hat mir nicht gefallen, der hat mir sogar ein wenig Angst gemacht«, meinte Theresa. »Er sah auch ein wenig furchterregend aus mit seinem roten Bart und seinen Riesenhänden«, ergänzte Theresa, nicht wissend, dass sie einen Zuhörer hatten. »Der Franz hat mir besser gefallen als der Jakob, und ich glaube auch, dass der eine Frau ordentlich behandelt, beim Jakob wäre ich mir da nicht sicher«, meinte Theresa weiter.

»Vielleicht hast du recht, aber trotzdem hatten wir einen schönen Tag. Ich gehe jetzt nach Hause. Wir sehen uns morgen früh am Waschplatz. Morgen ist Dienstag, und da wasche ich Wäsche für den Badischen Hof und du kannst mir helfen. Ich habe Arbeit genug, das reicht für uns zwei. Also bis morgen. Schlaf gut, Theresa.«

»Schlaf gut, Klara, bis morgen früh um 7.00 Uhr.«

Nachdem sich die beiden voneinander verabschiedet hatten, drehte sich die Klara um, und Theresa entschwand durch das Schlachttor in Richtung Vorstadt. Egle hoffte, dass die Klara nicht die Augustiner Straße zurückging, und drückte sich an eine Haustür, die ihn ein wenig verschwinden ließ. Klara bemerkte davon nichts und bog nach links in die Neugasse ab. Egle wartete noch einen Moment lang und überlegte dabei, ob es klug war, das Schlachttor zu passieren. Vielleicht war das Tor bewacht. Wahrgenommen hatte er allerdings, während er die beiden beobachtet hatte, niemanden. Die Theresa war zwischenzeitlich durchgegangen, und auch da hatte er keine kontrollierende Stimme von einem Nacht- oder Torwächter gehört. Was er von der Theresa genau wollte, wusste Egle zu dem Zeitpunkt auch noch nicht. In jedem Fall wollte er wissen, wohin sie ging.

Als Egle das Schlachttor passierte und auf dem Rindermarkt ankam, nahm er einen deutlichen Gestank wahr, der sich über den ganzen Platz ausbreitete. Es roch nach geronnenem Blut, ein Geruch, den Egle von den Schlachttagen her kannte. Also musste hier irgendwo das Konstanzer Schlachthaus sein, ging dem Egle durch den Kopf, der die Theresa aus den Augen verloren hatte.

»Verdammt noch mal, so schnell kann doch die Frau nicht verschwinden«, schimpfte Egle vor sich hin.

Er hatte mehrere Optionen. Die rechts von ihm vom Rindermarkt abgehende Straße, die Grabenallee war sehr übersichtlich. Dort hätte er sie sehen müssen. Die weiter links versetzt abgehende Gasse, die Rossgasse, erschien ihm aussichtsreicher.

Als er in die Rossgasse einbog, konnte er in einiger Entfernung eine weibliche Gestalt wahrnehmen, die sich Richtung der nächsten Straße, der Kreuzlinger Straße, bewegte. Und es war klar, das war die Theresa. Die Art, wie sie ging, hatte er den ganzen Tag beobachtet. Das Wippen ihrer Hüften hatte er sich eingeprägt. Die schon tagsüber unanständigen Gedanken befielen ihn jetzt wieder und er wollte sie ausleben. Doch dazu musste er die Theresa erst haben. Schließlich hatte er sie den ganzen Tag über ausgehalten, und dafür war sie ihm etwas schuldig. Egle hatte sich jetzt deutlich schneller bewegt. Er wollte sie so schnell wie möglich einholen. Vielleicht freute sie sich sogar, wenn sie ihn wiedersah, und wenn nicht, war das jetzt auch egal.

»Hallo, ist da jemand?« Theresa hatte Schritte gehört, war stehen geblieben und hatte sich langsam umgedreht.

Egle reagierte schnell und drückte sich an eine Hauswand hinter einen kleinen Vorsprung, sodass die Theresa ihn nicht sehen konnte. Eigentlich hätte er sich jetzt zeigen können, dachte Egle so bei sich, aber er tat es nicht, sondern versteckte sich vor Theresa.

»Ist da jemand?«, rief Theresa dieses Mal ein wenig lauter.

Egle war noch zu weit weg, um sie zu überraschen oder festzuhalten. Wenn sie aber weiter einen solchen Lärm machen würde, dann waren alle seine Anstrengungen vergeblich, das wusste Egle auch.

Theresa drehte sich wieder um in der Hoffnung, sich getäuscht zu haben. Sie spürte ihr Herz pochen. Sie hatte urplötzlich Angst. Der Egle mit seinen Riesenhänden und seinem roten Bart ging ihr durch den Kopf, und dass es vielleicht keine so gute Idee gewesen war, Alkohol zu trinken. Und dass es auch keine gute Idee gewesen war, diesen mit fremden Männern zu trinken. Und dass sie vielleicht viel zu vorlaut gewesen waren. Sie nahm ihre Beine in die Hand und wollte losrennen. In diesem Moment war Egle gleichauf, packte sie an der linken Hand und drückte gleichzeitig die rechte Hand auf ihren Mund, sodass sie nicht schreien konnte.

»Guten Abend, Theresa. Darf ich dich jetzt den restlichen Weg nach Hause begleiten?«

Theresa drehte sich blitzschnell um und entwand sich dem Griff von Egle. Sie starrte Egle in die Augen, und ihrem Gesichtsausdruck und ihrer Körperhaltung war nichts anderes als Angst zu entnehmen. Egle schaute sie abwartend an und griff nicht wieder sofort zu. Vielleicht mochte ihn die Theresa jetzt und freute sich, dass er sie nach Hause begleiten wollte.

»Hilfe, Hilfe!«, schrie Theresa und tat damit genau das, was Egle nicht akzeptieren konnte.

Egle schlug zu.

Theresa war perplex, und die Ohrfeige hatte gesessen. Theresa spürte, wie Blut über ihren Mund lief. Vielleicht hatte der Jakob ihr die Nase gebrochen.

Egle überließ jetzt nichts mehr dem Zufall. Er packte fest zu und hielt mit der rechten Hand den Mund von Theresa zu. Jetzt saß der Griff so, dass sie nicht mehr den Hauch einer Chance hatte, sich auch nur ansatzweise zu wehren. Egle war stark. Seine Hände waren schwere Arbeit gewohnt und er war kräftiger als die Männer, die Theresa sonst kannte.

»Sei still. Heute war ich den ganzen Tag gut genug für dich, und jetzt darf ich dich nicht mal nach Hause bringen. Weißt du, was du mich heute gekostet hast? Komm, gib mir wenigstens einen Kuss.«

Theresa schüttelte den Kopf.

Egle war außer sich. Er packte Theresa und schleifte sie über die Rossgasse zum Döbele aufs freie Feld. Dabei schaute er sich immer wieder um, ob jemand auf sie aufmerksam geworden war.

»Na, bekomme ich jetzt meinen Kuss und die Belohnung dafür, dass wir den ganzen Tag zusammen waren, meine Theresa?« Egle hatte die Kontrolle über sich verloren. Den ganzen Weg bis zum Döbele hatte sich die Theresa gewehrt. Das konnte und wollte Egle so nicht akzeptieren. Hätte sie mir einen Kuss gegeben, wäre ich zufrieden gewesen, aber so, so war sie doch selbst schuld, war ein Teil der wirren Gedanken, die Egle durch den Kopf gingen. Je mehr sie sich wehrte, desto mehr wollte er sie und desto mehr definierte er sie, um sein Gewissen zu beruhigen, in seinem Inneren zum Objekt.

»Stell dich nicht so an«, kommandierte Egle gegenüber Theresa, als sie die Häuser entlang der Kreuzlinger Straße hinter sich gelassen hatten und er sie ins Feld geworfen hatte. Egle nahm keine Rücksicht mehr auf das, was sie wollte oder eben nicht.

Theresa ließ ihn gewähren. Sie wusste, sie hatte keine Chance, und wollte sie überleben, musste sie tun, was dieses Tier von ihr wollte. Egle lebte seine Lust an ihr aus, und als er zum zweiten Mal gekommen war, ließ er von seinem Opfer ab.

»Zu keinem einen Ton, sonst bring ich dich um, klar!«

Theresa lag am Boden und rührte sich nicht. Wenn er sie jetzt in Ruhe lassen würde, hatte sie eine Chance zu überleben. Sie verspürte Todesangst und hatte Blutgeschmack im Mund.

Egle ließ von ihr ab, zog seine Hose hoch und ging davon. Theresa ließ er liegen. Nachdem er sich schon einige Meter entfernt hatte, drehte er sich noch einmal um. »Du Hure, das nächste Mal passt du besser auf, mit wem du saufen gehst.« Egle verschwand in die Nacht.

Theresa blieb noch einen Moment liegen, um den Egle nicht zu provozieren, vielleicht kam er noch mal zurück. Sobald sie einigermaßen sicher war, dass er gegangen war, packte sie ihren ganzen Mut zusammen und rannte, so schnell sie konnte, nach Hause. Sie hatte am ganzen Körper gelitten. Aber Schmerzen verspürte sie trotz der Verletzungen, insbesondere in ihrer Seele, keine. Das in ihrem Körper arbeitende Adrenalin verhinderte das und brachte sie nach Hause in die Rossgasse, genau dorthin, wo Egle sie zum ersten Mal festgehalten hatte.

DER TAG DANACH

EGLE HATTE DEN REST DER NACHT in den Feldern im Döbele verbracht. Er hatte den ganzen Tag über genug Wein konsumiert, und das Erlebnis mit Theresa hatte seine Seele nicht sonderlich aus dem Gleichgewicht gebracht, sodass er wenig, aber doch ganz gut geschlafen hatte. Er brachte sich und seine Kleider an einem Brunnen in der Nähe in Ordnung, wusch sich, so gut es eben ging, und überlegte, was nun sinnvollerweise zu tun sei. Seine erste Option, die er überlegte war, wieder nach Staad zu gehen, dem Delisle zu erklären, dass er am Jahrmarkt zu viel getrunken und deshalb in Konstanz übernachtet hatte. Gar nicht so schlecht, dachte Egle und grübelte weiter. Was allerdings, wenn die Hure ihr Maul nicht hält?, schoss ihm immer wieder ins Hirn. Was dann? Aber andererseits, warum sollte sie das tun. Sie hatte den ganzen Tag mit ihm verbracht, war von vielen Leuten gesehen worden, und das würden die Leute ja auch bezeugen. Aber was, wenn sie ihn doch anzeigen würde, was wäre dann? Egle zermarterte sich das Gehirn. Sicher konnte er sich hinsichtlich des weiteren Verlaufs nicht mehr sein. Wie der Delisle sich verhalten würde, wusste er auch nicht. Der kannte schließlich seine wahre Identität und konnte ihn auffliegen lassen. Dann wäre er erst recht richtig dran.

»Mist, Mist, Mist«, stammelte er vor sich hin. Die zweite Option war zu fliehen. Aber auch hier fielen ihm gleich ein paar Unwägbarkeiten ein. Was würde Delisle machen, wenn er in Staad nicht mehr auftauchte? Würde er ihn bei der Polizei anzeigen, oder würde er die Sache einfach auf sich beruhen lassen? Schließlich muss der Delisle ja in irgendeiner Form für ihn gebürgt haben, sonst hätte er den Fremdenzettel nicht bekommen. Auch schwierig, dachte Egle und war mit dieser Option ebenfalls nicht so recht glücklich.

Schließlich fiel ihm noch ein, er könnte ja zur Theresa zum Waschplatz gehen und ihr sagen, dass es ihm leidtue, was er aber selbst sofort als Unsinn wieder verwarf. Schließlich hatte er die Theresa nicht nur vergewaltigt, sondern er hatte sie auch noch geschlagen, bis sie blutete.

Egle war vom Döbele an der äußeren Stadtmauer entlang wieder Richtung See gelaufen und stand inzwischen vor einem Tor. Er war in der Nacht, ohne dies geplant zu haben, außerhalb der Stadtmauern gelandet und befand sich auf Schweizer Hoheitsgebiet.

Als er vor dem Emmishofertor stand, war ihm aber rasch klar, dass er nicht mehr in Konstanz war. Das Tor war streng bewacht. Insofern musste er sich nun rasch überlegen, wie es weitergehen sollte.

»Na, jetzt laus mich doch der Affe«, sagte Egle vor sich hin, der gut dreißig Meter vom Tor entfernt war und einen wandernden Zimmermannsgesellen durchs Tor gehen sah und auf der Straße auf ihn zuhielt. »Wenn das nicht der Rädle ist«, murmelte er weiter vor sich hin und wartete, bis die Gestalt näher kam.

»Du hast dich aber schnell entschieden, Konstanz wieder zu verlassen, oder geht's nur auf einen Ausflug und danach zurück?«, fragte Egle freundlich den wandernden Zimmermann, den er inzwischen tatsächlich als Florian Rädle identifiziert hatte und sich jetzt zum zweiten Mal richtig freute, ihn zu sehen.

»Nein, ich wandere weiter. Der Zunftmeister hat mir zwar noch etwas Arbeit in Aussicht gestellt, aber ich hätte ein paar Tage zuwarten müssen. Da ich aber so und so weiter wollte, habe ich mich heute Morgen von ihm verabschiedet. Aber was machst du denn hier? Du sagtest doch, du hast Arbeit in

Staad, und hier sind wir im Kanton Thurgau, und soweit ich weiß, ist Staad irgendwo hinter Wollmatingen am See, oder?«

»Du hast recht, Rädle, aber ich war ja gestern, wie du weißt, auf dem Jahrmarkt, und da habe ich ein Mädchen kennengelernt, das hier drüben wohnt, und jetzt bin ich so und so am Überlegen, was ich machen soll. Schließlich wollte ich ja auch nicht ewig hierbleiben.«

Der Gedanke, den Egle gerade gegenüber Florian Rädle ausgesprochen hatte, gefiel ihm. Warum nicht? Warum sollte er jetzt nicht einfach weiterreisen – und wenn der Rädle ihn mitnehmen würde? Es wäre deutlich weniger auffällig, als wenn er allein unterwegs wäre. Und außerdem, dachte er, so eine Chance bietet sich vielleicht so schnell nicht wieder. Er hatte heute Nacht in Konstanz so viel Mist gebaut, dass es besser war, zu gehen. Seinen Geldsäckel hatte er dabei, seine besten Kleider am Leib, und das, was in Staad auf ihn wartete, war so viel nicht wert, und außerdem hatte er vom Arbeiten auf den Schiffen eh genug.

»Wo wanderst du denn jetzt hin«, fragte Egle den Rädle.

»Habe ich dir doch gestern gesagt. Nach Sankt Gallen«, antwortete der Rädle.

»Also auf nach Sankt Gallen«, hörte sich Egle sagen, »oder hast du was dagegen, wenn ich dich dorthin begleite?«, fragte Egle nach.

Florian Rädle zuckte kurz zusammen und überlegte. Dass der Egle ihm das Messer in Unterdigisheim plötzlich und völlig unvermittelt an den Hals gehalten hatte, war ihm im Gedächtnis geblieben. »Dagegen habe ich nichts. Aber ich will keine solche Nummer wie auf dem Weg nach Unterdigisheim erleben. Also dein Messer lässt du bitte künftig stecken. Zumindest mir gegenüber«, formulierte Rädle, der nicht so ganz sicher war, ob diese Begleitung eine vernünftige Idee war.

»Ich versprech's«, antwortete Egle kurz, und die zwei waren auf ihrem Weg nach Sankt Gallen.

VIA SANKT GALLEN

Sankt Gallen war von Konstanz einen guten Tagesmarsch entfernt. Wollten die beiden die Stadt noch am Tag erreichen, mussten sie sich sputen. Die Tage waren Anfang Mai zwar schon wieder länger geworden, aber nach Sankt Gallen waren es gut und gern fast vierzig Kilometer.

»Was hast du denn in der ganzen letzten Zeit, seit wir uns getrennt haben, erlebt?«, wollte Florian Rädle von seinem Mitwanderer wissen.

»Ja, so dies und das. Ich war eine Weile im Tuchgeschäft, dann habe ich eine Zeit in einem Hüttenwerk gearbeitet, bevor ich dann zur Schifffahrt kam. Und jetzt bin ich mit dir unterwegs«, antwortete Egle recht oberflächlich.

»Wenn du dich mit Tuch auskennst, dann ist Sankt Gallen keine schlechte Adresse für dich«, meinte Rädle an Egle gewandt. »Die weißen Tücher aus Sankt Gallen sind die teuersten und edelsten der Welt. Da kannst du vielleicht ganz gut verdienen«, setzte Florian Rädle fort, ohne groß darüber Bescheid zu wissen.

»Wir werden sehen, Rädle. Aber was wirst du in Sankt Gallen machen? Wieder zu einem Zimmermannsmeister gehen und dich als Zimmermann anheuern lassen oder bist du auf Brautschau?«, fragte Egle nach.

»Ja natürlich, ich will ja schließlich selbst irgendwann Meister werden, und dafür brauche ich meine Stempel und die Empfehlungen der Meister, bei denen ich während meiner Walz gearbeitet hab«, antwortete der Florian recht pflichtbewusst. »Zum Heiraten ist es mir noch zu früh, aber gegen das eine oder andere Abenteuer habe ich nichts einzuwenden. Und was war bei dir da so los in den letzten Monaten?«, wollte Rädle interessiert von seinem Wanderkompagnon wissen.

»Es ging so. Ich war ja viel unterwegs. Die eine oder andere Gelegenheit hat sich ergeben, aber nichts Besonderes«, log Egle, dem das Thema auch nicht so am Herzen lag. Er hörte lieber dem übermütigen jungen Florian Rädle zu, der seine diversen Abenteuer breit trat und irgendwie auch interessant ausschmückte.

So war der Marsch der beiden recht kurzweilig, denn der Rädle hatte viel zu erzählen. Sie wanderten von Kreuzlingen über die Kuppen des Thurgaus und kamen schließlich über Amriswil und Wittenbach bis vor die Tore Sankt Gallens. Es war zwischenzeitlich dunkel geworden, und die beiden waren vom langen Marsch müde.

»Mir reicht es für heute«, wandte sich Rädle an Egle, dessen Tritt in den letzten zwei Stunden auch schon deutlich langsamer geworden war.

»Du hast recht. Komm, wir schlagen uns in die Büsche und schlafen ein paar Stunden«, antwortete Egle, dem es entgegenkam, dass der Rädle auch nicht mehr weiter wandern wollte.

Es reichte.

Sankt Gallen hatte bis zum Besuch der zwei sehr unterschiedlichen Wandergesellen im Mai 1843 schon eine lange Geschichte hinter sich, die um 612 mit der Ansiedlung des Einsiedlers Gallus begann. Im 15. Jahrhundert sorgte die aufblühende und sehr erfolgreiche Leinenindustrie dafür, dass es der Stadt und den Menschen in Sankt Gallen gut ging, zumindest den meisten von ihnen. Zu dieser Zeit galten die Sankt Galler Tücher und Leinen als die edelsten der Welt. Leider waren sie aber auch die teuersten. Dies führte im 17./18. Jahrhundert zu einer Neuorientierung der Kundschaft, insbesondere der europäischen Adelshäuser, die lieber Billigware einkaufte.

Das änderte sich im Verlauf der Geschichte wieder und nahm für den Standort Sankt Gallen erneut einen positiven Verlauf mit der Mechanisierung der Textilindustrie. Diese begann um 1830 und steckte um 1843 sicher noch in ihren Kinderschuhen. Aber die Stickmaschinen, die in Sankt Gallen entwickelt und in und um die Stadt eingesetzt wurden, verhalfen der Stadt und den Menschen wieder zu einem wirtschaftlichen Durchbruch. Viele Bauern in der Umgebung ließen sich die Stickmaschinen auf dem Hof installieren, um auf diese Art und Weise einen Nebenerwerb zu generieren. Alle Familienmitglieder, insbesondere auch die Kinder, mussten mitarbeiten. Dies steckte in der Zeit, in der Egle und Rädle unterwegs waren, noch in den Anfängen. Um 1900 sollte sich die Stickerei aus Sankt Gallen soweit entwickelt haben, dass sie über 50 Prozent des Weltmarktes beherrschte. Doch so weit sind wir in unserer Geschichte noch nicht.

Egle und Rädle trafen auf eine Stadt, die immerhin schon mehr als 10.000 Menschen beherbergte. Die Stadt befand sich im Aufschwung und strahlte, auch aufgrund ihrer Vergangenheit, einen gewissen Wohlstand aus. Die alten Wehranlagen und die dicken Stadtmauern, die die Stadt und ihre Bewohner früher beschützt hatten, waren zum Teil schon geschleift. Von den einst zehn oder sogar elf Stadttoren waren noch vier intakt. Die anderen waren dem Verkehr und dem florierenden Handel zum Opfer gefallen.

Nachdem Egle und Rädle eine Nacht mit gutem Schlaf im Freien verbracht hatten, machten sie sich wieder auf den Weg und erreichten nach kurzem Marsch Sankt Gallen.

»Wer seid ihr? Woher kommt ihr? Was wollt ihr hier?«, war die nicht ganz freundliche Begrüßung eines Wächters, der vor dem ersten Tor, das die beiden passieren wollten, stand.

»Wir sind auf der Durchreise und wollen nur ein paar Tage in Sankt Gallen bleiben«, war die prompte Antwort von Rädle, der sich das auch so vorgenommen hatte. »Wir sind Zimmerleute auf der Walz«, ergänzte er und schloss den Egle damit ein.

»Und woher kommt ihr?«, fragte der Torwächter, jetzt im Ton deutlich freundlicher, nach.

»Wir sind von Konstanz über den Thurgau gekommen«, mischte sich Egle jetzt erstmals in die Unterhaltung ein.

»Gut, ihr dürft passieren. Benehmt euch anständig, dann bin ich zufrieden«, bemerkte abschließend der Torwächter und wollte nicht einmal ihre Papiere sehen.

Egle und Rädle passierten das Tor. Mit ihnen waren viele Menschen unterwegs. Irgendetwas musste in der Stadt los sein. Nachdem sie den anderen Fußgängern gefolgt waren, löste sich das Rätsel unmittelbar auf. Egle und Rädle waren vom östlichen Zugang, dem Platztor, nach Sankt Gallen gekommen, hatten sich eine Gassenlänge nach rechts orientiert und standen jetzt mitten auf dem Marktplatz. Dort herrschte emsiges Treiben. Der Platz war voll von Ständen und voll von Menschen. Egle erinnerte sich sofort an den schönen Tag in Konstanz, als er mit Franz den Jahrmarkt besucht hatte.

»Du Jakob, ich sollte mal versuchen, den Zimmermannsmeister zu erwischen. Ich meine, er heißt Xaver Mayer. Der hat sein Geschäft irgendwo in der Neugasse. So hat es mir zumindest der Meister in Konstanz gesagt. Soll ich für dich auch um Arbeit nachfragen, oder willst du mich begleiten?«, fragte Rädle, der eigentlich davon ausging, dass sein Begleiter sich absetzen würde. Denn eigentlich wollte er seine Zeit weder mit dem Egle noch mit dem Besuch des Marktes verbringen.

»Kannst du machen. Vielleicht klappt es mit der Arbeit, und dann sehe ich, ob ich noch eine Weile bleib oder weiter nach Süden gehe«, antwortete Egle, der sich zunächst einmal orientieren wollte. »Wir treffen uns am besten wieder hier. Ich schau mich lieber ein wenig um.«

»Einverstanden. Dann geh ich mal. Wir sehen uns spätestens heute Abend wieder hier«, antwortete Rädle, der schon so gut wie weg war.

»Wer kümmert sich um ein Quartier für die Nacht?«, fragte Egle, dem die Stadt und das ganze Drumherum mehr und mehr gefielen.

»Wenn wir Arbeit kriegen, dann kriegen wir auch einen Schlafplatz«, rief Rädle dem Egle noch zu und war in der Menschenmenge verschwunden.

Mist, jetzt habe ich den blöden Typen auch noch gefragt, ob ich ihm eine Arbeit besorgen soll. Dann sagt der auch noch Ja. Eigentlich will ich doch gar nicht mit dem zusammenbleiben. Jetzt ist es schon so, und dann verhelfe ich ihm auch noch zu einem Schlafplatz. Was geht mich der Egle überhaupt an, dachte der Rädle etwas wirr so vor sich hin und fragte sich bis zum Haus des Zimmerermeisters Mayer durch, das er in der Nähe des Marktplatzes in der Neugasse schnell fand.

Egle hatte sich zwischenzeitlich auf dem Marktplatz umgeschaut und fand das Angebot in Sankt Gallen ganz interessant. An den verschiedenen Ständen gab es allerlei zu sehen. Tücher, Kleider, Hüte, aber auch Lebensmittel unterschiedlichster Art, seltene Gewürze und alles, was er so in Konstanz auf dem Jahrmarkt gesehen hatte, begegnete ihm hier wieder. Er bewegte sich gemächlich durch die Menge und ließ sich Zeit, alles in Ruhe zu inspizieren. Auch hier war es fast nicht möglich, den Egle zu übersehen. Überragte er doch fast alle Menschen, die sich um ihn und mit ihm auf dem Markt bewegten, um mehr als einen Kopf. Dazu gesellten sich sein rotes

Haar, sein roter Bart und seine insgesamt sehr kräftige Statur, die ihn doch deutlich von seinen Mitmenschen unterschied.

»Wer hat dich denn hierher geschickt? Auf so einen wie dich habe ich gewartet.«

Egle drehte sich zu der Stimme um, die er gerade vernommen hatte.

Vor ihm stand ein vornehm und galant in Uniform gekleideter Herr. »Ich bin Unteroffizier in Schweizer Diensten. Ich freue mich, dich hier in Sankt Gallen zu treffen. Solche Kerle wie dich könnten wir richtig gut gebrauchen. Darf ich dich auf einen Schoppen einladen?«, fragte der fremde Unteroffizier den Egle.

»Zu einem Schoppen kannst du mich gerne einladen, aber zu was kannst du mich gebrauchen und woher kennen wir uns?«, erwiderte Egle etwas schroff, da ihm nicht so ganz klar war, warum der fremde Herr ihn so vertraut angesprochen hatte.

»Komm, das erkläre ich dir gerne bei einem guten Schluck Wein. Lass uns von hier verschwinden, dann kann ich dir das in Ruhe erzählen«, meinte der Unteroffizier an Egle gewandt und schüttelte ihm ganz förmlich die Hand. »Ich heiße Friedrich, und wie heißt du, wenn ich fragen darf?«, hakte der Unteroffizier beim Egle nach.

»Ich heiße Jakob, Jakob Boss.«

»Also komm, Jakob. Ich lade dich gerne ein. Wir gehen hier ums Eck. In der Metzgergasse im ›Goldenen Schäfle‹ gibt es einen guten Schluck, und wenn du magst, auch etwas zu essen. Komm. Deine Geschichte interessiert mich. Du bist ein ganz besonderer Mensch«, setzte der Unteroffizier, der sich als Friedrich ausgab, seine Ausführungen Egle gegenüber fort.

Egle war geschmeichelt. Ein vornehmer, in Uniform gekleideter Herr sprach ihn in Sankt Gallen an und hielt ihn für etwas Besonderes. Einen Wein ausgeben wollte er auch. Also was konnte schon passieren. Egle willigte ein und landete am späten Vormittag im »Schäfle« und war gespannt, was der Friedrich ihm zu sagen hatte.

EINE TÜR GEHT AUF

Friedrich und Egle hatten den Marktplatz in Richtung der Metzgergasse verlassen und waren nach wenigen Schritten beim »Goldenen Schäfle« angekommen. Um in die Wirtschaft zu gelangen, mussten die beiden erst einmal über die Treppe ein Stockwerk nach oben gehen und betraten eine vornehm wirkende Gaststube, die dafür aber einen ganz schön schiefen Boden hatte.

»Mahlzeit, Friedrich, was machst du denn schon so früh hier? Komm, ich lad dich auf einen Apéro ein«, wurde Friedrich beim Betreten des Lokals vom Wirt begrüßt.

»Mach mir zwei. Ich habe einen sehr interessanten Gast mitgebracht. Schenk uns von deinem guten Roten ein und setz dich zu uns«, war der Auftakt zum Gespräch im »Schäfle«, einer Art Lokal, das Egle sonst nur von außen kannte.

Seine Erfahrungen beschränkten sich bislang auf einfache Gaststätten und einfache Menschen, und nun war er in einer Taverne gelandet und nicht, wie es seinen Erfahrungen angemessen gewesen wäre, in einer Sankt Galler Pinte. Egle schmeichelte die Situation, und er genoss es, mit Friedrich in der fein und schön getäfelten Gaststube zu sitzen, war er doch noch nicht einmal einen Tag da.

»Was verschafft uns hier in Sankt Gallen die Ehre deiner Anwesenheit?«, wollte der Unteroffizier von Egle wissen.

»Zum Wohl, meine Herren«, bemerkte der Wirt, der gerade zwei Gläser Rotwein servierte und dazu noch einen Teller mit kaltem Fleisch, Wurst und etwas Brot auf den Tisch stellte.

»Lang zu. Das ist die beste Art, ein gutes Gespräch unter richtigen Männern zu führen, so wie wir beide das sind«, meinte Friedrich und prostete dem Egle zu, der ebenfalls das Glas erhob.

Die Süße des Weins verwöhnte im ersten Moment den Gaumen Egles. So einen guten Tropfen hatte er bislang noch nicht versucht, verglichen mit dem Most und dem gelegentlich »Sauren«, den er bei der Maria in Zizenhausen getrunken hatte.

»Jakob, darf ich dich fragen, wo du herkommst und, wie ich schon sagte, was du hier in Sankt Gallen unternehmen wirst?«, knüpfte der Unteroffizier an seine bereits gestellte Frage an.

»Jetzt lasst uns erst einmal anstoßen«, mischte sich der inzwischen dazugekommene Wirt ein und erhob sein Glas in Richtung der beiden.

Egle hatte sein Glas kaum geleert, schon hatte es ihm der Wirt wieder gefüllt.

»Ich weiß noch nicht so genau, was ich in Sankt Gallen unternehmen werde. Ein Freund von mir ist unterwegs zum Zimmermannsmeister und fragt um Arbeit nach. Mal sehen«, antwortete Egle dem Unteroffizier wahrheitsgemäß, der seine Ausführungen interessiert verfolgte.

»Bist du denn auch ein Zimmermann?«, wollte Friedrich wissen.

Egle hatte den Unteroffizier Friedrich zwischenzeitlich etwas eingehender betrachtet. Der Mann strahlte für den jungen Egle Erfahrung aus. Sein Gesicht war vom Leben mehr gezeichnet als sein eigenes und wirkte umso mehr auf Egle: weltgewandt, überlegen und ein wenig vornehm. Bestimmt hat der schon so manchen Zweikampf, so manche Schlacht hinter sich, dachte der Egle so bei sich. Egle war neugierig und wollte jetzt endlich auch etwas von seinem Gastgeber wissen. »Wie kommt man zu so einer Uniform, und was machst du denn eigentlich so ganz genau?«, brach die Neugier aus Egle heraus.

Der Unteroffizier Friedrich seufzte innerlich vor Erleichterung. Der große Kerl reagierte genauso, wie er es für seine Geschäfte brauchte. Kaum hatte er genug vom Engagierwein genossen, stellte er schon die richtigen Fragen, die es Friedrich nun relativ leicht machten, ihn genau dorthin zu bekommen, wo er ihn haben wollte. »Ich bin seit zwanzig Jahren Soldat, ich komme in der Welt herum und genieße das Leben. Auf den Schlachtfeldern, auf denen ich bislang war, waren wir siegreich und machten gute Beute, von den vielen Frauen, die unser Soldatenleben versüßen, ganz zu schweigen. Aber genug von mir. Du bist doch der Grund, weshalb wir hier sind. Deine Geschichte interessiert mich sehr, weil mich interessante Menschen immer interessieren.«

Egle wollte allerdings mehr von Friedrich wissen.

Friedrich, ein Anwerber der Graubündner Adelsfamilie Salis-Zizers, machte routiniert einen guten Job und überlegte, ob er dem Egle den Vertrag, um ihn zu verpflichten, gleich vorlegen sollte. Doch sie unterhielten sich noch eine Zeit lang.

Es wurde noch mehr Wein serviert, und Egle fühlte sich, auch aufgrund des Alkoholgenusses, unglaublich wohl.

Friedrich erzählte Egle glaubhaft, wie herrlich das Soldatenleben war, und schilderte seine soldatischen Erlebnisse, die er selbst allerdings in dieser Art und Weise nie gemacht hatte, in schillerndsten Farben.

»Das gefällt mir. So ein Leben könnte ich mir auch vorstellen«, kommentierte Egle die Ausführungen von Friedrich, der langsam aber sicher seine Beute an den Haken nehmen wollte.

»Du, ich kann mich da für dich einsetzen. Ich habe beste Beziehungen zum Kommandanten. Ich kann dich dort, aber nur wenn du es magst, einmal vorstellen. Du schaust es dir an, und dann sehen wir weiter. Dann kannst du immer noch machen, was du willst.«

Egle war tief beeindruckt. Die Abenteuer, die der Friedrich erlebt hatte, genauso wollte er es auch haben. Die Frauengeschichten, das leichte und unbeschwerte Leben, was wollte er denn mehr. »Du, das würde ich gerne machen. Da wäre ich dir sehr dankbar, wenn ich beim Kommandanten einmal vorsprechen dürfte. Ja, das wäre gut«, antwortete Egle, dem der Wein ordentlich zu Kopf gestiegen war.

Die routiniert erzählten Geschichten und der Engagierwein hatten ihre gewünschte Wirkung entfaltet, und Friedrich durfte jetzt nur keinen Fehler mehr machen. Dafür war er aber schon zu lange als Anwerber für die Familie Salis-Zizers unterwegs, als dass der Egle noch eine Chance bekommen sollte, vom Haken zu gehen. Aber Friedrich dachte weiter. Der Jakob hatte ihm erzählt, dass er mit einem anderen jungen Mann unterwegs war, der gerade um Arbeit nachfragte. Vielleicht konnte er den auch noch unter Vertrag nehmen, dann hatte sich für ihn der Tag auf jeden Fall gelohnt. Schließlich bekam er eine Prämie für jeden geworbenen Soldaten, und die Familie Salis-Zizers konnte das erste Fremdenregiment für den Kirchenstaat personell wieder aufstocken. Die früheren Statuten galten in der tatsächlichen Rekrutierung nicht mehr. Es wurden nicht nur Schweizer, sondern auch Landesfremde und Nichtkatholiken geworben.

»Komm, einen letzten Schluck. Wirt, schenk uns noch mal ein«, forderte der Unteroffizier den Schäflewirt auf, »und dann mach mir die Rechnung. Ich muss noch auf einen Sprung in die Kaserne. Der Kommandant wartet auf mich«, und wieder zu Egle gewandt, »und außerdem will ich ihm noch von einem Jakob Boss berichten, einem überaus interessanten Mann, den ich heute kennenlernen durfte.«

Friedrich hatte den Wirt in die Unterhaltung eingebunden und dem Egle das Gefühl von Wichtigkeit vermittelt, nicht nur die Person Friedrichs, sondern auch Egle betreffend.

Dann wandte er sich wieder Egle zu und sagte ihm: »Komm, unterschreib mir noch das Papier, damit ich für den Termin einen offiziellen Antrag von dir vorlegen kann.« Der Unteroffizier und Anwerber hatte ein Papier aus seiner Jacke gezogen und vor Egle auf den Tisch gelegt. Mit dem Finger deutete er auf die Stelle, wo Egle unterschreiben sollte.

Egle zögerte keinen Moment und unterzeichnete den »Besuchsantrag« für den Kommandanten, der in Wahrheit ein Rekrutierungsvertrag für das 1. Fremdenregiment in vatikanischen Diensten war.

»Heute Abend sehen wir uns im ›Schlössli‹. Bring deinen Freund mit, dann kann ich dir sagen, ob der Oberst kurzfristig Zeit für dich hat und du dir einen Eindruck verschaffen kannst, wie das Soldatenleben so läuft. Einverstanden?«

Egle war begeistert.

Der Anwerber und ehemalige Unteroffizier in Diensten der Familie Salis-Zizers hatte alles richtig gemacht. Egle hatte das ihm vorgelegte Papier blind unterschrieben. Damit war er rekrutiert und so gut wie chancenlos, aus dem Vertrag wieder auszusteigen. Aber das wusste Egle zu dem Zeitpunkt noch nicht.

Jetzt musste er ja erst einmal den Rädle erwischen, damit er ihm von der Begegnung mit dem Offizier und über die Einladung für heute Abend berichten konnte.

»Wo finde ich das Gasthaus ›Schlössli‹?«, fragte Egle den Anwerber, als sie bereits die Gaststube verlassen hatten und die Treppe zum Ausgang in die Metzgergasse hinunterstiegen.

»Geh von hier Richtung Spisertor. In der Spisergasse, kurz vor dem Spisertor, gehst du die Zeughausgasse rechts hoch.

Dort findest du das ›Schlössli‹ und sicher auch mich. Aber Vorsicht. Dort gibt es auch ein paar Frauen, die sich gerne einen Soldaten angeln würden«, sagte der Unteroffizier und lachte dabei.

Das gefiel dem Egle. Er war ganz aufgewühlt und konnte den heutigen Abend kaum erwarten.

Die beiden trennten sich in der Metzgergasse, und jeder ging seiner Wege, aber nur scheinbar. Kaum hatte Egle den Anwerber verlassen, schickte der einen neutralen Aufpasser hinter Egle her. Ihn völlig aus den Augen zu verlieren, wollte Friedrich nicht riskieren. Und er wollte noch den zweiten Mann haben.

EIN INTENSIVER ABEND IN SANKT GALLEN

Egle hatte zu viel getrunken, und die frische Luft tat ihr Übriges. Nun musste er erst einmal wieder zu sich kommen, bevor er dem Rädle seine Neuigkeiten und den Plan für den Abend präsentieren konnte. Egle war die Metzgergasse Richtung Marktplatz gelaufen, der im Vergleich zum heutigen Vormittag fast menschenleer war. Den Marktplatz ließ Egle aber links liegen und ging die Marktgasse in Richtung des Klosterhofs weiter. Egle kannte sich zwar überhaupt nicht aus, aber schon nach kurzem Weg passierte er am Bärenplatz die Spisergasse, wo er heute Abend noch einen wichtigen Termin hatte.

»He, wollten wir uns nicht am Marktplatz treffen«, rief eine dem Egle allzu bekannte Stimme.

Egle drehte sich um. Keine zwanzig Meter entfernt, auf Höhe einer Kirche, stand der Rädle, als wenn er dort auf ihn gewartet hätte. »Ja, da hast du recht. Aber es ist ja auch noch nicht Abend«, antwortete Egle und lachte dabei.

Er hatte schnell den Rädle erreicht, der auf Höhe der Sankt Laurenzen-Kirche stand, allerdings vor dem hinteren Teil der Kirche. Vor ihnen zu sehen war der mit Mauern umgebene Klosterhof mit der Stiftskirche und den Doppeltürmen, was den Männern aber nicht sonderlich viel sagte.

»Wir haben für heute Abend eine Einladung«, sprudelte es aus Egle heraus.

»Wir?«, fragte Rädle ungläubig nach. »Wir zwei haben Arbeit, aber erst in zwei Tagen. Der Meister muss uns anmelden. Ich habe ihm versprochen, dass ich ihm spätestens morgen früh deine Papiere bringe.«

»Das klingt ja hervorragend«, kommentierte Egle die Ausführungen von Rädle und meinte dies auch so. Schließlich hatten sie für heute Abend eine Einladung, er hatte möglicherweise noch einen Termin mit dem Kommandanten, und darüber hinaus hatten sie Arbeit. Was für ein Tag, dachte Egle und war so richtig zufrieden mit sich und der Welt.

Egle und Rädle hielten sich noch bis zum Abend in der Gallusstadt auf, bevor es Zeit wurde, das »Schlössli« zu besuchen. Egle hatte Rädle alles bis ins Kleinste erzählt und hatte aus seiner Begeisterung keinen Hehl gemacht. Rädle reagierte zurückhaltender, freute sich aber auch auf die Wirtschaft. Was zu trinken und zu essen würde auch ihm in jedem Fall nicht schaden. Das »Schlössli« war schnell gefunden. Die beiden mussten sich nur wieder auf der Marktgasse Richtung Marktplatz bewegen und bogen am Bärenplatz rechts in die Spisergasse ab. Nach ein paar Minuten hatten sie den Eingang vom »Schlössli« erreicht. Egle machte die Tür auf und war zufrieden. Die Wirtschaft war voll, es war laut, verraucht und genauso, wie er sich das für den heutigen Abend vorgestellt hatte. Gott sei Dank nicht ganz so vornehm wie heute Vormittag, dachte Egle bei sich, und kaum hatten sie die Schwelle ins Lokal überschritten, hängten sich zwei junge, hübsche Mädchen an die zwei.

Friedrich, der Anwerber, hatte gute Arbeit geleistet und wartete noch in der Kaserne am Spisertor auf den weiteren Verlauf der Ereignisse. Den heutigen Abend gönnte er den beiden in vollen Zügen.

»Komm, Florian, da hinten ist noch ein kleiner Tisch frei. Lass uns dort mal abwarten, was der Abend so bringt«, schlug Egle dem Rädle vor, der brav hinterher trottete.

Egle und Rädle hatten kaum Platz genommen, waren die zwei jungen Frauen schon an ihrem Tisch.

»Dürfen wir uns zu euch setzen und euch etwas Gesellschaft leisten? Ihr seid doch die zwei, die morgen zum Kommandanten geladen sind, oder?«, fragte die Blonde scheinheilig nach.

Das Eis war gebrochen. Schließlich verfügten nur der Offizier Friedrich und Egle selbst über diese Information, und damit war dies für Egle legitimiert.

»Siehst du, Florian, ich habe nicht übertrieben. Der Friedrich hat mich nicht veräppelt, oder Mädchen?«, sagte Egle zu Rädle, allerdings der Blonden zugewandt, die bedeutungsvoll nickte.

Egle ließ seinen Blick kreisen und entdeckte in der Wirtschaft einfache Leute und keinen Offizier Friedrich, den er geglaubt hatte, hier wieder zu treffen, und der dies ja auch versprochen hatte. Sein Blick streifte natürlich auch die zwei Mädchen, die sich bereits an ihren Tisch gesetzt hatten. »Sehr passabel, was die Armee so bietet, wie heißt ihr beiden denn?«, wollte Egle nun wissen und ergänzte: »Kommt der Offizier Friedrich noch, oder warum seid ihr beiden hier?«

»Er hat uns geschickt und gesagt, er kommt bald nach. Also kommt, lasst uns was trinken. Er hat auch gesagt, wir können auf ihn anschreiben«, antwortete die Blonde, die sich ganz eng neben den Egle gesetzt und ihre Hand schon auf seinen rechten Schenkel gelegt hatte.

»Siehst du, es hat alles seine Ordnung«, meinte Egle in Richtung von Rädle, dem die ganze Sache noch nicht ganz so geheuer erschien. Das brünette Mädchen hatte sich aber auch schon recht nahe an ihn herangewagt, und der servierte Wein, das Essen und das oberflächliche Plaudern mit den Frauen waren eine herrliche Abwechslung, auch für ihn.

Nach zwei Stunden war er dem Mädchen und ihren Avancen verfallen. Egle saß noch mit seiner blonden Schönheit im Lokal und »zwitscherte« fröhlich weiter, während Rädle und seine Begleitung schon früh am Abend in den oberen Räumen des Lokals verschwunden waren.

Rädle, der für seine Verhältnisse viel zu viel Wein getrunken hatte, wollte sich auf keinen Fall das Vergnügen mit Jacqueline, wie seine Begleitung vorgab zu heißen, entgehen lassen. Alles, was der Körper dieser Frau hergab, hatte er schon in den Händen gehabt, und er war so erregt wie noch nie in seinem bisherigen Leben.

»Ich will dich ganz haben«, keuchte Rädle, der seinen Kopf in den Schoß von Jacqueline gedrückt hatte. Ihr Schoß war das Begehrenswerteste, was er sich gerade vorstellen konnte. Sie roch herrlich, und alles, was er wollte, war, mit ihr zu schlafen.

»Gleich, mein lieber Schatz, gleich.« Jacqueline strich dem Rädle beruhigend übers Haar. »Ich habe hier ein Papier, das du unterschreiben sollst. Dein Freund hat das gleiche unterschrieben.« Jacqueline hatte den richtigen Moment abgewartet, um dem Rädle den Rekrutierungsvertrag vorzulegen.

»Was ist das?«, fragte Rädle aber wider Erwarten nach. »Soweit mir der Offizier sagte, ist es wegen dem Termin mit dem Kommandanten.«

»Dann gib her«, antwortete Rädle ungeduldig, der sich kaum mehr beherrschen konnte, und unterschrieb.

Seiner Erregung stand nun nichts mehr im Wege, und Jacqueline bereitete ihm eine herrliche Nacht, mit noch mehr Wein und ausreichend Liebe, verschwand aber, sobald der Rädle eingeschlafen war.

Genauso ging es dem Egle. Er war zwar schon nicht mehr so interessant wie sein Kompagnon Rädle, war aber, was den Abend betraf, in der Gesamtkalkulation inbegriffen.

Am Morgen lagen die zwei noch immer im oberen Stock in den Zimmern und schliefen ihren Rausch aus. Die beiden Freudenmädchen hatten sie schon wieder verlassen. Die Verträge waren unterschrieben und es erwartete sie ein Schicksal, mit dem sie so nicht gerechnet hatten.

»Mitkommen.« Vor dem im Bett liegenden Egle hatte sich ein annäherungsweise ebenso großer Mensch aufgebaut, der wenig bis gar keine Freundlichkeit ausstrahlte.

Egle reagierte schnell, aber nicht schnell genug. Kaum hatte er seinen Oberkörper aufgerichtet, drückte ihn der andere mit einem Stock auf das Bett zurück. So hatte er den Egle zunächst einmal unter Kontrolle.

»Ihr habt einen Termin beim Kommandanten. Also mitkommen.«

Rädle und Egle wurden abgeholt. Sie folgten dem kleinen Kommando ohne Widerrede. Schließlich war der Termin mit dem Kommandanten abgesprochen. Aber die Freundlichkeit ließ im Vergleich zum Vortag deutlich zu wünschen übrig. Ihr Ziel war die Kaserne beim Spisertor.

Egle war gespannt, was der Kommandant von ihm wollte.

DER TAG DER WAHRHEIT

Der Weg zur Kaserne war kurz. Egle, Rädle und das kleine Kommando gingen die Spisergasse Richtung Spisertor. Unmittelbar daneben befand sich eine kleine Kaserne, die die Gruppe zielstrebig ansteuerte. Die beiden liefen zunächst einmal brav mit. In der Kaserne angekommen, wurden Egle und Rädle zum Kommandanten gebracht, der offensichtlich in einem größeren Raum im ersten Stockwerk auf seine neuen Soldaten gewartet hatte.

»Herr Hauptmann, hier übergebe ich Ihnen gehorsamst die zwei neuen Rekruten. Wir haben sie genau dort gefunden, wo der Unteroffizier uns hingeschickt hatte. Sie waren im ›Schlössle‹ bei den Weibern«, meldete der Große des kleinen Kommandos seinem Vorgesetzten.

»Soso. Dann lasst uns die beiden mal anschauen«, antwortete der Kommandant, dessen Erscheinung den Rädle und den Egle schon mächtig beeindruckten.

Der Kommandant trug eine elegante Uniform mit weißer Hose und rotem Tuchrock und den entsprechenden Effekten, die die beiden noch nicht richtig zuordnen konnten. Aber an seinem Säbel meinte Egle zu erkennen, dass er einen Wichtigen vor sich hatte, und so war er zunächst einmal vorsichtig.

»Warum in aller Welt wurden wir auf diese Art und Weise hierher gebracht? Wir haben doch selbst um einen Termin beim Herrn Kommandanten gebeten?«, bemerkte Egle, dem die Situation noch nicht ganz klar war. Wie auch? Schließlich hatte er dem Friedrich unterschrieben gehabt, dass er gerne den Kommandanten kennenlernen wolle, um sich für den Soldatenberuf zu interessieren. Dafür hätte es keine Gewalt gebraucht.

»Ah ja, der Unteroffizier Weber hat dich rekrutiert, und

du bist deshalb hier, weil du und dein Freund einen Vertrag unterschrieben habt«, antwortete der Kommandant ruhig und sehr selbstbewusst.

»Was für einen Vertrag habe ich unterschrieben?«, mischte sich jetzt Rädle verzweifelt klingend in die Unterhaltung ein. Schließlich hatte man ihn heute Morgen einfach festgenommen und hierher gebracht, und er wusste nicht so recht warum. Aber er hatte schlechte Erinnerungen an die gestrige Nacht und wusste noch, dass er im Anfall seiner sexuellen Gelüste irgendein Papier unterschrieben hatte.

»Ich habe einen Besuchsantrag unterschrieben, um hier einen Termin zu bekommen, aber ich habe keinen Vertrag unterschrieben«, ergänzte Egle, der immer noch nicht so richtig kapierte, um was es hier eigentlich ging.

»So ist es bei mir auch. Das hat Jacqueline genau so zu mir gesagt«, bestätigte Rädle, der noch verzweifelter klang.

»So, die Jacqueline hat dir das gesagt, dann kommt mal her. Dann zeige ich euch, was ihr unterschrieben habt«, entgegnete der Offizier und winkte die beiden zu seinem Schreibtisch.

Der Große, der den Egle mit dem Stock im »Schlössli« niedergehalten hatte, folgte ihnen bis vor den Schreibtisch.

»Ihr könnt doch lesen?«, wollte der Kommandant wissen, bevor er den beiden die Papiere vorlegen wollte, die sie gestern unter unterschiedlichen Vorzeichen unterschrieben hatten.

»Ja, das können wir, Herr Kommandant«, antwortete Egle.

»Ja, das können wir«, antwortete Rädle ebenfalls.

Der Kommandant legte gut sichtbar die beiden Rekrutierungsverträge vor und fragte: »Sind das eure Unterschriften?«

»Ja, aber es wurde uns doch etwas ganz anderes gesagt«, hakte Egle, dem die ganze Sache nicht so an die Nieren ging, nach.

»Ich geh jetzt«, sagte Rädle und hatte sich schon vom Schreibtisch abgewandt und wollte zur Tür gehen.

Kaum hatte er es ausgesprochen, hatte der Große mit seinem Stock ausgeholt und dem Rädle auf die Schienbeine geschlagen, sodass der vornüber zusammenbrach und aufschrie.

Egle zuckte, aber er spürte den Stock des Großen in seinem Rücken und blieb einfach stehen.

»Können wir jetzt weitermachen oder gibt es noch weiteren Klärungsbedarf?«, fragte der Kommandant, an Egle gewandt, nach.

Egle schwieg und wartete, was folgte.

»Hier sind zwei Rekrutierungsverträge. Einmal unterschrieben von dir und einmal unterschrieben von deinem Freund. Eure Personalien sind eingesetzt, oder seid ihr nicht Jakob Boss und Florian Rädle«, wollte der Kommandant, jetzt wieder in deutlich freundlicherem Ton wissen.

»Doch, das sind wir«, antwortete Egle.

Rädle hatte sich zwischenzeitlich wieder aufgerichtet und stand mit schmerzverzerrtem Gesicht neben Egle und wollte jetzt einfach nur abwarten, bis dieser schlechte Traum vorbei war und er wieder seinen Zimmermannsgeschäften nachgehen konnte.

»Also, stellvertretend für beide verlese ich nun einen Vertrag. Habt ihr das verstanden?«, führte der Kommandant aus.

»Ja«, antworteten Egle und Rädle unisono und hörten mehr oder weniger verzweifelt und angespannt zu.

»Militär-Dienst des Heiligen Stuhles für das 1. Fremdenregiment. Ich, Endesunterzeichneter Jakob Boss, gebürtig in Pfeffingen aus dem Königreich Württemberg, Knecht, erkläre hiermit, dass ich mich freiwillig habe anwerben lassen, um Seiner Heiligkeit Gregor XVI. und dessen rechtmäßigen Nachfolgern getreu und redlich während 5 Jahren zu dienen, dagegen empfange ich als Handgeld 80 französische Franken, unter der

Bedingung aller der Vortheile, des Soldes, der Masse, Zuthaten (Fournitures), Kleidung, Retraite u. a. theilhaftig zu werden, die in der zu Wien unterm 18. April 1832 im Namen des Heiligen Stuhles durch Seine Excellenz H.H. Erzbischof von Theben, päpstlicher Nuntius bei Sr. Majestät, dem Kaiser von Österreich, abgeschlossenen Übereinkunft einerseits, und durch H. General Franz Simon von Salis andererseits, sind ausbedungen worden. In Bekräftigung dessen habe ich die gegenwärtige Capitulation eigenhändig unterschrieben.

Unterschrieben von Unteroffizier Weber und dir selbst«, endete zunächst der Vortrag des Kommandanten. »Noch Fragen?«, ergänzte er.

»Ich habe den Vertrag nicht gelesen, sondern einfach nur unterschrieben«, wandte Rädle verzweifelt ein. Er wollte weg von hier, so schnell er nur irgendwie konnte. Er wollte zurück zu seinen Zimmersleuten und wieder auf die Walz, aber in jedem Fall nicht zum Militär.

»Gut, du kannst gehen. Ich kann den Vertrag zurücknehmen. Dann schuldest du mir aber achtzig französische Franken. Die hast du mich nämlich schon gekostet«, antwortete der Kommandant in freundlichem Ton dem Rädle und wandte sich an Egle. »Willst du auch gehen? Für dich gilt das Gleiche.«

»Nein, ich bleibe«, stellte Egle klar und schaute zu Rädle hinüber und ergänzte: »Ich rede mit ihm. Achtzig Franken hat er in jedem Fall nicht.«

Beide hatten einen Vertrag unterschrieben, der sie verpflichtete, in den Dienst Seiner Heiligkeit Gregor XVI. einzutreten. Beide hatten den Vertrag eigenhändig unterschrieben, und jetzt galt es erst einmal abzuwarten, was weiterhin passierte.

IN DER KASERNE BEIM SPISERTOR

»WAS MACHEN WIR jetzt?« Rädle war fassungslos.

Das kleine Kommando, angeführt von dem Großen mit dem Stock, hatte die beiden in die Mannschaftsräume gebracht, wo mit ihnen noch weitere Rekruten auf ihr künftiges Schicksal warteten.

»Ich bin Ernst, Ernst aus der Schwyz. Habt ihr auch einen Vertrag unterschrieben? Ihr seid aber keine Schwyzer, oder?« Der, der sich als Ernst vorstellte, hatte sich von der anderen Gruppe gelöst und war auf Egle und Rädle zugegangen.

»Nein, nein, das sind wir nicht. Wir sind auch nicht aus Sankt Gallen. Wir sind Schwaben, und ich will hier so schnell wie möglich wieder weg. Die haben mich reingelegt. Ich bin Zimmermann und bin auf der Walz und will kein Soldat sein.« Rädle war total verzweifelt. Er fühlte sich machtlos und hatte Angst. Irgendwie spürte er, dass er einen Riesenfehler gemacht hatte und er aus dieser Nummer so einfach nicht wieder rauskam.

»Jetzt warten wir doch erst einmal ab, was passiert«, meinte Egle versöhnlich und beruhigend an Rädle gewandt. »Wenn es uns bei den Soldaten nicht gefällt, dann lassen die uns sicher auch irgendwann wieder gehen. Du musst dich nur entsprechend ungeschickt anstellen. Dann bist du gleich wieder Zivilist«, meinte Egle an die Runde gewandt und lachte dabei.

Der, der sich als Ernst vorgestellt hatte, hatte die beiden zwischenzeitlich erreicht und streckte ihnen die Hand hin. »Gut gesprochen. Wie heißt ihr denn?«, wollte er ergänzend wissen.

»Ich bin der Jakob und das ist der Florian. Florian ist ein Zimmermann auf der Walz, und er kann morgen bei einem Meister hier in Sankt Gallen anfangen«, erläuterte Egle, der inzwischen begriffen hatte, dass er den Rädle in eine schwierige Situation manövriert hatte und sich daher bemühte, ihn da wieder herauszuhauen. »Meinst du, ich kann noch mal mit dem Kommandanten sprechen, um ihm die Lage von Florian zu erklären? Er will sicher kein Soldat sein. Ich schon. Das, was mir der Offizier Weber erzählt hat, hat mir gefallen. Ich will Soldat sein und bei euch mitmachen, aber der Florian halt nicht. Das müssen wir irgendwie regeln«, meinte der Egle an den Ernst gewandt.

»Ihr könnt es ja probieren. Aber das glaube ich eher nicht. Das erste päpstliche Fremdenregiment in Bologna braucht Soldaten, und dort sollen wir hin«, antwortete Ernst, der schon ein paar Tage in der Spiserkaserne zugebracht hatte und deshalb über detailliertere Informationen verfügte. »Ich bin auch in Sankt Gallen von einem Anwerber angesprochen worden und ich mach das, weil meine Familie Geld braucht. Außerdem sind wir aus der Schwyz zum Kämpfen geboren«, erläuterte der so um die zwanzig Jahre alte Ernst. »Ihr könnt ja morgen beim Appell mal nachfragen, ob ihr aus dem Vertrag rauskommt. Aber eines sage ich euch. Hier gilt, wer gedingt hat, muss marschieren. Da kennen die kein Pardon. Die Regierung steht auch dahinter. Also hier sind im Übrigen eure Betten«, endete der Ernst seine Erläuterungen, zeigte auf eines der Stockbetten und wandte sich wieder den anderen zu.

Egle schaute sich jetzt erst einmal in dem Raum genauer um. Es gab Schlafmöglichkeiten für mindestens dreißig Personen, und so wie es aussah, war der Raum ganz gut belegt. Es roch nach Männerschweiß, und trotzdem fühlte sich Egle wohl, wenngleich er wegen dem Rädle ein wenig ein schlechtes Gewissen hatte.

Rädle hatte sich auf das untere Bett gesetzt und starrte fassungslos zur Decke. Egle beschloss, ihn heute in Ruhe zu lassen. Alles andere musste sich morgen ergeben.

»Steht auf, ihr faulen Säcke. Wir sind hier beim Militär und nicht auf einer Wohlfahrtsstation.«

Egle fuhr aus dem Schlaf hoch und blinzelte in den Raum. Alles war noch dunkel. Schemenhaft erkannte er in der Tür eine Person, von der wohl das Geschrei ausging. Um ihn herum entwickelte sich aber Leben. Die Leute sprangen aus den Betten, zogen ihre Kleider an und beeilten sich, fertig zu werden.

»Auf geht's Jakob, Essen fassen und dann zum Appell.« Ernst war an Egle, der zwischenzeitlich auch aufgestanden war, vorbeigeschlichen und hatte den Schlafraum verlassen.

Egle weckte den Rädle und beeilte sich, den anderen zu folgen. Die erste Mahlzeit am Tag bestand aus Brot, einem Schlag Brei und einem Humpen Most. So schlecht fand das Egle nicht. Er hatte sich neben den Ernst gesetzt, der offensichtlich mit einer Gruppe von Schwyzern hier angekommen war. Rädle war noch nicht aufgetaucht, aber das war dem Egle jetzt auch egal. »Was machen wir denn hier?«, wollte Egle von Ernst wissen.

»Das ist ganz einfach. Wir warten, bis alle, die hier in der Gegend angeworben wurden, beieinander sind, und dann marschieren wir zu unserem Bestimmungsort. Und so, wie ich es gestern schon gesagt habe, meine ich, dass wir nach Bologna einrücken. Dort unten gibt es genug Leute, die mal so richtig eine aufs Maul bekommen müssen, und das werden wir tun«, erläuterte Ernst sein Wissen um die Schweizer Söldnerdienste und den Auftrag, der auf sie wartete. »Du hast einen Vertrag unterschrieben, der zwischen dem Papst und dem General Salis geschlossen wurde, und denen dienen wir. Dafür bekommst du schließlich auch dein Geld, und wenn du so gut bist wie wir, auch Ehre und Ruhm. Alles klar?«, endete Ernst zunächst einmal seine Ausführungen, auch seine eigene Motivation betreffend.

»Und wer sind die Leute, gegen die wir kämpfen?«, wollte Egle noch von Ernst wissen. »Das wird uns unser Kommandant dann schon sagen, was meinst denn du!«, erwiderte Ernst.

»Essen fassen, beenden und zum Appell im Kasernenhof antreten.«

Egle sprang auf und wollte zum Hof laufen.

Der Ernst hielt ihn am Ärmel zurück und sagte: »Langsam, Jakob, langsam, erst einmal leer essen, Geschirr abräumen und dann antreten.«

Circa dreißig Männer waren im Hof der Spiserkaserne in drei Reihen hintereinander angetreten und warteten auf weitere Anweisungen. Egle war gespannt, was jetzt auf ihn zukam. Er hatte sich in der ersten Reihe aufgestellt und tat so, wie er es bei den anderen beobachtete. Füße eng beieinander und den Blick gerade.

»Ach-tung.« Ein junger Unteroffizier hatte sich vor die Männer gestellt und inspizierte mit seinen Augen einen nach dem anderen. »Roter mit Bart, vortreten!«

Egle wusste sofort, dass er gemeint war, und machte einen Schritt nach vorne. Der etwa eineinhalb Köpfe kleiner geratene Zugführer baute sich vor Egle auf und wirkte mit seiner Uniform noch autoritär genug, um das hinzubekommen.

»Wie heißt du?«, wollte er wissen.

»Mein Name ist Egle, ich meine Jakob Boss«, rutschte dem doch etwas von der Uniform und der Gesamtsituation beeindruckten Egle heraus.

»Was nun«, erwiderte der Unteroffizier barsch. »Mein Name ist Zöller und für dich Herr Unteroffizier Zöller, verstanden!«, gab er dem Egle deutlich zu verstehen.

»Jawohl, Herr Unteroffizier, und mein Name ist Boss, Jakob Boss, so steht es auch auf meinem Fremdenzettel«, antwortete Egle klar und deutlich.

Rädle, der sich in der dritten Reihe aufgestellt hatte, hatte aufmerksam zugehört und war bei dem Namen Egle kurz zusammengezuckt. Er meinte, sich daran zu erinnern, als er nach der ersten Begegnung mit dem angeblichen Jakob Boss nach Sigmaringen weiter gezogen war, in Sigmaringen von einer Fahndung nach einem Egle gehört zu haben, und die Beschreibung passte. Dem Rädle war nun sofort klar, wen er da vor sich hatte, aber seine Ausgangssituation war nun gerade nicht dazu geeignet, um jemanden anzuschwärzen. Also verhielt er sich zunächst einmal ruhig.

»Dein Platz ist künftig in der hinteren Reihe, Boss, verstanden?«

»Jawohl, Herr Unteroffizier«, antwortete Egle brav und stellte sich zurück in die Reihe.

»Heute werdet ihr noch auf dem Kasernenhof marschieren und in die Zugaufstellung eingewiesen, und morgen rücken wir ab. Unser Marschbefehl lautet, Chur in drei Tagen zu erreichen. Also ruht euch heute in der Kaserne noch etwas aus. Ausgang ist nicht erlaubt. Verstanden?«, kommandierte der Unteroffizier seine noch nicht in vielen militärischen Belangen unterwiesenen neuen Söldner.

»Jawohl, Herr Unteroffizier«, klang es aber schon ganz gekonnt aus fast allen Mäulern.

Außer dem Rädle, der noch immer nicht angekommen war und darauf hoffte, diese bizarre Truppe baldmöglichst wieder verlassen zu können.

VIA CHUR

Am nächsten Morgen ging es früh los. Aufstehen 5.00 Uhr, kurzes Frühstück, Morgenappell und Abmarsch um 6.00 Uhr, so der Plan. Der Tagesplan sah vor, dass die dreißig Mann am ersten Tag von Sankt Gallen nach Altstätten marschierten und dort übernachteten.

Egle hatte sich in der hinteren Reihe aufgestellt und seinen Platz einfach mit dem Rädle getauscht. Gesprochen hatten die beiden seit gestern nicht mehr miteinander. Egle nahm an, dass der Rädle sich einfach zurückzog, weil er den Soldatendienst nicht leisten wollte oder auf ihn beleidigt war. Er hatte keine Ahnung, dass sein Versprecher beim Rädle etwas ausgelöst hatte.

»Ach-tung, meine Herren, wir marschieren heute geschlossen nach Altstätten, dort übernachten wir und werden auch verpflegt. Bis dahin nimmt jeder eine Flasche Wasser und ein Stück Brot mit. Das muss reichen. Ihre Uniformen und Ausrüstung bekommen Sie am Zielort, entweder Chur oder Bologna. Sie werden begleitet von Herrn Unteroffizier Maler und mir. Wir sind beide bewaffnet. Sollte sich jemand von der Truppe entfernen, werden wir den Fluchtversuch bestrafen, gegebenenfalls auch mit dem Tod. Haben Sie verstanden?«, wollte Unteroffizier Zöller von seinen Rekruten vor dem Abmarsch wissen.

»Ich möchte Sie nicht begleiten. Ich habe aus Versehen unterschrieben und möchte hier in Sankt Gallen meinem Beruf als Zimmermannsgeselle nachkommen und kein Soldat sein«, meldete sich Rädle zu Wort.

Es herrschte Totenstille.

Unteroffizier Zöller, dem solche Begehren nicht fremd

waren, wartete einen Moment, bevor er reagierte. »Soldat vortreten.«

Rädle machte mutig und selbstbewusst einen Schritt nach vorne und blieb stehen.

Zöller ging auf den Rädle zu, holte mit seinem Stock aus und schlug zu.

Rädle ging zu Boden.

»Also, meine Herren. Hat sonst noch jemand den Wunsch, heute an diesem herrlichen Morgen nicht mit uns nach Altstätten zu marschieren?« Zöller machte eine künstliche Pause und half dem Rädle wieder auf die Füße. »Abmarsch in dreißig Minuten. Verstanden?«

»Jawohl, Herr Unteroffizier.«

Rädle hatte dieses Mal die Nachfrage mit den anderen ebenfalls beantwortet. Der Mut, noch mal beim Kommandanten nachfragen zu wollen, hatte den Rädle inzwischen verlassen. Er beugte sich seinem Schicksal, zumindest zunächst, bis sich eine neue Chance ergab, dem ganzen Theater hier eine andere Wendung zu geben.

Die neuen Rekruten für das 1. Fremdenregiment in vatikanischen Diensten beziehungsweise in Diensten des Kirchenstaates rückten am Mittwoch, dem 10. Mai 1843 aus der Spiserkaserne in Sankt Gallen ab. Ihr Weg führte sie über das Appenzeller Land nach Altstätten und im Rheintal über Buchs, Vaduz, Sargans, Landquart, vorbei am Stammsitz des Regimentsbesitzers Franz Simon von Salis, in Zizers/Graubünden nach Chur. Dort trafen sie am Freitag, dem 12. Mai 1843, ein. Die Rekruten wurden in der Rossboden Kaserne südlich der Stadt untergebracht und sollten dort auf ihre neue Aufgabe vorbereitet werden. Soweit und so viel es der weitere Transport erlaubte. Chur lag als Ausgangspunkt für den Nachschub der beiden Regimenter des Kirchenstaates strategisch günstig.

Von Chur aus verzweigte sich der Weg zu den Alpenübergängen Julier und Septimer einerseits, Splügen und San Bernardino andererseits.

»Was machen wir denn hier?«, fragte Rädle den Egle, als sie am späten Abend die Kaserne erreicht hatten und ihnen in den Mannschaftsräumen ihre Quartiere zugewiesen waren. Rädle hatte sich seit Sankt Gallen weiter an Egle orientiert. Die anderen Rekruten waren ihm zu gewalttätig, laut und unbeherrscht, sodass er sich die Freundschaft des größten und wohl auch stärksten von ihnen erhalten wollte. Das Ganze war Rädle höchst zuwider, aber er hatte zwischenzeitlich kapiert, dass er zunächst keine Chance hatte, diesen unheimlichen Trupp von Söldnern wieder zu verlassen. Also spielte er auf seine Art mit.

»Soweit ich das mitbekommen habe, werden wir hier für den Dienst in Bologna vorbereitet und wahrscheinlich auch für den Weg über die Alpen. Das wird ja vermutlich nicht ganz so einfach«, antwortete Egle in freundschaftlichem Ton. »Ich glaube nicht, dass wir sehr lange hier sein werden. Die brauchen Verstärkung. Dort unten in der Lombardei gibt es wohl Unruhen. Da werden wir vermutlich eingesetzt«, ergänzte Egle mit dem Wissen, welches er aus den Gesprächen der Kameraden aufgeschnappt hatte.

Die anderen, mit denen sie von Sankt Gallen hierher marschiert waren, waren lauter raue Burschen aus den unterschiedlichsten Winkeln und nicht nur aus dem Kanton Schwyz. Die Werber hatten ihre Kreise weiter gezogen. Es kamen einfach nicht mehr genug Rekruten zusammen, würden sie sich für den Söldnerdienst ausschließlich auf die Kantone beschränken, die schon seit Jahrhunderten im Söldnergeschäft engagiert waren. Auch der fehlende Leumund und die falsche Konfession waren keine absoluten Ausschlusskriterien mehr. Hauptsache, das Regiment konnte mit Personal gefüllt werden und die Kasse stimmte. Die Kapitulation, also der Vertrag, in diesem Fall zwischen Seiner Heiligkeit Gregor XVI. und General Graf Franz Simon von Salis, sah eine Stärke des Regiments von zweitausendzweihundert Mann vor. Diese mussten auch vorgehalten werden, denn dafür bekam der General von Salis vom Heiligen Stuhl das Geld.

»Willst du die fünf Jahre tatsächlich erfüllen?«, fragte Rädle den einzigen Menschen, der ihm gefühltermaßen noch geblieben war.

»Das weiß ich heute noch nicht. Siehst du eine andere Möglichkeit? Jedes Mal, wenn du dich gewehrt hast, war es im Ergebnis schlecht für dich. Für mich ist der Militärdienst aber auch nicht so arg, und deshalb bin ich nicht so ungern hier wie du. Und ich rate dir auch, dass du dich erst einmal damit abfindest, sonst bleibst du am Ende auf der Strecke«, meinte Egle schon fast philosophisch.

»Was meinst du denn damit?«, wollte Rädle wissen.

»Na ja, wir werden die Alpen überqueren. Ich glaube, das wird kein Spaziergang, und dort unten wartet ein Einsatz auf uns, der auch nicht ganz ungefährlich ist. Du brauchst die Leute um dich herum, und wenn du denen die ganze Zeit mit deinem Gejammer auf den Wecker gehst, ich weiß auch nicht …«, endete Egle zunächst einmal zögernd. Er wollte dem Rädle irgendwie erklären, dass er dazu gehören musste, brachte das aber rhetorisch nicht so richtig zusammen.

»Du hast recht, Jakob, und ich reiße mich auch zusammen. Ich hoffe, dass ich wenigstens auf dich zählen kann. Dein Geheimnis ist bei mir sicher«, erwiderte Rädle, dem es ernst darum war, dass der Egle seine schützende Hand über ihn hielt. Die anderen Rekruten waren ihm einfach nicht geheuer, und hier in der Kaserne waren es noch viel mehr. Für den Nachschub wurden die Truppen in Chur gesammelt, um dann geschlossen über die Alpen zu ziehen.

»Was meinst du denn mit Geheimnis?«, wollte Egle wissen.

»Na ja, das mit dem Egle und so«, wich Rädle aus, dem sofort klar war, dass er sich jetzt unnötigerweise auf glattes Parkett begeben hatte.

Egle dachte kurz nach und überlegte, wie er mit der Äußerung von Rädle umgehen sollte. Konnte der Rädle tatsächlich etwas von ihm erfahren haben? Auf ihrer Reise hatte er sich bis dahin nie geäußert, also was sollte er denn schon wissen? »Ich weiß nicht, was du meinst, Florian«, entgegnete Egle dem Rädle in scharfem Ton.

»Ich auch nicht. Ist auch nicht so wichtig«, meinte Rädle.

»Also gut«, beendete Egle das Gespräch und wandte sich den anderen Rekruten zu, die im Mannschaftsraum an einem Tisch würfelten. »Lasst mal sehen, ob ich heute Abend Glück hab und jedem von euch den Sold abknöpfe«, rief Egle in die Runde hinein und gesellte sich dazu.

IN DER ROSSBODEN KASERNE

CHUR WAR UM 1843 ein altes, kleines Städtlein mit etwas mehr als dreitausend Einwohnern und einem alten Stadtkern. Die Rossboden-Kaserne befand sich etwas außerhalb, südöstlich von der eigentlichen Stadt. Die Kaserne lag strategisch günstig am Fuß der Berge und diente unter anderem als Sammelpunkt vor der Überquerung der Alpen nach Süden oder beim

Rückmarsch von Süd nach Nord als erste Station nach der Gebirgsüberquerung.

»Aufstehen, ihr faulen Säcke«, klang es wie jeden Morgen im Mannschaftszimmer.

Egle, Rädle und die anderen machten sich fertig und waren im Nu unten als Erste beim Essenfassen. Die Rationen waren nicht üppig, aber um einen normalen Mann unter normalen Umständen zu ernähren, konnte es reichen. Es gab morgens Suppe, Brot und Mehlbrei.

»Kannst du mir noch einen Schlag draufmachen?« Egle hatte seit Tagen Hunger. Er hatte zwar immer wieder zu essen bekommen. Aber die Portionen waren ihm zu klein.

»Wenn ich mit der Essensausgabe fertig bin, kann ich dir gerne einen Schlag verpassen«, lachte der an der Essensausgabe über seinen spontanen Witz selbst am meisten, hörte aber unmittelbar damit auf, als der Egle ihn am Kragen gepackt hatte.

»Ich habe nur gefragt, verstanden, und auslachen brauchst du mich nicht.« Egle war sauer und außerdem seit Tagen hungrig.

»Was ist hier los?« Unteroffizier Maler hatte die Szene beobachtet und meinte jetzt einschreiten zu müssen, da ein Frischling sich erlaubte, das Küchenpersonal anzugreifen.

»Nichts, Herr Unteroffizier. Ich habe nur nach einem Nachschlag gefragt«, antwortete Egle und hatte den anderen auch schon wieder losgelassen.

»Was habt ihr denn da für einen Verrückten mitgebracht«, ärgerte sich der Essensausgeber und wandte sich an den einschreitenden Offizier. »Der muss bestraft werden, und zwar sofort.«

»Das lass mal meine Sorge sein. Gib ihm eine größere Ration. Der ist ja doppelt so groß wie du. Dann braucht er auch mehr. Verstanden?«, kommandierte Unteroffizier Maler und ließ keine Zweifel dabei aufkommen, dass er das auch so meinte, »und du, Soldat, kommst nach dem Essenfassen sofort zu mir. Verstanden?«

»Jawohl, Herr Unteroffizier«, antwortete Egle kurz und knapp.

»Was sollte das vorher in der Küche? Wir dulden keine Disziplinlosigkeit und schon gar nicht gegen die eigenen Leute«, begann der Unteroffizier das Gespräch mit Egle.

»Ich weiß, ich weiß es nicht«, stammelte Egle unbeholfen vor sich hin.

»Das passiert nicht mehr. Ist das klar«, wollte Maler noch wissen, bevor er dann zu seinem eigentlichen Anliegen wechselte. Ihm war der Egle mit seiner mächtigen Gestalt schon in Sankt Gallen aufgefallen. »Du bist der Jakob Boss aus dem Württembergischen. Was machst du denn hier? Hast du etwas ausgefressen?«, wollte Maler nun von Egle wissen, dem die ganze Situation mehr und mehr unangenehm wurde.

»Die Sache von vorhin tut mir leid«, antwortete Egle reumütig, wohl wissend, dass der Unteroffizier natürlich etwas anderes von ihm wollte.

»Das meine ich nicht. Ich meine, hast du dort, wo du herkommst, etwas ausgefressen? Wenn ja, dann will ich's wissen.«

Egle wurde unsicher. Er wusste nicht, worauf der Unteroffizier hinaus wollte. Anlügen wollte er ihn auch nicht, aber wenn er sich jetzt vollumfänglich offenbaren würde, war es vorbei. »Es war sicher nicht alles ganz korrekt, was ich getan habe, aber ich weiß nicht, worauf Sie hinaus wollen, Herr Unteroffizier«, antwortete Egle verunsichert.

»Ja, ist ja auch egal. Sind eh nicht mehr alle Rekruten aus den vertraglich gesicherten Kantonen, und Katholiken seid ihr auch nicht mehr alle. Eine Armee von Andersgläubigen und Banditen. Das ist übrig geblieben von unserem Ehrenkodex. Was soll's. Sag mir mal Folgendes nach: ›Kuchikästli‹. Wenn du das auf Schwyzerdütsch beherrschst, gehörst du dazu«, lautete die nicht ganz ernst gemeinte Prüfungsaufgabe des Unteroffiziers für den Rekruten Boss.

Egle rezitierte aber völlig fehlerfrei und war, wie immer, seit er bei den Soldaten war, voll bei der Sache.

»Ich will dir ein Angebot machen. Das mache ich aber nur einmal. Du lässt dir nachher bis auf einen Schnauzer deinen Bart abnehmen und achtest mehr auf deine Umgangsformen. Wenn du damit fertig bist, befördere ich dich zu den Grenadieren. Dann kriegst du mehr Sold als der Füsilier und hast auch mehr Privilegien«, fasste der Unteroffizier Maler sein Angebot an Egle zusammen.

»Krieg ich da auch etwas mehr zu essen?«, fragte Egle nach.

»Das bekommst du. Sind wir uns dann einig?«, wollte Maler abschließend wissen.

»Jawohl, Herr Unteroffizier. Ich werde auf Ihr Geheiß Grenadier und ich sage auf Befehl ›Kuchikästli‹«, antwortete Egle, ohne genau zu wissen, auf was er sich da einließ.

»Rasieren, waschen, saubere Kleider und dann antreten im Exerzierhof«, war die abschließende Ansage von Maler an Egle.

Nachdem Egle dem Unteroffizier zugesagt hatte, fing nun endlich auch die Ausbildung an.

Rädle war, wie die meisten, den Fußtruppen – den Füsilieren – zugewiesen. Die Fußtruppen wurden in der Kaserne an den Waffen ausgebildet. Rädle lernte, mit einem Bajonettgewehr umzugehen, zu schießen und vor allem, in Formation zu marschieren.

Egles Ausbildung war etwas intensiver. Zum einen wurde ihm der Umgang mit Granaten beigebracht. Er war in erster Linie Granatenwerfer und wurde zusätzlich für den Nahkampf mit Stichwaffen ausgebildet. Er hatte nicht die Privilegien wie ein Offizier, aber als Grenadier gehörte er einer Eliteeinheit an, und das genoss er. Und außerdem durfte er, wie ein Offizier, einen Schnauzbart tragen. Das war dem Fußvolk nicht gestattet.

Die Ausbildung in der Rossboden Kaserne zog sich länger hin, als Egle ursprünglich gedacht hatte. Ausgang gab es für die Offiziere, aber nicht für die Mannschaft, und insofern war das Leben der beiden von der Kaserne, militärischem Drill und wenig Abwechslung geprägt. Nach mehr als vier Wochen Ausbildung und Drill sollte es aber losgehen. Die Soldaten hatten einen Teil ihrer Ausrüstung empfangen. Zumindest Stiefel und die Uniformmäntel wurden ausgegeben, um den Weg über die Alpen zu gehen. Anfang Juli war der Nachschub für das 1. Fremdenregiment ausgebildet und startklar. Die Komplettuniform sollte erst am Einsatzort ausgegeben werden, damit sie nicht auf dem weiteren Weg beschädigt wurde. Waffen waren nur den Begleitoffizieren erlaubt. Zum einen sollten diese bewaffnet sein, um gegen eventuelle Deserteure vorgehen zu können, und zum anderen durfte aufgrund der verschiedenen Durchmarschgebiete nicht die ganze Gruppe bewaffnet auftreten.

Am Morgen begann der Tag wie üblich: »Aufstehen, ihr faulen Säcke. Heute geht es nach dem Morgenappell nicht zum Exerzieren auf den Kasernenhof, sondern wir marschieren über die Alpen. Also beeilt euch. Es liegt ein Stück Weg vor uns.«

VIA SPLUGA

»Ach-tung. Stillgestanden.«

In der Rossboden Kaserne schlugen Hunderte von Hacken zusammen. Der Kommandant hatte die ganze Belegschaft antreten lassen. Rädle war dem Fußvolk zugewiesen, und Egle stand stolz und aufrecht mit seinem frisch zurechtgestutzten roten Schnauzer in der Reihe bei den Grenadieren.

»Soldaten, ihr habt die erste und wichtigste Ausbildung nun hinter euch. Ab sofort seid ihr Soldaten für den Papst. Eure erste heilige Handlung ist, über die Alpen zu marschieren, durch die Lombardei ab nach Bologna. Ihr werdet dort dem 1. Päpstlichen Fremdenregiment unterstellt. Eure Soldatenpflicht ist es, Seine Heiligkeit Papst Gregor und den Kirchenstaat zu verteidigen. Das Regiment ist in Bologna stationiert. Aber bis dahin ist es noch ein weiter Weg. Nicht morgen und nicht übermorgen, sondern erst in ein paar Wochen werdet ihr Bologna erreichen. Ihr marschiert in Zugstärke getrennt. Eure Waffen und Uniformen erhaltet ihr in Bologna. Zugführer, übernehmen Sie Ihre Einheiten und dann wegtreten.«

Der Kommandant hatte seine Ansprache beendet, und die rund zweihundert neu ausgebildeten Männer wurden in Züge zu je vierzig Mann eingeteilt, um zum einen die auf dem Weg liegenden Unterkünfte nicht zu überstrapazieren, und zum anderen beim Durchmarsch durch die verschiedenen Hoheitsgebiete nicht beanstandet zu werden. Aus diesem Grund waren auch nur die Teileinheitsführer und Unteroffiziere bewaffnet. Die Mannschaft selbst durfte erst im Einsatzgebiet aufgerüstet werden.

Egle und Rädle waren miteinander dem 1. Zug zugeordnet, der von den Unteroffizieren Zöller und Maler angeführt wurde. Die Männer hatten eine Woche vor Abmarsch neue Schuhe empfangen und es waren graue schwere Mäntel ausgegeben worden, um bei Kälteeinbrüchen oder auch in der Nacht beim Biwakieren im Freien geschützt zu sein.

Der 1. Zug rückte als Erster ab, und so marschierten die neuen Soldaten für den Papst zunächst von Chur nach Thusis, um nach einem Tag Marschieren in der siebenhundert Seelen Gemeinde Quartier zu machen.

Thusis war Ausgangspunkt mehrerer Alpenübergänge und eröffnete die Wege über Albula, Julier und vor allem auch San Bernardino und Splügen. Aufgrund dieser strategisch bedeutenden Lage konnte Thusis Stallungen für bis zu vierhundert Pferde ausweisen und ausreichend Unterkünfte für Übernachtungsgäste zur Verfügung stellen. Bis dorthin war der Weg und geringe Aufstieg von Chur noch einfach. Danach sollte die erste eindrückliche Passage folgen, die aber durch die von 1818–1823 entstandene Fahrstraße deutlich entschärft war.

»Jakob, ich weiß nicht, wie ich das hier schaffen soll. Du hast uns in diese Situation gebracht mit deinem Handel mit dem Werber in Sankt Gallen, und ich bitte dich, hilf mir, hier wieder wegzukommen. Ich will nicht als Soldat nach Bologna. Ich will weiter auf die Walz gehen und nicht für den Papst verrecken«, begann Rädle das Gespräch mit Egle.

Der 1. Zug hatte Quartier in einer leeren Stallung bezogen, und der größte Teil der Männer hatte sich bereits zum Schlafen niedergelegt. Ein Teil der Mannschaft hatte sich beim ersten Marsch an den Füßen Blasen zugezogen und pflegte diese am nahe gelegenen Wildbach Nolla.

Egle und Rädle waren zum Dorfrand marschiert und blickten von ihrem Standort aus in das majestätisch aufragende Domleschg. Die Unteroffiziere Zöller und Maler waren in einem Wirtshaus untergekommen. Maler hatte unter anderem, entgegen der Dienstvorschriften dem Egle die Aufsicht über die Soldaten übertragen. Es galt natürlich nach wie vor zu verhindern, dass die neuen Soldaten auf dem Weg zum Regiment desertierten und eigentlich waren Maler und Zöller verpflichtet bei ihren neuen Rekruten zu bleiben. Aber für den Luxus in einem Gasthaus zu übernachten und für etwas mehr Vergnügen als der gemeine Soldat riskierten die beiden bewaffneten Unteroffiziere ihren nächtlichen Abstand zu der Truppe und beauftragten Getreue, um Schlimmeres zu verhindern. Das wusste Rädle natürlich nicht.

»Ich weiß«, begann Egle vertrauensvoll und versöhnlich das Gespräch mit Rädle. Er war sich natürlich vollkommen bewusst darüber, dass er den Rädle in diese Situation gebracht hatte. »Du hast recht. Ich habe dich hierher gebracht. Aber was ist denn daran so schlimm? Wir überqueren die Alpen und kommen in Länder, von denen wir noch nicht einmal etwas gehört haben. Auf uns warten Abenteuer, Frauen, und bestimmt verdienen wir in den nächsten fünf Jahren auch genug Geld, um danach ein freies Leben führen zu können. Was soll denn daran schlecht sein?«

Rädle hatte aufmerksam zugehört und auf eine andere Antwort gehofft. Er zögerte seine Antwort einen Moment hinaus, um Egle dann aber kurz und knapp zu entgegnen: »Ich wollte es nicht, und du sollst mir helfen, hier wegzukommen. Alles andere ist mir egal. Auch, was du aus deinem Leben machst. Du kannst alle Weiber haben, rumhuren, Geld verdienen, soviel du willst. Ich will aber zurück in mein altes Leben, und du bist der Einzige, der mir dabei helfen kann. Du hast doch das Vertrauen der Offiziere. Wenn du mich gehen lässt und mich eine Weile deckst, kann ich es vielleicht schaffen. Das erwarte ich einfach von dir.« Rädle konnte seine Emotionen und negativen Empfindungen Egle gegenüber nicht so kontrollieren, wie er sich das wünschte. Aber schließlich empfand er das auch tief in seinem Innersten so. Seit er dem

Egle begegnet war, war es immer wieder zu Schwierigkeiten gekommen. Auf dem Weg von Lautlingen nach Meßstetten war er ohne vernünftige Erklärung verschwunden. Auf dem Weg von Meßstetten nach Unterdigisheim hatte der Egle ihn sogar mit dem Messer bedroht, und seit er ihn in Konstanz wieder getroffen hatte, ging alles nur noch schief.

»Du hast recht, Rädle. Sobald ich eine Möglichkeit sehe, helfe ich dir. Aber rede mit niemandem darüber, sonst sind wir beide dran. Verstanden?« Rädle nickte.

Egle war aufgestanden und hatte sich in Richtung des Nachtlagers bewegt.

Rädle folgte ihm.

Ob er dem Egle trauen konnte?

»Aufstehen, ihr faulen Säcke. Heute trennen wir die Schisser von den richtigen Männern. Essen fassen und in dreißig Minuten vor dem Gebäude antreten«, war die klare Ansage von Unteroffizier Maler, der sich vor den noch schlafenden Soldaten im Pferdestall aufgebaut hatte.

Im Stall waren auf einem großen Behelfstisch schon Most, Wasser, Brei und Brot bereitgestellt worden, sodass die Männer zulangen konnten.

Maler hatte ausgesprochen gute Laune. Er und Unteroffizier Zöller hatten den Abend zuvor genossen, mit einem ordentlichen Essen und zwei Schönen vom Dorf. Es hatte gutgetan, schließlich ging jetzt die Plackerei los. Die erste Etappe bis nach Zillis ging über die Via Mala.

»Ohne Tritt Marsch«, befehligte Unteroffizier Zöller, der zwischenzeitlich auch eingetroffen war.

Die Männer hatten sich zuvor in Reih und Glied vor ihrer Nachtunterkunft aufgestellt und marschierten nun los. Es ging aufwärts in Richtung »Verlorenes Loch«, welches bis zum Bau der Fahrstraße die Schlüsselstelle zur Via Mala war. Kurz nach der Talweitung von Rongellen und der Überquerung des Hinterrheins musste die Truppe zum ersten Mal anhalten.

»Was ist denn das für eine unglaublich tiefe Schlucht?«, fragte einer der Soldaten.

»Wir sind an der Via Mala angekommen, und wer meint, dass unser Weg beschwerlich und gefährlich ist, den können wir ja mal auf die alten Wege schicken, die früher durch diese Schlucht führten«, erklärte Zöller die besondere und früher äußerst gefährliche Wegstrecke.

Die Männer standen an den Holzplanken der Fahrstraße, die die Schlucht mit ihrer teilweise schwindelerregenden Tiefe von der Fahrstraße trennte. Es war ein beeindruckendes und gleichzeitig ein wenig Angst einflößendes Naturereignis. Die Schlucht war an manchen Stellen bis zu siebzig Meter tief und teilweise kaum drei Meter breit, sodass man über dem Weg nur Gestein und nicht den Himmel sehen konnte.

»So eine Scheiße«, entfuhr es dem Rädle, der befürchtete, nun auf dem Weg in die Hölle zu sein. »Was um alles in der Welt machen wir denn hier?«, fragte er unbestimmt in die Truppe hinein.

»Sei still und marschier weiter. Nach den Wildener Brücken siehst du langsam, aber sicher wieder die Sonne, und dann haben wir fürs Erste das Schlimmste hinter uns«, entgegnete Zöller, der sich offensichtlich hier ein wenig auskannte.

»Was heißt denn eigentlich ›Via Mala‹?«, wollte Rädle noch wissen, dessen Angst nun der Neugier gewichen war.

»Das heißt ›Böser Weg‹ und ist auch so gemeint, wenn man den Geschichten von früher Glauben schenken mag«, erläuterte Zöller weiter.

»Was für Geschichten kennen Sie denn hierzu, Herr Unteroffizier?«, fragte der neugierige Rädle weiter.

»Viele und viele, die genau da, wo du jetzt stehst, gestorben sind, weil sie zu neugierig waren. Weiter geht's. Wir haben noch ein Stück Weg vor uns. Wir wollen heute noch Splügen erreichen. Dort wartet auf euch Essen und Quartier, und von schönen Mädchen dürft ihr träumen«, beendete Zöller das Fragen und trieb den 1. Zug zum Weitermarschieren an.

Rädle blieb mit seinen Gedanken allein. Der »Böse Weg« passte zu dem, was er gerade erleben musste. Er wollte einen anderen gehen und war nun schon so weit von seinem eigentlichen Weg abgekommen, dass die Via Mala ein Synonym war für alles, was war und was folgte.

Der weitere Weg führte die Soldaten vom Domleschg ins Schams, über die Dörfer Reischen nach Zillis, Andeer, Sufers zum heutigen Etappenziel. Splügen war nach einem anstrengenden und guten Tagesmarsch von knapp dreißig Kilometern erreicht, und die Herberge »Weißes Kreuz« erwartete die Soldaten bereits. Heute sollten alle noch einmal aufgepäppelt werden für den Marsch über den Splügenpass bis hinunter ins Val San Giacomo.

»Alle Mann antreten und Kleider ordnen«, kommandierte Maler den 1. Zug.

Der Zug war zwischenzeitlich über die hölzerne Rheinbrücke nach Splügen einmarschiert, hatte das Hotel »Bodenhaus« links liegen lassen und war bei der Herberge »Weißes Kreuz« angekommen. Die alte Säumerherberge lag etwas am Berg und war für die Soldaten eine willkommene und angenehme Überraschung. Nach der Nacht in den Ställen von Thusis hatten sie sich auf ähnliche Verhältnisse eingerichtet und wurden nun von einfachen, aber sauberen Zimmern überrascht. Die Soldaten belegten die komplette Herberge, und Egle hatte sich mit Rädle und zwei anderen Soldaten ein Zimmer geteilt.

»Na, Florian. Jetzt sieht die Welt doch wieder anders aus«, meinte Egle in der Hoffnung, dass die Unterkunft eine entsprechende Wirkung auf den Florian Rädle entfaltete.

»Ja, du hast recht, Jakob. Ich bin heute durch eine Höllenschlucht marschiert, bin unterwegs nach Bologna und möchte nirgendwo anders sein als hier mit dir«, spöttelte der Rädle, der die Hoffnung immer noch nicht aufgeben wollte, sich irgendwie von der Truppe davonstehlen zu können.

»Jetzt sieh es doch einmal so, Florian. Wir haben für heute Nacht ein Dach überm Kopf, sind gut untergebracht, und es gibt nachher noch etwas Warmes in den Bauch. Was wollen wir denn mehr. Ja – zugegeben, ein paar Weiber wären nicht schlecht«, meinte Egle und lachte den Rädle an.

Der zog sich aber auf sein Lager zurück und war ruhig.

»Kommt, Männer, wir gehen hinunter in die Wirtsstube, vielleicht kriegen wir was zu essen und einen guten Schluck Bier dazu«, rief Egle den anderen zwei Kollegen zu und überließ Rädle seinen trüben Gedanken.

Nach einer Weile hatte auch der sich zu den anderen gesellt, um den Abend im »Weißen Kreuz« zu genießen, so gut er es eben konnte.

ÜBER DEN PASS

»Aufstehen, ihr faulen Säcke«, brüllte Unteroffizier Maler in gewohnter Manier durch den Schlaftrakt im »Weißen Kreuz«, um die Männer auf die nächste Etappe vorzubereiten. »Anziehen, Essen fassen, in einer halben Stunde Abmarsch vor dem Haus«, waren die abschließenden Befehle von Maler.

Die Männer sprangen in ihre bereitliegenden Kleider und taten, wie ihnen geheißen wurde.

»1. Zug antreten und erste Reihe vier, zweite Reihe zwei Schritte vortreten.« Zöller hatte das Kommando für den Morgenappell übernommen, und beide marschierten durch die Reihen, um die vollständige Anwesenheit und auch die Kleiderordnung in Augenschein zu nehmen.

Alle vierzig Mann waren angetreten, und es konnte losgehen.

»Heute marschieren wir über den Pass. Damit erreichen wir den höchsten Punkt unseres Weges. Bis heute Abend wollen wir wenigstens in Isola, besser in Campodolcino sein. Mal sehen, was ihr faulen Säcke so drauf habt«, motivierte Maler die Männer. »Unser erstes Ziel ist die Passhöhe und danach Montespluga. In Campodolcino haben wir Unterkunft. In Isola müssen wir uns einrichten. Unterwegs werden wir an der einen oder anderen Stelle einen kleinen Halt einlegen, aber alles in allem sollten wir Montespluga bis zum Mittag erreichen. Noch Fragen? Hat jeder seine Wasserflasche aufgefüllt und eine Ration Brot eingesteckt? Dann los.«

Der 1. Zug marschierte aus Splügen hinaus über die neu angelegte Commercial Straße in Richtung Passhöhe.

Die gut ausgebaute Straße war von den Österreichern beauftragt und bezahlt worden. Habsburgische Interessen für eine strategische Wegführung von der Lombardei über die Alpen nach Graubünden, und die 1816/17 erlittene große Hungersnot nördlich der Alpen waren Auslöser dieses großen Projektes. Die erste und intensivste Bauphase von 1819 – 1822 stand unter der Leitung des Ingenieurs Carlo Donegani. Seine Trassenführung musste später, aufgrund von Wasser- und Lawinenschäden angepasst und an einigen Teilstrecken verändert werden.

Der Weg führte den 1. Zug über die hölzerne Brücke über den Hüscherenbach, und am Ende eines steilen Anstiegs stießen die Soldaten auf einen ersten langen Tunnel, den Spitzbogen-Tunnel.

»Zusammenbleiben und weitermarschieren«, befehligte Zöller seine Leute. Er wusste, dass er seine Leute heute gut zusammenhalten musste, wenn sie den ausgegebenen Marschbefehl einhalten wollten. Ihr Auftraggeber und Besitzer des Regiments, Franz von Salis, erwartete Pünktlichkeit und wenig Verluste. Beides wollten die Unteroffiziere gewährleisten. Sie wussten aber auch, dass die Soldaten nun schon drei Tage unterwegs waren und nicht jeder von ihnen solche Fußmärsche gewohnt war. »Kleine Verschnaufpause, Essen und Trinken aufnehmen«, kündigte Zöller die Ankunft auf der Baustelle am Berghaus etwas unterhalb der Passhöhe an.

»Was wird denn das für ein Bauwerk?«, staunte Egle. Er hatte seinen Blick kreisen lassen und in Richtung der Passhöhe eine weitere riesige Baustelle entdeckt. Da oben wuselte es von Arbeitern, die mit der Errichtung einer riesigen Mauer beschäftigt waren.

»Das ist die neue Galerie für die Straße. Willst du Wasser?«

Eine junge Frau, die wohl dafür eingestellt war, die Arbeiter hier oben mitzuversorgen, hatte sich mit einem großen Krug Wasser den Soldaten zugewandt und stand nun vor Egle, der sie erstaunt anschaute.

»Was schaust du denn so? Hast du noch nie eine Frau gesehen?«, fragte sie den Egle freundlich, der immer noch wie angewurzelt dastand.

»Doch, aber mit einer Frau habe ich hier oben nicht gerechnet«, antwortete Egle wahrheitsgemäß. »Wie heißt du?«, wollte Egle wissen.

»Ich bin die Elisabeth, und du?«

»Ich heiße Jakob.«

»Also, Jakob. Willst du etwas Wasser?«

»Ja gerne«, antwortete Egle und setzte sich auf seinen Hosenboden.

Kaum hatte die Schöne einen Becher mit Wasser gefühlt, war sie auch schon wieder verschwunden.

»Weiter geht's. Los, Männer. Die Pause ist vorbei. Wir müssen noch etwas Weg machen. Unsere Betten sind noch ein ganzes Stück entfernt.«

Zöller hatte die Führung des Zugs übernommen und die Männer nach der kurzen Verschnaufpause startklar gemacht, während Egle, seinen Gedanken nachhängend, noch einmal das Mädchen suchte, das ihm Wasser eingeschenkt hatte. Seine Augen fanden sie aber nicht, obgleich sie kaum zwanzig Meter weiter in einer Gruppe von Arbeitern Wasser verteilte.

Weiter ging es über die Passhöhe, vorbei an der obersten Cantoniera, die den Wegmachern als Werkhof und Depot, Reisenden als Zufluchtsort diente, hinunter nach Montespluga. Das nächste Etappenziel war erreicht. Die wenigen Häuser von Montespluga lagen vor ihnen. Ihr Ziel war das Hospiz.

»Eine Stunde Pause«, kündigte Maler an.

Die Soldaten wurden versorgt und danach sollte es weiter gehen.

»Abmarsch.« Der 1. Zug setzte sich wieder in Bewegung. Zeitlich war Isola leicht zu erreichen. Auch Campodolcino lag noch im Bereich des Machbaren. Das musste man dann aber in Isola entscheiden. Der Abmarsch erfolgte am frühen Nachmittag. Nach Montespluga führte der Weg durch eine weite Ebene an der Cardinello-Schlucht vorbei hinunter nach Isola. Mehrere Brücken und Galerien lagen auf dem Weg und brachten den Egle zum Staunen. Den Rädle hatte er ganz vergessen, so beeindruckend und fortschrittlich empfand er den Weg, seit sie von Splügen aufgebrochen waren. Oben am Pass hatte er Hunderte von Arbeitern ausgemacht, die mit dem Bau der Galerie und des Berghauses beschäftigt waren, und die Mauerarbeiten, die er so in dieser Kunstfertigkeit noch nicht gesehen hatte, waren äußerst eindrucksvoll.

Nach gut zwei Stunden Marsch erreichten sie Isola. Der Tag hatte noch etwas Zeit übrig, aber das erste Ziel war erreicht.

»Verschnaufpause. Alle ab in die Büsche zum Wasserlassen und anschließend Wasserfassen«, kommandierte Zöller scherzhaft in die Truppe hinein und wandte sich Maler zu. »Was meinst du, sollen wir noch bis Campodolcino marschieren? Dort können wir im Palazzo übernachten. Das Anwesen hat etwas mit unserem Auftraggeber zu tun.«

»Wir fragen die Truppe, ob sie noch marschieren kann und lieber elegant oder nicht mehr marschieren kann und dafür in irgendeinem Heuschober oder Stall übernachten will«, meinte Maler.

»Einverstanden, aber das sollten wir nicht zur Gewohnheit werden lassen, dass wir die Truppe nach ihren Wünschen fragen, sonst leidet die Disziplin«, antwortete Zöller.

Nachdem die beiden sich ausgetauscht hatten, ließen sie kurz antreten.

»1. Zug antreten. Unteroffizier Maler und ich haben uns darauf verständigt, dass wir entweder hier in einem Stall oder in einem Heuschober übernachten oder bis Campodolcino weitermarschieren, wo wir in einem Haus untergebracht werden können. Besprecht euch kurz, und du, Boss, teilst mir eure Entscheidung mit. Verstanden?«

»Jawohl, Herr Unteroffizier Zöller«, klang es wie aus einem Munde.

Egle, der zwischenzeitlich das Vertrauen der beiden Unteroffiziere hatte, hatte den Auftrag verstanden, und der Zug versammelte sich um ihn herum. Die Diskussion verlief unaufgeregt und führte schnell zu einem Ergebnis. Campodolcino war in ein bis maximal zwei Stunden zu erreichen. Es war

Juli, die Tage also lange genug, und die Soldaten waren noch guter Dinge.

Egle hatte aber eine andere Entdeckung gemacht, und diese konnte er nicht für sich behalten. »Wir würden marschieren, Herr Offizier. Aber ich muss Ihnen eine Meldung machen. Wir haben einen Mann Verlust.«

»Was, es fehlt einer?« Zöller war außer sich.

»Um wen handelt es sich? Boss, sag mir sofort, wer sich unerlaubt von der Truppe entfernt hat?«, ergänzte Maler, der ruhiger reagierte als Zöller.

»Es handelt sich um Florian Rädle. Den Florian kann ich nicht mehr beim 1. Zug ausmachen.«

Das schlug ein wie eine Bombe.

»Alle Mann sofort antreten. 1. Reihe vier, 2. Reihe zwei Schritte vortreten«, war die scharfe Ansage von Zöller.

»Wer hat den Rädle zuletzt gesehen?«, fragte Zöller, während Unteroffizier Maler durch die Reihen ging und die Soldaten einen nach dem anderen aufmerksam musterte.

Keiner rührte sich, und keiner wollte die Frage beantworten.

»Ich frage jetzt noch einmal, wo hat wer den Rädle zuletzt gesehen. Hat jemand mit ihm in Montespluga gesprochen, wo wir Mittagspause gemacht haben?«, fragte Zöller verzweifelt nach. Schließlich war ihm sofort klar, dass er den Verlust bei Übergabe in Bologna melden musste, und dass der Verlust von seinem Sold abgezogen würde. Das wollte er natürlich nicht, und für das Himmelfahrtskommando hatte er sich nur deshalb gemeldet, weil dafür auch mehr bezahlt wurde.

Wieder bekam der Unteroffizier keine Antwort.

»Boss, du hast doch mit dem Rädle mehr zu schaffen als alle anderen. Wo und wann hast du ihn zuletzt gesprochen?«, fragte nun Zöller bei Egle nach.

»Herr Offizier, melde gehorsamst, dass ich den Füsilier

Rädle letztmals im ›Weißen Kreuz‹ gesprochen habe. Dort war er mit mir im gleichen Zimmer untergebracht. Er war auch sicher noch bei der Truppe, als wir in Splügen losmarschiert sind, danach kann ich Ihnen aber keine gesicherte Auskunft mehr geben«, antwortete Egle knapp und klar.

»Scheiße, dann müssen wir zurück und versuchen, den Rädle wieder ausfindig zu machen, und wenn wir bis Chur zurückmarschieren müssen«, war die erste wütende Reaktion von Zöller.

»Ich habe den Rädle noch in Montespluga gesehen. Als wir im Hospiz saßen und gegessen haben, ist er draußen geblieben«, bemerkte Ernst aus der Schwyz, der ebenfalls dem 1. Zug zugeordnet worden war.

Die Reaktion von Unteroffizier Zöller blieb nicht aus: »Warum hast du das nicht gleich gesagt, das schränkt unseren Fahndungsbereich deutlich ein.« Zöller schöpfte wieder Hoffnung, den Rädle doch noch zu erwischen und wieder der Truppe zuzuführen.

»Herr Offizier. Sie haben gefragt, wer in Montespluga mit dem Rädle gesprochen hat, und das habe ich nicht«, antwortete prompt Ernst, der Schwyzer.

»Ja, das ist jetzt auch egal«, bemerkte Zöller abschließend.

»Hat irgendjemand von euch dem Rädle geholfen oder gesehen, wie er davon gegangen ist?«, mischte sich jetzt der Unteroffizier Maler in die Untersuchungen ein.

Er bekam keine Antwort.

»Hat jemand von den Absichten des Rädle etwas gehört, sich davon zu machen, der antworte jetzt oder er wird ebenso bestraft wie der Rädle selbst, wenn ich da etwas herausbekommen sollte«, forderte Maler die Soldaten noch einmal auf, Ross und Reiter zu nennen.

»Also, der Rädle ist zum ersten Mal in der Spiserkaserne in Sankt Gallen aufgefallen, wo man ihn schlagen musste, damit er seinen Vertrag erfüllt«, antwortete der Ernst, der von den Züchtigungen in der Kaserne gehört hatte. »Und der Boss war mit dabei, aber seine Rolle kenne ich nicht«, ergänzte Ernst.

Egle zuckte kurz zusammen, brachte sich dann aber selbst in das Gespräch ein. »Der Rädle wollte von Anfang an nicht dabei sein und ist wegen mir in die Sache reingerutscht. Ich habe ihm erklärt, dass ich selbst gerne bei den Soldaten bin, und dass es doch nicht so schlecht bei der Truppe sei. Er hat das aber so nicht gewollt und hat mir auf dem Weg hierher schon ein paar Mal gesagt, dass er wieder weg will und ich ihm helfen soll. Das habe ich aber nicht getan. Das müssen Sie mir glauben, Herr Offizier.«

»Gut. Wir stellen einen kleinen Trupp zusammen, am besten drei Leute, und suchen den Rädle. Der Rest verbleibt hier und wartet, bis der Trupp, mit oder ohne Rädle, wieder zurück ist. Ich führe den Trupp selber an. Boss und du, Bloch, ihr kommt mit mir«, führte Maler aus.

Ernst Bloch und Jakob Egle, alias Boss, traten aus dem Zug heraus und wurden von Zöller erst einmal bewaffnet. Sie bekamen jeder einen Stich und Seile, damit der Rädle gefesselt werden konnte, sollten sie ihn erwischen.

»Der Rest des Zuges hört auf mein Kommando. Ohne Tritt Marsch. Wir warten hier in Isola, bis die Suchmaßnahmen abgeschlossen sind.« Zöller war mächtig angefressen und beabsichtigte, die Truppe irgendwo in Isola unterzubringen.

DIE CARDINELLO-SCHLUCHT

MALER, EGLE UND BLOCH marschierten zügig zurück von Isola in Richtung Montespluga. Zwischenzeitlich war es spät am Nachmittag. Der Tag hatte noch ein paar Stunden für sie übrig, aber das zu Ende gehende Licht und die damit verbleibende Zeit mussten sie in ihre Suchmaßnahme einbeziehen. So genau wussten sie noch nicht, wie sie überhaupt vorgehen wollten. In jedem Fall mindestens zurück bis Montespluga, um dort vielleicht eine Spur von Rädle aufzunehmen.

»Wo hast du denn den Rädle in Montespluga gesehen?«, fragte der Unteroffizier bei Bloch nach.

»Wir sind zum Essen reingegangen, und ich glaube, er ging zur Kapelle. Ob er allerdings auch drin war, habe ich nicht mehr gesehen. Ich habe mich dann auch nicht mehr darum gekümmert«, schilderte Ernst, der Schwyzer, seine Wahrnehmungen.

»Vielleicht hat er in der Kapelle gewartet, bis wir weg sind«, bemerkte Egle, der, wie die beiden anderen, angestrengt darüber nachdachte, wie man den Rädle wieder erwischen konnte.

Rädle hatte sich, anstatt zum Essen mit den anderen ins Hospiz zu gehen, in die Kapelle San Francesco zurückgezogen, um zu beten. Er war bisher nie ein besonders frommer Mensch gewesen. Er wollte aber Gott, alle möglichen Heiligen und alle Engel um Hilfe bitten, um diesem furchtbaren Albtraum zu entgehen.

»Heilige Muttergottes, sei gnädig, ich bin voller Sünde und stehe hier vor dir und will nur eines: wieder weg von hier und weg von den Soldaten.« Rädle hatte sich vor dem Altar niedergekniet und nicht wahrgenommen, dass noch jemand im Raum war.

»Bring deine Sorgen ruhig vor die Heilige Muttergottes und wasche dich von deinen Sünden rein. Wenn du willst, kann ich dir auch noch die Beichte abnehmen.«

Rädle drehte sich überrascht um und bemerkte erst jetzt einen Priester, der sich im hinteren Kapellenraum aufhielt. Trotz des schummrigen Lichts erkannte Rädle einen jüngeren Mann, bekleidet mit einem braunen Habit, zusammengehalten mit einer weißen Kordel. »Wer seid Ihr?«, wollte Rädle wissen.

»Ich bin ein Mönch und bringe meine Sünden wie du vor Gott«, antwortete der Franziskanermönch.

»Könnt Ihr mir die Beichte abnehmen?«, fragte Rädle nach, der Hoffnung schöpfte, um seinem Schicksal durch überirdische Hilfe entgehen zu können. Vielleicht konnte er auch im Schutz des Mönchs unbehelligt wieder zurück in sein altes Leben. Vielleicht war er auf dem Weg nach Chur und konnte ihn mitnehmen. Jedenfalls würde eine Beichte jetzt nicht schaden.

»Komm«, forderte ihn der Mönch auf und zog sich mit Rädle in den einzigen Beichtstuhl der Kapelle zurück.

Rädle erzählte, was ihm passiert war, dass er als Zimmermann auf der Walz gewesen und jetzt durch diese Umstände mit dem Jakob Boss, alias Egle, in die Hände der Soldaten geraten sei, und er sich unfreiwillig und dummerweise für das päpstliche Regiment in Bologna verpflichtet habe und er doch viel lieber nicht Soldat, sondern Zimmermann sein möchte.

»Ja, und ich habe gesündigt. Ich habe Mädchen glauben lassen, dass ich sie ernst umwerbe, und habe Unzucht mit ihnen getrieben und bin weitergezogen und ich habe auch in Sankt Gallen mit der Jacqueline im ›Schlössli‹ Unzucht getrieben«, beendete Rädle seine umfangreiche Beichte.

Der Priester hatte Rädle kaum unterbrochen und aufmerksam zugehört. Rädle bekam Absolution für seine Sünden in Form von zwanzig Ave Maria und, wenn er zu Geld kommen

sollte, einer kleinen Spende für Frauen und Kinder in Not.
»Ja, mein lieber Florian, aber deine Flucht vor deinem Dienst ist auch eine Flucht vor Gott. Du hast dich den Soldaten verschrieben und leistest deinen Dienst für unseren Heiligen Vater. Wer kann dich denn besser von deinen Sünden reinwaschen als der Heilige Vater selbst?«, fasste der junge Priester zusammen, was er im Laufe der Beichte alles von Florian Rädle erfahren hatte. »Geh zurück zu den Soldaten und leiste deinen Dienst für die gute Sache«, resümierte der Priester gegenüber dem erstaunten Florian Rädle.

Diesen Kommentar hatte Rädle nicht erwartet, und etwas verwirrt verließ er die Kapelle nach draußen.

»Wo sind denn alle meine Leute«, stammelte Rädle vor sich hin.

Der 1. Zug war bereits aufgebrochen und hatte den Rädle unbemerkt zurückgelassen.

»Was machst du denn noch hier?«

Der Wirt des Hospiz stand draußen vor dem Lokal und hatte den verwirrten Rädle angesprochen, der augenscheinlich ein wenig suchend umher irrte.

»Ich habe meine Truppe verloren. Weißt du, wo die hin sind?«, fragte Rädle nach, nicht mehr so ganz eindeutig orientiert, was er denn jetzt tun sollte.

»Die sind vor etwa einer halben Stunde Richtung Isola aufgebrochen. Wenn du dich beeilst, dann kannst du sie bis dort wieder einholen. Aber sei vorsichtig. Die Strafen für unerlaubtes Entfernen von der Truppe sind hoch«, mahnte der Wirt, der schon viele Menschen und Geschichten kennengelernt hatte.

»Danke«, antwortete Rädle kurz und knapp und machte sich in Richtung Isola auf.

Kurz nach der Kapelle ging Rädle über eine Brücke über den Liro und fand sich auf einem Damm wieder, der die Commercial-Straße und die Menschen und Tiere durch eine weite Ebene führte. Rädle marschierte in Richtung des Weges, den der 1. Zug gegangen war, zu Beginn noch fest entschlossen, dass er unbedingt wieder zu seiner Truppe aufschließen musste. Jeder Schritt in Richtung Isola nährte jedoch seine Zweifel. Warum sollte er der Aufforderung des jungen Priesters Folge leisten? Der wollte nichts anderes wie die anderen auch. Er wollte aber kein Soldat sein und er wollte nicht für den Papst sterben. Je weiter er Montespluga hinter sich ließ, desto klarer wurde Rädle, dass er die einmalige Chance hatte abzuhauen. Keiner hatte etwas bemerkt, als er in Montespluga zurückgeblieben war, und vielleicht konnte ihm der Egle doch den Rücken freihalten und gab ihm ein wenig Zeitvorsprung. Aber er musste sich irgendwo verstecken, dort, wo ihn die anderen nicht aufspüren konnten, und irgendwie musste er auch Zeit gewinnen. Der Weg über die Ebene führte ihn an einem alten Säumerweg vorbei und gab ihm den Blick frei in eine imposant und schaurig wirkende Schlucht – den Cardinello.

Der Cardinello, der schon manches Leben gekostet hatte, galt als der schwierigste und übelste Abschnitt auf der alten Splügenroute, hatte aber für das Transportwesen nach dem Bau der Commercial-Straße quasi keine Bedeutung mehr. Diese führte über die Ebene weiter und ließ die Schlucht rechts liegen.

Rädle wurde bewusst, dass hier seine Chance war, dem Soldatenleben zu entkommen. Also stieg er über in den Fels gehauene Stufen in die ausgesetzte und an einigen Stellen gefährliche Schlucht hinab, in der Hoffnung, alles hinter sich zu lassen.

»Wenn uns Rädle gefolgt wäre, müsste er uns zwischenzeitlich begegnet sein.«

Die drei, die sich aufgemacht hatten, den Rädle wieder aufzuspüren, passierten auf ihrem Rückweg nach Montespluga die Cardinello-Schlucht, ohne auch nur zu ahnen, dass der Gesuchte sich dorthin abgesetzt hatte. Vielmehr gingen sie davon aus, dass er von Montespluga wieder hinauf auf den Pass gegangen war und versuchen würde, zurück in Richtung Splügen zu fliehen.

»Warum kommt ihr wieder zurück? Sucht ihr euren flüchtigen Soldaten?«, begrüßte der Wirt vom Hospiz die drei.

Der Unteroffizier Maler holte nach dem schnellen und langen Marsch zurück nach Montespluga noch einmal kurz Luft und fragte nach:

»Hast du den Flüchtigen gesehen und weißt du, wo er abgeblieben ist?«

»Der junge Kerl kam, als ihr schon weg wart, aus der Kapelle und wollte wissen, wo ihr abgeblieben seid. Ich habe ihm gesagt, dass ihr in Richtung Isola aufgebrochen seid, und dass er euch noch einholen kann, und dann ist er auch in dieser Richtung verschwunden«, antwortete der Wirt, dem die Abwechslung ganz zupass kam.

»Dann hätten wir ihn treffen müssen. Gibt es noch einen anderen Weg nach Isola?«, fragte der Offizier nach.

»Es gibt einen, der wird aber eigentlich nicht mehr begangen. Das ist der Weg über die Cardinello-Schlucht. Den haben früher die Säumer benutzt, um die Waren zu transportieren. Das war, bevor Donegani hier die Straße gebaut hat.«

Unteroffizier Maler dachte kurz nach und überlegte, ob sie weiter zum Pass hoch marschieren und suchen sollten, oder ob es tatsächlich die Möglichkeit gab, dass der Rädle einen anderen Weg nach Isola genommen hatte, als vom Pass her kommend eine Postkutsche die Straße herabfuhr. Als die Kutsche vor dem Hospiz haltgemacht hatte, um die Pferde und vor allem auch die Reisenden zu versorgen, ging Maler auf den Kutscher zu, der vom Bock aus eine gute Übersicht hatte.

»Du kommst doch vom Splügenpass herunter. Hast du da einen jungen blonden Soldaten gesehen?«

Der Kutscher schaute den Unteroffizier mürrisch an und

gab ihm genauso mürrisch zur Antwort: »Nein, ich habe keinen blonden Soldaten gesehen, ich habe eigentlich seit der Baustelle da oben auf dem Weg hier herunter gar niemanden gesehen. Suchst du jemanden?«, wollte der, dann doch ein wenig neugierig geworden, wissen.

»Ach nichts, wenn du keinen gesehen hast, wird es schon recht sein.«

Maler hatte die Hoffnung, den Rädle zu finden, schon weitestgehend aufgegeben. Wo sollten sie suchen? Der Weg über die Straße vor und zurück war nicht zu verfehlen, und letztendlich hatte den Rädle seit Montespluga keiner gesehen, und da standen sie ja gerade.

»Also, Männer, wir haben es versucht. Lasst uns hier noch etwas trinken. Ich gebe einen aus, und dann kehren wir zu den anderen zurück«, meinte Maler zu Bloch und Egle.

Die Männer setzten sich in der Gaststube an einen Tisch und bestellten drei Bier, die schnell getrunken waren.

»Was machen wir jetzt?«, wollte Egle von seinem Offizier wissen.

»Wir kehren um und sind, bis es dunkel wird, wieder bei den anderen, und dann marschieren wir weiter nach Bologna.«

»Meinen Sie nicht, Herr Unteroffizier, dass wir noch einen Blick in diese Schlucht werfen sollten?«, wollte Egle von Maler wissen.

»Wirt, wie lange braucht man durch die Schlucht bis Isola?« Der Wirt kam zu ihrem Tisch. »Wenn ihr schnell geht, dann schafft ihr es in gut einer Stunde nach Isola. Aber die Schlucht hat ein paar ausgesetzte Stellen, also ist nicht so ganz ohne. Der Weg wird seit Jahren nicht mehr gepflegt, will also sagen, ihr müsst vorsichtig sein.«

Maler hatte genug gehört.

»Zahlen, kommt, wir gehen.«

Die drei machten sich auf den Weg. Der Einstieg in die Schlucht war schnell gefunden, und die Beschreibung, die sie bisher von der Schlucht bekommen hatten, war mehr als zutreffend. Es ging nach dem Einstieg linksseitig immer leicht bergab in Richtung Soste. Manche Passagen waren ausgesetzt, dazwischen gab es auch immer wieder in den Fels gehauene Stufen, und bei einem Sturz in die Tiefe hätte das unweigerlich den Tod bedeutet. Der Dreiertrupp war aufmerksam unterwegs. Zum einen wollte keiner abstürzen, und zum anderen hatten sie die Hoffnung noch nicht ganz aufgegeben, den Deserteur vielleicht doch noch zu entdecken.

Rädle hatte die gefährlichsten Stellen der Cardinello-Schlucht weitestgehend schon hinter sich und wanderte auf der zwischenzeitlich breiter und bequemer werdenden alten Säumer-Route.

»Ich hab's geschafft, ich hab's geschafft«, murmelte Rädle beruhigend vor sich hin.

Auf dem Weg durch die Cardinello-Schlucht war ihm keine Menschenseele begegnet, und er malte sich aus, wenn er sich hier in den Bergen ein paar Tage verstecken würde, dann könnte er vielleicht auf einem anderen Weg zurück in sein altes Leben finden.

Rädle suchte sich in der Nähe einer Brücke und eines kleinen Wasserfalls ein Plätzchen, wo er sich erst einmal waschen und danach auch ein wenig ausruhen konnte. Ah, tat das gut. Das Bad im Bergbach und die noch warme Julisonne, die gleich half, die Haut wieder zu trocknen und sich aufzuwärmen.

Rädle hatte von der Armee lediglich noch seinen Soldatenmantel bei sich. Der konnte ihn verraten, aber ansonsten hatte er zivile Kleidung und sorgte sich nicht, wegen dieser Umstände entdeckt zu werden. Den Mantel musste er aber noch eine Zeit lang behalten. Die Nächte in den Bergen waren kalt, und zum Zudecken war der graue schwere Mantel genau richtig.

Was als Nächstes tun? Rädle überlegte, wie er sich ernähren konnte. Wasser war ausreichend um ihn herum da, aber vom Jagen verstand er nun mal nichts. Also blieb nur das, was ihm die Natur freiwillig hergab. Denn Geld hatte er ja auch keines. Rädle dachte so vor sich hin. Er war zufrieden und ein wenig glücklich. Schließlich war es ihm gelungen, das Soldatenleben hinter sich zu lassen. Rädles Gedanken an seine Zukunft ließen ihn ruhiger und ruhiger werden. Die Stille um ihn herum und die schönen Sonnenstrahlen taten ihr Übriges. Er schlief ein.

»Was meinst du, Bloch, wie lange haben wir noch, bis wir wieder bei den anderen sind?«

Egle hatte sich mit dem Bloch in der Vergangenheit ganz gut verstanden und war auch jetzt auf dem Weg durch die Cardinello-Schlucht ganz zufrieden, dass der Uffz den Bloch und ihn bestimmt hatte, mitzugehen.

»Ich habe keine Ahnung, Boss, aber ich denke, wir können das noch bis zum Einbruch der Dunkelheit schaffen. Der alte Weg müsste ja fast kürzer sein als die Fahrstraße, oder aber zumindest nicht viel länger«, meinte Bloch.

Das Trio hatte die Schlucht an den ausgesetzten Stellen überwunden und war auf dem Weg nach Soste.

»Wo der Rädle wohl abgeblieben ist?«, fragte der Egle so vor sich hin, ohne zu erwarten, dass ihm einer von den beiden antwortete.

»Still, ich habe etwas gehört. Kann es sein, dass hier jemand ist?«, wollte Maler wissen, der vorneweg lief.

Alle drei blieben sofort stehen und schauten sich um.

»Da oben steht eine Gams. Wir müssen aufpassen, dass sie uns nicht noch ein paar Steine auf den Kopf wirft, aber Menschen sehe ich keine«, antwortete Egle, der das Tier als Erster gesehen hatte.

»Gut, dann weiter. Wir wollen heute Abend wieder zu den anderen stoßen.«

Unteroffizier Maler hatte den Deserteur zwischenzeitlich aufgegeben. Schließlich hatten sie ihre Möglichkeiten ausgeschöpft, und Verluste auf einer solchen Reise gab es immer. Der Verlust im Geldbeutel tat zwar weh. Aber was sollte er machen. Das Trio erreichte die Brücke am Wasserfall.

»Was liegt denn da unten auf der Wiese?«

Egle hatte unterhalb des Wasserfalls ein Kleidungsstück entdeckt, das er nicht sofort identifizieren konnte.

»Komm, das wird nichts sein«, meinte Maler. »Lass uns jetzt weitergehen, damit wir zu den anderen kommen. Mir reicht es für heute.« Maler war von Anfang an davon ausgegangen, dass ihre Suche wenig Aussicht auf Erfolg hatte, und jetzt war er einfach nur müde.

»Erlaubt Ihr, dass ich mit Ernst hinuntersteige und mir das genauer anschaue?«, fragte Egle nach, dessen Jagdinstinkt erwacht war.

»Nein«, antwortete Maler, »wenn, dann steigen wir zu dritt hinunter. Also los.«

Egle, Bloch und Maler stiegen am Wasserfall hinunter und hatten das Wiesenplateau rasch erreicht.

»Das ist ein Mantel von uns, ich schätze, der gehört dem Rädle, also muss er hier irgendwo sein.« Egle hatte den Mantel als Erster erreicht, saß in der Hocke und ließ den Stoff durch seine Finger gleiten. Er ließ seinen Blick kreisen.

»Kommt her, hier ist er«, hörte er den Ernst Bloch rufen. Der hatte sich in der näheren Umgebung umgesehen und den Rädle hinter einer Hecke kauernd entdeckt. Nackt, so wie ihn Gott geschaffen hatte.

»Komm heraus, du Deserteur, anziehen und mitkommen.« Ernst Bloch war noch ein gutes Stück von der Hecke entfernt, hinter der der Rädle Schutz vor seinen Verfolgern gesucht hatte.

»Was wollt ihr?« Rädle machte einen letzten Versuch, um doch noch zu entkommen, und rannte, was er konnte.

Es war aussichtslos. Nach wenigen Metern hatten ihn Bloch und Egle erreicht. Egle stellte dem Rädle ein Bein, was diesen kopfüber zu Fall brachte. Egle und Bloch stürzten sich auf den Rädle und hatten ihn sofort unter Kontrolle. Für Rädle war klar, dass jeder Widerstand zwecklos war. Egle hatte ihn wieder eingefangen. Der Mensch, der ihn in diese missliche Situation gebracht hatte, sorgte jetzt auch noch dafür, dass er wieder zur Truppe zurück musste.

»Zieh dich an.« Maler hatte sich vor Rädle aufgestellt.

Egle hatte sich rechts und Bloch links von Rädle postiert. Eine Flucht war ausgeschlossen.

Rädle war schnell gefesselt und wurde von den dreien noch am selben Abend nach Isola verbracht.

»Gute Arbeit, Männer«, bemerkte Maler abschließend, nachdem die drei mit dem Deserteur Rädle wieder zur Truppe aufgeschlossen hatten. »Kommt, ich gebe einen aus. Das habt ihr euch mehr als verdient. Ich hatte den Rädle schon aufgegeben, aber ihr zwei, Respekt und insbesondere du, Boss. Auf dich können deine Offiziere setzen.«

Rädle hatte aufmerksam zugehört. Nach diesem Tag empfand er für den Egle nur noch Hass.

SPIESSRUTENLAUFEN BIS CHIAVENNA

»Antreten und Stöcke aufnehmen.« Maler und Zöller waren am nächsten Vormittag kurz angebunden. Sie waren natürlich froh, dass sie den Rädle erwischt hatten, aber es galt nun, die Disziplin der Truppe wieder ins Gleichgewicht zu bringen. Zumindest glaubten die beiden das und wussten, was zu tun war. Der komplette 1. Zug hatte in Isola, aufgeteilt in zwei Heuschobern, übernachtet. Den beiden Unteroffizieren wie auch der Mannschaft war der Luxus des angekündigten Palazzo in Campodolcino entgangen. Schon allein dieser Umstand verdiente eine harte Strafe, aber das unerlaubte Entfernen von der Truppe war an sich schon nahe an der Todesstrafe orientiert.

Die Männer hatten sich zwischenzeitlich alle mit Stöcken versorgt und warteten auf weitere Befehle.

»1. Zug in zwei Reihen antreten. Erste Reihe vier Schritte nach vorne treten. Erste Reihe links um und 1. Reihe links um.« Maler hatte den Zug nun in gleichen Teilen einander gegenübergestellt, und alle hatten Stöcke in ihrer rechten Hand. »Deserteur, antreten.«

Egle, der als Letzter beim Rädle Wache gehalten hatte, musste den Rädle beibringen und vor die nun entstandene Gasse stellen.

Rädles Oberkörper war nackt und seine Hände waren auf den Rücken gebunden.

»1. Zug Stöcke aufnehmen. Deserteur, ohne Tritt Marsch.« Maler war fertig.

Rädle musste nun langsam durch die vom 1. Zug gebildete Gasse laufen, und jeder der Soldaten hatte ihm mit dem Stock mindestens einen Schlag auf den Rücken zu geben. Bei jedem Schritt und bei jedem Schlag schrie Rädle vor Schmerz auf. Rädle wurde grün und blau geschlagen, und in der Mitte des Spießrutenlaufs platzte ihm die Haut am Rücken auf und er blutete.

Als Rädle durch war, brach er zusammen. Ob er das überleben konnte, mussten die nächsten Tage zeigen. In jedem Fall war die Stimmung im 1. Zug an einem bisher nicht gekannten Tiefpunkt angelangt.

Der weitere Weg bis Chiavenna ging über Galerien, an einer Aussichtsplattform im Sengio an einem Wasserfall vorbei, über Prestone, Cimaganda bis nach Chiavenna. Egle, den ein wenig das schlechte Gewissen plagte, nahm die unglaublich beeindruckenden Straßenbauten nur nebenbei wahr. Ihn beschäftigte Rädles Schicksal, der, so gut er konnte, mit schmerzverzerrtem Gesicht mitmarschierte. Nur einmal hatten sich ihre Blicke gestreift, und Egle hatte in ein hasserfülltes Antlitz geschaut. Rädle war beim Spießrutenlaufen fast zu Tode geprügelt worden, und Egle war klar, dass Rädle ihm die Schuld dafür gab.

Die Truppe marschierte schon eine ganze Zeit in einem mediterranen Umfeld, aber keiner konnte die feine und angenehme Stimmung in sich aufnehmen. Es waren einerseits raue Kerle, aber dass sie einen von ihnen fast totgeschlagen hatten, saß doch tief in der Seele des Zuges.

Egle schaffte es dann aber doch kurz vor dem letzten Etappenziel der Alpenüberquerung, die Stille zu brechen. »Wo sind wir denn hier, Herr Unteroffizier, und wo gehen wir hin?«

»Wir sind hier in der Lombardei, also auf österreichischem Hoheitsgebiet, und wir marschieren durch das Val San Giacomo nach Chiavenna. Dort hat unsere Herrschaft einen Palazzo. Zumindest im Garten dürft ihr euch aufhalten. Wir werden sehen. Du heißt doch auch Jakob, oder, Boss? Also laufen wir gerade durch ein Tal, das so heißt wie du, nämlich Giacomo oder auf Deutsch ›Jakob‹«, erläuterte Maler geduldig, der froh war, dass Egle das Schweigen gebrochen hatte.

Das Anwesen der Familie Salis-Zizers war leicht gefunden, und die Männer konnten nach den Ereignissen der letzten Tage ein wenig ausruhen.

Rädle wurde, so gut es für die damalige Zeit ging, medizinisch versorgt und stand nach ein paar Tagen wieder ordentlich in seinen Schuhen. Auf seinem Rücken und in seiner Seele aber sollten Narben zurückbleiben.

»Aufstehen, ihr faulen Säcke. Wir haben noch ein Stück Weg vor uns. Es sind noch ein paar Kilometer bis Bologna«, kommandierte Maler den 1. Zug, der sich in Chiavenna einige Tage erholen durfte.

»Was macht denn der Rädle?«, wollte Maler von Egle wissen, der sich durch seine Aktion mit dem Rädle noch mehr das Vertrauen der beiden Unteroffiziere gesichert hatte.

»Ich weiß es nicht, aber er ist auf jeden Fall da und abmarschbereit für seinen Dienst in Bologna«, antwortete Egle, der zwischenzeitlich mit sich und seinem Verhalten gegenüber Rädle Frieden geschlossen hatte. Schließlich war der Rädle selbst schuld. Hätte er nicht versucht zu desertieren, dann hätte ihn auch keiner bestrafen müssen. Hätte er auf ihn gehört, dachte Egle, wäre das alles nicht passiert. Schließlich hatte er für fünf Jahre einen Vertrag als Soldat des Papstes unterschrieben, und fertig.

Die weitere Strecke nach Bologna verlief weitestgehend unspektakulär. Der 1. Zug marschierte von Chiavenna am Comer See entlang über Lecco, Cremona, Modena nach Bologna. Das Spießrutenlaufen hatte seine disziplinierende Wirkung nicht verfehlt. Die frisch ausgebildeten Soldaten waren einerseits müde vom ständigen Marschieren, andererseits hatte sie die Strafe, die Rädle für sein Fehlverhalten empfangen hatte, nachdenklich gemacht. Es konnte nicht jeden aus diesem Grund treffen. Schließlich wollte nicht jeder der Soldaten desertieren. Aber das Spießrutenlaufen hatte jedem von ihnen mehr als klar gemacht, dass die Strafen für Fehlverhalten in der Truppe, ohne jegliches Verfahren, sofort vollzogen wurden und sehr hart waren. Dennoch merkten alle, seit sie in Chiavenna wieder abgerückt waren, dass sich die Landschaft und vor allem auch das Klima deutlich veränderte. Es wurde von Tag zu Tag und von Kilometer zu Kilometer wärmer. Der Marsch nach Bologna war aber so anstrengend, dass die Soldaten die liebliche Landschaft, die sie durchwanderten, nicht genießen konnten. Seit Tagen bewegten sie sich in einer weiten Ebene, im Süden begrenzt von hohen Bergen, die teilweise noch schneebedeckt waren, aber eigentlich wollten alle nur noch ankommen, und die Landschaft und das Drumherum war den Soldaten ziemlich egal. Sie wollten endlich am Ziel sein, wo sie hofften, sich nach dem langen Marsch ausruhen zu können.

ANKUNFT IN BOLOGNA

»Aufstehen, ihr faulen Säcke. Es geht weiter. In ein paar Stunden erreichen wir Bologna, wo ihr dann in den Kasernen verteilt werdet«, weckte Unteroffizier Zöller kurz und bündig die Mannschaft, die sich nach und nach, zunehmend mürrisch, erhob.

Die Soldaten waren bis in die Nacht hinein marschiert. Ursprünglich wollten Zöller und Maler Bologna noch am Vortag erreichen, vergeblich. Sie hatten sich hinsichtlich des Weges und ihrer Erinnerung einfach ein wenig verschätzt. Also mussten die Soldaten, wie schon so oft in den zurückliegenden Wochen, im Freien übernachten und am nächsten Morgen mit kargem Frühstück, nämlich Brot und Wasser, den Tag beginnen.

»Frage gehorsamst, Herr Unteroffizier, wie lange haben wir noch bis Bologna und bleiben wir denn nicht alle in Bologna zusammen?«, fragte Egle beim Uffz Maler nach.

»Genau kann ich dir das nicht sagen. Bis Bologna ist es nicht mehr weit. Zu deiner zweiten Frage, wer, wo und wie untergebracht wird, das entscheidet in Bologna die Kommandantur und nicht wir. Ich habe keine Ahnung, wo der 1. Zug überall verteilt wird. Aber wir werden sicher nicht in einer Kaserne zusammen sein. Der 1. Zug wird auf das ganze Regiment verteilt«, antwortete Maler freundlich.

»Ohne Tritt Marsch, Kameraden. Wir marschieren heute geradewegs nach Bologna«, befehligte Zöller die Truppe, die nun abmarschbereit war.

Nach nur wenigen Kilometern tauchte am Horizont die Silhouette von Bologna auf. Egle, der zwar hinten marschierte, aber die anderen alle um einen Kopf überragte, hatte als einer der Ersten einen Blick auf die Stadt erhascht und kam bei jedem Schritt, den die Truppe sich in Richtung Bologna weiterbewegte, mehr ins Staunen. Bolognas Wehranlage war noch vollkommen intakt. Anders als in Konstanz und Sankt Gallen hatte man die Stadtmauern und die Tore noch nicht geschleift. Türme ragten in den Himmel, und Egle erkannte, dass es sich um eine sehr große Stadt handeln musste. Bologna hatte rund sechzigtausend Einwohner. Eine so große Stadt hatte Egle noch nicht gesehen. Er war schon in Überlingen und Konstanz ins Staunen geraten, aber Bologna sprengte alle seine bisherigen Vorstellungen.

Bei den hohen Türmen handelte es sich um die in großer Anzahl aufragenden Geschlechtertürme und Wehranlagen aus dem Mittelalter. Überbleibsel aus konfliktreichen Zeiten, aber auch mondäne Zeichen von Reichtum und Macht.

Der 1. Zug marschierte geradewegs auf die Porta San Felice zu, und Maler und Zöller hatten sich auf einen freundlichen Empfang eingestellt.

»Altola, Altola, halt, wer seid ihr«, schallte es aber von oben. Das Tor war, entgegen der Erwartung der beiden, verschlossen.

»Wir sind Soldaten des 1. Päpstlichen Regiments und wir begehren Einlass. Wir bringen frische Soldaten für das hier stationierte Regiment. Wir hatten Marschbefehl von Chur bis hierher, und jetzt mach das Tor auf«, schrie Unteroffizier Zöller etwas unbeherrscht.

»Momento«, tönte es von oben, sodass Zöller, Maler und den Männern vom 1. Zug zunächst nichts anderes übrig blieb, als neben der Via San Felice vor den Toren Bolognas zu warten.

Es war zwischenzeitlich heiß geworden. Nach dem Stand der Sonne schätzte Zöller, musste es so um die Mittagszeit sein, und er und seine Männer standen erschöpft, ohne Wasser oder andere Vorräte vor dem Tor und wurden nicht hereingelassen.

Der »Momento« dauerte gute zwei Stunden, bis sich langsam das Tor öffnete und ein junger Offizier mit einer Eskorte durchs Tor nach draußen reiten wollte. »Wer seid Ihr denn und warum lagert Ihr hier wie ein Haufen Elend vor dem Tor?«, wollte der berittene Offizier von Zöller und Maler wissen, die er mit einem Blick als Anführer der Gruppe ausmachte.

»Wir hatten Marschbefehl von Chur bis nach Bologna und haben frische Soldaten für das Fremdenregiment zu übergeben,

Herr Premierleutnant«, antwortete Zöller rasch, der sofort erkannt hatte, dass er einen hohen Offizier vor sich hatte.

»Dann marschiert mal ein, und zwar schnurstracks geradeaus bis zur Stadtmitte und dann zur Kommandantur. Dort werdet ihr sicher erwartet und dort werden euch dann auch die Quartiere zugeteilt«, antwortete freundlich der Premierleutnant Carl d'Auf der Maur. »Aber bringt, bevor ihr beim Schirrmeister vorstellig werdet, noch eure Kleidung in Ordnung. Ihr seht ja aus wie ein Haufen Lumpensammler«, ergänzte der Leutnant immer noch freundlich. »Kennt ihr den Weg dorthin?«, fragte d'Auf der Maur sicherheitshalber nach.

»Jawohl, Herr Premierleutnant«, antwortete Maler, der sich bislang noch nicht eingeschaltet hatte, »wir werden in der Kaserne ›Locale dei Servi‹ an der Strada Maggiore erwartet. Haben Sie herzlichen Dank für die freundliche Nachfrage«, ergänzte Maler seine Ausführungen.

In Bologna traf der 1. Zug Mitte August ein. Der Aufstand von Savigno, initiiert von den Freiheitskämpfern um Dottore Muratori, sollte gerade seinen Anfang nehmen und beherrschte die politische Diskussion auch im benachbarten Ausland.

»Puo accadere«, rief d'Auf der Maur nach oben. »Ihr könnt jetzt passieren und benehmt euch in Bologna. Wir haben gerade etwas unruhige Zeiten. Die Bevölkerung ist in Teilen in Aufruhr, und ihr seid hier Fremde. Ihr könnt also hier zunächst einmal niemand trauen. Habt ihr verstanden?«, fasste der Premierleutnant nach.

»Jawohl«, schallte es gehorsam aus fast allen vierzig Mündern.

Die Männer taten, wie ihnen geheißen.

»Ohne Tritt Marsch und Augen geradeaus«, befehligte Zöller den Zug etwas verunsichert. Die Anwesenheit des Offiziers und die berechtigte Anspielung auf die heruntergekommene Kleidung waren der Grund dafür.

Der 1. Zug konnte die Porta San Felice passieren. Ihr Weg führte sie weiter über die Via San Felice direkt ins Herzen der Stadt. Sie passierten den Palazzo Communale auf der Via Rizzoli, konnten einen Blick auf den Fontane del Nettuno – den Neptunbrunnen – werfen und marschierten geradewegs auf die Due Torri zu, zwei Geschlechtertürme, wovon einer auf die Soldaten sehr schief wirkte und der andere riesig in den Himmel ragte.

Egle kam aus dem Staunen nicht heraus. Noch nie in seinem Leben hatte er eine derartig beeindruckende Architektur und Baukunst wahrgenommen, die so ganz anders war als die Bauernhäuser in seiner Heimat. Die Häuserzeilen wirkten auf ihn vornehm, stabil gebaut, die Gehwege waren überdacht, eigentlich konnte er es gar nicht so richtig mit seinen bisherigen Erfahrungen vergleichen. Die Straßen waren gepflastert und nicht so ungepflegt wie dort, wo er herkam. Sie waren gerade angelegt, und überall konnte man unter den Häusern durchgehen. Was Egle nicht wusste, war, dass die Laubengänge unter den Häusern deshalb gebaut worden waren, um in Bologna auf engem Raum mehr Platz zum Wohnen zu schaffen.

Weiter ging es rechts an den Geschlechtertürmen vorbei in die Strada Maggiore, wo der 1. Zug sein erstes Ziel in der Stadt, die Kaserne Locale dei Servi, erreichen sollte. An den Straßenrändern hatten sich beim Durchmarsch des 1. Zuges Teile der Bevölkerung von Bologna gezeigt. Aber die Stimmung in der Stadt war ruhig, und die Soldaten waren zu kaputt, um noch mehr als die fremde und beeindruckende Stadt mit ihren großartigen Gebäuden wahrzunehmen.

Der 1. Zug und die beiden »Weggefährten« Jakob Egle und Florian Rädle waren in Bologna angekommen. Die Soldaten passierten das Kasernentor, wo Egle interessanterweise als Erstes ein Kirchengebäude sah. Dann wurden sie von ihren beiden Unteroffizieren direkt zum Exerzierplatz geführt. In der Kaserne war auch die Kommandantur untergebracht, und insofern war zu erwarten, dass die Soldaten hier ihre weiteren Befehle erhalten sollten.

»Ach-tung, stillgestanden und Au-gen gerade-aus«, befehligte Zöller den 1. Zug, den er in Richtung des Kirchengebäudes antreten ließ. »So, meine Herren. Wir sind jetzt in Bologna angekommen, und ihr werdet morgen vom Schirrmeister auf eure künftigen Einheiten verteilt. Hier in Bologna bekommt ihr eure Uniformen, eure Waffen, und vor allem wisst ihr ab morgen, wo ihr hingehört. 1. Zug rühren.«

Auf einen Schlag gemeinsam stampften die vierzig Männer mit ihrem linken Fuß nach vorne und nahmen eine bequemere Haltung an.

Maler und Zöller bezogen ihre Positionen in Front vor dem angetretenen Zug, und Zöller begann mit seiner Ansprache: »Soldaten, wir sind jetzt nach vielen Tagen Marsch von Chur über die Alpen, durch die Po-Ebene in Bologna an unserem Bestimmungsort angekommen. Ihr habt euch gut geschlagen, und alle, außer dem Deserteur Füsilier Rädle, haben unseren Respekt verdient. Ihr werdet heute oder spätestens morgen euren Einheiten zugewiesen und auf die Kasernen in Bologna verteilt.«

Zöller machte eine Pause und Maler setzte fort: »Soldaten, danke für das gute Miteinander, für euer Durchhaltevermögen. Ihr werdet hier einen guten Dienst leisten. 1. Zug. Achtung. Stillgestanden. Rühren und jetzt wegtreten zum Essenfassen«, endete Maler seine Ausführungen und ging mit Zöller, gefolgt vom 1. Zug, in Richtung der Cantina davon.

Alle Neuankömmlinge machten einen mehr oder weniger zufriedenen und vor allem hungrigen Eindruck, ausgenommen Florian Rädle. Er war gebrandmarkt und musste nun irgendwie damit zurechtkommen, dass er seinem Schicksal, Soldat in Diensten des Papstes zu sein, wohl nicht entkommen konnte, aber durch seinen Fluchtversuch nicht mehr dazugehörte und alle ihn mehr oder weniger schnitten. Die Soldaten bekamen in der Cantina einen guten Schlag zu essen und zu trinken.

Egle hatte sich zu seinem Kumpel Ernst Bloch gesetzt, und beide hatten einen Teller Tagliatelle mit einer schönen roten Ragout-Soße vor sich und ließen es sich schmecken.

»Was ist das Ernst? So was Ähnliches hatten die uns schon in der Kaserne in Chur zum Essen aufgetischt. Aber hier schmeckt es ja um Längen besser«, stellte Egle genüsslich fest und schob sich die nächste Gabel in den Mund.

»Das nennt man Nudeln. Kennt man das nicht, wo du herkommst?«, antwortete Ernst mit einem zufriedenen Lachen und konnte die Frage von Egle nur teilweise beantworten.

Aber das war auch nicht so wichtig. Sie waren hungrig, das Essen schmeckte und füllte den Magen. Egle war zufrieden und sein Kumpel Ernst auch.

DER AUFSTAND VON SAVIGNO

»Meine Herren, ich danke Ihnen, dass Sie alle den Weg hier in die Osteria ›Stella di Savigno‹ auf sich genommen haben. Für unsere Sache und für unser Vaterland«, begann Nicola Fabrizi seine erste Ansprache an die in der Osteria versammelten Aufständischen, unter denen sich interessanterweise auch zehn Carabinieri, die normalerweise in Bologna stationiert waren, befanden. »Wir warten noch auf unseren Anführer Dottore Muratori, um die Lage zu besprechen, und dann vereinen wir uns mit unseren Verbündeten in Bologna, um für unser Vaterland zu kämpfen«, ergänzte Fabrizi voll Leidenschaft und Tatendrang.

Fabrizi, Mitbegründer der Legione Italica, war wie Dottore Muratori ein glühender Anhänger von Guiseppe Mazzini, der mit vielen anderen die Einheit Italiens voranbringen wollte. Vor allem richtete sich der Zorn gegen die Kirche und die unterschiedlichen adeligen Familien, die das Volk und das Land nur aussaugten. Durch die vielen verschiedenen Herrschaftshäuser war Italien zersplittert und ohne Schlagkraft. Dies wollten die Aufständischen verändern und die bestehende Gesellschaftsstruktur natürlich auch, zumindest vordergründig. Die Werber der Aufständischen, Luigi Guigni und Matteo Pranzini, hatten gute Arbeit geleistet. Es waren doch immerhin mehr als achtzig Männer im Hof der Osteria versammelt, um für ein besseres Italien zu kämpfen.

Der zwischenzeitlich eingetroffene Pasquale Muratori baute sich neben Fabrizi auf und begann mit seiner Ansprache an die Versammlung: »Meine Herren, wir werden in Kürze nach Bologna marschieren, um uns mit unseren dortigen Verbündeten zu vereinen. Wir kämpfen für Italien und unsere Freiheit.«

Die Werber hatten den zukünftigen Rebellen für ihren Dienst einiges versprochen, was sie nun gerne auch von ihrem Anführer hören wollten.

»In unserem freien Italien müsst ihr den Grafen, Fürsten, Königen und Kardinälen nicht mehr dienen, sondern ihr dient nur noch euch selbst. Und ihr bekommt Geld für eure Arbeit und damit fangen wir heute an. Herr Fabrizi, bereiten Sie die Soldzahlungen für unsere Soldaten vor.«

Die achtzig Rekruten waren zufrieden. Mehr oder weniger hatte Dottore Muratori das wiederholt, was die Werber auch gesagt hatten. Geld bekamen sie aber keines.

»Halt«, kommandierte der Premierleutnant Carl d'Auf der Maur seine kleine Eskorte, die den Apennin und das Dorf Savigno nach einem strammen Ritt erreicht hatte.

Die Männer der päpstlichen Fremdenlegion waren in die Mitte des Dorfes zum Marktplatz geritten und hatten sich aufgestellt.

»Wo ist die Zusammenkunft der Männer um Dottore Muratori?«, wollte der Premierleutnant von dem vor Ort zuständigen Carabinieri wissen.

Der zuckte zunächst mit den Schultern und meinte: »Es gibt eine Versammlung in der Osteria ›Stella‹. Was und wer sich dort trifft, weiß ich nicht.«

»Wo finde ich die Osteria?«, hakte d'Auf der Maur nach.

Der Carabinieri zeigte in die Richtung der etwas außerhalb des Ortes liegenden Osteria.

Das genügte dem Premierleutnant. »Sergeant, Sie reiten mit einem Mann dorthin und klären auf, was dort passiert. Und Sie lassen sich auf keinen Fall auf irgendwelche Auseinandersetzungen ein.«

Der Sergeant hatte den Befehl verstanden und rückte ab.

Die Männer um Dottore Muratori hatten die zwei Reiter vom Dorf her kommend bemerkt und an ihren Anführer Bericht erstattet. Dieser hatte sich mittlerweile vor die Osteria begeben und erwartete die beiden.

»Was wollt ihr hier in den Bergen, so weit weg von Bologna?«, fragte Muratori die inzwischen eingetroffenen Reiter des päpstlichen Regiments.

Der Sergeant hatte sein Pferd unmittelbar vor Muratori

angehalten. »Was macht Ihr hier draußen. Haltet Ihr hier eine Versammlung ab, von der wir nichts wissen sollten?«, fragte der Sergeant in barschem Befehlston nach.

»Nein, natürlich nicht. Wir feiern hier mit Freunden. Seht selbst«, antwortete Muratori selbstgefällig und zeigte auf die zwischenzeitlich hinter ihm versammelten Rebellen.

Der Sergeant schätzte die Situation schnell und zutreffend ein. Er hatte mindestens siebzig bis achtzig Mann gegen sich, und im Hof der Osteria nahm er auch noch mehrere Carabinieri in ihren strammen und stolzen Uniformen wahr. »Danke für die Auskunft«, gab der Sergeant kleinlaut bei und ritt mit seinem Begleiter nach Savigno zurück.

Er erstattete dem Premierleutnant Bericht über seine Aufklärungsergebnisse, worauf die Eskorte rasch nach Bologna zurückkehrte.

»Stellen Sie mehrere Einheiten zusammen, damit wir die Aufständischen dingfest machen und arretieren können. Ihr Bericht deutet darauf hin, dass es Fabrizi und Muratori gelungen ist, die Leute gegen die bestehende Ordnung aufzuhetzen und dort oben im Apennin zu versammeln. Wissen wir etwas über Versammlungen oder gar Unruhen in Bologna?«, wollte Oberst Rönne von seinem Premierleutnant d'Auf der Maur wissen.

»Herr Oberst, ich habe schon länger Anweisung an unsere Geheimdienste erteilt, dass sie die Bevölkerung hier in Bologna im Auge behalten sollten. Von dort wird mir berichtet, dass nichts im Gange sei. Was Fabrizi und Muratori vorhaben, lässt sich nur erahnen. Vielleicht wollen sie, analog zu den Erfahrungen aus dem Spanischen Bürgerkrieg, in eine Art Guerillataktik eintreten und mit verschiedenen kleineren Einheiten kämpfen. Zumindest spricht ihr Aufenthalt im Apennin dafür. Die Einheimischen und auch Muratori selbst kennen sich in dem Gebirge bestens aus. Das gilt nicht gleichermaßen für unsere Truppen«, antwortete der Premierleutnant seinem Vorgesetzten.

»Ja, aber Herr Leutnant, bei allem Respekt. Wir haben zusammen mit dem zweiten Regiment über dreitausend Soldaten in Bologna stationiert. Könnten uns denn da achtzig oder auch etwas mehr Rebellen in irgendeiner Form gefährlich werden?«, meinte Rönne.

»Sie haben recht, Herr Oberst. Aber wir sollten, wie von Ihnen vorgeschlagen, die Angelegenheit im Keim ersticken und den Aufständischen keine Möglichkeit einräumen, stärker zu werden.«

»Gut, Herr Leutnant, ich übertrage Ihnen das Kommando für diese Aufgabe, und erledigen Sie das, bevor weiterer Schaden entsteht«, ergänzte Oberst Rönne.

»Soldaten Italiens. Unsere Stunde naht, und wir werden uns mit unseren Freunden in Bologna verbünden und die fremden Soldaten aus unserem Land vertreiben. Hebt euer Glas, viva Italia.« Dottore Muratori war am Ende seiner Ansprache angekommen und wollte die Versammlung schließen. Der Besuch der Soldaten des päpstlichen Regiments hatte ihn etwas stutzig gemacht und außerdem war nach dem Abrücken des kleinen Kommandos der Carabinieri aus Savigno ebenfalls in die Osteria »Stella« geeilt, um von dem Besuch und den Fragen der fremden Soldaten an Dottore Muratori zu berichten.

»1. Zug antreten«, forderte Unteroffizier Maler seine Schützlinge, die er erst gestern in Bologna der Kommandantur übergeben hatte, am nächsten Morgen auf. »Es gibt Arbeit, Soldaten. Die Kommandantur hat uns angewiesen, mit Teilen des 1. Regiments in das nahe gelegene Gebirge auszuschwärmen, um dort einen Aufstand niederzuschlagen. Sie erhalten heute Morgen Ihre Ausrüstung und Waffen, und danach rücken wir ab. Die Verteilung auf die Quartiere erfolgt nach unserem Sondereinsatz. Verstanden?«, beendete Maler den für alle kurzfristig angesetzten Einsatz. Die Männer des 1. Zuges, die sich zunächst auf einen ersten gemütlichen Tag in Bologna eingerichtet hatten, taten, wie ihnen geheißen wurde. Sie empfingen einen Teil ihrer Uniformen und Waffen. Die Füsiliere wurden mit Säbeln und Gewehren versorgt. Jakob Egle und sein Freund Ernst Bloch bekamen neben der Grundausrüstung auch noch den für Grenadiere vorgesehenen Stich ausgehändigt. Granaten wurden von ihnen nicht mitgeführt. Der Schirrmeister meinte, sie müssten erst noch in den Gebrauch der Handgranaten eingewiesen werden. Unteroffizier Maler führte den 1. Zug an und verlegte ihn, wie es sein Befehl vorsah, in den Apennin nach Savigno. Am selben Tag trafen sie am Abend, nach einem strammen Marsch über San Lorenzo in Collina, über den Monte San Pietro, Venerano und Mongiorgio dort ein. Die Männer waren müde. Schließlich hatten sie sich nach dem langen Marsch über die Alpen und die Lombardei auf ein wenig Ruhe eingestellt und jetzt das.

In der Osteria »Stella di Savigno« hatten sich Dottore Muratori, Nicola Fabrizi und Ignassio Ribotti zu einer Lagebesprechung zurückgezogen. Die Mannschaft saß im Hof der Osteria und genoss das Abendmahl, das im Wesentlichen aus Brot, Zwiebeln, ein wenig Salami und viel Wein bestand. Die Rebellen hatten ihre Frauen mitgenommen. Hätte jemand die Szenerie von außen in Augenschein genommen, hätte er die Zusammenkunft wohl eher als eine Feier in den Bergen angesehen. Dass es sich hierbei um eine Verschwörung handeln könnte, ließ sich so nicht erkennen.

»Giacomo Boss und Ernst Bloch, ihr beiden rückt vor und seht euch die Osteria mal von der Nähe aus an. Der Rest des Zuges versteckt sich, so gut es geht. Wir warten auf euer Zeichen«, kommandierte Unteroffizier Maler seine Leute.

Maler hatte von der Kommandantur den Befehl erhalten, das Geschehen um die Osteria »Stella di Savigno« aufzuklären, gegebenenfalls auf die Aufständischen einzuwirken und sie nach Möglichkeit festzunehmen.

Jakob Egle und Ernst Bloch schlichen sich bis auf wenige Meter an die Osteria heran. Sie konnten eine Vielzahl von Personen im Innenhof der Osteria ausmachen, die an den dort aufgestellten Tischen saßen und tranken. Nachdem sich beide einen ersten Eindruck verschafft hatten, schlichen sie wieder zu ihrem Zug zurück, um Bericht zu erstatten.

»Grenadiere Boss und Bloch, was habt ihr beobachtet, und vor allem, wie viele sind es?«, wollte Maler von seinen zwei besten Soldaten wissen.

»Uffz, wir haben dort so circa sechzig Personen festgestellt, die im Hof der Osteria trinken, es sind auch Frauen mit dabei. Also wie eine Verschwörung sieht das nicht aus«, rapportierte Ernst Bloch an seinen Vorgesetzten.

»Allerdings hatten alle außer den Frauen einen weißen Hut mit einer großen Krempe auf«, ergänzte Jakob Egle.

»Das sind die Rebellen«, konstatierte Maler, der über mehr Informationen als seine Soldaten verfügte. »Also, wir ziehen uns langsam und vor allem unauffällig zurück und warten auf Verstärkung«, kommandierte Maler seinen Zug, der mit seinen vierzig Mann den Rebellen zumindest rein zahlenmäßig unterlegen war.

»Soldati, soldati!«, war es plötzlich aus der Osteria zu vernehmen. Die Späher, die Dottore Muratori beauftragt hatte das Gelände zu sichern, hatten die Soldaten des päpstlichen Regiments entdeckt und schlugen nun Alarm.

Maler, der sich mit seinem Zug gerade zurückziehen wollte, hielt überrascht inne. Jetzt musste er schnell entscheiden. Viel Zeit blieb ihm nicht. Entweder so schnell als möglich fliehen, oder mit den Rebellen kämpfen.

»Was ist da draußen los?«, wollte Dottore Muratori wissen, der aus der Osteria auf den Hof geeilt war.

»Da draußen sind Soldaten der päpstlichen Armee«, berichtete der erste Späher, der hauptsächlich den Egle und Bloch entdeckt hatte, aufgeregt.

»Habt ihr eine Ahnung, wie viele es sind?«, wollte Muratori wissen.

»Nein, Kommandant. Ich habe zwei gesehen, wie sie sich an die Osteria herangeschlichen haben und wie sie zu mehreren Uniformen zurückgekehrt sind. Was da draußen liegt, kann ich Ihnen nicht sagen«, antwortete der Späher wahrheitsgemäß.

»Packt zusammen, wir verschwinden so schnell es geht in die Berge«, kommandierte Muratori seine Rebellen, die alle ziemlich verschreckt im Hof der Osteria saßen.

Unteroffizier Maler hatte sich für eine dritte Variante entschieden und wartete zunächst einmal ab, was passierte. Er wusste, dass er mit seinen vierzig Männern, die zudem noch völlig unerfahren im Soldatenhandwerk waren, wenig ausrichten konnte. Für einen Überraschungsangriff könnte es vielleicht reichen. Andererseits war es vermutlich Erfolg versprechender, soweit es die Rebellen zuließen, sich zurückzuziehen und einen eventuellen Übergriff der Rebellen abzuwarten.

Nachdem gut eine Stunde nichts passiert war, ergriff Maler die Initiative. »Bloch und Boss, ihr nehmt je noch einen Mann mit und klärt mir noch einmal so gut es geht auf, was in der Osteria vor sich geht. Ob es sich tatsächlich um die besagten

Rebellen handelt, und vor allem, wie viele ihr zählen könnt. Verstanden?«

Egle und Bloch schauten sich an. »Jawohl Uffz, ich nehme Rädle mit«, antwortete Egle postwendend und ging auf den Rädle zu, der sich wie die anderen in den Büschen, außer Sichtweite der Osteria, so gut es ging versteckt hatte. »Auf, Rädle, das ist deine Möglichkeit, wieder etwas gut zu machen bei deinen Vorgesetzten. Wir schleichen uns noch mal an die Osteria heran«, meinte Egle an Rädle gewandt und ging wirklich davon aus, dem Rädle einen Gefallen zu tun.

Rädle folgte seinem Erzfeind Egle, und sie rückten bis kurz vor die Osteria vor.

Muratori war in der Zwischenzeit nicht tatenlos gewesen. Ein Großteil der Rebellen hatte sich über den Hinterausgang der Osteria abgesetzt und war auf dem Weg zum Monte San Pietro. Da sich die Rebellen und auch Dottore Muratori im Apennin Gebirge bestens auskannten, war der Fluchtweg auch bei Nacht kein Problem für sie. Im Gegenteil, die Uhrzeit bevorteilte sie gegenüber den Soldaten des Papstes. Diese kannten weder die Gegend noch irgendwelche Wege durch das Gebirge.

In der Osteria waren nur noch wenige der Aufständischen verblieben und die zehn Carabinieri, die nun zwischenzeitlich beieinander im Hof standen.

»Due soldati, due soldati«, war es aus dem Inneren der Osteria zu hören. Die Wache hatte Alarm geschlagen. Egle und Rädle waren aufgeflogen. »Sparare contro i soldati, sparare«, vernahmen Rädle und Egle aus dem Inneren der Osteria, konnten aber damit nichts anfangen.

Rädle hatte sich aufgrund des Geschreies aufgerichtet, während Egle noch in der Deckung verblieb, als ein erster Schuss fiel.

Rädle brach zusammen.

Er war getroffen und verspürte irgendwo in seiner Hüfte einen heftigen Schmerz, und es fiel ein weiterer Schuss.

Rädle wurde ein zweites Mal getroffen.

Er blieb regungslos am Boden liegen.

Egle verharrte in seiner Position und wartete zunächst einmal ab.

Von drinnen ertönte es: »Colpire, colpire!«

Unteroffizier Maler war alarmiert. Die zwei Schüsse von der Osteria her kommend hatte er, wie alle anderen, vernommen. »Vorrücken und die Gewehre in Anschlag«, waren die Befehle von Maler, der nicht lang überlegte.

Seine Männer rückten mit den Gewehren im Anschlag langsam vor. Dabei mussten sie jede Möglichkeit der Deckung ausnutzen, um sich nicht als Zielscheibe zu präsentieren.

Nachdem die Geländeüberwindung doch einige Zeit in Anspruch genommen hatte, waren Maler und der 1. Zug bis auf zwanzig, dreißig Meter an die Osteria herangerückt.

»Auf meinen Befehl feuern«, kommandierte Maler.

Aus fast vierzig Gewehren wurde auf die Osteria geschossen.

Nichts.

»Nachladen«, befehligte Maler den 1. Zug.

Nachdem die Gewehre nachgeladen waren, besann sich Unteroffizier Maler wieder auf seine Ausbildung als Soldat und ordnete an, dass zwei Gruppen nochmals auf die Osteria feuerten und die dritte Gruppe ihre Gewehre im Anschlag behielt, um so das Nachladen zu sichern.

Nichts.

In der Osteria war niemand mehr. Nachdem die Rebellen auf Rädle geschossen hatten, waren sie sich im Klaren darüber, dass sie fliehen mussten, wollten sie einer Bestrafung durch das Militär entgehen. Der Rest der Rebellen hatte, wie zuvor die anderen, die Osteria durch den Hinterausgang verlassen. Sie wollten sich so schnell als möglich wieder mit den anderen treffen, um zu berichten, was in Savigno passiert war und um weitere Befehle ihres Kommandanten Muratori abzuwarten.

»Was ist mit Rädle?«, wollte Maler von seinem Grenadier Boss wissen.

»Er liegt noch da draußen. Er wurde zweimal getroffen«, antwortete Egle wahrheitsgemäß, der mit den anderen vom 1. Zug in die Osteria eingedrungen war.

»Dann holt ihn rein. Dann sehen wir, was mit ihm los ist. Gibt es sonst noch Verletzte?«, wollte Maler wissen.

Florian Rädle war aber der Einzige, den es erwischt hatte, und der, als ihn seine Kameraden hereintrugen und in der Osteria auf einen Tisch legten, immer noch bewusstlos war.

»Lebt der überhaupt noch?« Maler fühlte am Hals den Puls von Rädle und spürte ein schwaches Klopfen. »Wir warten, bis der Rest der Truppe zu uns aufgeschlossen hat, und der Premierleutnant soll entscheiden, was weiter passiert. Du, Bloch, versorgst den Rädle, so gut du kannst«, beendete Maler seinen Auftrag in Savigno, der nicht so verlaufen war, wie die Kommandantur geplant hatte.

Ernst Bloch stellte bei Rädle zwei Schussverletzungen fest, die er, so gut er es konnte, versorgte.

Nachdem der Premierleutnant Carl d'Auf der Maur eingetroffen war, wurde Rädle mit einer Eskorte nach Bologna zurückverbracht, und der Rest verblieb in den Bergen, um gegen die Aufständischen zu kämpfen. Diese hatten sich wohl auf eine Guerillataktik eingestellt, die im Wesentlichen bedeutete, dass sie den rund siebenhundert Soldaten des päpstlichen Regiments auswichen und sich erfolgreich in den Bergen versteckten. Die Rebellen hatten sich nach der ersten Begegnung mit den päpstlichen Soldaten auf eine Flucht durch das Apennin-Gebirge begeben. Sie flohen zum Monte San Pietro und weiter bis zum Monte delle Formiche und warteten vergeblich auf ihre Verbündeten aus Bologna.

Diese kamen nicht.

Am Castel del Rio, südöstlich von Bologna gelegen, fand die letzte und entscheidende Schlacht zwischen den päpstlichen Soldaten und den aus den Bergen aufgescheuchten Rebellen statt. Diese entschieden die Soldaten eindeutig für sich.

Der Aufstand von Savigno dauerte vom 15. bis zum 24. August 1843 und wurde von den päpstlichen Soldaten niedergeschlagen. Insgesamt wurden über dreißig Rebellen festgenommen und verurteilt. Drei Carabinieri wurden ebenfalls festgenommen und einer beim Kampf in den Bergen tödlich verletzt. Von den Rebellen sollen mindestens siebzehn tödlich verletzt worden sein und viele verwundet. Die »Würzburger Zeitung« vom Samstag, dem 10.10.1843, berichtet von keinen Verlusten aufseiten der päpstlichen Soldaten. Die intellektuelle Führung des Aufstandes konnte weitestgehend unbehelligt nach Korsika fliehen.

VEREIDIGUNG AUF DER PIAZZA MAGGIORE

Die ersten Wochen in Bologna gingen zu Ende. Die Soldaten des 1. Zuges waren nach ihrer Ankunft und Erstversorgung in der Kaserne dei Servi, und nach dem kurzfristigen Einsatz im Kontext mit dem Aufstand von Savigno, auf verschiedene Kasernen in Bologna verteilt worden.

Egle und Bloch waren zusammengeblieben. Schließlich hatte sie Maler zu Grenadieren befördert. Beide trugen mit Stolz ihren Schnauzer, der sie fast zu Offizieren machte, beziehungsweise sie zumindest deutlich vom normalen Fußvolk, den Füsilieren, unterschied.

Der Schirrmeister hatte sie der Artillerie zugewiesen. Deshalb waren Ernst Bloch und Giacomo Boss, wie Egle jetzt offiziell hieß, außerhalb der Stadtmauern in der Kaserne Santa Annunziata untergebracht. Das von ihnen einzusetzende Pulver, Handgranaten und andere Sprengmittel waren innerhalb der Stadtmauern zu gefährlich und wurden deshalb auch außerhalb der Stadt gelagert.

Der Schirrmeister hatte sie, nachdem er mit den zwei Unteroffizieren Zöller und Maler gesprochen hatte, beide so in der Regimentsliste vermerkt, und damit war die Tarnung für Egle alias Giacomo Boss perfekt. Er war fast siebenhundert Kilometer vom Tatort entfernt, zwischen Hermannsdorf und Bologna lagen mehrere Königreiche und Fürstentümer, und seit er den Stiefel ermordet hatte, war schon ein halbes Jahr ins Land gegangen. Was wollte er mehr. Seine Uniform hatte Egle bereits empfangen. Sie bestand aus einem roten Uniformrock mit blauem Kragen und blauen Ärmelaufschlägen, einer schwarzen Hose mit einem schmalen roten Streifen an der Seite, schwarzen Stiefeln und einem schwarzen Tschako. Der Tschako war versehen mit dem päpstlichen Feldzeichen und heute besonders aufgehübscht mit einem roten Stutz, der wie eine Feder von der zylindrischen Kopfbedeckung in den Himmel ragte.

Es sollte ein besonderer Tag in Bologna sein. Soviel wussten Bloch und Egle schon. Die Vereidigung ihres Regiments stand heute Abend auf der Tagesordnung. Dafür hatten die Grenadiere in der Caserma della Santa Annunziata schon mehrere Tage geübt. Als Grenadier trug Egle neben der üblichen

Ausrüstung immer einen kurzen Stich an der Seite, und für heute sollten die Gewehre, allerdings ohne Munition, mit ausgegeben werden.

»Kompanie, ohne Tritt Marsch«, befehligte Unteroffizier Maler die Grenadierkompanie des Päpstlichen Fremdenregiments am heutigen Abend und hatte die Männer nach Aufstellung in Dreierreihen Richtung Bologna ausgerichtet.

Die Grenadiere verließen am späten Abend die Unterkunft und passierten als Erstes die Stadtmauer von Bologna durch die Porta Santo Mamolo und marschierten über die gleichnamige Straße direkt ins Herzen der Stadt auf die Piazza Maggiore. Seit ihrer Ankunft und nach den Auseinandersetzungen um Dottore Muratori hatten Egle und Bloch die Kaserne nicht mehr verlassen dürfen. Bologna wirkte nun wie ein Zauber auf die beiden. Den langen Marsch von Sankt Gallen über die Alpen bis Bologna hatten die jungen Männer weggesteckt und nach ihrem Einsatz im Apennin in den zurückliegenden Wochen neue Kräfte getankt. Auf den Straßen war Leben. Es war warm, es herrschte ein angenehmes, südländisches Flair und die vielen Menschen auf den Straßen wirkten wie Lebenselixier pur und drängten in dieselbe Richtung wie die Soldaten. Nach kurzem Marsch von knapp fünfzehn Minuten war die Piazza Maggiore erreicht.

»Kompanie, rechts schwenken«, befehligte Maler seine Grenadiere, nachdem sie den Palazzo Communale passiert hatten und positionierte sie neben einer bereits auf dem Platz stehenden weiteren Kompanie des Fremdenregiments.

Hinter ihnen war die nächste Kompanie gefolgt, die, nachdem sie Aufstellung genommen hatten, ebenfalls auf den Platz einschwenkte und sich neben ihnen aufstellte. Aus allen vier Himmelsrichtungen marschierten Soldaten auf, und die Piazza Maggiore war schnell gefüllt. Die Kompanien wurden im Karree aufgestellt, sodass die Soldaten Blick auf die Platzmitte oder die gegenüberliegenden Gebäude hatten.

Egle stand mit dem Rücken zur »Unvollendeten«, der Kirche San Petronio, und ihm gegenüber sah er zwei herrliche Gebäude, die Palazzi Re Enzo und del Podestà. Links von ihm nahm er die Umrisse des Palazzo Communale wahr, und rechts von ihm, an der Ostseite des Platzes, lag der Palazzo dei Banchi. Die Piazza Maggiore war hell erleuchtet. Rund um den Platz waren unzählige Fackelträger verteilt, die für eine warme und vor allem besondere Atmosphäre sorgten. Unzählige Menschen säumten den Platz und schauten dem Treiben gespannt zu.

Nachdem alle Kompanien des Regiments den Platz gefüllt hatten, ertönte Marschmusik, die aus Richtung der Via Rizzoli oder vom Neptunbrunnen herkam. Der Spielmannszug des Regiments marschierte ein und unterstrich mit seiner Musik die Bedeutung des heutigen Abends. Was genau gespielt wurde, konnten Egle und sein Kumpel Bloch zwar nicht identifizieren, aber es war mit viel Trommeln und Flöten unterlegt und hörte sich majestätisch an. Als die Musik endete, ertönte eine laute und klare Stimme aus der Mitte des Platzes.

»Soldaten, Aufstellung einnehmen.«

Danach folgte eine kleine Pause.

»Soldaten Ach-tung, präsentiert das Gewehr«, befehligte der Premierleutnant Carl d'Auf der Maur die angetretenen Soldaten, die die Ausführung perfekt vollzogen.

Die weit über tausend Soldaten standen in Habachtstellung, als der Regimentskommandeur Oberst Rönne das Regiment abschritt und sich in Folge in der Mitte des Platzes aufstellte.

Es herrschte absolute Ruhe.

Die Soldaten und die Bologneser, die sich das Spektakel nicht entgehen lassen wollten, waren von der Zeremonie und der Atmosphäre, die auf dem Platz herrschte, derart eingenommen, dass – entgegen der sonstigen Gepflogenheiten an diesem Ort – alles ruhig war.

Oberst Rönne hatte sich neben dem Premierleutnant aufgestellt.

Dieser nahm selbst eine stramme Haltung ein und erhob ein weiteres Mal seine Stimme: »Soldaten, die Augen geradeaus.«

Dann drehte sich Premierleutnant d'Auf der Maur gekonnt um neunzig Grad auf den Hacken zu seinem Regimentskommandeur und übergab ihm das Regiment für die weitere Zeremonie. »Herr Oberst, das Regiment ist, wie Ihr befohlen habt, vollständig angetreten und bereit für die von Ihnen befohlene Vereidigung.«

»Danke, Herr Premierleutnant. Soldaten des Päpstlichen Regiments hier in Bologna. Ihr habt euch heute hier in Bologna auf meinen Befehl und für die Ehre Seiner Heiligkeit, Papst Gregor XVI., eingefunden, um den heiligen Eid zu schwören auf das Regiment und Seine Heiligkeit selbst. Der Eid verpflichtet euch zu absolutem Gehorsam gegenüber euren Vorgesetzten, der Eid verpflichtet euch gegenüber eurer Kompanie, dem Bataillon und dem Regiment. Ihr habt alle eure Kraft und wenn erforderlich auch euer Leben für die Pflichten im Regiment und für unseren Herrn, Seine Heiligkeit Papst Gregor XVI., einzusetzen. Seid ihr dazu bereit?«, beendete Rönne den Einstieg in die Vereidigung seiner neuen Soldaten.

»Ja, das sind wir, Herr Kommandant«, hörte man aus mehr als tausend Mündern auf der Piazza Maggiore.

»Dann sprecht mir nach: Ich schwöre, Seiner Heiligkeit Papst Gregor XVI., treu zu dienen, den Kirchenstaat nach allen Kräften zu verteidigen und meinen Vorgesetzten absoluten Gehorsam zu leisten, so wahr mir Gott helfe.«

Nachdem die Soldaten, wie es üblich war, den Eid in Teilen nachgesprochen hatten, endete die beeindruckende Zeremonie auf der Piazza Maggiore mit einem letzten Befehl von Oberst Rönne: »Soldaten, Gewehr ab. Rühren.«

Die Zeremonie wurde von der Bevölkerung mit einem lauten Applaus und Vivat-Rufen quittiert. Egle hatte Gänsehaut bekommen. Er war fasziniert, beeindruckt von der Atmosphäre und glücklich darüber, ein Teil davon zu sein.

Premierleutnant d'Auf der Maur hatte wieder das Kommando übernommen und ließ die Soldaten wegtreten.

»Los, Boss, wir haben noch eine gute Stunde Ausgang. Danach müssen wir zur Kaserne zurück. Lasst uns etwas trinken gehen«, forderte der Unteroffizier Maler die ihm zwischenzeitlich lieb gewordenen Grenadiere Bloch und Egle auf, ihm in Richtung des Palazzo dei Banchi zu folgen. In den dortigen Seitenstraßen kannte er ein paar nette Wirtshäuser, und ein solcher Anlass wie heute musste schließlich gefeiert werden.

Die drei Soldaten mussten nicht weit gehen. Das Lokal, in das es den Unteroffizier Maler als Erstes zog, war nur wenige Schritte von der Piazza Maggiore entfernt.

Egle folgte, immer noch staunend, seinen zwei Kameraden. In einer kleinen Nebenstraße hatten sich unzählige Menschen zusammengefunden, die auf der Straße standen, redeten und tranken.

»Was ist denn hier los, Uffz Maler? Wo sind wir denn hier gelandet?«, fragte Bloch nach, und beide, Egle und er, waren auf die Antwort gespannt.

»Das ist ein altes Lokal. Die Osteria ›del Sole‹. Hier gibt es Wein, gute Gespräche und schöne Frauen«, bemerkte lachend der Unteroffizier, der sich zwischenzeitlich durch die Menge hindurchgedrängt und die Eingangstür passiert hatte.

»He, Nicola Spolaore, come sta?«, rief Maler einem Mann hinter dem auf der rechten Seite befindlichen Tresen zu, worauf dieser antwortete:

»Bene, grazie. E Lei?«

»Bene, Nicola! Tre bicchieri di vino rosso, prego«, ergänzte Maler.

Die drei Gläser Rotwein ließen nicht lange auf sich warten.

»Kommt, Bloch und Boss, auf das Soldatenleben«, prostete Maler seinen zwei Begleitern zu.

Diese ließen sich das nicht zweimal sagen und griffen zu.

Das Lokal war bis auf den letzten Platz gefüllt. Menschen standen in den Gängen, und es wurde fröhlich und laut gesprochen. Allerdings in einer Sprache, die die beiden nicht verstanden. Die Menschentraube setzte sich aus dem Lokal bis auf die Straße fort.

»Herr Unteroffizier, was sprechen denn die Menschen hier für eine Sprache?«, wollte Egle von Maler wissen.

»Das ist Italienisch, und ihr solltet ein paar Brocken lernen, damit ihr das Nötigste besorgen könnt; aber egal, ihr dürft ja nach den Statuten mit der Bevölkerung eh nichts zu schaffen haben«, antwortete Maler lachend und bestellte noch einmal eine Runde. »Auf, Männer, noch einen letzten Schluck, dann müssen wir zur Kaserne zurück. Die Torwächter könnten ungnädig sein und uns nicht mehr aus der Stadt lassen, wenn wir zu spät kommen«, erklärte Maler und prostete einer jungen Dame zu, die er im Freibereich rechts vom Ausschank ausgemacht hatte.

Ja, der Maler ist ein richtig guter Mann, dachte Egle und überlegte weiter, dass er es gut getroffen hatte. Der Maler hatte seine Talente als Soldat gefördert. Er war Grenadier, bekam mehr Sold als die anderen, und hier in Bologna gefiel es ihm schon jetzt besser als sonst irgendwo auf der Welt. Allerdings, das mit der Sprache, da musste er sich etwas einfallen lassen.

Die drei Soldaten waren nach ihrer kurzen Einkehr in der Osteria »del Sole« auf dem Weg zurück in ihre Kaserne, die

Caserma della Santa Annunziata. Das Tor war schnell passiert und die Kaserne lag nur wenige Schritte vom Tor entfernt.

»Gute Nacht, Männer, schlaft gut. Morgen sehen wir uns auf dem Exerzierplatz«, verabschiedete sich Maler von Egle und Bloch, die sich in ihre Mannschaftsunterkunft zurückzogen, in einen Schlafraum, den sie noch mit zwanzig weiteren Kameraden teilten.

ALLTAG IN DER KASERNE

Der Dienst in der Kaserne begann morgens mit dem Aufstehen und endete abends in der Regel mit einem kurzen Appell für den nächsten Tag. Die kurzfristig aufgeflammten Aufstände um den Rädelsführer Dottore Muratori hatten das Regiment in der ersten Woche nach ihrer Ankunft beschäftigt. Zwischenzeitlich war aber wieder Ruhe eingekehrt, und die Soldaten konnten sich seit Wochen dem Exerzieren, dem Üben im Zweikampf und anderen soldatischen Aufgaben widmen. Platz hierfür war in der Kaserne genug. Neben dem Hauptgebäude waren ein Exerzierplatz sowie ausreichend Raum für eine Reitschule vorgesehen.

Egle hatte sich sehr gut eingelebt und kam mit seinen Aufgaben in der Truppe bestens zurecht. Das Essen in der Kaserne war gut, und vor allem hatte sein Vorgesetzter Maler dafür gesorgt, dass Egles Portionen ausreichend groß waren. Innerhalb der Kaserne waren verschiedene Munitionsdepots und Pulvermagazine eingerichtet, wo Egle sich bereits gut auskannte. Er war geübt mit dem Gewehr, mit dem Einsatz von Handgranaten, und seine Vorgesetzten attestierten ihm eine ausgesprochen gute Entwicklung im Zweikampf, eigentlich war er in der Kompanie der Beste. Egle verstand es schon allein aufgrund seiner Größe und Kraft, einen Mann mit wenigen Schlägen und einem finalen Stich außer Gefecht zu setzen. Auch hatte er sich beim Einsatz in den Bergen als furchtlos erwiesen, was die anderen Kameraden, aber auch seine Vorgesetzten beeindruckt hatte. Mittlerweile hatte Egle neben ein wenig Italienisch auch das Reiten gelernt. Obwohl er formal als Grenadier in der Kompanie zu Fuß eingesetzt wurde, war das Reiten Teil seiner Ausbildung. Außerdem hatte sein Unteroffizier Maler an Egle einen Narren gefressen und ließ ihm die eine oder andere Sonderbehandlung angedeihen.

»Boss, was machen wir heute Abend«, wollte der Ernst Bloch nach dem abschließenden Appell der Woche von Egle wissen.

Es war Freitag, und den Soldaten war es erlaubt, an den Wochenenden bis Mitternacht auszugehen.

»Gegen 9.00 Uhr komme ich zum Neptunplatz und dann ziehen wir durch die Gassen«, antwortete Egle prompt und verschwieg bewusst, dass er noch eine andere Option im Köcher hatte.

»Wieso erst um 9.00 Uhr, Giacomo? Da will ich eigentlich schon so platt sein, dass mich die eine oder andere Schönheit nach Hause tragen muss«, entgegnete übermütig und lachend der Ernst Bloch und setzte noch eins drauf, »schließlich muss um Mitternacht alles erledigt sein. Da liegen wir nämlich schon wieder in unserem stinkenden Quartier in der Kaserne. Du weißt schon, was ich meine, oder?«

»Ja klar, mein Freund, ich habe dich verstanden und werde um Punkt 9.00 Uhr am Neptunbrunnen sein, damit wir noch einen heben können und uns um die Schönen der Stadt kümmern, einverstanden?«, antwortete Egle und blinzelte seinem Kumpel verschmitzt zu, dem er aber seine andere Option nicht anvertrauen wollte.

Egle begegnete immer wieder einem Mädchen, wenn er außerhalb der Kaserne zu tun hatte oder von dort auf die Straße sah. Das Mädchen passierte regelmäßig die Kaserne, ging daran vorbei und war kurz darauf immer auf der Straße in Richtung von San Michele in Bosco unterwegs. Dort, ganz oben auf dem Hügel, stand eine Kirche, und man hatte einen herrlichen Rundumblick auf die Landschaft und über Bologna. Man konnte unschwer die vielen Türme und Kirchen der Stadt ausmachen und sich einen guten Überblick verschaffen. Vielleicht traf er sie auf dem Weg dorthin, oder vielleicht ging sie auch dort zur Kirche. Egle hatte keinen Plan, aber egal, er wollte dieses faszinierende Mädchen kennenlernen. Wann immer er sie sah, verzauberte sie ihn. Sie hatte die typisch südländische Ausstrahlung, dunkles, fast schwarzes Haar, braune Augen und einen sinnlichen Mund, den Egle nicht mehr aus seinen Gedanken verbannen konnte. Und eigentlich wollte er es auch gar nicht. Ein solch schönes Mädchen und ich, warum nicht, dachte Egle. Schließlich war er bei den Soldaten und verfügte über ein kleines Einkommen, mit dem auch er einmal ein Mädchen zum Ausgehen einladen konnte. Aber zuerst einmal musste er sie finden.

»Also Ernst, geht das jetzt klar, oder soll ich gleich in die Osteria ›del Sole‹ kommen?«, wollte Egle noch von Bloch wissen, um das Thema abzuschließen und der Gefahr aus dem Weg zu gehen, dass Bloch weiter nachbohrte. Schließlich könnte er ihn ja, sollte er mitbekommen, dass er sich verliebt hatte, veräppeln und das wollte er nicht. Egle hatte sich einen Ruf als harter Kerl in der Truppe erarbeitet, und so sollte es auch bleiben.

»Gut, Giacomo, wir treffen uns im ›del Sole‹, dort bleiben wir ja sowieso meistens hängen, und dort warten immer die schönsten Mädchen auf uns«, antwortete übermütig der Bloch, der sich richtig darauf freute, nach der langen Woche mal wieder was anderes zu sehen als Soldatengesichter. »Also bis nachher«, verabschiedete sich Bloch und verschwand in der Kaserne.

Egle verharrte noch ein wenig auf dem Exerzierplatz und hing seinen Gedanken nach. Dann wollte er losziehen auf die Suche nach seiner Schönen.

Bloch und die anderen hatten sich aufgemacht und waren in die Stadt gegangen. Egle, der sonst einer der Ersten war wenn es losging, hatte noch eine Zeit lang gewartet, seine Uniform, seine Stiefel, selbst den Tschako gesäubert und überlegte gerade, ob er zur Feier des Tages noch den roten Stutz in den Tschako stecken sollte. Da fiel ihm ein, eigentlich war ja kein besonderer Anlass gegeben, und ob er seine Schöne treffen würde, wusste er ja auch noch nicht.

Egle verließ die Caserma della Santa Annunziata und bog statt nach rechts in die Stadt, nach links in die Straße San Mamolo und dann gleich nochmals links in die Straße nach San Michele in Bosco ab. Auf dem Weg dorthin begegnete er keiner Menschenseele. Egle trug seine beste Uniform. Mit seinem Schnauzer, den er täglich pflegte, und seiner mächtigen, großen Gestalt in der Uniform machte er schon etwas her. Aber was würde man sagen, würde man ihn hier auf dem Weg zu einer Kirche antreffen. Auf dem Weg fort von der Stadt, mit bester Ausgehuniform bekleidet. Egle ordnete seine Gedanken und sagte sich, dass das heute egal war. Nach gut einer Viertelstunde hatte Egle die Kirche auf dem Hügel erreicht und ließ seinen Blick schweifen. Natürlich genährt von der Hoffnung, dass er das Mädchen entdecken würde. Aber eine andere Schöne lag ihm zu Füßen und es blieb zwangsläufig nicht aus, dass Egle auf Bologna blickte.

Direkt vor seinen Augen in der Mitte der Stadt konnte er das mächtige Gebäude der »Unvollendeten«, der Kirche San Petronio, ausmachen, die er als erstes übergroßes Gebäude in Bologna kennengelernt hatte. Die Stadt hatte etwas unglaublich Anziehendes an sich. Egle schaute mit großer Zufriedenheit nach unten. Es war schön hier und es war völlig still an diesem Platz. Außer Vogelgezwitscher hörte Egle nichts. Seine Schöne war ihm leider nicht begegnet, aber er hatte einen herrlichen Ausblick auf die Stadt genossen, dachte Egle so bei sich und wollte sich gerade auf den Heimweg machen, als er von unten kommend eine Person sah, die sich in Richtung der Kirche bewegte.

Es war genau ihre Zeit, dachte Egle und hoffte inständig, dass es die junge Frau sein sollte. Endlich kam sie näher und tatsächlich, sie war es. Langsam schritt sie den Weg zur Kirche hoch. Als sie oben angekommen war, klopfte sie an der Tür und wurde eingelassen. Egle war fasziniert und gleichzeitig verärgert. Schließlich hatte er, fasziniert von der herrlichen Aussicht, die Chance verpasst, seine Angebetete anzusprechen. Aber vielleicht hätte er sich auch nicht getraut, und vielleicht kam sie ja auch wieder.

Egle wartete geduldig in der Nähe der Tür. Nichts geschah. Nach einer guten halben Stunde bemerkte er, wie eine Person die Straße hinunter in Richtung der Stadt ging. Es war seine Schöne. Sie hatte die Kirche durch einen Nebenausgang verlassen, sodass Egle es nicht mitbekommen hatte.

Was soll's, ich habe sie gesehen und weiß, wo ich sie finden kann und jetzt ab zu den anderen«, bilanzierte Egle den Abend und war schnell unterwegs in die Osteria »del Sole«, nachdem er sich in der Kaserne noch schnell umgezogen hatte.

»He Giacomo, komm, setz dich zu uns«, begrüßte Ernst Bloch den Egle, und es war diesem sofort klar, dass der Ernst sowohl in Sachen Wein, als auch was die Frauen anbelangte, die Nase deutlich vorne hatte.

Bloch hatte in der Osteria in dem Raum rechts vom Tresen einen Tisch ergattert, an dem außer dem Ernst weitestgehend Frauen dominierten. Zwei davon hatte der Ernst im Arm, und man konnte den Eindruck gewinnen, dass er sich in seiner Haut gerade so richtig wohlfühlte.

Egle ging zurück zum Tresen, kaufte noch eine Flasche Rotwein dazu und gesellte sich zu ihnen an den Tisch.

»Magst du mich?«, fragte eines der Mädchen am Tisch auf Italienisch und blickte dem Egle dabei übertrieben treuherzig in die Augen.

Egle war klar, dass es sich um einen professionellen Blick handelte. »Ja, warum nicht«, antwortete er und ergänzte: »Lass uns gehen.«

Die beiden standen auf, ließen die anderen zurück und verdrückten sich zwei Gassen weiter in eine Ecke. Egle bezahlte, träumte von seiner Schönen und ging zurück in die Osteria und ließ sich noch vier, fünf Gläser Wein schmecken, bevor es in die Kaserne zurückging.

SANTO STEFANO

Der Alltag setzte sich mit seiner Routine immer mehr durch. Egle und Bloch waren körperlich in bester Verfassung. Tagsüber hatten die beiden Dienst in der oder um die Kaserne. Ihr Auftrag bestand im Wesentlichen im Exerzieren und im Üben. Beide konnten inzwischen sehr gut reiten, und mit zu ihren Aufgaben gehörte es auch, gelegentlich auf Patrouille zu gehen. Es war Alltag in das Soldatenleben eingekehrt. Weitere Unruhen hatten Bologna nach dem Aufstand 1843 nicht mehr erreicht, sodass Tage, Wochen und Monate vergingen und sich außer den alltäglichen Aufgaben nichts Besonderes ereignete. Bologna war sicher.

Egle hatte sich an den Dienst gewöhnt. Mit dem Rädle, der in einer anderen Kaserne, der Caserma dei Servi, untergebracht war, hatte er weitestgehend nichts mehr zu tun. Rädle war Füsilier und hatte sich bei den Kämpfen 1843 verletzt. Mehr wusste Egle nicht. Mehr wollte er aber auch nicht mehr wissen.

Das hübsche Mädchen, das Egle so sehr beeindruckt hatte, war wie eine Fata Morgana gekommen und auch wieder verschwunden, und Egle hatte sich auf Seinesgleichen besonnen. Die Lokale in der Innenstadt waren an den Wochenenden die Ziele für die Soldaten und neben der Osteria »del Sole«, die immer zu Beginn oder zum Schluss einer Zechtour auf dem Programm stand, waren die Osteria »Isola d'Elba« in der Via dei Pepoli oder das »La Brenta« in der Via Pignattari beliebte Anlaufstellen. An Frauen mangelte es nicht. Schließlich bekamen die Soldaten ihren Sold und konnten sich an ihren freien Tagen und vor allem Abenden auch als großzügig erweisen. Egle war mit seinem Leben zufrieden. Er fühlte sich in seiner Soldatenhaut recht wohl und konnte sich gar nicht mehr vorstellen, auf dem Feld oder im Stall für einen Herrn zu arbeiten.

Heute, mehr als ein Jahr, nachdem sie in Bologna angekommen waren, standen Teile der Grenadierkompanie auf dem Exerzierhof und warteten auf ihre täglichen Befehle.

Unteroffizier Maler hatte das Kommando über die angetretenen gut fünfzig Mann. »Boss und Bloch, vortreten«, lautete am Schluss des morgendlichen Appells der Befehl von Maler.

Beide taten, wie ihnen geheißen.

»Boss und Bloch, ihr habt heute den Auftrag, die Kirche Santo Stefano zu bewachen. Also nehmt eure Waffen mit. Handgranaten oder andere Sprengmittel bleiben in der Kaserne. Verstanden?«, komplettierte Maler den Auftrag, der ihm von der Kommandantur für den heutigen Sonntag zugegangen war.

»Jawohl, Herr Unteroffizier«, quittierten die beiden, zwischenzeitlich schon sehr routinierten, Fremdenlegionäre.

Ihre Gewehre nahmen sie in der Kaserne beim Schirrmeister in Empfang, der Stich baumelte an der rechten Seite. Bloch und Egle waren marschbereit.

»Boss und Bloch. Ihr bewacht den Platz vor der Kirche. Ich komme im Laufe des Tages vorbei und schaue nach dem Rechten. Ihr beide seid also allein unterwegs, und ich verlasse mich auf euch. Verstanden?«, ergänzte Maler, der damit seine beiden Soldaten in den Einsatz nach Bologna entließ.

»Giacomo, gehen wir über das erste Tor, die Porta San Mamolo, und dann quer durch die Stadt, oder willst du den längeren Weg an der Stadtmauer entlang und dann über das nächste Tor, die Porta Santo Stefano, gehen?«, wollte der Ernst von Egle wissen.

»Mir ist es eigentlich egal. Aber lass uns an der Stadtmauer entlang laufen. Dort haben wir mehr Ruhe«, antwortete Egle.

»Seit wann suchst du die Ruhe?«, wollte Bloch von seinem Kumpel wissen und grinste dabei über das ganze Gesicht.

»Ach, ist doch egal, komm, Ernst, wir gehen«, antwortete Egle, dem der Auftrag heute nicht so in den Kram passte. Er hatte sich auf einen entspannten Sonntag eingestellt, und jetzt das hier.

Egle und Bloch übernahmen ihren Auftrag und waren an einem der schönsten Plätze in Bologna angekommen. Der älteste Kirchenkomplex der Stadt schloss mit den beiden Arkadengängen der Via Stefano ab und dazwischen lag ein kleinerer, aber wunderschöner Platz, auf dem sich die beiden zunächst postieren wollten, sich aber dann rasch aufgrund der Hitze in die Arkadengänge zurückzogen. Von dort hatten sie ebenfalls einen guten Überblick über den Platz und konnten sehen, wer kam und wer ging.

Schnell war der Grund ihres heutigen Einsatzes klar. In der Kirche fand irgendeine Feierlichkeit statt. Mehrere vornehm gekleidete Herrschaften hatten sich am Eingang vor der Chiesa del Crocifisso versammelt und warteten.

»Was glaubst du, Giacomo, ist hier los?«, fragte der Ernst.

»Vielleicht eine Hochzeit oder irgendetwas anderes. Vielleicht feiern sie heute einen Heiligen. Du bist doch der Kirchgänger von uns beiden«, antwortete Egle grinsend.

»Haha, so oft wie du geh ich auch. Nämlich so oft, wie ich muss. Du weißt ja, als Soldaten des Papstes dienen wir dem Glauben und deshalb sind wir wahrscheinlich auch heute hierher abgeordnet. Irgendwas Wichtiges wird es schon sein«, meinte Bloch.

Plötzlich entgleisten dem Egle die Gesichtszüge.

Da war sie wieder, seine Angebetete. Heute noch schöner als sonst. Sie war gekleidet in ein weißes Brautkleid und schritt am Arm eines aristokratisch wirkenden alten Mannes geradewegs auf die Kirche zu.

Die Menge vor dem Eingang war zwischenzeitlich in die Kirche gegangen, und plötzlich fiel es Egle wie Schuppen von den Augen.

Er war hier, um die Hochzeit seiner geliebten Schönen zu bewachen, und das war für ihn die Höchststrafe. Seit mehreren Monaten hatte er sie nicht mehr gesehen. Sie war nicht mehr den Berg zur Chiesa San Michele in Bosco hinauf geschritten und hatte ihn verlassen. Sein Magen zog sich zu einem Klumpen zusammen, und er musste an sich halten, um nicht los zu laufen und diese unwürdige Szenerie zu stören. Was wollte denn sein Mädchen mit diesem alten Sack? Er hätte doch alles für sie getan. Dieses und vieles mehr schoss dem Egle durch den Kopf.

»Giacomo, was ist denn los?«, fragte Ernst besorgt nach, dem natürlich aufgefallen war, dass mit dem Egle irgendetwas nicht stimmte.

Egle stierte den Ernst Bloch an und schrie plötzlich unvermittelt: »Ich liebe sie!«

Kaum hatte er dies ausgesprochen, stand Maler vor ihnen.

»Was ist los, Soldat, hast du dich nicht unter Kontrolle?«

Egle quittierte mechanisch und sagte: »Jawohl, Herr Unteroffizier. Ich habe keine Kontrolle.«

Maler holte aus und schlug Egle mit der flachen Hand ins Gesicht, was dazu führte, dass Egle automatisch in Angriffmodus ging, aber sich dann, wohl geschockt von dem Schlag, wieder fassen konnte.

»Erklären Sie mir bitte sofort Ihr seltsames Verhalten. Ich lasse Sie bestrafen, wenn Sie mir nicht sofort erläutern können, was hier vorgeht«, wollte Maler von Egle wissen.

Egle hatte sich wieder gefangen und suchte nach einer vernünftigen Ausrede, was in Anbetracht seiner Liebesbekundung, die Bloch sehr wohl, aber Maler Gott sei Dank nicht, gehört hatte, schwer erschien. »Herr Unteroffizier, ich war kurzfristig weggetreten, und mir wurde schwarz vor Augen«, log Egle spontan, »vielleicht die Hitze, aber eine Strafe hierfür habe ich in jedem Fall verdient«, ergänzte Egle, der vor seinem Vorgesetzten in Habachtstellung gegangen war.

»Boss, nehmen Sie wieder Ihren Bewachungsposten ein und passen Sie hier auf. Bloch, und Sie melden mir, wenn der Boss nochmals Schwindelanfälle bekommt. Das ist schließlich in jeder Beziehung eine ernste Angelegenheit.«

»Jawohl, Herr Unteroffizier«, quittierte Bloch die Anweisungen des Unteroffiziers Maler und fuhr fort: »Darf ich Sie fragen, was in der Santo Stefano heute gefeiert wird, Herr Unteroffizier?«

»Ja Bloch, das dürfen Sie. Was genau gefeiert wird, weiß ich auch nicht. Die Kommandantur hat uns aber mitgeteilt, dass heute der Senator von Bologna, Guidotti Magnani, der Feier beiwohnen soll, und deshalb dieser Überwachungsauftrag. Reicht das?«, fragte Maler scharf nach, weil er sich darüber ärgerte, dass er nach dem Vorfall von Boss auch noch Fragen beantwortete.

»Jawohl, Herr Unteroffizier. Das reicht«, antwortete Bloch und wartete, bis der Maler wieder verschwunden war.

»Sag mal, Giacomo, hast du nicht mehr alle Tassen im Schrank? Wieso schreist du, dass du sie liebst? Wen liebst du? Die Frauen hier auf dem Platz, oder die Braut, die du gesehen hast?«

Ernst Bloch war sich natürlich nicht darüber im Klaren, dass er damit den Nagel auf den Kopf getroffen hatte. Egle, der sich zwischenzeitlich wieder gefangen hatte, wandte sich dem Ernst zu und sagte: »Ich kann es mir selber nicht erklären. Ich war irgendwie neben mir.«

»Du weißt, dass du aufpassen musst, Giacomo. Wenn du nicht Herr deiner Sinne bist oder gar Epileptiker, fliegst du raus und zwar ohne jeden Sold«, antwortete Bloch besorgt.

»Du hast recht, Ernst. Wird nicht wieder vorkommen. Ich versprech's«, meinte Egle abschließend und schaute wieder dienstbeflissen auf die Piazza Santo Stefano, in deren gleichnamiger Kirche seine Schönheit heute einem anderen das Jawort gab. In Egles Innerem rumorte es, aber er riss sich, so gut er konnte, zusammen.

»Komm, Giacomo, wir gehen noch auf ein Glas Roten. Ich lad dich ein nach diesem verrückten Nachmittag«, meinte Bloch zu Egle, nachdem die Feierlichkeiten in der Kirche Santo Stefano beendet waren und Egle auch noch zuschauen musste, wie sich das Brautpaar auf der Piazza aufgestellt hatte und die geladenen Gäste alle vorbeidefilierten, um dem Brautpaar zu gratulieren.

Was für ein Schlag für seine Gefühlswelt und was für ein alter Mann, der diese Schönheit bekam. »Ja Ernst, du hast recht, lass uns noch einen trinken gehen und diesen Tag hinunterspülen.«

»Ist auch wirklich alles in Ordnung, Giacomo?«, fragte Bloch besorgt nach.

»Ja, es ist alles in Ordnung, Ernst. Es war eben nur ein Scheißtag in meinem Leben«, antwortete Egle und zog schon in Richtung Innenstadt davon.

»Du weißt aber schon, Giacomo, dass wir uns nicht besaufen können. Wir haben die Gewehre mit dabei, und Alkohol ist in Uniform und mit der Bewaffnung unter Höchststrafe verboten. Also höchstens einen oder zwei, einverstanden?«, fragte Ernst Bloch immer noch beunruhigt nach.

»Ja, das weiß ich, komm jetzt, dann sind wir auch schneller wieder in der Kaserne«, antwortete Egle gereizt.

»Und du kannst dir heute nichts mehr erlauben. Wenn dich der Uffz noch mal erwischt, sind wir dran, und zwar beide«, setzte der Ernst Bloch noch drauf.

»Kommst du jetzt, oder hast du die Hosen voll?«, antwortete Egle verärgert.

Bloch trottete dem Egle hinterher, und zielsicher steuerte dieser den Vicolo Ranocchi an, in dem sich die Osteria »del Sole« befand.

Als Egle um die Ecke rauschte, stieß er mit voller Wucht auf einen entgegenkommenden Bettler, der vermutlich seine Betteltour von der Piazza Maggiore in Richtung der zwei Türme verlagern wollte.

Mit »Idiota, Idiota«, beginnend, ließ der Bettler eine Tirade von Schimpfwörtern vom Stapel, was er besser nicht getan hätte.

»Halt die Fresse, du Nichtsnutz«, antwortete Egle, holte mit seinem Gewehrkolben aus und schlug zu. Seine ganze aufgestaute Aggression des Tages lag in diesem Schlag.

Der Bettler fiel in sich zusammen und blieb zunächst regungslos und heftig blutend am Boden liegen. Egle wollte gerade noch einmal mit seinem Gewehrkolben ausholen und auf den am Boden Liegenden einschlagen, als Bloch dazwischen ging.

»He, Giacomo, langsam, was hat der Mann dir denn getan. Du kannst doch den armen Kerl nicht einfach umbringen.«

»Doch, das könnte ich, das habe ich schon mal getan, und jetzt komm und lass den liegen. Der fängt sich schon wieder«, antwortete Egle ohne jegliche emotionale Rührung. »Da vorne gibt's Wein und jetzt habe ich Durst«, meinte er.

Bloch zögerte noch einen Moment und überlegte, ob man den Bettler nicht irgendwie versorgen musste, aber schließlich folgte er seinem Kompagnon, der schon am Tresen auf ihn wartete und zwei Rote bestellt hatte.

»Was war denn das für ein Spruch, Giacomo, dass du das schon einmal getan hast?«, wollte Bloch, neugierig geworden, wissen.

»Vergiss es, Ernst. Ich bin bei den Fremdenlegionären, weil ich von zu Hause weg musste. Mehr brauchst du nicht zu wissen. Eins noch, wenn sich mir einer in den Weg stellt, dann passiert es halt«, erläuterte Egle sein Verhalten auf der Straße.

»Ich weiß ja, dass du kein Kind von Traurigkeit bist und mit dir unter Umständen auch nicht gut Kirschen zu essen ist, aber trotzdem kannst du doch keinen umbringen, bloß weil er mit dir zusammengestoßen ist«, meinte Bloch.

»Du hast recht, Ernst, und jetzt Prost. Lass uns diesen Tag vergessen und den Ärger hinunterspülen.« Damit war für Egle der Fall erledigt, und ein weiterer Tag in Bologna ging zu Ende.

DER FÜSILIER FLORIAN RÄDLE

Rädle war wie die anderen beim Aufstand von Savigno in den Bergen um Bologna zum Einsatz gekommen und wurde beim Ausspähen der Osteria »Stella di Savigno« so unglücklich verletzt, dass er nach dem Einsatz seinen linken Unterarm verlor und seine Hüfte steif blieb. Die Aufständischen hatten auf ihn geschossen und ihn zweimal schwer getroffen. Bis Rädle versorgt werden konnte, ging viel zu viel Zeit ins Land. Eigentlich konnte er froh sein, dass ihn die Kameraden nicht einfach in den Bergen zurückgelassen hatten und er noch am Leben war. Aber er wusste auch, dass er das primär dem Premierleutnant d'Auf der Maur zu verdanken hatte. Er hatte nämlich den Befehl erteilt, den schwer verletzten Rädle nach Bologna zu schaffen.

»Ich kann nicht mehr für Sie tun, Füsilier Rädle. Sie sind weiterhin im Dienst Seiner Heiligkeit und ich kann Sie nicht entlassen, auch wenn Sie eigentlich ein Krüppel sind und für den richtigen Dienst nicht mehr taugen. Wir brauchen aber auch Arbeiter und auch Zimmermannsleute, die in den Kasernen nach dem Nötigsten schauen. Können Sie das verstehen?«

Rädle hatte zum wiederholten Male bei der Kommandantur vorgesprochen und wollte erreichen, dass man ihn nach gut einem Jahr Dienst in Bologna nach Hause entlassen sollte. Er war für den Dienst nicht mehr zu gebrauchen. Nach dem Unfall hatte man ihm sofort den Unterarm abgenommen, um Wundbrand zu vermeiden, und damit konnte er kein Soldat mehr sein. »Aber Herr Premierleutnant, ist es denn richtig, bloß weil ich auch noch handwerklich arbeiten kann, mich hier zu behalten?«, fasste Rädle seinen ganzen Mut zusammen.

»Ja, das halte ich schon für richtig. Schließlich bekommen

Sie nach wie vor denselben Sold, und der Vertrag dauert nun mal fünf Jahre. Seien Sie froh, dass wir Sie hier gut brauchen können. Sie müssen doch nicht mehr ins Feld oder andere soldatische Aufgaben erledigen. Sie sind jetzt ein guter Arbeiter im Dienste Seiner Heiligkeit«, antwortete Premierleutnant Carl d'Auf der Maur dem Rädle geduldig und davon auch zutiefst überzeugt.

»Wissen Sie, Herr Premier, ich bin schon unfreiwillig in den Fremdendienst rekrutiert worden. Ich würde gerne nach Hause, können Sie das verstehen?«, fragte Rädle, schon resignierend, nach.

»Ja, mein lieber Rädle. Das verstehe ich. Und wenn ich etwas tun kann und wenn es mir gelingt, Sie etwas früher zu entlassen, dann tue ich das für Sie. Aber in nächster Zeit werden Sie gebraucht, und deshalb gehen Sie jetzt wieder an Ihre Arbeit.«

Damit entließ der Premierleutnant den Florian Rädle, und dieser musste sein Schicksal noch eine ganze Zeit ertragen. Rädle war von Beginn an in der Kaserne dei Servi untergebracht worden, bewohnte aber nach seinem Unfall eine kleine Kammer für sich. Aus den Mannschaftsräumen war er als Krüppel verbannt worden. Darüber war Rädle nicht unglücklich. Tatsächlich hatte er Heimweh. Er wäre ja auch keine fünf Jahre auf der Walz geblieben und er wollte vor allem seine Eltern wiedersehen. Außerdem hatte er natürlich in der Mannschaft einen schweren Stand. Sein Fluchtversuch war allen bekannt, und wenn auch alle, die dabei gewesen waren, diese drakonische Strafe verurteilten, verurteilten sie auch den Rädle. So war es für ihn schwer, mit den anderen Soldaten auszugehen. In der Regel war er allein unterwegs, begegnete aber immer wieder den Spuren seines Todfeindes.

Der Egle hatte ihn in diese Sackgasse manövriert. Bevor er ihn getroffen hatte, war er ein junger, freier, neugieriger und vor allem gesunder Mann auf der Walz. Jetzt war er ein Krüppel, verpflichtet für eine Sache, die ihn nichts anging, und mit Männern zusammen, die ihn nicht mochten. Was für eine verkehrte Welt. Dem Egle ging der Rädle so gut es ging aus dem Weg. Das funktionierte weitestgehend, aber eben doch nicht immer.

Heute war Sonntag, und Rädle hatte sich aufgemacht, um in der Kirche Santa Maria della Vita den Gottesdienst zu besuchen. Rädle hatte sich den sonntäglichen Kirchgang angewöhnt. Zum einen war es eine willkommene Abwechslung zu seinem ungewöhnlichen Soldatenalltag, und zum anderen hoffte er auf die Hilfe Gottes. Wer konnte ihm denn sonst aus seiner misslichen Lage helfen außer Gott?

Auf den heutigen Gottesdienst freute sich Rädle besonders. In der Santa Maria della Vita freute er sich auf die grandiose Skulpturengruppe der Beweinung Christi. Manchmal war er nach dem Gottesdienst mehr als eine Stunde in der Kirche sitzen geblieben, um diese so lebendig wirkende Szenerie um den toten Jesus zu bewundern, und irgendwie konnte er danach sein Schicksal wieder besser ertragen. Warum, wusste er nicht so genau. Nach dem Kirchgang wollte Rädle heute nicht gleich wieder in die Kaserne zurückkehren, sondern die Gassen Bolognas ein wenig genießen. Auch war ihm danach, vielleicht da oder dort eine Kleinigkeit zu essen und zu trinken. Mal sehen, dachte der Rädle so bei sich, nachdem er einen letzten Blick auf die weinende Maria geworfen hatte und sich respektvoll aus der Kirche entfernte. Die ihm bekannten Wirtshäuser waren nicht weit. Die Kirche in der Via Clavature war fast mit der Piazza Maggiore verbunden, und unmittelbar dahinter lag die Via Degli Orefici, wo es sehr gute Gaststätten gab.

»He, Florian, bist du heute auch mal wieder unterwegs und lässt dich bei deinen alten Kameraden sehen«, hörte Rädle eine Stimme hinter sich, die er gut kannte.

Er drehte sich herum und freute sich, den Hermann zu treffen, der mit ihm und den anderen Kameraden im 1. Zug die Alpen überquert und nach Bologna marschiert war. Hermann war in Begleitung von zwei Soldaten, die Rädle nicht kannte.

»Wir treffen uns im ›del Sole‹ und wollen danach vielleicht noch etwas unternehmen. Kannst mitkommen, wenn du magst«, meinte Hermann, zu Florian Rädle gewandt.

Warum nicht, dachte Rädle bei sich. »Ja, gerne. Ein paar Kreuzer habe ich dabei und gebe auch gerne einen aus«, meinte Rädle, der sich freute, dass ihm der Hermann so freundlich und unkompliziert begegnete.

Gesagt, getan, und kurze Zeit später saßen die vier in der alten Osteria im Vicolo Ranocchi und hatten viel Spaß. Hermann und seine Kumpels hatten sich mit einer ganzen Gruppe Bologneser verabredet. Die Bologneser hatten das Essen dabei, und die Soldaten kauften den Wein. Rädle wurde integriert, und er fühlte sich, wie schon seit Langem nicht mehr, richtig wohl. Es fühlte sich an, wie ein unkomplizierter Nachmittag im Kreis von jungen Menschen und das tat dem Rädle richtig gut. Nachdem sich der Nachmittag langsam dem Ende neigte und der eine oder andere sich auch schon verabschiedete, wollte sich auch Rädle langsam auf den Weg machen.

Er plante, noch ein wenig die Stadt zu genießen, vielleicht noch auf dem Weg in die Kaserne über die Piazza Maggiore zu gehen und stand gerade auf, als eine große Hand ihm so auf die Schulter schlug, dass er sich zunächst einmal unfreiwillig wieder hinsetzte.

»Schön, dich zu sehen, Florian. Ich habe schon gedacht, du bist auf und davon oder gar nicht mehr am Leben. Das freut mich, dass es dir gut geht.«

Die Stimme bohrte sich in das Gehirn von Rädle, und er war am heutigen Nachmittag überhaupt nicht darauf gefasst, dem Egle zu begegnen.

»Ich wollte gerade gehen, Giacomo Boss«, antwortete Rädle kurz und bündig. »Na komm, einen gebe ich aus. Ich habe ja schließlich mehr Sold als du. Nicola, bring mir vom Roten, damit ich meinen besten Freund einladen kann. Er kam mit mir zu den Soldaten, und wie du siehst, hat er schon einen tapferen Einsatz hinter sich und wurde verwundet«, holte Egle weiter aus.

Rädle überlegte kurz und verabschiedete sich.

Den verdutzten Egle ließ er in der Osteria zurück. Auf seinem Weg zurück in die Kaserne ärgerte er sich, dass er dem Egle nicht mal richtig die Meinung gesagt hatte. Aber wahrscheinlich war es besser so.

Die Jahre vergingen. In Bologna kam es in Folge des Aufstands von Savigno zu keinen nennenswerten Unruhen mehr, in die die Soldaten und die päpstlichen Regimenter hätten eingreifen müssen. Papst Gregor XVI. war 1846 in Rom verstorben, und das Pontifikat von Papst Pius IX. hatte am 16. Juni 1846 begonnen. Damit waren die zwei Regimenter in Bologna einem neuen Dienstherrn unterstellt. Ansonsten änderte sich dabei nichts. Zwei Jahre später sollten neue Unruhen Rom und unter anderem auch Bologna erreichen.

Aber so weit sind wir in unserer Geschichte noch nicht. Der Premierleutnant Carl d'Auf der Maur hatte sein Versprechen gegenüber Rädle eingelöst und dafür gesorgt, dass er vorzeitig aus dem Rekrutierungsvertrag entlassen worden war. Das war trotz der hohen Stellung im Regiment von d'Auf der Maur gar nicht so einfach, schließlich ging es, wie immer bei solchen Angelegenheiten, um Geld.

Egle lebte in Bologna sein soldatisches Dasein. Er war immer noch ein ziemlicher Heißsporn und beschäftigte immer mal wieder seine Vorgesetzten, wenn es zu Handgreiflichkeiten oder anderen unangenehmen Verhaltensweisen kam, die dann auch gemeldet wurden. Aber der Soldat und Grenadier Giacomo Boss hatte sich unter seinen Vorgesetzten ebenfalls einen Namen gemacht. Im Zuge der Aufstände von Savigno um den Dottore Muratori gingen von den siebzehn Toten drei auf das Konto von Giacomo Boss, alias Egle, und in Folge seiner Ausbildung hatte er seine Vorgesetzten immer wieder mit seinem Mut, seiner Kaltblütigkeit und seinen soldatischen Fertigkeiten beeindruckt. Giacomo Boss führte ein angenehmes Leben in Bologna und hatte die Schwäbische Alb, seine Flucht und die damit verbundenen Erlebnisse längst hinter sich gelassen.

FÜRSTLICHE GENDARMERIE IN HECHINGEN 1847

»KANN ICH DIR helfen, oder was führt dich hier zur Gendarmerie?« Korporal Zekorn hatte heute Dienst auf der Wache, und er begegnete den Menschen, die hier um ihre Angelegenheiten oder um Schutz nachfragten, mit der gebotenen Höflichkeit und notwendigen Distanz.

Vor ihm stand ein noch jung wirkender Mann, der aber deutlich vom Leben gezeichnet schien. Auf den ersten Blick erkannte der Korporal, dass dem jungen Mann die Hälfte des linken Armes fehlte, und beim Betreten der Wache war ihm aufgefallen, dass er den linken Fuß nachgezogen hatte.

»Wer bist du und was ist mit dir passiert? Warst du im Krieg oder hattest du einen Unfall?«, wollte der nun doch neugierig gewordene Korporal von dem Unbekannten wissen, der jetzt noch, am Nachmittag kurz vor Dienstschluss, die Wache betreten hatte.

»Herr Korporal, ich bitte um Nachsicht, dass ich Ihre geschätzte Zeit beanspruche. Ich komme aus Bologna und möchte mich zurückmelden. Hier sind meine Entlassungspapiere und ich möchte gerne nach Hause«, antwortete der junge Mann wohlgesetzt und höflich dem fragenden Polizisten.

»Woher kommst du? Aus Bologna? Das ist doch irgendwo im Süden über den Alpen. Was hast du denn dort gemacht?«, wollte der Korporal wissen. »Nun setz dich an den Tisch. Ich nehme deine Angelegenheit auf, und dann sehen wir weiter.« Der Korporal blieb hinter dem Wachtisch stehen und deutete mit seiner rechten Hand auf den Tisch, der im Besucherraum vor der eigentlichen Wache stand und begann mit der Einvernahme. »Nimm Platz. So und jetzt will ich erst einmal wissen, wer du bist, warum du in Bologna warst und was der Grund ist, warum mich das hier bei der Polizei interessieren sollte.«

»Sehr geehrter Herr Korporal, ich bitte nochmals höflichst um Nachsicht. Ich komme Ihren Fragen sehr gerne nach und hoffe und wünsche mir sehr, dass ich heute Abend noch nach Hause darf. Ich bin schon so lange unterwegs«, antwortete der junge Mann demütig.

»Na gut, dann zeig mir deine Entlassungspapiere, damit ich weiß, mit wem ich es zu tun habe und was dein Begehren ist«, forderte Zekorn den für ihn immer noch Unbekannten auf.

»Bitte, Herr Korporal, hier sind sie.« Der junge Mann hatte sich von seinem Tisch in Richtung der Wache bewegt und dem Korporal die Papiere vorgelegt.

»Dann lass mal sehen, was da steht.« Der Korporal nahm die Papiere in Augenschein und erkannte als Erstes einen Vertrag zur Rekrutierung für ein Fremdenregiment mit einem Wappen und der Überschrift »Militär-Dienst des Heiligen Stuhles« und in einem zweiten Schreiben ein anderes Wappen, wiederum mit der Überschrift »Militär-Dienst des Heiligen Stuhles für das 1. Fremdenregiment«. In diesem Formular war handschriftlich vermerkt:

»Der Füsilier Florian Rädle aus Hechingen wird nach vier Jahren abgeleistetem Dienst für das 1. Fremdenregiment in Diensten Seiner Heiligkeit vorzeitig aus dem Dienst entlassen. Der Füsilier ist aufgrund seiner Verletzungen, die er sich im Dienst zugezogen hatte, nur noch eingeschränkt für den militärischen Einsatz zu gebrauchen. Aufgrund des Wunsches des Füsiliers nach Hause zurückkehren zu dürfen, wird diesem Ansinnen beiderseitig entsprochen und der Füsilier aus seinem Verpflichtungsvertrag entlassen. Der Füsilier erhält nach Abzug der Unkosten seinen verbleibenden Sold ausbezahlt. Bologna, 2. Mai 1847, in Vertretung des Kommandanten, Carl d'Auf der Maur, Premierleutnant.«

Das Schreiben war noch mit einem roten Siegel versehen, sodass der Korporal zunächst keinen Grund sah, an der Echtheit des Dokumentes zu zweifeln, und mit seiner Einvernahme fortfuhr. »So, du bist der Florian Rädle aus Hechingen, warst offensichtlich in Diensten des Papstes, bist nicht desertiert, was das zweite Dokument beweist, und willst nun wieder nach Hause. Nach Hechingen. Aber was sollen wir denn in Hechingen mit dir? Du bist ein Krüppel und wirst doch nur aus unserem Armenfonds heraus überleben können. Und warum sollten wir das tun? Du hast doch gar nicht für unseren Fürsten gedient«, bemerkte der Korporal.

Rädle hatte damit gerechnet und antwortete: »Ich habe meinen gesamten Sold der letzten vier Jahre nicht verbraucht und ich will wieder als Tischler oder als Zimmermann arbeiten. Meinen rechten Arm und meine rechte Hand kann ich ganz normal einsetzen. Ich will niemandem auf der Tasche liegen und mein Einkommen selbst besorgen.«

Der Korporal runzelte die Stirn und meinte: »Gut, ich werde dich zunächst für heute wieder als Einwohner von Hechingen, zugehörig zu seiner Hoheit dem Fürsten von Hohenzollern-Hechingen, registrieren. Dann kannst du nach Hause gehen. Aber morgen früh will ich dich hier bei mir wiedersehen. Dann setzen wir die Einvernahme fort und du erzählst mir haargenau, was du dort unten in Bologna gemacht hast. Deinen Fall muss ich dem Fürstlichen Oberamt rapportieren. Hast du mich verstanden?«, wollte der Korporal wissen, dem jetzt langsam die Zeit davon lief, weil er schließlich schon Dienstschluss hatte und diese Angelegenheit lieber morgen in aller Ruhe erledigen wollte. Außerdem war ihm klar, dass er zwar mit den Säbeln rasseln konnte, aber wegschicken durfte er den Krüppel nicht. Die Statuten des Fürstenhauses waren da eindeutig.

»Herr Korporal, ich habe Sie klar und deutlich verstanden. Selbstverständlich bin ich morgen früh wieder hier auf dem Amt, und herzlichen Dank für Ihre Zeit und Ihr Verständnis«, bemerkte Rädle abschließend und verließ die Wache in Richtung seines Elternhauses. Ein erster Stein war von seinem Herzen gefallen.

Was für ein schönes Bild offerierte sich dem zwangsweise Entfremdeten. Hechingen mit seinen schönen, frischen fürstlichen Gebäuden, seiner Ober- und Unterstadt, dem Blick auf die Zollernburg, der Weg vom Marktplatz an der Pfarrkirche Sankt Jakobus vorbei, die Treppen hinunter zur Unterstadt. Alles war Rädle seit seiner Kindheit mehr als vertraut. Aber noch nie hatte Rädle seine Heimat so geschätzt und als so schön empfunden wie in diesem Moment. Er hatte die Gendarmerie am Marktplatz mit großer Sorge betreten, durfte aber jetzt nach Hause. Nach Hause, so lange hatte er sich danach gesehnt. Hoffentlich leben die Eltern noch, schoss es ihm durch den Kopf und hoffentlich steht unser Haus noch, begleiteten erwartungsvolle Gedanken seinen Weg in die Unterstadt, am Unteren Tor vorbei.

Rädle war angekommen. Er stand vor dem kleinen Haus, von dem er vor einigen Jahren aufgebrochen war, um als Zimmermannsgesell auf die Walz zu gehen. Sollte er klopfen, rufen oder einfach nur warten?

Plötzlich kam in Rädle eine Unruhe hoch. Tausende Gedanken schossen in seinen Kopf. Alles, was er die letzten vier Jahre erlebt hatte, lag auf einmal wie ein kaum zu ertragendes Gewicht auf seinen Schultern. Mechanisch hatte Rädle an die kleine hölzerne Tür geklopft, die sich langsam öffnete.

»Florian, bist du es? Oh Gott, hab Dank, dass ich das noch erleben darf. Daran habe ich schon lange nicht mehr geglaubt. Ich dachte, du bist tot.«

»Mutter, ich bin so froh, wieder zu Hause zu sein. Darf ich zunächst bei dir wohnen, bis ich wieder richtig angekommen bin?«

Die kleine, zierliche Person mit grauen Haaren hatte ihren verloren geglaubten Sohn schon in die Arme genommen und schluchzte vor Freude. »Du bist zu Hause. Komm herein. Mein Gott. Würde sich dein Vater freuen.«

»Was ist mit Vater?«, wollte der Rädle wissen. »Er ist gestorben, sobald er davon überzeugt war, dass du nicht mehr nach Hause kommst. Aber jetzt komm. Du hast doch bestimmt Hunger«, beendete Rädles Mutter das Gespräch vor der Tür. Sie nahm ihren Sohn in die Arme, unterdrückte die ersten brennenden Fragen und zog ihn ins Haus.

»So, nun beginnen wir mit der Einvernahme. Es ist Dienstag, der 22. Juni 1847, 9.00 Uhr. Dein Name ist Florian Rädle.

Wann und wo bist du geboren? Wer sind deine Eltern und wo wohnst du in Hechingen?«, wollte Korporal Zekorn von Florian Rädle wissen.

Die Formalitäten waren rasch erledigt und wiesen aus Sicht des Korporals keinerlei Probleme auf. Auch die Entlassungspapiere hatte er sich selbst noch einmal genau angeschaut und seinem Vorgesetzten vorgelegt. Auch hier schien alles in bester Ordnung.

»So, nun erzähl mal, was du da unten in Bologna gemacht und vor allem, was du alles erlebt hast.« Korporal Zekorn war gedanklich schon so weit, dass er den Fall ad acta legen wollte. Schließlich hatte alles seine Ordnung. Florian Rädle war ein Hechinger, war in fremden Diensten eingesetzt und kehrte nach Hause zurück. Seine Papiere waren ordentlich. Seine Eltern, von denen nur noch die Mutter lebte, hatten einen guten Leumund. Also war alles im Lot.

»Nun, Herr Korporal. Ich habe unglaublich viel erlebt auf meinem Weg nach Bologna und während der Unruhen dort unten, aber ich glaube, das würde Sie nur zum Teil interessieren und würde auch sehr viel Ihrer Zeit in Anspruch nehmen. Was ich Ihnen aber auf jeden Fall noch berichten möchte ist, dass ich mit einem Mörder unterwegs war, und dass der immer noch in Bologna dient«, holte Rädle aus und überraschte den Korporal, der das Aktenbündel gerade zuklappen wollte.

Rädle hatte sich fest vorgenommen, den Egle nicht so ohne weiteres ungeschoren davonkommen zu lassen. Schließlich hatte der Egle dafür gesorgt, dass er in diesen Schlamassel hineingezogen worden war. Er war in der Cardinello-Schlucht schon fast entkommen, und der Egle hatte ihn wieder zur Truppe zurückgeführt. Er hatte das Spießrutenlaufen fast nicht überlebt und kehrte als Krüppel nach Hause zurück. Und das alles wegen diesem Mörder. Er wollte sich rächen und empfand dabei Genugtuung. Zwar ging er davon aus, dass dem Egle so weit weg nichts passieren würde, aber trotzdem tat es ihm gut. So viel hatte er die letzten vier Jahre erdulden und erleiden müssen, und jetzt war Zeit für die Abrechnung.

»Na ja, dass ihr Soldaten keine Klosterschüler seid, das ist mir auch klar. Wenn du mir nun berichten willst, dass einer von euch Menschen getötet hat, weil er den Auftrag dazu hatte, das kann ich mir gerne notieren, aber darin sehe ich kein Verbrechen. Das gehört doch geradezu zum Dienst in der Fremdenlegion, dass getötet wird, oder habe ich dich gerade nicht richtig verstanden?«, wollte der Korporal von Florian Rädle wissen.

»Ja, Herr Korporal, Sie haben mich falsch verstanden. Auch ich hätte getötet im Dienst meines Herrn, aber der Fall, von dem ich Ihnen erzählen will, fand hier in der Gegend statt und hat mit dem Soldatenwesen in Bologna nichts zu tun«, antwortete Rädle dem Korporal und spürte, dass es jetzt endlich Zeit war, diesen Teil seiner Reise loszuwerden.

»Also gut, dann erzähl mal«, bemerkte der Korporal immer noch freundlich, wenngleich er seine Stirn runzelte und Rädle intensiv in die Augen blickte.

»Ich war von Lautlingen auf dem Weg nach Meßstetten, wo ich dem Jakob Egle, alias Jakob Boss, oder wie er sich jetzt nennt, Giacomo Boss, das erste Mal begegnete. Unsere Wege kreuzten sich mehrmals. Egle hatte mich bis Unterdigisheim begleitet. Dort wollte ich in der Mühle arbeiten und er weiterziehen. Allerdings hatte er sich mir gegenüber als Jakob Boss vorgestellt und dies glaubte ich bis zu diesem Zeitpunkt auch. Bei ihm handelt es sich um eine auffällige Gestalt. Er ist sehr groß, hat rote Haare und trug zu diesem Zeitpunkt einen roten Vollbart. Ihn traf ich ein paar Monate später in Konstanz wieder. Ich war auf dem Weg nach Sankt Gallen, wo ich als Zimmermann arbeiten wollte, und er schloss sich mir an. Zuvor hatte ich im Hohenzollerischen gearbeitet, wo mir eine

Suchmeldung bekannt wurde. Es wurde einer gesucht, dessen Beschreibung auf Jakob Boss zutraf, den ich kennengelernt hatte. Ich war mir zwar damals nicht sicher, hegte aber, als ich zum ersten Mal davon hörte, sofort den Verdacht, dass es sich bei dem Gesuchten um den handeln könnte, den ich getroffen und der sich mir gegenüber als Jakob Boss ausgegeben hatte. Die Suchmeldung war ausgehängt, und zu dem Zeitpunkt, als ich in Sigmaringen war, war der Mord an einem Bauern auf der Schwäbischen Alb auch Gesprächsthema. Insbesondere auch deshalb, weil er so grausam erschlagen worden war.«

»Du willst mir also jetzt erzählen, dass du vor mehr als vier Jahren einen Jakob Boss getroffen hast, auf den die Beschreibung einer Suchmeldung passt und der jetzt in Bologna Dienst tut, und du meinst, er sei der Mörder?« Zekorns Geduld schien etwas strapaziert zu sein, und er klang nun zwischenzeitlich auch etwas unfreundlich.

»Herr Korporal, da haben Sie natürlich recht. Wer soll auch so eine Geschichte glauben, und vor allem nach dieser Zeit. Aber der Egle hat sich selbst verraten. Beim Appell in der Spiserkaserne in Sankt Gallen. Nachdem wir unsere Rekrutierungsverträge unterschrieben hatten, hat er gegenüber einem Vorgesetzten seinen wahren Namen genannt, um sich danach schnell zu verbessern. Außerdem hat er da unten damit geprahlt, dass er in der Heimat auch schon einen erschlagen hat und das Soldatenhandwerk deshalb nichts Neues für ihn sei. Ich weiß zwischenzeitlich sicher, dass der Jakob Boss, oder wie er sich jetzt nennt Giacomo Boss, in Wirklichkeit Jakob Egle ist. Nach ihm wurde auch gesucht und er macht heute Dienst in Bologna für das 2. Fremdenregiment als Grenadier«, beendete Florian Rädle zunächst einmal seine unglaublichen Ausführungen zu etwas, was der Korporal so gar nicht hören wollte, aber nun in der Pflicht war diese Angaben zu überprüfen.

»Und wann, meinst du, wurde etwas signalisiert, oder wann, glaubst du, ist der Mord passiert, weißt du dazu mehr?«, fragte nun dienstbeflissen Zekorn.

»Natürlich, Herr Korporal, sonst würde ich mich ja nicht trauen, eine solche Anschuldigung loszuwerden. Der Egle, alias Giacomo Boss, prahlte damit, dass er im Winter, es muss das Jahr 1843 gewesen sein, einen Bauern auf der Alb mit einem Deichselnagel mit einem Schlag getötet hatte. Der Bauer hatte ihn mit einer Magd erwischt, mit der er es gerade treiben wollte.«

»Gut, dann nimm hier Platz. Ich überprüfe deine Angaben auf ihren Wahrheitsgehalt. Schließlich müssten wir ja, wenn da etwas signalisiert war, dazu auch etwas in den Akten finden.«

Der Korporal zog sich in die Wache zurück und kam nach etwa einer halben Stunde wieder.

Rädle hatte, wie ihm geheißen worden war, im Vorraum Platz genommen und gewartet.

»Hier habe ich deine Aufenthaltsbescheinigung, und du hast zumindest mit der Suchmeldung recht. Am 31. Januar wurde auf der Schwäbischen Alb bei Burladingen ein alter Bauer mit einem Deichselnagel erschlagen. Die Beschreibung passt eindeutig auf den Giacomo Boss und gesucht wurde seinerzeit ein Jakob Egle. Weißt du auch, dass du den Giacomo Boss des schlimmsten Verbrechens bezichtigst? Kann ich davon ausgehen, dass du hier nichts erfindest und das, was du mir erzählt hast, auch die Wahrheit ist?«, fragte Zekorn ernst nach. Schließlich musste er einen solchen Fall rapportieren und an das Fürstliche Oberamt weiterleiten.

»Herr Korporal, schauen Sie mich doch an. Warum in aller Welt sollte ich eine solche Geschichte erfinden? Wegen dem Egle bin ich zugegebenermaßen tief gefallen und kehre als Krüppel in meine Heimat zurück, aber er hat hier einen Menschen ermordet und das, bevor er Soldat wurde. Nur deshalb ist er ja auch von hier geflohen und letztendlich in Bologna gelandet. Was Sie jetzt mit dieser Information machen, liegt ganz allein in Ihren und vielleicht auch in Gottes Händen. Aber ich habe meine Pflicht und Schuldigkeit getan und einen Mörder der Polizei gemeldet«, endete Rädle seine Ausführungen vor Zekorn.

Der schaute Rädle weiter an und stellte abschließend fest, dass er die Angelegenheit nun aufgenommen habe und rapportieren werde. Er, der Rädle, sei damit vorerst entlassen, solle sich aber in nächster Zeit für eine mögliche weitere Einvernahme zur Verfügung halten.

Am 30. Juni 1847 teilte das Fürstliche Hohenzollern'sche Appellations-Gericht an die Fürstliche Geheime Konferenz mit dringender Korrespondenz mit:

»Dringend!

Betreff: Untersuchung gegen Jacob Egle von Burgfelden, K. W. Oberamts Balingen wegen der Ermordung des Johann Stiefel von der Kuche

Man beriet sich, Hochdemselben, die vorgestern und heute gepflogene Verhandlung mit dem gehorsamsten Antrag vorzulegen: es möchte die sofortige Auslieferung des Egle durch die päpstliche Regierung an unterfertigstes Untersuchungsgericht bewirkt werden. Da die frühern Akten dieses Betreffs nach demselben in Vorlage kommen, erlaubt Underzeichner sich hiermit das Gesuch zu verbinden, solche disseitiger Rath nach Thunlichkeit würde behendigen zu wollen. Verehrungsvollst. Eines fürstl. Appell. Gericht.«

Florian Rädles Einlassungen waren dem Fürstlichen Oberamt Hechingen und dem Königlich Württembergischen Oberamt Balingen vorgelegt worden. Das Oberamt in Balingen war deshalb zuständig, weil Egle aus Burgfelden stammte. Burgfelden gehörte 1847 zur Herrschaft von Württemberg. Den Mord hatte Egle am Edelberg bei Hermannsdorf begangen, zugehörig zum Fürstentum Hohenzollern-Hechingen und deshalb war für die weiteren Ermittlungen oder Maßnahmen das Fürstentum Hohenzollern-Hechingen zuständig. Um eine eventuelle Auslieferung zu erreichen, ging das Ersuchen zunächst an die Fürstlich Geheime Konferenz in Hechingen. Das höchste Gremium, das in der Regel vom Fürsten und in Vertretung vom Erbprinz geleitet wurde und den Fürsten in allen Regierungsangelegenheiten beriet.

FÜRSTLICH GEHEIME KONFERENZ IN HECHINGEN, 1. JULI 1847

»MEINE HERREN, ich darf Sie zu unserer heutigen Sitzung herzlich begrüßen und den Regierungspräsidenten Frank um Bekanntgabe der Tagesordnungspunkte bitten«, begann Fürst Konstantin von Hohenzollern die Sitzung der Geheimen Konferenz an diesem Donnerstagnachmittag.

»Hoheit, meine verehrten Kollegen, wir haben verschiedene Liegenschaftsangelegenheiten zu beraten, um Ihrer geschätzten und hochverehrten Hoheit Rat in diesen Angelegenheiten zu geben. Lassen Sie mich aber gleich zu Beginn auf einen besonderen Antrag des Fürstlichen Oberamtes Hechingen hinweisen. Wenn Einverständnis besteht und Ihre Hoheit dies ebenfalls wünscht, würde ich gerne diesen Tagesordnungspunkt vorziehen«, erläuterte der Regierungspräsident Frank von Fürstenwerth den von ihm als brisant eingebrachten Tagesordnungspunkt.

»Nun, dann lassen Sie hören, verehrter Herr Präsident. Was haben wir denn Dringendes von unserem Oberamt zu hören?«, gab Fürst Konstantin zur Antwort.

»Hoheit, meine Herren Kollegen, die Angelegenheit ist etwas diffizil, weshalb ich mir erlaube, ein Stück weit auszuholen. Vor ein paar Tagen kam ein gewisser Florian Rädle, ein Untertan aus Hechingen, aus Bologna zurück, wo er als Soldat mehr als vier Jahre im Schweizer Fremdenregiment Seiner Heiligkeit gedient hatte und, nachdem sein Dienst zu Ende war, nach Hause entlassen wurde. Soweit ich das aus den Akten entnehmen konnte, ist er während seines Dienstes auch schwerer verletzt worden, sodass er als Soldat wohl nicht mehr zu gebrauchen war. Dieser Rädle hat sich ordnungsgemäß bei unserer Polizei zurückgemeldet und dabei zu Protokoll gegeben, dass ein gewisser Jakob Egle, der weiterhin im Dienst Seiner Heiligkeit in Bologna steht, ein Mörder sei.«

»Na jetzt machen Sie mal halblang, verehrter Herr Präsident, das ist ja nun nichts Besonderes, dass Soldaten töten. Oder was genau wollte uns das Oberamt hier berichten«, meinte süffisant Fürst Konstantin an die anderen Herren gewandt.

»Hoheit, ich bitte um Nachsicht, ich vergaß ergänzend zu erwähnen, dass es sich um einen mehr als vier Jahre zurückliegenden Mord handeln soll, der sich bei uns in Hermannsdorf ereignet hatte«, ergänzte der Regierungspräsident in Richtung seines Fürsten und wollte dessen Geduld nicht überstrapazieren.

»Ach, daher weht der Wind, und jetzt sollen wir uns der Angelegenheit annehmen und den Mörder in Bologna dingfest machen. Ist das der Antrag, Herr Präsident?« Fürst Konstantin blickte zu seinem Regierungschef und erwartete eine klare Antwort.

»Ja, das ist der Antrag des Oberamtes, wobei die Zuständigkeiten nach Artikel 6 des Strafgesetzbuches beim Königreich Württemberg liegen. Der Mörder ist Untertan aus Burgfelden, allerdings wurde ein Untertan Ihrer Hoheit, ein Bauer aus Hermannsdorf, seinerzeit erschlagen. Aufgrund dieser Umstände sind wir involviert, Hoheit.«

»Nun darf ich doch wohl annehmen, dass geprüft wurde, ob ein solches Begehren überhaupt eine Aussicht auf Erfüllung hat. Schließlich, sollte ich Sie richtig verstanden haben, handelt es sich bei dem Mörder um einen Soldaten im Dienste des Papstes und daher schätze ich den Antrag zwar als berechtigt, aber als unerfüllbar ein, oder täusche ich mich vielleicht«, meinte Fürst Konstantin, den die Angelegenheit nicht so sehr interessierte und der sie aufgrund der Umstände nicht unbedingt weiter behandeln wollte.

Doch sein Regierungschef Frank wollte den Fall nicht gleich fallen lassen. Er selbst erinnerte sich noch an die Ermordung dieses Bauern. Zumindest daran, dass der Mord viel Aufsehen verursacht hatte. Die Bevölkerung hatte in den letzten Jahren immer wieder deutlich gemacht, dass sie mit der Regierung und dem Desinteresse an dem eigentlichen Schicksal des Volkes nicht mehr einverstanden war. Regierungspräsident Frank sah in dem Fall die Chance, der Bevölkerung zu vermitteln, dass es seiner Hoheit nicht gleichgültig war, was mit seinen Untertanen passierte, und er an den Schicksalen seiner Anvertrauten Anteil nahm.

»Hoheit, Sie täuschen sich nie. Erlauben Sie mir auf den Umstand hinzuweisen, dass es bei Ihren Untertanen sehr gern gesehen würde, wenn wir uns um das zurückliegende Schicksal eines alten und armen Bauern annehmen und den Fall, trotz seiner voraussichtlichen Unerfüllbarkeit, nicht von vornherein ad acta legen. Wenn Sie erlauben, Hoheit, kümmere ich mich persönlich um den Fortgang des Verfahrens und rapportiere in Ihrem hochlöblichen Namen an das Königliche Justizministerium nach Stuttgart. Auch würde ich die Presse involvieren, damit über die gute Tat des Hauses Hohenzollern berichtet würde.«

Fürst Konstantin von Hohenzollern hatte seinem Regierungschef aufmerksam zugehört. Schließlich war auch an ihm nicht vorbeigegangen, dass sich die Welt veränderte und der Herrschaftsanspruch immer wieder, und in letzter Zeit vermehrt, auch von seinen Untertanen infrage gestellt wurde. In der Lombardei, und gerade auch dort in Bologna im Kirchenstaat, hatte es in der Vergangenheit immer wieder Unruhen gegeben und, auch Hohenzollern blieb von den Umbrüchen nicht verschont. Mit welchen Auswirkungen für das Fürstenhaus konnte Konstantin zu diesem Zeitpunkt allenfalls erahnen, aber noch nicht wissen. Aber er spürte, dass er volksnäher sein musste, um weiter als Fürst regieren zu können, und insofern unterstützte der Rat seines Regierungschefs seine Person. »Herr Präsident, Sie überraschen mich immer wieder mit Ihrem Scharfsinn. Setzen Sie gerne in meinem Namen eine Depesche an das Königliche Justizministerium auf und legen Sie mir das Schreiben vor, damit ich es selbst unterzeichnen kann. Danke.«

Der Fürst hatte entschieden und damit war der Tagesordnungspunkt zunächst erledigt. Fürst Konstantin und auch sein Regierungschef Frank gingen einvernehmlich davon aus, dass die Depesche wohlwollend vom Königlichen Justizministerium behandelt, aber aufgrund der Umstände nicht weiter verfolgt würde. Auf jeden Fall hatte dann in diesem Casus den

Schwarzen Peter nicht das Fürstenhaus, sondern man konnte diesen dem Königreich Württemberg zuschieben.

So verfasste Regierungschef Frank eine Depesche nach Stuttgart und schilderte die Umstände seines Begehrens. Die Depesche landete auf dem Schreibtisch von Regierungsassessor Scheufele.

Am 7. Juli 1847 verfasste Scheufele folgendes Schreiben an seine Departements Spitze:

»Aus dem angeschlossenen Schreiben der Fürstlichen Geheim Conferenz aus Hechingen und dessen Beilagen wird das K. Justizministerium ersehen, daß Jacob Egle aus Burgfelden OA Balingen, verdächtig ist, sich bei der Tödtung des Johann Stiefel aus Hermannsdorf, welcher am 31. Januar 1843 in dem Bezirk des Oberamts Hechingen erfolgte, betheiligt zu haben, und daß die Geh. Conferenz die Bitte stellt, die Auslieferung dem Oberamt Hechingen zur Einleitung der strafrechtlichen Untersuchung übergeben zu wollen den letzten Teil dises Gesuches kann, wie sich von selbst versteht, nach Art. 6 des Strafgesetzbuchs v.1. März 1839 nicht entsprochen werden, es fragt sich aber, ob auf dem Grund der anliegenden Anzeigen für ein schweres Verbrechen das zuständige württembergische Gericht das Gesuch zur Auslieferung beantragen will, wobei indessen immer zweifelhaft bleibt, ob einem solchen Antrag von der päpstl. Regierung wird entsprochen werden. Indem der Unterzeichnende die ihm zugekommen Acten zur Entscheidung dieser Frage dem sich mitzutheilen die Ehre hat, sieht in einer baldigen Rückäußerung ergebenst entgegen.«

»Schicken Sie nach Regierungsassessor Scheufele und sagen Sie ihm, dass ich den vorgelegten Fall des Mordes an diesem

Stiefel besprochen haben will. Danke!« Der stellvertretende Departements-Vorsitzende im Württembergischen Justizministerium entsandte seinen Sekretär zum Beamten Scheufele, um diesen seltsamen Antrag aus Hechingen zu bearbeiten. Der eigentlich zuständige Departements-Vorsitzende ging Regierungsgeschäften in München nach. Es galt, die Umbrüche und Unruhen in den verschiedenen Regionen und Ländern miteinander zu bewerten. In jedem Fall hatte Gaisberg jetzt das Sagen in der Abteilung, und das genoss er.

»Scheufele, was haben Sie mir denn hier wieder für einen ungeheuren Vorgang vorgelegt? Die Hechinger haben sie wohl nicht alle. Wir sollen einen Mörder für sie in Bologna dingfest machen. Dazu müssten wir doch überhaupt erst einmal wissen, ob das alles so stimmt, oder, Scheufele?«, endete der Vortrag von Gaisberg in einem überaus wichtigen Ton.

Scheufele hatte zugehört und entgegnete seinem derzeitigen Vorgesetzten, ebenfalls in einem äußerst wichtigen Tonfall: »Da haben Sie unbedingt recht, und ich lege den Vorgang gerne ad acta. Schließlich macht das alles nur Arbeit, und wenn es zu Beschwerden kommt, kann der Departements-Vorsitzende diesen ja dann bearbeiten lassen. Ich sehe das gerne wie Sie, Herr Gaisberg.«

»Warum Beschwerden?«, fragte Gaisberg vorsichtig bei seinem Beamten nach.

»Na ja, wir haben ein Schreiben einer befreundeten Regierung auf Auslieferung eines Mörders, der bei uns wohnhaft war und jetzt für Seine Heiligkeit Dienst tut. Diese Umstände sind brisant und wir sollten wenigstens so tun, als ob uns das interessierte. Dass man uns dies in Bologna unter Umständen auch als Versäumnis auslegt, sollte es anderweitig bekannt werden, glaube ich zwar nicht, aber ich wollte es erwähnen. Außerdem, wenn wir gar nichts unternehmen, liegt das Versäumnis unter Umständen bei Ihnen und wird Ihnen angelastet.«

Scheufele hatte mit Genuss die Mimik seines Vorgesetzten bei seinem Vortrag mitverfolgt. Seit der eigentliche Vorsitzende weg war, ärgerte Gaisberg ihn den ganzen Tag mit seiner Wichtigtuerei. Diese kleine Retourkutsche hatte er sorgfältig vorbereitet, und das gefiel ihm.

Gaisberg hatte konzentriert zugehört und wollte natürlich in seiner Abwesenheitsvertretung keine Fehler machen.

»Na, was schlagen Sie dann vor, Scheufele? Sollen wir den Fall nach Rom melden? Die lachen uns doch aus. Wir haben kein Auslieferungsabkommen mit dem Kirchenstaat«, bemerkte Gaisberg.

»Da haben Sie recht. Deshalb würde ich den Fall noch etwas anfüttern und konkretisieren. Beauftragen wir doch einfach den Criminal-Senat des Königlichen Gerichtshofs in Tübingen. Dann gewinnen wir Zeit und wissen danach etwas mehr.«

Gaisberg, dessen Blutdruck sich beim Vortrag von Scheuffele deutlich erhöht hatte, entspannte sich bei diesem genialen Schachzug seines Beamten. So konnte man ihm kein Versäumnis vorwerfen, aber auch keine falschen und übereilten Weichenstellungen.

»Und was ist, wenn der Criminal-Senat mit seiner Arbeit fertig ist?«, wollte Gaisberg von seinem Regierungsassessor wissen.

»Nun, der Criminal-Senat wird die Fakten zusammenführen, die damaligen Akten zusammentragen und möglicherweise den Verhaftungsbefehl für den Egle beibringen. Wenn das alles vorliegt, können wir das zuständige Ministerium anschreiben und den Vorgang vorlegen«, meinte routiniert der Scheufele, dem gefiel, dass er bei dieser Angelegenheit Oberhand hatte.

»Gut, Herr Scheufele, Danke für Ihren Vortrag. Ich überlege es mir«, stellte Gaisberg abschließend fest und entließ seinen Mitarbeiter.

Folgendes Schreiben verließ das Justizministerium in Richtung des Königlichen Ministeriums für auswärtige Angelegenheiten:

Stuttgart, den 10. Aug. 1847

Note des Justizministeriums an das K. Ministerium der auswärtigen Angelegenheiten in Betreff der Untersuchungs-Sache gegen Jacob Egle von Burgfelden, Oberamts Balingen, wegen Tödtung des Johann Stiefel von Hermannsdorf, Fürstl. Oberamts Hechingen

Notiz unten: Beilage 2 mit Haftbefehl

Nach Empfang der verehrlichen, den nebenerwähnten Gegenstand betreffenden, Nota vom 7. v. M. hat das Justiz-Ministerium ungesäumt dem Criminal-Senate des K. Gerichtshof in Tübingen die angemessene Verfügung und Berichts-Erstattung aufgetragen. Hierauf ist von diesem Senate unter dem 6. d. M. der beifolgende, vom dem K. Oberamtsgerichte Balingen ausgefertigte, Verhaftungs-Befehl vorgelegt worden, welchen der Unterzeichnete dem K. Ministerium der auswärtigen Angelegenheiten mit dem geziemenden Ersuchen um weitere gefällige Einleitung und um dereinstige geneigte Mittheilung des Ergebnisses zu übermachen sich beehrt. Für den Departements Chef Gaisberg.

FÜR JETZT AD ACTA

»SAGEN SIE MIR mal, mein lieber Referent Maier, was will denn dieser Gaisberg aus dem Justizministerium mit diesem Antrag an die päpstliche Regierung? Sehen Sie in diesem Schreiben überhaupt einen Sinn?«, wollte Staatsrat von Wechter von seinem Referenten Maier wissen.

Der Vorgang hatte Eingang im Königlichen Ministerium für auswärtige Angelegenheiten gefunden und war dem Referenten Maier zugeteilt worden. »Wir haben zum einen kein Auslieferungsabkommen mit der päpstlichen Regierung in Rom und warum sollen wir denn wegen einem Fall, der mehr als vier Jahre zurückliegt, und der noch nicht einmal in Württemberg passiert ist, derart diplomatische Kunstgriffe versuchen?«, ärgerte sich der Staatsrat vor seinem Referenten weiter.

»Nun, Herr Staatsrat, erlauben Sie mir darauf hinzuweisen, dass ich mich vollumfänglich Ihrer Bewertung des Casus' anschließe, dennoch aber anrate, den Fall vorzutragen. Wir haben, wie Sie festgestellt haben, kein Auslieferungsabkommen mit Rom. Wenn wir aber der Fürstlichen Geheimen Konferenz rückmelden können, dass wir uns gekümmert haben, liegt die Entscheidung außerhalb unserer Reichweite, und man ist mit uns zufrieden«, bemerkte Referent Maier und bewertete damit das Vorgehen ähnlich wie der Regierungsassessor im Justizministerium. »Wir könnten den Fall nach Rom abgeben. Unser römischer Konsul könnte sich mit der Angelegenheit befassen und mitteilen, dass eine Auslieferung durch den Kirchenstaat nicht möglich ist, und damit haben wir die Angelegenheit zur Zufriedenheit aller erledigt und waschen unsere Hände in Unschuld. Es kann dann keiner sagen, wir hätten uns nicht bemüht. Man kann die Angelegenheit aber auch ganz anders sehen, verehrter Herr Staatsrat.«

Staatsrat von Wechter hatte seinem Referenten gut zugehört und überlegte.

»Na, vielleicht haben Sie recht. Aber was passiert, wenn der Konsul Kolb in Rom angehört und uns der Mörder ausgeliefert wird?«, wollte der Staatsrat noch wissen.

»Das wird sicher nicht passieren. Seine Heiligkeit weiß, dass Mörder bei uns mit der Todesstrafe rechnen müssen, und deshalb wird es, unabhängig vom fehlenden Auslieferungsabkommen, keine Auslieferung geben. Wenn Sie mir aber erlauben, würde ich dennoch diplomatisch und rechtlich korrekt auf alle Details, die zu klären sind, eingehen«, erläuterte Maier seinem Vorgesetzten.

»Was meinen Sie damit, Maier?«

»Ich beehre mich in Ihrem geschätzten Auftrag, einen Brief an Herrn Konsul von Kolb zu verfassen, weise auf die gesamten Umstände des Falles hin und teile auch unsere Einschätzung mit.«

»Gut, Herr Maier, stellen Sie die Fakten in einem Brief zusammen und legen ihn mir zur Unterschrift vor. Sonst noch etwas, was es zu beachten gäbe?«, wollte Staatsrat Wechter wissen.

»Ja, eine Selbstverständlichkeit, die Sie in Ihrem Auftrag an mich schon erteilt haben. Ich würde auch ein Schreiben an die Geheime Konferenz vorbereiten, damit dort erkannt wird, wie sehr wir uns bemühen, und würde in diesem Brief auch klarstellen, dass, sollte es zu einer Auslieferung kommen, das Königreich Württemberg nicht an das Fürstentum Hechingen ausliefert, sondern der Fall im für den Wohnort des Egle zuständigen Oberamt Balingen verhandelt wird.«

Staatsrat von Wechter blickte wohlwollend zu seinem Referenten und dachte bei sich, dass er den Maier bei nächster

Gelegenheit wieder einmal beim Minister positiv erwähnen sollte. »Gut gedacht, Maier, genauso machen wir es.«

Das Schreiben des Königlichen Ministeriums für auswärtige Angelegenheiten an den Königlichen Konsul von Kolb in Rom, datiert vom 13. August 1847, hatte nachfolgend aufgeführten Inhalt:

Euer Hochwohlgeboren, werden aus dem angeschlossenen, von dem K. Oberamts-Gericht Balingen ausgestellten Verhaftungsbefehl ersehen, daß Jacob Egle von Burgfelden, K. Württ. Oberamts Balingen, dringend verdächtig ist, sich bei der am 31. Januar 1843 in dem Bezirk des Fürstl. Hohenzollernschen Oberamts Hechingen erfolgten Ermordung des Johann Stiefel von Hermannsdorf betheiligt zu haben, und daß deshalb das zur Untersuchung gegen Egle zuständige Oberamts-Gericht Balingen dessen Verhaftung beschlossen hat. Da nun nach der Aussage eines beeidigten Zeugen, welcher früher unter den päpstlichen Truppen gedient hat, derselbe Egle übrigens unter dem angenommenen Namen ›Bass oder Boss‹ in päpstlichen Militärdiensten stehen soll, und zwar bei den gegenwärtigen in Bologna garnonisierenden Regimentern, unter dem Befehl eines Oberst Rönne stehenden 2. Fremdenregiment, im 2. Bataillon, unter den Grenadieren, so ersuche ich Euer Hochwohlgeboren von der päpstlichen Regierung, unter Beachtung des angeschlossenen Verhaftungsbefehls, die Verhaftung eines schweren Verbrechens angeschuldigten Egle und dessen Auslieferung an das K. Oberamts-Gericht in Balingen zu verlangen, wobei der Ersatz der aus dieser Auslieferung nun erwachsenden Kosten zugesichert werden kann. Ich bitte Euer Hochwohlgeboren, mir über den Erfolg Ihrer Bemühungen baldigen Bericht zu erstatten, und benütze diesen Anlaß, diselben meiner vollkommenen Hochachtung zu versichern. Handschriftliche Anmerkung: Referent bezweifelt übrigens, wie schon in der Nota von d. K. Justiz Minist. ausgedrückt wurde, daß die päpbstl. Regierung zur Auslieferung sich herbeiläßt.« Gez. Staatsrat von Wechter

Das Schreiben an die Fürstliche Geheime Konferenz, datiert ebenfalls vom 13. August 1847:

Hochfürstliche Geheime Konferenz! Mittels verehrlichen Schreibens vom 1. vorigen Monats hat eine hochfürstl. Geheime Konferenz den Antrag bei uns gestellt, die Auslieferung des der Theilnahme an der Ermordung des Johann Stiefel von Hermannsdorf dringend verdächtigen Jacob Egle aus Burgfelden Oberamt Balingen, der sich gegenwärtig unter den päpstlichen Truppen in Bologna befinden soll zu veranlaßen, und denselben sodann dem Fürstl. Oberamt Hechingen zur Untersuchung d.s.a. übergeben zu laßen. Wir beehren uns hierauf zu erwidern, daß heute der K. Consul in Rom beauftragt worden ist, diese Auslieferung von der päpstlichen Regierung zu begehren, was dagegen den jenseitigen weiteren Wunsch, die Übergabe des Egle an das Oberamt Hechingen behufs der Untersuchung d.s.a. betrifft, so bedauern solchem nicht entsprechen zu können, indem der Art. 6 des Strafgesetzbuchs vom 1. März 1839 anordnet, daß kein Inländer wegen einer strafbaren Handlung, sie sey im In- oder Ausland begangen, einem fremden Staate zur gerichtlichen Verfolgung ausgeliefert werden könne. Wir mußten deshalb von der päpstlichen Regierung die Auslieferung des Egle an das K. Oberamtsgericht Balingen verlangen und es wird, wenn dem Antrag entsprochen werden sollte, bei disen die Untersuchung geführt werden. Ein Umstand der übrigens, falls bei dem Oberamt Hechingen gegen Theilnehmer an dem Verbrechen Untersuchungen zu pflegen wäre, den Transport des Egle nach Hechingen behufs der nöthigen Confrontation oder dgl. nicht ausschließen würde. Indem wir uns endlich die künftige Zurückgabe der dem verehrlichen Schreiben beigelegt gewesenen Acten vorbehalten, benützen wir mit Vergnügen auch disen Anlaß zu erneuter Versicherung unserer vollkommensten Hochachtung. Stuttgart K. Württ. Ministerium der auswärtigen Angelegenheiten für den Minister von Wechter 13/8/47«.

»Der Empfang beim französischen Botschafter Rossi ist heute wieder vorzüglich gestaltet, finden Sie nicht auch, mein lieber Konsul?«, begann Ministerialrat von Heben die Konversation mit Konsul von Kolb, den er im Zuge einer Reise in Rom besuchte.

»Mein lieber Herr Ministerialrat, Sie wissen doch, dass die Römer mehr vom Leben und der Lebenskultur verstehen als wir. Aber verraten Sie mich nicht, sonst nimmt mir das unsere Exzellenz, Graf von Beroldingen, womöglich noch krumm«, antwortete Konsul von Kolb.

»Herr Ministerialrat, was hält man denn in Stuttgart von der neuen Politik Seiner Heiligkeit? Wie Sie wissen, hat Papst Pius IX. sein Pontifikat mit liberalen Reformen begonnen. Es gibt in Rom einen Staatsrat, eine Bürgerwehr, Pressefreiheit und er hat sogar eine Zollunion für alle italienischen Staaten vorgeschlagen.«

»Geschätzter Herr Konsul, ich kann so viel aus dem Staatssekretariat sagen, dass unser hochgeschätzter König Wilhelm sich um die Zukunft des Kirchenstaates in Europa sorgt. Auch im Königreich werden Reformen verlangt. Die liberale Macht ist auf dem Vormarsch und wird von den äußeren Umständen der schlechten Ernte im letzten und so, wie es aussieht, auch in diesem Jahr, unterstützt. Auch Kopfzerbrechen macht ihm die damit einhergehende Abwanderung der Bevölkerung ins Ausland, insbesondere nach Amerika, das ist derzeit wohl seine größte Sorge, die ihn beschäftigt. Aber auch die Umstände und Umtriebe in Italien werden von unserem hochlöblichen König aufmerksam verfolgt und mit Sorge gesehen. Aber Württemberg ist nicht der Kirchenstaat, und Stuttgart ist nicht Rom, und insoweit genießen wir diesen herrlichen Abend in Rom und lassen die Staatsgeschäfte für ein paar Stunden ruhen, oder, Herr Konsul?«, bemerkte Ministerialrat von Heben lächelnd und wollte sich wieder dem südländischen Flair widmen.

»Eine unbedeutende Angelegenheit wollte ich noch ansprechen, wenn Sie erlauben«, erwiderte Konsul von Kolb seinem württembergischen Gesprächspartner.

»Nur zu, Herr Konsul, dazu sind solche Abende ja geradezu prädestiniert.«

»Wir haben einen unglücklichen Fall hier zu vertreten, den uns das hochverehrte Königliche Ministerium der auswärtigen Angelegenheiten übertragen hat«, begann Konsul von Kolb seine Ausführungen.

»Nur zu, Herr Konsul, ich nehme die Angelegenheit, wenn es für Sie von Bedeutung ist, gerne mit nach Stuttgart zurück und berate mich im Staatssekretariat darüber.«

»Nein, nein, Herr Ministerialrat. Der Brief ist eindeutig abgefasst, und mich interessiert nur Ihr Rat. Das Ministerium für auswärtige Angelegenheiten wünscht, dass wir uns bemühen, auf diplomatischem Weg einen angeblichen Mörder dingfest zu machen, um ihn gegebenenfalls nach Württemberg auszuliefern.«

»Wo und wann wurde die Tat denn begangen?«, wollte nun Ministerialrat von Heben, neugierig geworden, wissen.

»Das ist ja das Besondere. Der Mord ereignete sich vor mehr als vier Jahren im Fürstentum Hohenzollern-Hechingen. Der Mörder, der aus Württemberg stammt, soll in Bologna beim 2. Päpstlichen Fremdenregiment eingesetzt sein.«

»Ja wissen wir denn, um wen es sich handelt?«, fragte Ministerialrat von Heben nach.

»Ja, wir können den Angaben zufolge die Person identifizieren. Er wurde von einem ehemaligen Kameraden, der ebenfalls dort unten gedient hat und nach Hause zurückgekehrt ist, angezeigt.«

»Ja, mein geschätzter Konsul. Das ist ein schwieriger Akt. Wir haben dafür keinen diplomatischen Status mit Rom, und damit würde die päpstliche Regierung die Auslieferung verweigern. Sie können aber die Verhaftung verlangen und sich vielleicht später mit viel Mühen auf eine Auslieferung einigen.«

»Haben Sie Dank, verehrter Ministerialrat. Ich werde mein Möglichstes tun und Sie gerne auf dem Laufenden halten«, antwortete von Kolb und dachte, dass er mit wenig Aufwand den Vorgang beenden werde.

In diesem Sinne ging am 26. August 1847 von Konsul von Kolb folgender Brief an das Königliche Ministerium für auswärtige Angelegenheiten:

Für jetzt ad acta

Ich habe die Ehre gehabt, das Schreiben des hochlöblichen Staatsrath von Wechter vom 13. August zu erhalten. – Ehe ich förmlich die Auslieferung des darin besprochenen Jakob Egle verlangte, wollte ich vorher mit einem Ministerial-Rath im Staatssekretariat sprechen. – Er bemerkte mir, daß die Regierung, weil kein Cartell mit Württemberg bestehe, die Auslieferung verweigern würde, daß er aber rathe indessen die Verhaftung des Inculpaten zu verlangen, um sich später freundschaftlich über dessen Auslieferung zu verständigen; – er meinte, daß dann nachher weit weniger Schwierigkeiten gemacht werden würden. – Ich werde mich nun nach diesem Rath benehmen, und solchergestalt den Auftrag des Hohen Ministeriums in zwei statt in einem Male ausführen.

STAATSSEKRETARIAT DES PAPSTES IN ROM

»SIE FINDEN IHRE POST wie immer auf dem Beistelltisch neben dem großen Schreibtisch, verehrte Exzellenz. Darf ich Ihnen Ihr Frühstück servieren?«, wollte der diensthabende Priester von Staatssekretär Kardinal Ferretti wissen.

»Bringen Sie Tee. Ich hatte schon etwas«, antwortete der vor wenigen Wochen neu ins Amt beförderte Ferretti.

Der zweiundfünfzigjährige Ferretti, der entfernt mit Seiner Heiligkeit verwandt war, setzte sich an seinen Schreibtisch und ging die Post durch.

Papst Pius IX. hatte den noch relativ jungen Kardinal Ferretti aus Urbino als päpstlichen Legat abberufen und ihn zum Kardinalstaatssekretär ernannt. Damit hatte er ihn mit einem des politisch mächtigsten Amtes im Kirchenstaat betraut.

»Ist der Sekretär nicht im Haus?«, wollte Ferretti wissen, der von seinem Schreibtisch einen herrlichen Blick über den Petersplatz genoss und dem seine neue verantwortungsvolle Stellung durchaus gefiel.

Der Priester hatte sich jedoch entfernt und hörte Ferrettis Frage nicht mehr. Ferretti sichtete zunächst den ganzen Inhalt der Schreibmappe. Dabei stachen ihm zwei Briefe besonders ins Auge. Es war zum einen ein Brief von Giuseppe Mazzini und zum anderen ein Brief vom österreichischen Kanzler Fürst Metternich.

Giuseppe Mazzini, der italienische Nationalheld, forderte Seine Heiligkeit auf, sich an die Spitze der nationalen Bewegung zu stellen. Mazzini argumentierte mit der Verbundenheit des Volkes mit der Kirche, die er ohne die Führung durch den Papst als gefährdet beschrieb. Pius IX. hatte sich zu Beginn seines Pontifikats auf Grundlage seiner liberalen Politik völlig unabsichtlich mit den Österreichern verfeindet und wurde deshalb vom Volk als Galionsfigur des »Risorgimento« gefeiert. Mazzini, der sich der Schaffung einer Republik Italien verschrieben hatte, zählte auf Seine Heiligkeit und wollte ihn für die nationale Bewegung gewinnen.

Metternich hingegen antwortete Seiner Heiligkeit auf die vom Heiligen Stuhl an den Kaiser von Österreich gerichtete Protestnote, in der Pius auf die Verstärkung der österreichischen Besatzungstruppen um mindestens neunhundert Mann in Ferrara hingewiesen hatte und dies als Provokation des Kirchenstaates wertete.

»Nun, mein lieber Sekretär, wie sehen Sie das? Sollen wir dem Metternich nochmals antworten oder lassen wir die Angelegenheit erst einmal auf sich beruhen? Die Antwort, die er uns geschrieben hat, ist sehr diplomatisch formuliert und völlig unverbindlich. Eigentlich wollten wir erreichen, dass die Österreicher die Verstärkungen aus Ferrara wieder abziehen. Schließlich wollen die ja hoffentlich keinen Krieg provozieren«, meinte Ferretti an seinen Sekretär gewandt.

»Eure Exzellenz, ich schreibe, was Sie mir auftragen. Wenn Sie aber meine Meinung wissen wollen, dann würde ich momentan von einer weiteren Korrespondenz absehen. Es braut sich in der Bevölkerung gerade sehr viel Unmut zusammen, und vielleicht sind wir am Ende über eine Unterstützung der Österreicher froh. Das Haus Habsburg ist nach wie vor der römisch-katholischen Kirche sehr verbunden. Die weltlichen Ziele teilen wir zwar nicht, aber ich empfehle zu warten«, antwortete der Sekretär seinem Vorgesetzten.

Kardinal Ferretti war mit dieser Antwort zufrieden. »Sie haben recht. Die Österreicher haben zwar den Papst provoziert, aber sie werden ihre Soldaten aus Ferrara nicht in Richtung Bologna marschieren lassen. Belassen wir es vorerst ohne weitere Korrespondenz mit den Habsburgern. Mazzini, antworten Sie bitte, dass Seine Heiligkeit in erster Linie Seelsorger und Hirte der Gläubigen ist. Die ›Viva Pio Nono‹-Rufe des Volkes haben den Papst erfreut, und Seine Heiligkeit wünscht ihm viel Erfolg und gutes Gelingen und so weiter. Schreiben Sie dann noch das Übliche«, meinte Ferretti abschließend zur Korrespondenz mit dem Nationalisten Mazzini.

Nach Durchsicht der gesamten Tageskorrespondenz blieb noch ein Brief des Königlich Württembergischen Konsuls übrig, den Ferretti zunächst gar nicht beachtet hatte.

Konsul von Kolb hatte sich an das Staatssekretariat gewandt und mit einem kurzen Schreiben die Umstände seines Ersuchens, den Jakob Egle betreffend, erläutert. Dabei hatte er sich, wie ihm Ministerialrat von Heben geraten hatte, auf die Festnahme und den im Raume stehenden Mord bezogen.

»Antworten Sie dem Konsul von Kolb, dass wir uns der Angelegenheit annehmen, aber legen Sie sich inhaltlich nicht fest. Besorgen Sie noch einen Brief an unseren Legaten in Bologna, lassen Sie feststellen, ob es diesen Soldaten im päpstlichen Regiment gibt. Wenn ja, dann soll er zunächst einmal arretiert werden. Dann sehen wir weiter.«

Der Tag im Apostolischen Palast in Rom ging zu Ende. Ferretti hatte sich zum Abendessen mit einem befreundeten Kardinal verabredet und den Palast in Richtung der Engelsburg verlassen. Sein neues Amt war anstrengend, und die Zeit, die ihm noch blieb, auch das eine oder andere weltliche Vergnügen zu genießen, war begrenzt.

Der Sekretär tat, wie ihm geheißen wurde, teilte aber, entgegen Ferrettis Auftrag, zunächst unverbindlich zu bleiben, dem Konsul von Kolb mit, dass es beabsichtigt sei, den Soldaten festzustellen und gegebenenfalls auch zu arretieren.

KASERNENDIENST IN BOLOGNA

»Wir haben heute Abend Ausgang. Gehen wir noch auf einen Schluck Wein und treffen vielleicht ein paar Weiber«, meinte Jakob Egle zu Ernst Bloch.

»Du hattest doch beim letzten Mal genug Ärger. Die, mit der du was hattest, war die nicht verheiratet?«, fragte der Bloch lachend nach.

»Du hast recht, Ernst. Sie war verheiratet, aber das war mir und vor allem auch ihr an dem Abend egal. Blöd war halt, dass ihr Alter dazu kam«, antwortete Egle scherzend in Richtung Bloch.

»Ja, und blöd war auch, dass der Unteroffizier Maler ziemlich verärgert war. Du weißt, dass wir nach den Statuten mit der Bevölkerung keinen Kontakt haben dürfen, und da gehört das wohl auch dazu«, antwortete Bloch und lachte.

»Also, dann besuchen wir heute Abend das ›del Sole‹, gehen allen Weibern aus dem Weg und lassen uns volllaufen. Einverstanden?«, meinte Egle.

»Wir gehen in die Stadt, und wenn du wieder so besoffen bist wie beim letzten Mal, dann lässt du die Weiber eh nicht in Ruhe«, antwortete Bloch, der in den vier Jahren, die er Egle schon kannte, so manche Geschichte mit ihm erlebt hatte.

»Giacomo Boss, melden Sie sich umgehend beim Premierleutnant d'Auf der Maur. Es scheint was Wichtiges zu geben.«

Unteroffizier Maler hatte die Schlafstube, in der sich die beiden Grenadiere aufhielten, betreten und wollte vor Dienstschluss seinem Befehl aus dem Hauptquartier noch nachkommen.

»Jawohl, Herr Unteroffizier«, antworteten beide mechanisch und hatten sich in Habachtstellung vor Maler aufgebaut.

»Rühren.«

»Darf ich fragen, worum es geht?«, wollte Bloch, neugierig geworden, wissen.

»Für dich geht es um gar nichts. Der Boss hat sich zu melden. Du kannst mich auch gleich begleiten.«

Unteroffizier Maler drehte sich um und verließ den Raum.

»Los, Boss, mitkommen.« Ganz genau wusste er nicht, worum es ging. Aber er hatte gehört, dass der Boss was Schlimmeres angestellt haben musste. Die Geheimnistuerei vom Premierleutnant hieß in der Regel auch nichts Gutes. Maler hoffte, dass er ihn behalten konnte. Der Mann hatte sich als wirklich guter und zäher Grenadier erwiesen. Seine gelegentlichen Eskapaden und Schlägereien mit der Bevölkerung ließ ihm Maler zwar nicht ungestraft durchgehen, aber schließlich waren seine Soldaten auch Männer, die immer mal wieder der Hafer stach. Das eintönige Kasernenleben, täglicher Drill ohne richtigen Kampf trug zu solchen Ausrutschern bei, und da war der Boss nicht der Einzige, der immer mal wieder die Regeln brach. Außerdem sollte seine Einheit nach Rom verlegt werden. Dort schienen die Unruhen in der Bevölkerung zu wachsen und Seine Heiligkeit zu beunruhigen. Dafür brauchte Maler alle seine Soldaten, nun sollte es nach vier Jahren Kasernendienst erst richtig losgehen.

»Sind Sie Giacomo Boss und dienen Sie seit mehr als vier Jahren für Seine Heiligkeit als Grenadier, zuerst im 1. und dann im 2. Regiment?«, wollte Premierleutnant Carl d'Auf der Maur von Jakob Egle wissen, der vor ihm angetreten war.

Der Premierleutnant trug eine mit goldenen Kordeln und vielen Orden dekorierte Uniform, und sein Auftritt verschaffte ihm auch ohne große Worte den größten Respekt.

»Jawohl, Herr Premierleutnant«, antwortete, wie aus der Pistole geschossen, Jakob Egle.

»Gut, ich mache es kurz. Sie werden beschuldigt, einen Mord begangen zu haben. Mir liegt ein Brief aus Rom vor, aus dem das hervorgeht. Mehr weiß ich nicht. Aber wir sollen Sie zunächst arretieren. Dann warten wir das Weitere ab. Haben Sie mich verstanden?«, wollte der Premierleutnant noch wissen.

»Ja, das habe ich«, antwortete Egle mit gesenktem Kopf.

»Unteroffizier, verbringen Sie den Grenadier vorläufig in den Arrest. Sobald Oberst Rönne zurück ist, erwarte ich weitere Weisungen. Sie können jetzt abtreten«, ergänzte Carl d'Auf der Maur und hoffte, dass es sich um eine Verwechslung handelte.

DER KÖNIG WIRD INVOLVIERT

»Na, mein lieber Herr Staatsrat von Wechter, wie gingen die Geschäfte während meiner Abwesenheit hier im Haus?« Der Minister für auswärtige Angelegenheiten war von seiner mehrwöchigen Reise aus Bayern und Österreich zurückgekehrt und wollte sich rasch nach seiner Rückkehr ein Bild über die erledigten und vor allem noch unerledigten Amtsgeschäfte machen. Er wusste, dass er in Staatsrat von Wechter einen loyalen und auch guten Vertreter hatte, auf den er sich verlassen konnte. Nichtsdestotrotz musste er sich rasch wieder einarbeiten. Die Verantwortung gegenüber seiner Majestät oblag ihm und nicht dem Staatsrat.

»Eure Exzellenz, wir konnten die dringendsten Angelegenheiten hoffentlich zu Ihrer Zufriedenheit erledigen, aber wir haben auch ein paar Fälle, die unbedingt Ihrer Genehmigung bedürfen und die Sie kennen müssen. Einen solchen Fall erlaube ich mir Ihnen vorzutragen, wenn Sie, verehrte Exzellenz, dies gestatten.«

»Nur zu, Herr Staatsrat, nur zu«, antwortete Graf von Beroldingen, der Minister für auswärtige Angelegenheiten, gut gelaunt.

»Ja, vielleicht ist es sogar ein Fall für den Geheimen Rat, aber das stelle ich selbstverständlich seiner Exzellenz anheim, dies zu entscheiden«, trug Staatsrat von Wechter den angekündigten Fall vor.

»Na, Sie machen es aber spannend, nun berichten Sie mal, lieber von Wechter.«

»Eure Exzellenz, wir haben in Ihrer Abwesenheit einen Vortrag nach Rom verfasst und über den dortigen Königlichen Konsul darum gebeten, einen Straftäter zu uns auszuliefern«, antwortete Wechter etwas verunsichert.

Der Vorgang lag schon eine ganze Weile zurück, und von Wechter hatte vergessen, welche Motivation bestanden hatte, dieses Ansinnen nach Rom zu tragen.

»Gut, und wie sollen wir das anstellen, Herr Staatsrat? Wir haben doch gar keine diplomatischen Vereinbarungen mit dem Kirchenstaat in solchen Angelegenheiten, oder ist mir da etwas entgangen?«, fragte scherzhaft seine Exzellenz, Graf von Beroldingen, seinen Staatsrat und wunderte sich, weshalb ihm als Erstes ein so unbedeutender Fall vorgetragen wurde.

»Nun, da hat Eure Exzellenz wie immer recht. Es oblag mir, den Vorgang auf den Weg zu bringen, um einerseits die Fürstlich Geheime Konferenz in Hechingen nicht vor den Kopf zu stoßen, und zum anderen auch der Gerechtigkeit Genüge zu tun und bezüglich eines Mordes zumindest den Versuch unternommen zu haben«, formulierte der Staatsrat, sich nun langsam erinnernd, was seinerzeit der Grund für das auf den ersten Blick befremdliche Verwaltungshandeln gewesen war.

»Na, jetzt haben Sie mich neugierig gemacht, mein lieber von Wechter, erzählen Sie mir den Fall doch bitte ganz genau«, antwortete der nun neugierig gewordene Graf von Beroldingen, der neben dem Ministeramt auch Mitglied der Geheimen Konferenz war und seiner Majestät, dem König von Württemberg, nicht nur in auswärtigen Angelegenheiten zur Verfügung stehen musste.

Staatsrat von Wechter erstattete ausführlich Bericht und vergaß auch nicht zu erwähnen, dass der Referent Maier zum Vorgang gute Vorschläge gemacht hatte. Nachdem ihm jetzt wieder gegenwärtig war, warum man so vorgegangen war, konnte er dem Außenminister auch die besondere Rücksichtnahme auf die Geheime Konferenz in Hechingen vermelden, der man zum Gefallen den Vorgang auf den Weg gebracht hatte.

»Gut gemacht, Herr Staatsrat. Der Fall wurde aber doch

hoffentlich von uns nicht weiter verfolgt, oder?«, wollte Graf von Beroldingen nun doch noch wissen.

»Nicht direkt, Eure Exzellenz. Konsul von Kolb wurde entsprechend instruiert und der Geheimen Konferenz in Hechingen geantwortet, dass der Fall von dort an entsprechender Stelle vorgetragen würde.«

»Das ist ausreichend, Herr Staatsrat. Dennoch werde ich die Angelegenheit bei seiner Majestät kurz vortragen, damit er den Vorgang kennt, sollte seine Majestät von Fürst Konstantin oder sonst jemandem darauf angesprochen werden. Sie wissen, unser König ist in diesen Angelegenheiten äußerst sensibel. Ich gehe davon aus, dass bisher noch niemand an seine Majestät herangetreten ist – oder?«

»Natürlich nicht, Eure Exzellenz. Dies ist Ihnen vorbehalten, und nur in ganz dringenden Angelegenheiten würde ich es überhaupt erwägen, so etwas zu tun«, antwortete Staatsrat von Wechter unterwürfig seinem Vorgesetzten Graf von Beroldingen.

»Nun gut, mein lieber von Wechter, dann legen Sie mir doch bitte für morgen eine Aktennotiz vor, aus der hervorgeht, was Sie mir gerade berichtet haben, ja!«

»Gerne, Eure Exzellenz, spätestens heute Abend darf ich mich beehren, diesen Auftrag in Ihrem Sekretariat hinterlegt zu haben.« Von Wechter wollte das Amtszimmer des Außenministers verlassen, drehte sich aber nochmals um und ergänzte in seinen Ausführungen, dass erst vor wenigen Tagen ein Brief aus Rom retourniert worden sei und der Konsul berichtet hatte, dass der Soldat Egle arretiert worden sei.

»Hatten Sie nicht gesagt, es seien keine weiteren Anstrengungen unternommen worden, Herr Staatsrat?«, wollte der Außenminister etwas ungehalten wissen. »Ja wissen Sie denn nicht, was das bedeutet, Herr Staatsrat. Ich muss umgehend seine Majestät unterrichten, und wir sollten schauen, dass wir den Fall schnellstmöglich einfrieren. Wir machen doch wegen einer solchen Geschichte keine derartigen diplomatischen Eskapaden mit dem Heiligen Stuhl. Das wird seiner Majestät nicht gefallen. Fertigen Sie mir umgehend Ihren Bericht. Sie können jetzt gehen«, beendete Graf von Beroldingen verärgert das Gespräch.

Am nächsten Tag nahm er folgende Notiz zu einer Audienz zu seiner Majestät König Wilhelm von Württemberg mit:

Von seiner Excellenz zu seiner Majestät mitgenommen am 2. November 1847 (handschriftliche Notiz, vermutlich von Graf von Beroldingen)

Am 31. Januar 1843 wurde im Bezirk des Fürstlichen Hohenzollern'schen Oberamtes Hechingen Johann Stiefel aus Hermannsdorf gewaltsam um das Leben gebracht. Die Verdachtsgründe dafür, daß der Württembergische Unterthan Jacob Egle aus Burgfelden, Oberamt Balingen, sich bei dieser Tödtung, von der man noch nicht weiß, ob sie sich als Mord oder Todtschlag herausstellen wird, betheiligt habe, beruhen darauf, daß gleich nach der That Egle flüchtig wurde und daß er, der unter dem falschen Namen Boss unter dem päbstlichen Militär dient, einem jetzt von Rom zurückgekehrten Kameraden, Florian Rädle, nach dessen eidlicher Aussage die That eingestanden haben soll.«

»Majestät, haben Sie herzlichen Dank für die große Güte, mir Ihre Zeit eingeräumt zu haben. Darf ich mir erlauben, Sie noch auf einen eher unbedeutenden Fall aus meinem Ministerium hinzuweisen, da ich die Auffassung vertrete, dass Eure Majestät den Fall kennen sollte«, endete die Audienz des Ministers für auswärtige Angelegenheiten, Graf von Beroldingen, bei seiner Majestät, dem König von Württemberg.

»Gut, mein Lieber, aber beeilen Sie sich mit Ihrem Vortrag, ich habe noch andere dringende Geschäfte zu erledigen«, antwortete König Wilhelm und dachte dabei an die auf ihn wartende Mätresse und das vor ihm liegende Vergnügen.

Graf von Beroldingen fasste die von seinem Staatsrat vorgelegte Aktennotiz so gut er konnte zusammen und ließ zunächst bewusst unerwähnt, dass der Soldat schon arretiert worden war.

Nachdem er vorgetragen hatte, wollte er sich empfehlen, doch seine Majestät winkte ihn noch mal zu sich her.

»Mein lieber Graf, wir haben, soweit ich weiß, keine Verträge mit Seiner Heiligkeit in Rom. Also sehen Sie zu, dass die Angelegenheit schnellstens erledigt wird und wir in dieser Angelegenheit Antwort bekommen. Seine Heiligkeit darf ruhig erfahren, dass wir für unsere Untertanen eintreten und uns um solche Dinge kümmern«, beendete nun der König von sich aus die verlängerte Audienz mit Graf von Beroldingen.

»Ja, und seien Sie so gut, Herr Minister, und halten mich bei Gelegenheit auf dem Laufenden und belassen Sie Ihre Notiz auf meinem Schreibtisch«, ergänzte seine Majestät.

»Wünschen Eure Majestät, dass wir in dieser Angelegenheit nochmals in Rom vorstellig werden?«, wollte Graf von Beroldingen verunsichert wissen.

»Kümmern Sie sich und berichten Sie, Sie können jetzt gehen«, antwortete der König ungeduldig und fand es unerhört, dass der Minister das Ende der Audienz nicht respektiert hatte.

IM ARREST

»Hier hast du jetzt erst einmal zu bleiben, und dann werden wir sehen, was passiert.«

Unteroffizier Maler und Jakob Egle, alias Giacomo Boss, hatten den Arrest in der Kaserne erreicht. Boss befand sich im Untergeschoss eines Nebengebäudes, und man hatte ihn in ein kaltes, feuchtes und vor allem dunkles Loch gesteckt. Zu viel Bedarf für Arrestzellen hatte das Kommando nicht. Die Soldaten wurden in der Regel mit Stockschlägen bis hin zum Spießrutenlaufen diszipliniert und nur in den seltensten Fällen war eine Arretierung notwendig und sinnvoll.

»Was passiert denn jetzt mit mir, Herr Unteroffizier?«, wollte Egle ernüchtert von Maler wissen, mit dem sich über die Jahre hinweg auch ein gutes gegenseitiges Vertrauen entwickelt hatte.

Seit der missglückten Flucht von Florian Rädle gab es immer wieder Situationen, in denen Egle als zuverlässiger Soldat für seine Kameraden, aber auch für seine Vorgesetzten eingestanden war, und insofern bedauerte Maler die so plötzlich eingetretenen unglücklichen Umstände.

»Ich muss dich hier einsperren, sonst bekomme ich selber die größten Schwierigkeiten. Aber ich glaube nicht, dass du dir große Sorgen machen musst. Vielleicht liegt eine Verwechslung vor oder eine fehlgeleitete Anordnung. Schließlich haben hier einige Soldaten Dreck am Stecken und müssten dafür auch bestraft werden, wenn wir von allen ihre Vorgeschichte wüssten. Na ja, wir werden sehen.« Unteroffizier Maler wollte den Egle in seiner Truppe behalten. Er mochte ihn.

Die Kernfrage hatte Maler in seinen Ausführungen gar nicht gestellt. Eigentlich wollte er auch gar nicht wissen, ob Egle einen

Mord begangen hatte oder nicht. Schließlich hatten hier viele Soldaten etwas auf dem Kerbholz. Töten gehörte zum Teil ihres Repertoires und was vorher passiert war, interessierte ihn nicht. Auch er hatte sich als Söldner verpflichtet, weil er dem Leben in seiner Heimat entfliehen wollte. Er hatte zwar keinen Mord begangen, aber er hatte seiner Familie Schande bereitet. Er sollte sich einem justiziellen Verfahren stellen, weil die Familie eines noch minderjährigen Mädchens, mit dem er Unzucht getrieben hatte, Anzeige erstattete. Nachdem sein Vater mit der Familie verhandelt und genug Schweigegeld auf den Tisch gelegt hatte, konnte die Angelegenheit ohne weitere Verhandlungen beigelegt werden. Aber das hätte auch anders ausgehen können, das war dem Unteroffizier nur allzu bewusst. Er hatte wegen der Tat an sich kein schlechtes Gewissen. Schließlich hatte er die Käthe geliebt, und dass sie mit ihren siebzehn Jahren noch minderjährig war, hatte seine Gefühle für sie nicht geändert. Er hätte sie auch geheiratet. Schlimm waren die Gespräche mit seinem Vater und die Schande, die sein Vater diesbezüglich empfand. Aber das war alles schon lange her.

»Also, Giacomo, jetzt wirst du halt eine Zeit im Loch bleiben, und dann holen wir dich wieder zurück zur Truppe. Schließlich brauchen wir gute Soldaten, die nach Rom gehen und den Papst verteidigen, warum sollte er dann gerade auf dich verzichten!« Maler wusste, dass dies in solchen Fällen wahrscheinlich keine Rolle spielte, aber er wollte den Egle trösten.

»Habt Dank, Herr Unteroffizier. Ich werde mich meinem Schicksal beugen und darauf warten, bis ich vor ein Gericht gestellt oder wieder freigelassen werde«, erwiderte Egle kleinlaut.

»Das wird nicht passieren, Boss. Wir holen dich hier wieder raus«, beendete Unteroffizier Maler das Gespräch und wies den Kerkermeister an, die Zelle zu schließen.

Egle war in einem stinkenden und feuchten Loch angekommen. Sehen konnte er so gut wie nichts. Das war ihm momentan aber auch egal. Gedanken schossen durch seinen Kopf, und er hatte Zeit, über das, was passiert war, nachzudenken. Die Geschichte mit dem Streit im »Waldhorn« in Hermannsdorf, die Eva-Maria und wie er dem alten Bauern mit einem Deichselnagel den Schädel eingeschlagen hatte, das Leben als Soldat und der weite Weg, den er gegangen war. Er war von Hermannsdorf bis Bologna marschiert, und in diesem Moment fühlte er zum ersten Mal, dass sein Weg zu Ende war. Er hatte den Bauer erschlagen, weil er sich über ihn geärgert hatte. Der Stress mit der Eva-Maria war nur ein Auslöser, aber nicht der Grund für die Tat. Und der Rädle, den hatte er auch nicht richtig behandelt. Es war Zeit, die Rechnung zu bezahlen. Viele Gedanken gingen ihm weiter durch den Kopf, bis sich endlich die Müdigkeit durchsetzte und Egle einschlief.

IM APOSTOLISCHEN PALAST

»Eure Exzellenz, Nachricht aus Bologna ist eingetroffen. Oberst Rönne, der Kommandant des 2. Fremdenregiments, lässt mitteilen, dass der Grenadier Egle, der in unseren Verträgen unter dem Namen Boss geführt wird, arretiert wurde und in Bologna einsitzt. Haben Sie zu diesem Casus weitere Weisungen?«, fragte der Sekretär Farione seinen Vorgesetzten, Kardinalstaatssekretär Ferretti.

»Setzen Sie einen Brief an den Königlich Württembergischen Konsul von Kolb auf und teilen ihm mit, dass der Gesuchte gefunden und arretiert wurde. Er soll uns mitteilen, wohin wir ihn ausliefern sollen«, antwortete Kardinal Ferretti auf die ihm zuvor gestellte Frage souverän und unmissverständlich.

Ferretti galt als eher dem konservativen Lager zugeneigt und hatte in seinen bisherigen Aufgaben die restaurative Politik unterstützt.

»Eure Exzellenz, darf ich fragen, ob Sie den Fall nicht vorab dem Kardinalskollegium vortragen möchten?«, fragte ihn Farione, der schon seit Jahren für den Kardinalstaatssekretär arbeitete und im Gegensatz zu Ferretti über ausreichende Erfahrung in der Administration im Apostolischen Palast verfügte.

»Ach was, die alten Herren stellen dann viele und vor allem unnötige Fragen, die dieser Fall ja gar nicht hergibt. Ein Mörder hat in den päpstlichen Regimentern gedient und wenn er den Mord begangen hat, dann soll er auch dafür büßen«, war die knappe Antwort Ferrettis auf den Einwand seines Schreibers und Sekretärs Farione.

»Eure Exzellenz, da haben Sie vollkommen recht. Es könnte aber sein, dass Seine Heiligkeit, Papst Pius, entscheiden müsste, ob eine Auslieferung statthaft ist. Rom hat mit dem Königreich Württemberg kein Abkommen in dieser Richtung«, erwiderte Farione in einem eher leisen Ton, um nicht zu sehr gegen seinen Vorgesetzten aufzubegehren.

Farione war sich im Gegensatz zu Ferretti im Klaren darüber, dass der Staatssekretär diese Sache nicht ohne einen Beschluss des Kardinalskollegiums und den Segen des Papstes erledigen konnte. Er wollte Ferretti nur vor Ungemach schützen, konnte dies seinem Vorgesetzten, dem noch unerfahrenen Staatssekretär, aber so nicht sagen.

»Warum sollte Seine Heiligkeit in diesen banalen Fall involviert werden, Farione? Können Sie mir das erklären?«, wollte Ferretti im Anschluss wissen.

»Wenn Sie die Auslieferung eines Mörders an einen anderen Staat erlauben, mit dem wir kein Auslieferungsabkommen vereinbart haben, dann haben wir keinen Einfluss darauf, was mit ihm passiert, und soweit mir bekannt ist, steht in Württemberg auf Mord die Todesstrafe. Das würde Unsere Heiligkeit so nicht wollen und den Beschlüssen des Kardinalskollegiums zuwiderlaufen«, antwortete Farione pflichtbewusst und wahrheitsgemäß.

»Schreiben Sie dem Konsul einen Brief und vergessen Sie nicht darauf hinzuweisen, dass der Soldat nicht hingerichtet werden darf, ansonsten könnten wir eine Auslieferung nicht befürworten. Schreiben Sie ihm auch, dass das Kardinalskollegium gegen eine Auslieferung sei, und aus diesem Grund müssten zum einen Verhaftungsbefehle vorgelegt werden, und der König von Württemberg müsste sich hinsichtlich der Strafminderung Seiner Heiligkeit gegenüber verpflichten«, antwortete Ferretti und war davon überzeugt, dass er die Hinweise von Farione richtig verstanden und seinen jüngsten Auftrag auch im Sinne Seiner Heiligkeit umgesetzt hatte.

Farione runzelte die Stirn. »Warum macht ihr ein so seltsames Gesicht, Farione und was soll das Stirnrunzeln?«, wollte Ferretti wissen.

»Ich hätte zunächst das Kollegium befragt und den Papst informiert, aber ich formuliere Ihre Anweisungen an Konsul von Kolb, wie Sie das wünschen«, antwortete Farione.

Ferretti nickte zustimmend und ließ seinen Schreiber mit seinem Auftrag allein.

Der Württembergische Konsul von Kolb wurde entsprechend informiert und setzte am 23. Oktober 1847 in Rom folgenden Brief an das Königliche Ministerium für auswärtige Angelegenheiten auf:

Da in der Zwischenzeit die Nachricht eingetroffen war, daß der Soldat Egle unter dem Namen Boss dessen Auslieferung hochdieselben mir auftrugen zu bewerkstelligen, arretiert worden sei, so stellte ich gleich an Seine Eminenz Kardinal Ferretti die Forderung, denselben auszuliefern. Euer Excellenz wissen bereits aus meinen früheren Berichten, daß sich hinsichtlich dieser Forderung Anstände erheben würden, da die Consultoren der Staatskanzlei dagegen sind und behaupten, daß eine solche Auslieferung, weil kein Cartell zwischen den beiden Regierungen besteht, eine directe Infraction des Asylrechts sein würde. Dem hochgeschätzten Staatssekretär ermangelte nicht, alle diese Gründe geltend zu machen. Da er aber zugestehen mußte, daß ähnliche Fälle und Auslieferungen schon vorgekommen seyen, so willigte er am Ende ein, mit der Bedingung, daß dem Inculpaten das Leben gesichert werde. Ich erklärte, daß ich natürlich der königlichen Gnade nicht vorgreifen könne, daß ich aber an Eurer Excellenz darüber berichten werde und nicht daran zweifle, daß Eure Excellenz die Recommandation des Cardinals bei Seiner Königlichen Majestät, unserem gnädigsten König, unterstützen würde. Falls nun Seine Königliche Majestät die Gnade hat, auf die Bitte des Cardinals dem Inculpaten das Leben zu schenken, einzugehen, mache ich Euer Excellenz darauf aufmerksam, daß, wenn es zur wirklichen Auslieferung kommt, die päpstliche Regierung wohl verlangen wird, daß sich ihre Empfehlung für den Inculpaten im Allgemeinen auf einen Grad Strafverminderung versteht, weil sie diese Bestimmung bei früheren Gelegenheiten stets festgehalten hat und daß sie ausser dem Kosten Ersatz auf Reciprozität in ähnlichen Forderungen von ihrer Seite angetragen wird. Da diese Fragen ohne weiteres zur Sprache kommen werden, so haben Eure Excellenz wohl die Gnade, mir gleich Verhaftungsbefehle darüber zu geben. Da es ferner auch wohl gleich bestimmt wird werden müssen, an welche Behörden der Inculpat, der sich jetzt in Arrest zu Bologna befindet, ausgeliefert werden muß, so wollen Euer Excellenz mir hierüber das Nöthige auftragen.«

DIE KÖNIGLICHEN MINISTERIEN TREFFEN DIE VORBEREITUNGEN

»VEREHRTER HERR STAATSRAT. Was verschafft mir die Ehre Ihres heutigen Besuchs bei mir?«

Graf von Beroldingen war in seinem Amtszimmer mit den Akten für seine Majestät beschäftigt und war froh, dass Staatsrat von Wechter die Eintönigkeit der Aktenbearbeitung mit seinem Besuch unterbrach.

»Es gibt Nachrichten aus Rom. Sie hatten mir aufgetragen, dem Fall keine allzu große Wichtigkeit beizumessen. Aber wir haben weitere Nachricht von unserem Botschafter Konsul von Kolb, dass der gesuchte Soldat, der den Mord 1843 verübt hatte, arretiert wurde und der Heilige Stuhl in Rom weitere Absprachen in dieser Angelegenheit mit uns führen möchte. Insbesondere Herr Konsul von Kolb wünscht weitere Anweisung und weist in seinem Schreiben darauf hin, dass Seine Heiligkeit eine Strafminderung wünscht und in keinem Fall der Todesstrafe zustimmen würde. Er benötigt einen Haftbefehl des zuständigen Amtes und fragt höflichst an, wohin der Soldat verbracht werden soll, sollte dem Auslieferungsersuchen seitens Seiner Heiligkeit stattgegeben werden«, endete Staatsrat von Wechter seinen Kurzvortrag und stellte sich auf ein ordentliches Donnerwetter seines Außenministers ein, der ja schon beim ersten Vortrag ärgerlich war, weil er die Fortsetzung der Bemühungen nicht unterstützen wollte und die Angelegenheit seiner Majestät zu berichten hatte.

»Ja, mein lieber Staatsrat. Das haben Sie sehr gut gemacht. Seine Majestät hat mich ausdrücklich gebeten, in dieser Sache mit dem Heiligen Stuhl in Kontakt zu bleiben und die Auslieferung des Soldaten zu fordern. Insofern haben Sie in dieser Angelegenheit vorzüglich gearbeitet.«

Staatsrat von Wechter fiel ein Stein vom Herzen und hatte erneut den Eindruck von seinem Vorgesetzten, dass er auch in der Lage war, Fehler einzuräumen und nicht nur nach unten zu treten.

»Eure Exzellenz, wie wünschen Sie, dass wir jetzt vorgehen? Wir selbst können die Haftbefehle nicht beibringen. Dazu brauchen wir das Justizministerium und wir sollten einen eventuellen Hinwendungsort oder Aufnahmeort benennen, wohin der Soldat transportiert werden soll. Rom will die Kostenerstattung, beziehungsweise eine Kostenübernahmeerklärung von württembergischer Seite geregelt wissen, und das Schwierigste, seine Majestät, unser geschätzter König, müsste einer Strafmilderung zustimmen.« Staatsrat von Wechter hatte die wesentlichen Eckdaten für ein erfolgreiches Auslieferungsersuchen vorgetragen und war gespannt, was sein Vorgesetzter ihn anwies.

»Herr Staatsrat, wenden Sie sich für die justiziellen Fragen an den stellvertretenden Departements-Vorsitzenden, Freiherr von Gaisberg, im Justizministerium. Der ist für solche Spezialaufträge der Richtige, und er soll sich auch um den Verhaftungsbefehl kümmern. Um seine Majestät kümmere ich mich selbst. Was die Frage der Auslieferung anbelangt und wo der Soldat bei uns ankommen soll, soll ebenfalls der Gaisberg klären. Haben Sie noch Zeit für einen Tee?«, wollte Graf von Beroldingen wissen.

Der Staatsrat nickte, und so verbrachten beide noch eine gute halbe Stunde im Plausch über die neuesten Gerüchte rund um den ministeriellen Betrieb in Stuttgart und bei Hofe.

Am 20. November 1847 wurde im königlichen Ministerium für auswärtige Angelegenheiten folgender Brief verfasst und in Kopie nach Rom versandt:

Copia Schreibens an den Königlichen Consul von Kolb in Rom. Euer Hochwohlgeboren haben mir durch deren gefälliges Schreiben vom 23. vorigen Monats darüber Auskunft gegeben, unter welchen Bedingungen wohl der einer Tödtung verdächtige päpstliche Soldat Jacob Egle aus Burgfelden, Oberamt Balingen, an die disseitige Regierung wird ausgeliefert werden. Ich habe hieran sogleich Anlaß genommen, mit dem Königlichen Justizministerium weiter Rücksprache zu nehmen, und nach einer mir von da heute zugekommenen Mittheilung, haben Seine Königliche Majestät vermög höchster Entschließung vom 18. Des Monats gnädigst gestattet, daß der päpstlichen Regierung die von dort verlangte Zusicherung, nach welcher die gegen Egle etwa zu erkennende Todesstrafe in eine Freiheitsstrafe würde verwandelt werden, ertheilt wirdt. Ebenso findet das Versprechen Reciprocität in ähnlichen Fällen, so wie die Zusicherung des Ersatzes der auflaufenden Kosten keinen Anstand, dagegen glaubt das Königliche Justizministerium bezüglich des vielleicht zu erwartenden Antrags der päpstlichen Regierung auf Zusicherung, überhaupt einer Minderung der verwirkten Strafe um einen Grad, im Wege der Gnade einen entsprechenden Antrag bei Seiner Königlichen

Majestät nicht stellen zu wollen. Ich ersuche nun Euer Hochwohlgeboren in Gemäßheit des Vorstehenden, die weiteren Schritte behufs der Auslieferung des Egle bei der päpstlichen Regierung zu thun und füge in Betreff der Frage, an welche Behörde die Auslieferung zu geschehen hätte, bei, daß das Oberamtsgericht in Balingen die zuständige Untersuchungsbehörde sei und daß ferner das Justizministerium das Oberamt Tuttlingen als diejenige Polizeistelle bezeichnet hat, welche bei Ankunft des Transports in Württemberg den Auszuliefernden zu übernehmen hätte. Euer Hochwohlgeboren werden dazu, falls der Auslieferung stattgegeben wird, um die Transportierung des Egle auf dem nach Tuttlingen führenden Wege bitten. Indem ich über den Erfolg Ihrer Bemühungen baldiger Berichterstattung entgegensehe, benütze ich auch diesen Anlaß, um Euer Hochwohlgeboren die Versicherung meiner vollkommenen Hochachtung zu versichern. Stuttgart, 20.11.1847« vermutlich unterschrieben von Staatsrat von Wechter.

RISORGIMENTO UND PAPST PIUS IX.

Seit etwa 1820 hatten sich in Italien Kräfte formiert, die sich gegen die Vorherrschaft Österreichs stellten und eine nationale Einheit und Unabhängigkeit Italiens suchten. In der Geschichtsschreibung wird diese Zeitspanne »Risorgimento« genannt. Dies wiederum bezieht sich auf eine Zeitschrift, die unter anderem von Conte Benso di Cavour herausgegeben wurde, der später eine bedeutende Rolle bei der

Einigung Italiens innehatte. Der Kirchenstaat sah sich einer nationalen Bewegung gegenüber, der Papst Pius durch eine liberale Grundhaltung zu entsprechen versuchte.

»Hinaus mit den Barbaren, hinaus mit den Österreichern, viva Pio Nono, viva Pio Nono«, vernahm der Papst in seinen Räumlichkeiten im Apostolischen Palast, wo er sich gerade auf seine Sonntagspredigt vorbereitete. Eine große Menschenmenge hatte sich auf dem Petersplatz versammelt und vermittelte Seiner Heiligkeit eine aggressive Grundstimmung und Hetzparolen gegen Österreich, die dieser gar nicht gern hörte.

»Kardinal Ferretti, was um alles in der Welt ist da draußen los? Können Sie mir sagen, warum die Menschen derart aufgebracht sind?«, wollte der Papst wissen.

»Die Menschen jubeln Eurer Heiligkeit zu und wünschen sich, dass Eure Heiligkeit diese Bewegung anführt«, antwortete Ferretti. »Eure Heiligkeit erinnern sich an die Anfragen und Korrespondenzen von Giuseppe Mazzini, der immer wieder vorgeschlagen hat, dass die Kirche in der nationalen Frage einen eindeutigen Standpunkt vertreten sollte. Erst kürzlich hat er um einen Termin bei Seiner Heiligkeit ersucht, ich habe mich aber bislang persönlich damit befasst, um Eure Heiligkeit damit nicht zu behelligen«, antwortete Kardinal Ferretti, davon ausgehend, dass der Papst damit zufrieden sein müsste.

»Haben Sie, werter Kardinal, diese Angelegenheit im Kardinalskollegium besprochen? Von dort wird mir in letzter Zeit häufiger zugetragen, dass das Kollegium mit weniger Angelegenheiten befasst sei, und ich meine, diese nationale Frage ist ein Thema, dem es gut tut, wenn mehrere Köpfe sich damit beschäftigen«, gab Papst Pius IX. seinem engsten Vertrauten zu verstehen.

»Eure Heiligkeit dürfen versichert sein, dass wir Sie über die wichtigsten Fragen und Themen unterrichten. Ich dachte, es wäre gut, wenn wir uns dem Volk annähern und dessen Angelegenheiten vertreten«, antwortete Ferretti.

»Werter Kardinal, ich habe nicht die Absicht, mich an die Spitze einer politischen Bewegung zu stellen und einen weiteren Konflikt mit den Österreichern und Fürst Metternich zu provozieren. Vielmehr werde ich den Menschen verkünden, dass es Aufgabe der Kirche ist, die Menschen aller Länder und Völker mit gleicher Liebe zu umfassen und nicht durch einen künstlichen nationalen Fanatismus zu entzweien«, meinte der Papst und wandte sich dem Fenster im Apostolischen Palast zu, von dem er zum Volk predigen und mit ihm beten wollte.

Kardinal Ferretti war konsterniert. Schließlich hatte er im Hintergrund für Seine Heiligkeit die Fäden zu Giuseppe Mazzini gezogen und stand nun vor einem Dilemma. Mazzini hatte ihn wissen lassen, dass er öffentlich am 1. Januar 1848 vierunddreißig Forderungen des Volkes an Seine Heiligkeit überreichen wolle. Damit wollte Mazzini den Papst an die Spitze der nationalen Bewegung stellen. Vielleicht sollte sich doch das Kardinalskollegium mit dieser Sache befassen, dachte Kardinal Ferretti und ließ den Papst allein.

»Herr Kardinal Ferretti, das Kollegium hat sich mit der Korrespondenz von Herrn Giuseppe Mazzini befasst und kommt zu dem Ergebnis, dass es Seiner Heiligkeit nicht empfohlen wird, diesem Ansinnen zu entsprechen. Vielmehr sollte Seine Heiligkeit auf Neutralität bedacht sein und nicht durch politische Avancen provozieren. So bitten wir, das in unserem Auftrag an Seine Heiligkeit heranzutragen«, fasste Kardinal Perrutti die Diskussion im Kardinalskollegium zusammen.

»Der Termin für die Übergabe an Seine Heiligkeit soll der 1. Januar sein, was berichten wir dann an Herrn Mazzini, wertes Kollegium?«, wollte Ferretti von seinem Rat wissen.

»Wir empfehlen, ohne weitere Korrespondenz und Reaktion den Termin verstreichen zu lassen«, meinte Perrutti und führte weiter aus: »Ein Auslieferungsbegehren ist dem Kollegium ebenfalls zu Ohren gekommen. Ein Soldat im Dienst des 2. Fremdenregimentes, stationiert in Bologna, soll wegen eines Verbrechens beschuldigt sein und an das Königreich Württemberg ausgeliefert werden. Hierzu empfehlen wir Seiner Heiligkeit, diesem nicht stattzugeben.«

»Warum sollen wir das nicht unterstützen?«, wollte Ferretti wissen.

»Rom hat keinen Auslieferungsvertrag mit Württemberg, und diese Person genießt hier Asyl. Außerdem verhängt Württemberg immer noch die Todesstrafe.«

Ferretti war wiederum konsterniert. Schließlich hatte er dem Königlichen Konsul von Kolb die Auslieferung mündlich bereits fest zugesagt.

Am 6. Dezember 1847 schreibt Konsul von Kolb folgenden Brief an Seine Eminenz, den hochwürdigen Staatssekretär Herrn Kardinal Ferretti:

Der Unterzeichner, zuständig für innere Angelegenheiten und Konsul Ihrer Majestät, der König von Württemberg, hat die Ehre, Eure Eminenz Hochwürden, für die schnelle Festnahme des Soldaten Giacomo Egle, welcher unter dem Namen Boss oder Bass des ausländischen 2. Regiment dient und des Mordes beschuldigt wird, zu bedanken und erlaube ich mir Euer Eminenz mitzuteilen, den Befehl des Königlichen Hofes bekommen zu haben, der Regierung Seiner Heiligkeit die Auslieferung dieser Person zu gewähren. Die Regierung Seiner Majestät, angesichts der Umstände, dass der Mord begleitet, begehrt die Auslieferung dieses Mannes, um ein leuchtendes Beispiel zu geben und dass sich der Arm der Gerechtigkeit über die Grenzen hinaus erstrecke und die Flucht des Täters nicht von der verdienten Strafe befreie. Der Unterzeichner wurde von seiner Majestät angewiesen, Euer Eminenz mitzuteilen, dass, auch wenn dieses Individuum zum Tode verurteilt würde, soll ihm das Leben gerettet und eine Milderung der Strafe gewährt, wenn er lebenslänglich verurteilt wird. Mangels eines Abkommens zwischen den beiden Regierungen bezüglich der Auslieferung von Sträflingen, gilt ein Einverständnis Ihrer Majestät gleichwohl Ihrer Heiligkeit. Ich hoffe, dass bald ein Abkommen zwischen den beiden Regierungen für die Auslieferung vereinbart wird …, wiederholt möchte ich Ihrer hochwürdigen Eminenz meinen Respekt erweisen. Rom, 6. Dezember 1847, Kolb.«

Die Antwort aus dem Apostolischen Palast von »Ihrer hochwürdigen Eminenz«, Staatssekretär Herr Kardinal Ferretti:

Der Kardinal Staatssekretär hat dem Heiligen Vater über Ihren geehrten Brief, datiert 6. Dezember, berichtet mit dem Sie im Namen Ihrer königlichen Regierung bittet, die Auslieferung des Giacomo Egle, eingetragen unter dem Namen Boss in der zweiten Fremdenlegion, im Dienst des Heiligen Stuhls, damit er in seiner Heimat wegen Mordes angeklagt werden kann. Obwohl zwischen der Päpstlichen und der Königlichen Regierung kein Abkommen über die gegenseitige Auslieferung besteht und angesichts der Verpflichtung der Zusammenarbeit sowie der Zusicherung einer Verringerung der Strafe auf den oben angegebenen Egle Giacomo, genannt Boss, ermöglicht die Päpstliche Regierung die Auslieferung. Es bleibt nur noch zu wissen, wohin durch päpstliche Kraft er geführt wird und wartend auf Ihre Bestätigung. Hochachtungsvoll. Rom, 18. Januar 1848, G. Kardinal Ferretti.

Giuseppe Mazzini, der in dieser Zeit als italienischer Nationalheld galt, organisierte die Übergabe der vierunddreißig Forderungen des Volkes an den Papst. Dies sollte am 1. Januar 1848 geschehen. Papst Pius IX. ließ den Termin verstreichen und die Menge revoltierte. Rom war infiziert und die Revolution machte nun auch vor dem Kirchenstaat nicht mehr halt. Dem Kardinalstaatssekretär Gabriele Ferretti wurde zwei Tage nach Verfassen des Briefes an den Konsul von Kolb am 20. Januar 1848 vom Papst das Vertrauen entzogen und zum päpstlichen Legat in Ravenna ernannt. Sein Nachfolger wurde für kurze Zeit Giuseppe Bofondi, ein studierter Jurist, der die Vereinbarungen von Ferretti in jeglicher Hinsicht nochmals intensiv unter die Lupe nahm. Inwieweit er in dieser bewegten Zeit Gelegenheit fand, die Entscheidungen und die bisher getroffenen Vereinbarungen zwischen Kardinal Ferretti und Konsul von Kolb zu prüfen, ist nicht überliefert.

Papst Pius IX. blieb seiner Linie treu und versuchte, die nun in vollem Umfang beginnende Revolution auszusitzen. Die Revolution kam von Sizilien und Neapel nach Rom. Auch im Ausland, in Paris und selbst in Wien gab es diese Tendenzen. Dies führte in Fortfolge zur Volkserhebung in den von Österreich besetzten Gebieten, insbesondere in der Lombardei und Venetien. Bereits im Januar kam es zu Volksaufständen, zuerst in Mailand, Brescia und Padua.

König Karl Albert, König von Sardinien-Piemont, begründete im Zuge der Februarrevolution mit seiner als »Statuto Albertino« bekannten Verfassung eine konstitutionelle Monarchie mit sehr weitgehenden politischen und sozialen Reformen und positionierte damit Sardinien-Piemont zur Speerspitze des »Risorgimento«.

In der von Österreich besetzten Lombardei kam es zu massiven Aufständen und Mitte März erklärte Mailand, während den »cinque giornate di Milano«, seine Unabhängigkeit von

Österreich und den Anschluss der Lombardei an Sardinien-Piemont.

Im 1. Italienischen Unabhängigkeitskrieg setzte sich König Karl Albert an die Spitze der Einheitsbewegung und unterlag nach anfänglichen Erfolgen dem alten Feldmarschall Josef Wenzel Radetzky in der Schlacht bei Custozza. Die Lombardei kam zunächst wieder zu Österreich, bis sich die Lage nach einem Aufstand in der Toskana im Februar 1849 wieder veränderte.

Auch im Kirchenstaat und in Rom war es zu Aufständen gekommen. Der Papst hatte sich in einer viel beachteten Rede vom 29. April 1848 klar und deutlich vom »Risorgimento« distanziert und sich für den Frieden eingesetzt. Ebenfalls sprach er sich gegen einen Krieg, geführt durch König Karl Albert, gegen Österreich aus und appellierte an den Kaiser von Österreich, seine Truppen aus Italien abzuziehen, um dem Frieden eine Chance zu geben. Für das in dieser Zeit revolutionsbegeisterte Italien war das Bekenntnis des Papstes ein schwerer Schlag und führte dazu, dass der Papst in den folgenden Monaten in seinen Räumlichkeiten in Rom weitestgehend gefangen war.

Die Radikalisierung der Revolution machte auch vor Rom nicht halt. Im November 1848 floh der Papst nach Gaeta nahe der Küste von Neapel in Sizilien, nachdem der wenige Wochen im Amt befindliche Ministerpräsident Pellegrino Rossi ermordet worden war.

Und genau in diese Phase, in der Europa und insbesondere auch Italien von der Revolution gefordert wurde und alle Kräfte der Herrschenden band, sollte Jakob Egle, arretiert in Bologna, an das Oberamt Balingen ausgeliefert werden.

DER ARRETIERTE IN BOLOGNA UND FÜRST METTERNICH

Um Egle war es einsam geworden. Wirklich gekümmert hatte sich eigentlich niemand um ihn. Er war seit mehr als drei Monaten in diesem Loch vergraben und so fühlte er sich auch.

»Dein Essen«, der Kerkermeister, ein Füsilier des 2. Regiments hatte ihm das Essen gebracht, und das war zweimal am Tag die einzige Abwechslung, die er hatte.

Seine Augen hatten sich zwischenzeitlich an die Dunkelheit gewöhnt, aber zu sehen gab es ohnedies nichts. Egle hatte seit Tagen Schmerzen am ganzen Leib, und sein Wille zu leben hatte sich deutlich reduziert.

»Herr Oberst, wie gehen wir mit dem Arretierten Jakob Egle um? Er ist seit mehr als drei Monaten im Arrest, und wir sollten diesbezüglich endlich eine Entscheidung treffen«, äußerte sich Premierleutnant Carl d'Auf der Maur gegenüber seinem Vorgesetzten, Oberst Rönne, als beide zu Tisch saßen.

»Was ist Ihr Vorschlag, verehrter Premierleutnant?«, fragte Oberst Rönne nach.

»Wie Sie wissen, haben die Unruhen bald das ganze Land erfasst, und es gibt Pläne, dass wir nach Rom verlegt werden, um Seine Heiligkeit zu schützen«, ergänzte der Angesprochene seine Ausführungen.

»Nun, Herr Oberst, und bevor das Regiment oder Teile davon verlegt werden, sollten wir diese Angelegenheit erledigt wissen. Aus Rom habe ich gehört, dass der Gefangene ausgeliefert werden soll, nur die Route scheint noch nicht ganz geklärt zu sein«, meinte der Premierleutnant.

»Da haben Sie recht, und deshalb warten wir noch die paar Tage, bis wir genau wissen, wohin der Mann verbracht werden soll«, beendete Oberst Rönne Gespräch und Mittagessen und empfahl sich in seine Diensträume.

»Exzellenz, darf ich Ihnen den Königlich Württembergischen Gesandten ankündigen?«, wurde der Staatskanzler Fürst von Metternich von einem Diener gefragt.

»Soll eintreten.«

»Na, mein lieber Herr von Linden, was verschafft mir heute die Ehre Ihres kurzfristig angekündigten Besuches im Schloss Schönbrunn?«, wollte seine Exzellenz, der Staatskanzler, wissen.»Wie Ihnen bekannt sein dürfte, sind die Staatsgeschäfte gerade sehr kurzweilig. Wir müssen Truppen nach Süden verlegen. In der Lombardei braut sich etwas zusammen. Ich habe unserem alten Feldmarschall Radetzky bereits Order zur Übernahme des Gesamteinsatzes erteilt, und er kommt anschließend noch zum Rapport. Ich darf Sie also bitten, sich kurz zu fassen.«

»Jawohl, Eure Exzellenz, Herr Staatskanzler, ich darf mich zuallererst herzlich im Namen seiner Majestät für den kurzfristig eingeräumten Termin bedanken. Gleichzeitig möchte ich Sie untertänigst darum ersuchen, meinem sehr geschätzten König von Württemberg einen Gefallen zu tun und einen Verbrecher über die Lombardei ins Königreich Württemberg zu transportieren. Grund für diese Bitte ist ein Mordfall, der in württembergische Zuständigkeit fällt. Der Mörder hat in Bologna für Seine Heiligkeit im 2. Fremdenregiment Dienst getan, wurde aber jetzt auf Drängen unseres geschätzten Konsuls von Kolb in Rom arretiert«, fasste der württembergische Gesandte von Linden so schnell und so konzentriert wie möglich sein Anliegen zusammen.

»Nun, mein lieber von Linden, das erscheint mir kein großes Problem zu sein. Ich werde das Notwendige veranlassen.

Stellen Sie sicher, dass wir uns nicht umsonst bemühen, und die Kosten für den Transport wie auch die Verpflegung des zu Transportierenden würde ich gerne Ihrem Haus überlassen. Bitte übergeben Sie meinem Sekretär die notwendigen Informationen die Person betreffend und die jeweiligen Zuständigen. Wir melden uns, sobald wir die Route und die Formalitäten erledigt haben. Gut, Herr von Linden, und grüßen Sie seine Majestät, König Wilhelm, herzlichst von mir, Sie wissen ja, auch wenn ich meine Ansprüche als württembergischer Standesherr von Ochsenhausen aufgegeben habe, bin ich Ihrem Land immer noch sehr verbunden«, sagte Metternich, zu seiner Zeit einer der mächtigsten Männer Europas dem Königlich Württembergischen Gesandten von Linden.

»Eure Exzellenz, haben Sie herzlichen Dank für Ihre große Güte«, antwortete von Linden und zog sich rasch zurück.

Fürst von Metternich ließ folgenden Brief formulieren:

An die löbliche Königlich Württembergische Gesandtschaft Promemoria, Mit Beziehung auf das schätzbare Promemoria vom 20. December 47 beehrt sich der unterzeichnende Hof und Staatskanzler die löblich Königlich Württembergische Gesandtschaft zu benachrichtigen, daß dem darin ausgesprochenen Wunsche gemäß das K. K. Festungskommando zu Ferrara durch die oberste K. K. Militärbehörde angewiesen worden ist, den einer Tödtung verdächtigen, in päpstlichen Dienste stehenden Württ. Unterthanen Jakob Egle von den päpstlichen Behörden zu übernehmen und denselben nach Rovigo eskortiren zu lassen, um alldort mit dem Ausweise über die aufgelaufenen Kosten der K. K. Polizei-Behörde zur Veranlassung des Weiter-Transportes bis an die K. Bayer. Grenze übergeben zu werden. Nachdem die oberste K. K. Polizei-Behörde von dieser Verfügung in Kenntnis gesetzt worden ist, um die ent-

sprechende Weisung an die ihr unterstehenden Behörden zu erlassen, sieht sich der Unterz. in Folge eines, von ihr in dieser Beziehung ausgedrückten Wunsches in dem Falle, hochdieselben zu ersuchen, ehemöglichst nach diesfall erfolgter Rücksprache der K. Württ. mit der K. Bayer. Regierung anher eröffnen zu wollen, auf welchem Punkte der Bayer. Grenze und an welche dortländische Behörde Jakob Egle behufs seiner Weiterbeförderung nach Württemberg übernommen wird. Wien, 4. Febr. 1848, gez. Metternich, begl. Lentrum

AUFBRUCHSSTIMMUNG IN BOLOGNA

In der Kaserne in Bologna herrschte Aufbruchsstimmung. Das 2. Fremdenregiment sollte sich der Schweizer Brigade anschließen. Oberst von Rönne besprach sich mit seinem Stab über die Lage in der Lombardei und die Pläne, die Schweizer Brigade entsprechend zu verstärken, als Premierleutnant Carl d'Auf der Maur dazu stieß.

»Na, mein lieber Premierleutnant, gibt es etwas Besonderes zu berichten, was wir hier in unserer Lagebesprechung noch berücksichtigen sollten?«, meinte Oberst von Rönne seinem Premierleutnant freundlich zugewandt.

»Eigentlich nicht, Herr Oberst. Ich wollte nur nochmals daran erinnern, dass wir, bevor wir abrücken, den Status des arretierten Grenadiers klären sollten.«

»Und wie kommen Sie gerade jetzt noch einmal auf diese Angelegenheit zu sprechen, Herr Premierleutnant?«

»In Ihrer Post, die Sie mich freundlich baten zu bearbeiten, ist eine Abschrift eines Briefes von seiner Exzellenz Fürst von Metternich an das württembergische Königshaus, in dem die Absicht kundgetan wird, den Grenadier Egle an Württemberg auszuliefern und er von hieraus nach Ferrara zu verlegen sei. Den Rest übernehmen die Österreicher und die Bayern«, fasste Carl d'Auf der Maur die aus der österreichischen Staatskanzlei angekommene Abschrift der von Fürst von Metternich gezeichneten Anweisung über das weitere Verfahren Jacob Egle betreffend zusammen.

»Na, dann scheint doch das Schicksal des Grenadiers besiegelt zu sein, oder?«, antwortete Oberst von Rönne, der wenig Sympathie für den Egle übrig hatte und sich im Übrigen um deutlich wichtigere Angelegenheiten zu kümmern hatte. »Herr Premierleutnant, erledigen Sie die Angelegenheit, wir erwarten täglich unseren Marschbefehl zum Aufstocken der Schweizer Brigade und müssen die Einsatzbefehle noch ausarbeiten. Dafür brauche ich jeden meiner Offiziere. Also schließen Sie die Akte und lassen Sie den Egle nach Ferrara verlegen. Dann ist die Sache für uns erledigt«, waren die Anweisungen von Oberst von Rönne an Carl d'Auf der Maur.

»Ich bin ganz Ihrer Meinung und setze Ihre Anweisungen sofort um. Der Form halber weise ich darauf hin, dass wir noch keine Bestätigung aus Rom haben, was die Vereinbarung der Verlegung nach Ferrara betrifft«, antwortete der Premierleutnant.

»Gut, wir haben eine Abschrift aus der österreichischen Staatskanzlei. Seine Exzellenz Fürst von Metternich hat sich mit diesem Fall befasst, und warum in aller Welt sollten wir uns diesen Ballast nicht vom Hals schaffen. Wir haben doch wirklich andere Sorgen, und der Brief aus Rom wird schon kommen und wenn nicht, dann ist der Egle erst einmal in Ferrara versorgt und wir sind den Fall los«, antwortete Oberst von Rönne, der sich in der politisch angespannten Lage, auch zu Österreich, nicht wegen einer solchen Banalität mit den Österreichern anlegen wollte.

»Wenn Sie einverstanden sind, stelle ich eine Eskorte zusammen, die den Egle nach Ferrara verbringt. Das Begleitschreiben des Staatskanzlers gebe ich mit. Dann ist die Aufnahme dort zumindest legitimiert«, antwortete der Premierleutnant und wollte sich gerade verabschieden.

»Ja, mein Lieber, aber verschwenden Sie nicht mehr allzu viel Zeit an diese unangenehme Geschichte. Ich brauche Sie hier. Danke«, waren die abschließenden Instruktionen des Oberst von Rönne.

»Unteroffizier Maler, stellen Sie unter Ihrer Führung eine Eskorte zusammen, die den arretierten Jakob Egle in die Festung nach Ferrara verbringt. Schauen Sie zu, dass Sie die Angelegenheit in zwei Tagen erledigt haben. Wie Sie wissen, stehen wir auf Abruf bereit. Ich will diese Angelegenheit jetzt so rasch wie möglich vom Tisch haben. Gibt es noch Fragen?«, wollte Premierleutnant d'Auf der Maur noch wissen.

»Haben wir eine entsprechende Erlaubnis, dort einzureisen und den Gefangenen auch abzugeben?«, wollte der Unteroffizier von seinem Vorgesetzten wissen.

»Sie bekommen die notwendigen Papiere von mir. Schaffen Sie den Grenadier morgen von hier fort. Spätestens übermorgen Abend erwarte ich Ihren Rapport. Verstanden?«, gab der Premierleutnant kurz und knapp zu verstehen.

»Jawohl, Herr Premierleutnant. Ich stelle eine Eskorte zusammen, verbringe den Grenadier Jakob Egle in die Festung nach Ferrara und übergebe ihn dort den Österreichern.«

»Jakob Egle, antreten.«

Die berittene Eskorte nach Ferrara war bereit. Egle stand

wie ein Häuflein Elend vor seinem Vorgesetzten Unteroffizier Maler.

»Wir verlagern dich nach Ferrara. Kannst du reiten, Egle?«, wollte Maler von Egle wissen.

»Jawohl, Herr Unteroffizier, ich wurde gut behandelt und ich kann reiten«, antwortete Egle kleinlaut.

»Dann geht es jetzt ab nach Ferrara«, waren die letzten entscheidenden Anweisungen von Maler, dem diese Aufgabe schwer fiel. Schließlich hatte Egle in seiner Zeit als Soldat gute Dienste geleistet.

Am Abend war Ferrara erreicht und Egle abgeliefert. Er wurde in Ferrara zunächst arretiert. Beabsichtigt war eine rasche Auslieferung nach Württemberg. Tatsächlich dauerte es dann länger als geplant, ausgelöst durch die aufkommende Revolution in Italien und die von Österreich besetzten Gebiete. Ebenso trug der Umstand, dass die Lombardei zeitweise als nicht passierbar deklariert wurde und Österreich und Sardinien-Piemont in den ersten italienischen Unabhängigkeitskrieg eintraten, dazu bei.

Das Schicksal von Egle war weiterhin eine Randnotiz im diplomatischen Wechselspiel, aber durch die Verlegung nach Ferrara besiegelt. Dadurch, dass Metternich einer Bitte des Württembergischen Königshauses nachgekommen war, setzte sich eine Maschinerie in Gang, die sich so einfach nicht mehr aufhalten ließ. Wenngleich Metternich aufgrund der aufkommenden Unruhen am 13. März 1848 für fast drei Jahre selbst das Land verlassen musste und in London Unterschlupf fand, war der Fall Egle erledigt.

Zwischen dem Heiligen Stuhl und dem römischen Konsul des Königreichs Württemberg gab es zwar noch ein paar Briefwechsel. Diese hinterlassen aber den Eindruck, dass der Konsul und der neue Kardinalstaatssekretär sowie die Administration der Ministerien in Württemberg davon ausgingen, dass Egle noch in Bologna im Zugriff des Kirchenstaates arretiert war.

So schreibt der Königliche Konsul von Kolb am 11. April 1848:

Eure Exzellenz trugen mir mit hohem Erlaß vom 12. Februar auf, mich wegen der Auslieferung des einer Tödtung verdächtigen Soldaten Jacob Egle aus Burgfelden ferner zu verwenden, und es ist mir redlich gelungen, den Cardinal Staats Secretär von der Forderung der Begnadigung in jedem Falle für einen Grad abzubringen, so daß jetzt weiter der endlichen Auslieferung des Egle nichts entgegen stehen sollte. Diese Meinungsäußerung des Cardinals, welche es mir viele Mühen gekostet hat zu erlangen, ist zwar nur mündlich, da ich mich wegen der jetzigen Zustände in der Lombardei, welche wohl eine Transportierung des Egle unmöglich machen, nicht entschließen wollte, das Gesuch ihm die endliche Auslieferung desselben definitiv zu stellen, bevor ich Eure Exzellenz weitere Befehle erhalten habe. Für den Augenblick wüsste ich keinen Weg, auf welchem man den Inculpaten nach Württemberg transportieren könnte, da sich keine Auslieferung an die österreichischen Behörden bewerkstelligen läßt. Ich erwarte also Eure Exzellenz gnädige Erweisung über diesem Punkt.

DER WEG NACH BOLOGNA GEHT ZU ENDE

Die Umstände, wie in diesem Jahr der Unruhen in Italien, insbesondere in der Lombardei, der Transport von Egle von Ferrara aus erfolgte, ist nicht verzeichnet. Es ist zu vermuten, dass durch die Inhaftierung in Ferrara Egle so lange dort warten musste, bis die Lombardei wieder passierbar war. Aus der Geschichtsschreibung wissen wir, dass es Radetzky bei der entscheidenden Schlacht bei Custozza am 25. Juli 1848 gelungen war, die Kriegswende einzuleiten. Am 8. August 1848 war zwischen Österreich und Sardinien-Piemont der Waffenstillstand besiegelt. Spätestens danach muss der Transport vonstattengegangen sein. Denn mit Datum vom 22. Mai 1849 taucht in den Akten folgende »*Note an das Königliche Ministerium der auswärtigen Angelegenheiten in Betreff der Untersuchungssache gegen Jacob Egle von Burgfelden, Oberamt Balingen, wegen Tödtung*« auf:

Der einer Tödtung beschuldigte Jacob Egle von Burgfelden, Oberamts Balingen, wegen dessen Auslieferung durch die päpstliche Regierung Verhandlungen stattgefunden haben, ist nach einem Berichte des Königlichen Gerichtshofs in Tübingen vom 18. des Monats bey dem Königlichen Oberamtsgerichte Balingen in Haft, wovon der Unterzeichnete unter Beziehung auf seine Nota vom 29. April vom Jahr das Königliche Ministerium der auswärtigen Angelegenheiten zu benachrichtigen sich beehrt, indem er anfügt, daß die Acten des fürstlichen Oberamtes Hechingen, betreffend die Ermordung des Johannes Stiefel von Hermannsdorf von 1847, welche Kürze halber von der jenseitigen Registratur requiriert.

Aus den Akten ergibt sich weiterhin, dass Jacob Egle wegen vorsätzlicher Körperverletzung und dadurch verschuldeter Tötung zu vierjährigem Arbeitshaus verurteilt wurde. Aus den Gefangenenhauptbüchern der Strafanstalt Ludwigsburg geht hervor, dass Jacob Egle am 18. März 1850 eingeliefert worden war. Seine Strafe hätte am 14. März 1854 geendet. Tatsächlich starb er im Gefängnis am 19. Dezember 1851. Vermutlich aufgrund der damaligen schlechten Versorgung und Umstände im Strafvollzug.

Der Weg nach Bologna und zurück war zu Ende. Eine unglaubliche und doch in ihren Grundzügen wahre Geschichte.

EPILOG

»Vater, warum wurden von unseren Vorfahren gleich zwei umgebracht. Ist das normal?«, fragte der kleine Junge seinen Vater.

»Wir wissen ja gar nicht, ob es zwei Morde waren. Aber wenn, dann ist es halt so, mein Junge. Das Leben geht immer seinen eigenen Weg«, antwortete der Vater und glaubte, damit die Neugier des Jungen befriedigt zu haben.

»Ja aber, wir waren doch gar nicht reich. Warum bringen die Leute dann den Urgroßvater um und wieso weißt du denn nicht, ob es zwei waren. Hat dich das nie interessiert?«, empörte sich der Kleine ein wenig.

»Darüber hat man früher nicht viel gesprochen. Was vor unserer Zeit war, hat niemand interessiert und insofern weiß ich auch nichts darüber«, antwortete der Vater ein wenig verärgert.

»Ja, aber das muss einen doch interessieren, wenn gleich zwei Menschen in einer Familie auf diese Art und Weise umgebracht werden«, entgegnete der kleine Junge seinem Vater.

»Sei jetzt still«, war die abschließende Antwort eines Mannes, der die Fragen nicht auflösen konnte und auch keine Lust hatte, sich mit diesem Thema weiter zu beschäftigen. Doch der Weg des Jungen war noch nicht zu Ende und seine Antworten fand er auf dem Weg zwischen den Steinen und von Hermannsdorf bis Bologna.

NACHWORT ODER DICHTUNG UND WAHRHEIT

Jakob Egle und sein Opfer Johannes Stiefel sind sich am Abend des 31. Januar 1843 tatsächlich am Edelberg bei Hermannsdorf begegnet, mit den im Roman wiedergegebenen Folgen. Zum Tatmotiv und Tathergang gibt es unterschiedliche Überlieferungen. Ein Zeugnis für die Tat ist der in Hermannsdorf und Burladingen bekannte »Stiefels Stein«, der irgendwann im 19. Jahrhundert als Mahnmal dort aufgestellt wurde und noch heute dort besichtigt werden kann.

Die Ereignisse um das Jahr 1843, der zunächst angenommene Mord und die daraus resultierende Flucht sind historisch gesichert. Hierzu liegen als Quellen eine Signalisierung im Verordnungs- und Intelligenzblatt für das Fürstenthum Hohenzollern-Hechingen, Ausgabe Nr. 6, vom Samstag den 11. Februar 1843, vor und die Erkenntnisse aus einer Strafakte »Ministerium der auswärtigen Angelegenheiten: Justizwesen/1805-1918 Untersuchungssache gegen Jakob Egle aus Burgfelden wegen der Tötung des Johann Stiefel aus Hermannsdorf«, die im Hauptstaatsarchiv in Stuttgart hinterlegt ist (E40/76 BÜ 1218).

Entgegen der bisherigen Recherchen freundlicher und kompetenter Lokalhistoriker, die sich in mehreren Beiträgen um das Schicksal der Familie Stiefel verdient gemacht haben, floh der Jakob Egle nicht nach Amerika, sondern sein Weg und seine Flucht nahmen einen ganz anderen Verlauf.

Die Örtlichkeiten, beginnend bei »Stiefels Stein« am Edelberg, bei Hermannsdorf, Wege, Orte, Hinweise auf Gasthäuser, alte Wege, vor allem auch Kunstwerke und historische Bauten, einschließlich ihrer Lage sind genauestens recherchiert und können zu großen Teilen noch heute begangen oder besichtigt werden. Das gilt für die Schmugglerhöhle bei Meßstetten, genauso wie für die Schmugglerbucht bei Konstanz, der Greth, am wunderschönen Landungsplatz in Überlingen, der Spiserkaserne in St. Gallen, dem beeindruckenden Weg über die Alpen und den herrlichen Strassen, Plätzen, Kunstwerken und teilweise den Gasthäusern in Bologna. Ein Besuch in der Osteria del Sole, die in ihren architektonischen Grundzügen und dem eigentlichen Konzept seit 1465 existiert und nahezu unverändert geblieben ist, beeindruckt schon an sich. Allerdings bietet Bologna dem interessierten Leser und Besucher natürlich noch viel mehr.

Die Geschichte ist eine fiktive Erzählung, die auf der Grundlage tatsächlich gelebter Leben geschrieben wurde. Eine Geschichte, die sich in der Phantasie des Autors ihren eigenen Weg sucht. Der Autor legt hier eine Geschichte vor, die mit der Tötung seines Vorfahren Johannes Stiefel begann und dann in einen ganz anderen eigenen Fokus rückt. Einer Flucht, die so oder auch ganz anders von statten gegangen sein könnte. Der Weg nach Bologna, der Fluchtverlauf, die Handlungen und alles was damit verbunden war, sind nicht dokumentiert. Gesichert ist, dass der am 21. November 1816, in Burgfelden geborene Jacob Egle, zum Tatzeitpunkt Knecht beim Fürstlichen Domänenhof in Hermannsdorf, nach der Tötung von Johannes Stiefel geflohen ist und 1847 in Bologna im zweiten päpstlichen Fremdenregiment Dienst geleistet hat. Auch dokumentiert ist, dass er von einem Florian Rädle 1847 verraten wurde. Bekannt und überliefert sind die diplomatische Korrespondenz und die Bemühungen auf höchster Ebene um Auslieferung, die Auslieferung, Verurteilung wegen Körperverletzung mit Todesfolge durch den Schwurgerichtshof Rottweil, Inhaftierung und der Tod am 19. Dezember 1851 im Gefängnis in Ludwigsburg. Dort hätte er seine Strafe bis zum 14. März 1854 absitzen müssen. Der große Rest der Geschichte ist Fiktion.

Steibis, im Mai 2017

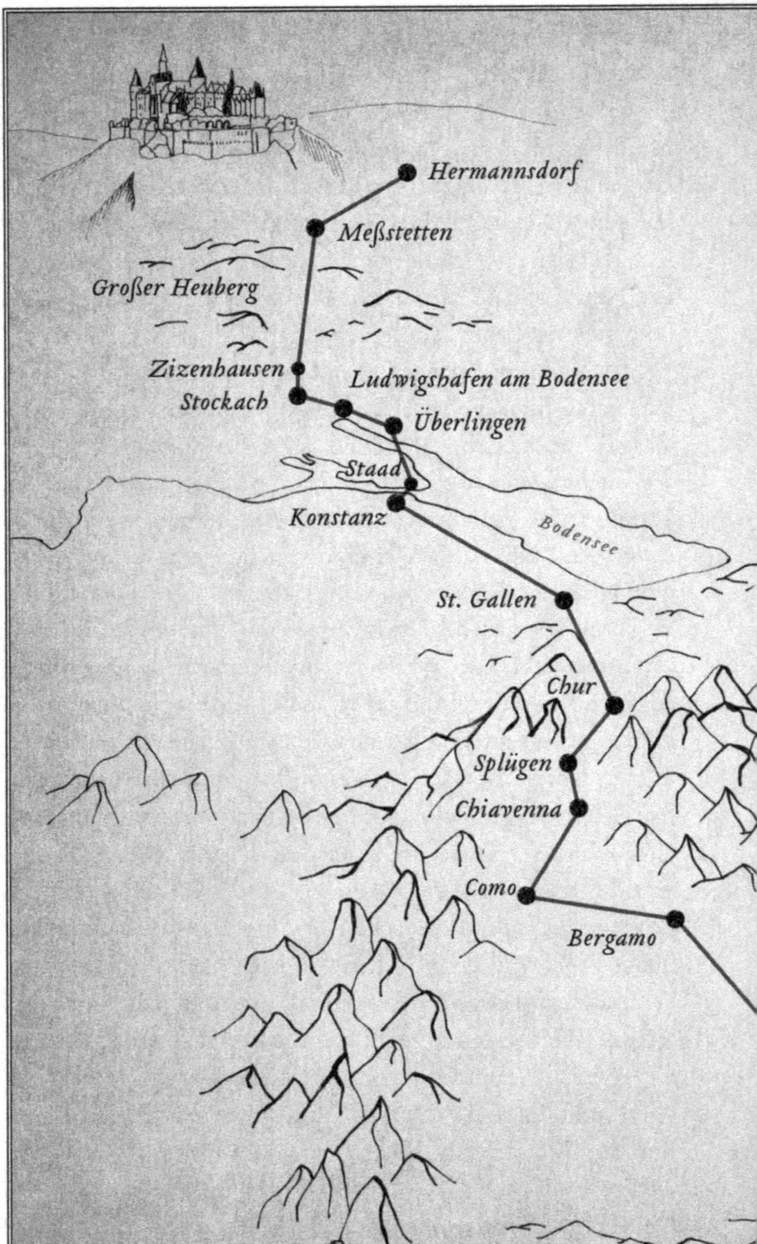
Hermannsdorf
Meßstetten
Großer Heuberg
Zizenhausen
Ludwigshafen am Bodensee
Stockach
Überlingen
Staad
Konstanz
Bodensee
St. Gallen
Chur
Splügen
Chiavenna
Como
Bergamo

Der Fluchtweg
Via Bologna

ANHANG

Schwäbischer Dialekt im Roman

Halt dei Gosch
Halt deinen Mund

Du Seckel
schwäbisches Schimpfwort

Du Seicher
Ausdruck für einen nicht erwachsenen Menschen

Schaff amol was rechts
arbeite mal etwas Richtiges

Was hoscht denn heut verdient
was hast du denn heute verdient

Hot sichs glohnt
hat es sich gelohnt

Laufa
gehen

Dera alte Kuah
die alte Kuh

Aber do hend ihr zwei jo zsammepasst
aber da habt ihr zwei ja zusammengepasst

Du bischt ja au scho alt gnug zum sterba
du bist ja schon alt genug zum Sterben

Große Gosch
vorlautes Mundwerk

Hoscht zahlt
hast du bezahlt

Loscht wieder anschreiba
lässt du wieder anschreiben

Den krieg i scho
den erwische ich schon

Das sogenannte »Jenisch« wurde im frühen 19. Jahrhundert gerne von Kaufleuten und Händlern als Geheimsprache genutzt. Die im Roman benutzten Redewendungen, die lokalspezifisch in Zizenhausen üblich waren, sind nachstehend erläutert. Quelle hierzu ist Thomas Warndorf.

Jenisch – hochdeutsche Begriffe

Der hat kein Goore
der hat kein Geld

Der kriegt Makes
der bekommt Schläge

Kwant
schöne Kleidung

Er schwecht
er trinkt

Schweizerdeutsche Begriffe

Gib's uffe
gib es hoch

Guat an Schöna
einen guten Tag

Guat donn leget sitlich an
gut, dann legt seitlich an

Guate Ruckfahrt
gute Rückfahrt

Häsch zwanzg Säck
hast du zwanzig Säcke

Häsch vom Rota
Hast du vom roten Wein

Kuchikästli
kleiner Küchenschrank

Wii g'orderet
wie bestellt

Italienische Begriffe

Altola
halt

Bene, grazie. E Lei
gut, danke. Und ihnen

Colpire
getroffen

Come sta
wie geht es dir

Mille grazie
tausend Dank

Momento
Moment

Puo accadere
sie können passieren

Soldati
Soldaten

Sparare contro i soldati
schießt auf die Soldaten

Tre bicchieri di vino rosso
drei Gläser Rotwein

QUELLEN UND LITERATUR

Adresskalender für die Stadt Konstanz – auf das Jahr 1843 – Verlag Carl Glükher, Konstanz, Stadtarchiv Konstanz.

Ahnentafel der Familie Stiefel, Standesamt Rottweil, 1938, Archiv Gerd Stiefel.

Ast, Gottlob: Stiefel Gedenkstein bei Hermannsdorf. In: Denkmäler Arbeitskreis Kasten Onstmettingen e.V., Folge 16, S. 62–67, 1998.

Auf der Maur, Jost, Söldner für Europa, Echtzeit Verlag, 2011.

Auf der Maur, Jost, Schweizer Söldner, Immer zu Diensten, Die Zeit online, 25.08.2011.

Augias, Corrado, Die Geheimnisse Italiens, Beck Verlag, 2014.

Bitz, Ute, Kurzskript zu den Gefangenenbüchern E356 d Bd 130, 2016, Archiv Gerd Stiefel.

Bollettino, del Museo del Risorgimento, Bologna, 1999–2000.

Bologna & Emilia-Romagna, Dorling Kindersley Verlag London, 2004.

Büsser, Nathalie, Militärunternehmertum, Außenbeziehungen und fremdes Geld. Geschichte des Kantons Schwyz. Band 3. Historischer Verein des Kantons Schwyz, 2012.

Bundi, Martin und Collenberg Cristian, Rätische Alpenpässe, Somedia Verlag, 2016.

Burger Oswald, Kurzskript zur Geschichte der Stadt Überlingen, 2016, Archiv Gerd Stiefel.

Commune di Bologna, Archivio Storico, Sciolino Antonio, Auskunft zur Geschichte der Kasernen und den Beständen für 1843, Archiv Gerd Stiefel.

Der Zoller, Mikrofilme, Staatsarchiv Sigmaringen.

Deutsches Volksblatt, Mikrofilme, Staatsarchiv Sigmaringen.

Die Gründung der Gemeinde Hermannsdorf 1804. In: Hohenzollerisches Heimatblatt, Beilage zur Hohenzollerischen Volkszeitung, Sigmaringen, 15. Oktober 1928, Staatsarchiv Sigmaringen.

Egler, Ludwig, Ausgewählte Schriften und Gedichte, Stadt Hechingen, 1998.

Engelsing, Tobias, Napoleon III. Der Kaiser vom Bodensee, Konstanz, 2008.

Engelsing, Tobias, Die Zeppelins, Rosgarten Museum Konstanz, 2013.

Familienbücher der Familie Stiefel, Archiv Gerd Stiefel.

Familienbuch der Evangelischen Kirchengemeinde Bitz.

Feger, Otto, Konstanz im Spiegel der Zeiten, Merk Verlag Konstanz 1952, Stadtarchiv Konstanz.

Fetscher Elmar B., Der Konstanzer Bürgermeister Hüetlin und seine Zeit, 1832–1849, Im Verlag des Südkurier Konstanz, Stadtarchiv Konstanz.

Gesprächsnotizen vom Gespräch mit Jost Auf der Maur vom 24. April 2016, Archiv Gerd Stiefel.

Gesprächsnotizen vom Gespräch mit Thomas Warndorf vom 14. Juli 2016, Archiv Gerd Stiefel.

Gesprächsnotizen vom Gespräch mit San Giorgi, Otello, Direktor des Risorgimento-Museum und Frau Mirtide Gavelli in Bologna vom 9. März 2017, Archiv Gerd Stiefel.

Gilmour, David, Auf der Suche nach Italien, Klett-Cotta, Vierte Auflage 2014.

Grabrede für Johannes Stiefel, 4. Februar 1843, Archiv Gerd Stiefel.

Hermannsdorf. In: Hohenzollerische Heimat, Jahrgang 1954, Hohenzollerische Heimatbücherei, Hechingen.

Hodler, Franz Xaver: Geschichte des Oberamts Haigerloch, Hechingen, 1928.

Hohenzollerische Heimat, Hermannsdorf, 4. Jahrgang, April 1954, Hrsg. Verein für Geschichte, Kultur und Landeskunde in Hohenzollern, Staatsarchiv Sigmaringen.

Hofmann, Erich, Konstanz – alte Stadt in alten Bildern, Stadler Verlag Konstanz, 1978, Stadtarchiv Konstanz.

Hohenzollerische Blätter, Mikrofilme, Staatsarchiv Sigmaringen.

Hohenzollern'sche Volks-Zeitung, Mikrofilme, Staatsarchiv Sigmaringen.

Hohenzollerische Zeitung, Jahrgang 1954, Kreisarchiv Zollernalbkreis, Balingen.

Jäger, Georg (Hrsg.), Der Splügenpass, Bündner Monatsblatt, Chur 2016.

Jäger, Georg und Kraus, Susanna, Die Commercial Straße über den Splügenpass, Kulturforschung Graubünden, Südostschweiz Buchverlag, Chur, 2013.

Kallenberg, Fritz: Hohenzollern. In: Schriften zur politischen Landeskunde Baden-Württembergs, Band 23, Stuttgart, 1996.

Landesarchiv Baden-Württemberg, Hauptstaatsarchiv Stuttgart, E 40/76 BÜ 1218. Ministerium der auswärtigen Angelegenheiten: Justizwesen/1805-1918, Untersuchungssache gegen Jakob Egle aus Burgfelden wegen der Tötung des Johann Stiefel aus Hermannsdorf.

Landesarchiv Baden-Württemberg, Staatsarchiv Ludwigsburg, E 356 d Bd 130, Gefangenenbuch, Egle, Jakob, StAL Regierungsblatt 1850 Straferkenntnisse S. 4, StALRegierungsblatt 1850 Straferkenntnisse S. 1.

Landesarchiv Baden-Württemberg, Staatsarchiv Sigmaringen, Ho 4 T Nr. 164, Protokoll der Geheimen Konferenz Hechingen, vom 18. Februar 1847 bis 2. März 1848. Ho 6 T 1 Bd 11 und 12 Regierungsprotokoll, 1843/44 und 1846/47.

Landesarchiv Baden-Württemberg, Staatsarchiv Sigmaringen, Ho 13 T Nr. 1275, Hermannsdorf: Aufstellung der Leichenschauer, 1843–1857. FAS DH 13 T 2 Nr. 30, Bürgerliche Verhältnisse und Bürgerrecht in Hermannsdorf, 1826–1851. FAS DS 92 T 9 NVA 22880, Verpachtung des Hofgutes Hermannsdorf, 1826–1851. FAS DS 120 T 4 NVA 7607, Kammergut Hermannsdorf, 1830–1903.

Landesarchiv Baden-Württemberg, Staatsarchiv Sigmaringen, Ho 6 T Bd. 14 Regierungsprotokoll. FAS DS 120 T 4 NVA 7567, Kauf-, Verkaufs- und Tauschakten von Hermannsdorf, 1774–1855.

Monumenti Tricolori, Sculture Celebrative E Lapidi Commemorative Del Risorgimento in Emilia E Romagna, Bologna, 2012.

Meyenberg, Birgit, Skripte zur Geschichte Hohenzollern und deren Fundstellen, 2016, Archiv Gerd Stiefel.

Michel, Hermann-Josef: 200 Jahre Hermannsdorf. Selbstverlag, 2004.

Neue Würzburger Zeitung, Nr. 285, Angriff auf Bologna, 14. Oktober 1843, Archiv Gerd Stiefel.

Reinhardt, Volker, Geschichte Italiens, Beck, 4. Auflage 2011.

Reisen, Andreas, Der Passexpedient, Geschichte der Reisepässe und Ausweisdokumente vom Mittelalter bis zum Scheckkartenformat, Nomos Verlag, Baden-Baden, 2012. Stadtarchiv Konstanz.

Roth, Heinz, Kurzskript zu Meßstetten, 2016, Archiv Gerd Stiefel.

Schaller, Christian, Papst Pius IX. begegnen, Sankt Ulrich Verlag, 2003.

Schöttle, Silke, Kurzskripte zur Geschichte Konstanz und Bologna, 2016/17, Archiv Gerd Stiefel.

Schweizer, Günther: Familienbuch Bitz – Die Familien der Gemeinde Bitz im Zollernalbkreis von 1584 bis 1900. Tübingen, 2005.

Seuffert, Ralf, Konstanz 2000 Jahre, UVK Verlagsgesellschaft, Konstanz, 2003.

Speidel, August: Burladinger Heimatbuch. Burladingen, 1958.

Spicker-Beck, Monika, Transkription der Hauptakte Jakob Egle, Freiburg, 2015.

Spindler, Carl, Die Schwerdtbergers, Roman vom Bürgerleben in einer süddeutschen Stadt 1844, Neuauflage Faude Verlag, 1982.

Staatsarchiv Graubünden, Familienarchiv von Salis-Zizers (Unteres Schloss) Dauerdepositum des Familienverbandes der von Salis, Signatur StAGR D VI Z, 1617–1921, Chur.

Stadtchronik Konstanz, Adressbuch 1989, Stadler Verlag.

Stadtarchiv St. Gallen, Stadtpläne St. Gallen 15.–19. Jahrhundert, Adreßkalender Stadt St. Gallen, Verlag Unteregger, 1884, Zur Geschichte der St. Galler Wirtshäuser, Auskunft durch Frau Claudia Sutter, 2016.

Stadtplan Konstanz von 1844, Stadtarchiv KN ZIIa/159.

Stadtpläne Bologna 1850, Risorgimento Museum Bologna.

Stadtpläne Bologna mit Kasernen aus 1850, Risorgimento Museum Bologna.

Stiefel, Gerd, Stiefels Stein, 2. Auflage, Silberburgverlag, 2012.

Stiefels Stein. Eine Denkschrift zur Einweihung des Gedenksteins für den 1843 erschlagenen Johannes Stiefel. Schwäbischer Albverein e.V., Ortsgruppe Burladingen, Archiv Gerd Stiefel.

Teufel, Manfred: Die südwestdeutsche Polizei im Obrigkeits- und Volksstaat, 1807–1932. Holzkirchen 1999.

Verordnung- und Intelligenz-Blatt für das Fürstentum Hohenzollern-Hechingen, Jahrgang 1843. Staatsarchiv Sigmaringen.

Wanner, Kurt, via Spluga, Terra Grischuna Verlag, Vierte Auflage, Chur 2011.

Warndorf, Thomas, Skript zur Fasnachtsgeschichte Stockach und zu Zizenhausen im Jahr 1843, 2016, Archiv Gerd Stiefel.

Weber, Ludwig, Bologna, Leipzig, 1902.

Willmann, Urs, Schweizer waren überall dabei, Zeit Online, 12. Januar 2012.

Wikipedia

Zang, Gert, Kleine Geschichte der Stadt Konstanz, G. Braun Verlag, 2.Auflage, 2012.

Zang, Gert, Konstanz in der Großherzoglichen Zeit, Stadler Verlag, 1994.

DANKSAGUNG

DANK AN DEN Gmeiner-Verlag, insbesondere an Armin Gmeiner, Claudia Senghaas und ihr Team für das Vertrauen in dieses Projekt. Großes Dankeschön an Doktor Andreas Zekorn, der schon beim Erstling »Stiefels Stein« Pate für alle Fragen rund um die Hohenzollern war. Der mich ermutigte, mein erstes Manuskript zu veröffentlichen, und auch bei diesem Projekt Fragen geduldig und historisch fundiert beantwortete. Für die Transkription der Ermittlungsakte des Jakob Egle herzlichen Dank an die Historikerin Doktor Monika Spicker-Beck. Danke an Piedro Ribaudo für die Übersetzungen aus dem Altitalienisch. Dem Staatsarchiv Sigmaringen und ganz besonders Frau Birgit Meyenberg, die meine Recherchen und Fragen um die Hauptromanfiguren stets freundlich begleitete und mich auf die eine und andere weitere Fundstelle im Bestand verwies. Heinz Roth, Vorsitzender des Heimat- und Geschichtsvereins Meßstetten e.V. für die Erläuterungen rund um Meßstetten und die Inspiration zur Schmugglerhöhle. Thomas Warndorf, Journalist und Historiker mit tiefschürfenden Kenntnissen zur Stockacher Fasnet und Kenner der Lokalgeschichte rund um Stockach und Zizenhausen. Herrn Oswald Burger für die wertvollen Hinweise zu Überlingen im 19. Jahrhundert. Herzlichen Dank an das Stadtarchiv Konstanz und allen voran Frau Doktor Silke Schöttle, die mit viel Herzblut und Engagement nicht nur bei den Konstanzer Recherchen, sondern bis nach Bologna das Projekt wie selbstverständlich begleitete und viele Fragen freundlich erduldete. Großes Dankeschön an Doktor Tobias Engelsing, der den Konstanzer Teil nicht nur mit Literaturempfehlungen unterstützte, sondern die Arbeit diesbezüglich kritisch unter die Lupe nahm und wertvolle Hinweise gab. Den Stadtarchiven Sankt Gallen und Chur. Dem Landesarchiv Graubünden. Dank an die Wirte von der »Krone« Ludwigshafen, vom »Schlössli«, vom »Goldenen Schäfle« Sankt Gallen und der »Osteria del Sole« Bologna. Herzlichen Dank an den Journalisten und Autor Jost Auf der Maur für die kollegiale Unterstützung. Sein Buch »Söldner für Europa« war Inspiration für meine Arbeit und die Bezüge zur Fremdenlegion. Ganz herzlichen Dank für den herrlichen und informativen Tag in Chur. Dank auch an meine Dolmetscherin in Bologna, Frau Beate Birkle, die neben ihrer professionellen Dolmetschertätigkeit half, die Türen in Bologna zu öffnen, und mir ihre Stadt zeigte. Großes Dankeschön an den Direktor des Risorgimento Museums Giorgio Otello und die Bibliothekarin Mirtide Gavelli für den informativen Vormittag und die sehr freundliche Aufnahme in Bologna.